DANDY

JAN GUILLOU:

Om kriget kommer 1971
Det stora avslöjandet 1974
Journalistik 1976
Irak – det nya Arabien (med Marina Stagh) 1977
Artister (med Jan Håkan Dahlström) 1979
Reporter 1979
Ondskan 1981
Berättelser från det Nya Riket (med Göran Skytte) 1982
Justitiemord 1983
Nya berättelser (med Göran Skytte) 1984
Coq Rouge 1986
Den demokratiske terroristen 1987
I nationens intresse 1988
Fiendens fiende 1989
Reporter (reviderad utgåva) 1989
Åsikter 1990
Den hedervärde mördaren 1990
Stora machoboken (med Leif GW Persson och Pär Lorentzon) 1990
Gudarnas berg 1990
Vendetta 1991
Berättelser 1991
Grabbarnas stora presentbok (med Leif GW Persson) 1991
Ingen mans land 1992
Grabbarnas kokbok (med Leif GW Persson) 1992
Den enda segern 1993
I Hennes Majestäts tjänst 1994
En medborgare höjd över varje misstanke 1995
Hamlon 1995
Om jakt och jägare (med Leif GW Persson) 1996
Svenskarna, invandrarna och svartskallarna 1996
Vägen till Jerusalem 1998
Tempelriddaren 1999
Riket vid vägens slut 2000
Arvet efter Arn 2001
Häxornas försvarare. Ett historiskt reportage 2002
Tjuvarnas marknad 2004
Kolumnisten 2005
Madame Terror 2006
Fienden inom oss 2007
Men inte om det gäller din dotter 2008
Ordets makt och vanmakt 2009
Brobyggarna 2011
Dandy 2012
Mellan rött och svart 2013
Att inte vilja se 2014
Blå stjärnan 2015

JAN GUILLOU

Dandy

DET STORA ÅRHUNDRADET

II

Pocketförlaget

Pocketförlaget

www.pocketforlaget.se
info@pocketforlaget.se

ISBN 978-91-87319-35-8

Originalutgåvan utgiven av Piratförlaget

Omslag: Eric Thunfors

Tryckt hos Nørhaven, Danmark 2016

I

En annan värld

WILTSHIRE

JUNI 1901

DET VIKTIGASTE SKÄLET till att Sverre inte kände sig särskilt nervös var att Albie alltid varit mycket vag när han talade om sitt hem i Wiltshire. Då och då hade han liksom i förbigående nämnt ”huset”, ibland ”markerna” och fårskötsel, så att det lät som en något större norsk bondgård, särskilt det där med fåren.

På tåget mot Salisbury hade Albie kanske haft en sista möjlighet att klargöra ett och annat. I stället hamnade de i en uppspelt diskussion om hur deras vetenskap skulle kunna användas till att förbättra Englands viktigaste kommunikationer, järnvägarna. De var nyutexaminerade diplomingenjörer från Dresden, de hade därmed världens förnämsta tekniska utbildning i bagaget och när mänskligheten nu gått in i det århundrade där utvecklingen skulle gå mot ofattbart framåtskridande, rentav nå en nivå där det barbari som kallades krig blev omöjligt – de hade fortfarande rektors strålande framtidsvisioner i hans tal på examensdagen ingraverat i minnet – så låg ansvaret främst hos ingenjörerna. Den nya tekniken skulle i grunden förändra hela den mänskliga tillvaron. Ingenting var omöjligt, så varför inte börja genast med att tänka ut några raska förbättringar av järnvägstrafiken?

Sverre var specialiserad just på järnvägstrafik och Albie på maskinlära, så ämnet låg nära till hands.

Albie slog ut med armarna, sträckte lyckligt obesvärat på sig – de hade hela förstaklasskupén för sig själva – höll upp höger pekfinger med en av sina typiska gester och formulerade frågan.

”Vad är det sämsta här där vi sitter? Låt oss börja med det. Vad borde man förbättra genast, vad är det första man tänker på?”

”Sotet”, konstaterade Sverre och pekade misslynt på sin manschett. ”Jag bytte till nystärkt vit skjorta när vi steg upp på The Coburg i morse. Nu skulle den inte duga över middagen, är jag rädd. Och så bullret och skakningarna, möjligen också den låga hastigheten.”

Albie tänkte efter en kort stund, men nickade instämmande. Där hade man omedelbara problem att lösa, ingen tvekan om det.

De började med sotet, antagligen det värsta obehaget, särskilt en varm sommardag som den här när man ville ha åtminstone något fönster öppet. Loken drevs med ångmaskiner som eldades med kol och kolröken skapade obehaget. Då fanns det två vägar att gå, antingen att rena utsläppet av kol med någon sorts filteranordning. Eller, mer radikalt, byta metod för framdrivning. De nya automobilerna drevs med petroleumprodukter. Den förbränningen lämnade också imissioner efter sig, men obetydliga jämfört med kolröken från ett tåg. Teoretiskt kunde man ersätta de koleldade ångmaskinerna med förbränningsmotorer av utvidgad automobiltyp. Vad det skulle innebära kostnadsmässigt var en annan sak, kol var praktiskt taget gratis i England.

Men å andra sidan, som Rudolf Diesel konstaterat i sin avhandling *Theorie und Konstruktion eines rationellen Wärmemotors zum Ersatz der Dampfmaschine und der heute bekannten Verbrennungsmotoren*, så gick mer än 90 procent av energin förlorad i en ångmaskin. Det var en kolossal energiförlust, och därmed också pengar i sjön. Rudolf Diesels nya motor drevs, åtminstone i sin experimentversion, med jordnötsolja. Visserligen krångligare än kol att få fram i tillräckliga kvantiteter, men till skillnad från kol inte en ändlig tillgång, dessutom renare och mer hälsosamt. Dieselmotorer, alltså?

Eller elektricitet? funderade Sverre. Rent och tyst. Utsläppen av kol koncentrerades då till kraftverken där man framställde elenergi. Där vore det också mer rationellt att tänka sig insatser för att filtrera kolröken.

De kastade sig genast över problemen med elmotorer. I nuläget fanns inga sådana som utvecklade tillräcklig kraft för att driva hela tåg, men det kunde möjligen bero på andra än rent praktiska problem, exempelvis att ingen hittills sett behovet. Tekniken fanns ju, att vidareutveckla den borde inte innebära några stora problem. Värre var det i så fall med själva distributionen av elektricitet från produktionsstället till loket. Elledningar med transformatorstationer var redan en känd och tillämpad teknik, så långt inga problem. Om man alltså tänkte sig en tredje, strömförande, järnvägsskena där loket tog upp kraften med en doppsko eller skida på undersidan?

Inte så lyckat. Bortsett från det rent metallurgiska problemet med kraftigt slitage på skidan – och gnisslet, apropå obehagliga ljud! – så innebar en högspänningsledning på marken, kors och tvärs genom hela England, kanske hundratusen förluster i boskap och något tiotusental barn varje år.

Det var Albie som funnit den förödande invändningen.

Sverre konstaterade med en suck att man alltså måste tänka sig luftburen distribution av elkraften.

De lämnade problemet med framdrivning och övergick till dunkandet och dånandet. Det var naturligtvis skenskarvarna som åstadkom oljudet. Vad göra åt den saken?

Det var Sverres område. I länder med kraftigt växlande temperatur, förklarade han, måste man lämna ett generöst utrymme mellan skenskarvarna eftersom metall, särskilt järn, expanderade vid värme och krympte vid kyla. Här hade man att göra med fysiska lagar som inte gick att kringgå. Enda sättet vore att göra järnvägshjulen mer flexibla, guld skulle teoretiskt kunna fungera utmärkt, men skulle också förslitas snabbt, bortsett från en del andra och mer uppenbara nackdelar. Gummihjul, som på automobiler, skulle förslitas ännu snabbare. Men om man kunde finna en metod att använda den nya gumniprodukten inne i järnvägshjulen, alltså inte i direkt kontakt med rälsen, så borde stötarna från skenskarvarna absorberas avsevärt. Stålklädda gummihjul, alltså?

Där gav de skrattande upp. Tåget närmade sig Salisbury. De var snart framme vid ett nytt liv.

* * *

Sista gången Sverre hade tvekat var strax innan de skulle gå ombord på postbåten i Antwerpen. Där, men ärligt talat först där, med England på andra sidan havet, var det som att slutligen gå över Rubicon.

Han hade ansträngt sig till det yttersta för att inte visa något av sin osäkerhet för Albie. Men det var alltid så lätt i Albies närhet, när de såg varandra i ögonen, Albies vackra, ironiska, intelligenta, bedjande, befallande bruna blick blåste undan alla tvivel. Och till det den nästan lika berusande känslan av att befinna sig i den nya teknikens och fredens epok som de nu tillsammans skulle erövra och där allt var möjligt. Tillsammans skulle de kunna förflytta berg, inte bara bildligt utan till nöds till och med bokstavligen, om det till exempel gällde ett kanalprojekt.

Det var den ena och helt tydligt den starkaste sidan av hans vilja.

Men det gjorde inte den andra sidan mindre plågsam. För det var omöjligt att förneka att han var en svikare. Han hade svikit Norge, om man skulle börja i den storslagna änden. Norge, närmare bestämt välgörenhetslogen Den gode Hensikt i Bergen, hade försett såväl honom själv som bröderna Lauritz och Oscar med en utbildning som tre faderlösa fiskarpojkar från Osterøy aldrig kunnat komma ens i närheten av på egen hand. Det naturliga, det som skulle ha hänt alla andra i samma situation, hade varit att de blev kvar som repslagarlärlingar på Cambell Andersens repslageri, i sinom tid avancerat till repslageriarbetare, varken mer eller mindre.

Om nu inte slumpen förmått välgörenhetsmännen att likt sagans goda fé svepa det trollspö över dem som kallas högre utbildning. Det innebar inte bara en förstaklassbiljett på resan upp till överklassen. De hade kunnat vara förmögna redan efter något år. De anställningserbjudanden och löneförslag som de tre bröderna fått i anslutning till examensdagen i Dresden talade sitt tydliga ekonomiska språk.

Men den utbildning de fått till skänks innebar också en skuld. Och det var den skulden han helt simpelt smitit ifrån som vore det den enklaste krognota. Hans eget ansvar hade han lämpat över på sina bröders axlar utan att ens diskutera saken med dem. Det var oförlåtligt.

Inte för att en sådan diskussion hade varit särskilt meningsfull. Lauritz var en storebror som man på goda grunder måste beundra, hans stenhårda disciplin, hans ursinniga träning för att bli Europas bäste bancyklist, hans orubbliga beslutsamhet att bli nummer ett bland alla diplomingenjörer i årskullen, hans hart när otroliga uthållighet i studiearbetet trots att han ofta måste ha varit fysiskt utpumpad av träningen. Ingenting skulle stå i vägen för Lauritz.

Det gjorde honom lite skrämmande, också för en bror. Lauritz skulle aldrig ha låtit någonting så världsligt trivialt som kärleken stå i vägen för vad hedern krävde. Och på den konkreta punkten rådde ingen som helst tvekan. De skulle alla tre återvända till Bergen, därefter arbeta som trälar uppe på viddderna i storm och is för en lön obetydligt högre än en rallares. I fem år, lika länge som studietiden.

Därefter, när de alla var över 30 år gamla, öppnade sig förvisso nya möjligheter, hur ofta hade de inte skämtat och fantiserat om den nya ingenjörsfirman i Bergen, Lauritzen & Lauritzen & Lauritzen? Vid 40 års ålder skulle de tre leva i respektabel borgerlig lycka med fru och barn i varsitt vackert hus i Bergen. Det var planen som ingenting fick komma i vägen för. Allra minst något som rörde känslolivet. För Lauritz var starka känslor bara tecken på omanlighet.

Att försöka förklara för en orubbligt hård och principfast Lauritz att det ändå fanns känslor som var så starka att de välte alla principer över ända, dessutom känslor av sådan art att de var styggelse i Guds ögon, Lauritz trodde ju olyckligtvis på Gud ovanpå allt det andra, hade varit fullkomligt ogörligt. Sådana resonemang hade han bara vänt sig bort från med vämjelse. Det skulle ha blivit ett förfärligt avsked. Bäst alltså som skedde, att fegt och principlöst ta till flykten.

Det var märkligt att bröder kunde vara så lika och ändå olika. För den omgivning som såg dem tillsammans i Dresden hade det aldrig rått någon tvekan. Där kom de tre norska vikingabröderna, sade man. De var ungefär lika långa och lika bredaxlade, samma rödblonda hårfärg, de första åren till och med likadana mustascher innan Sverre, av politiska skäl, börjat uppträda orakad.

Så lika till det yttre, och ändå så olika till det inre. De två äldre bröderna gav inte ett vitten för konst och musik, för Sverre var det halva livet. Själv kunde han mycket väl se skönheten i en vacker ritning, ett djärvt brospann över en tänkt avgrund uppe på Hardangervidda eller en elegant ekvation. Medan Lauritz och Oscar inte kunde skilja en Gustave Doré, där de ändå borde ha känt till motivet, från en Claude Monet och den enda musik de möjligen kunde intressera sig för var enklare underhållning, helst med bleckblåsare, en söndagseftermiddag i parken.

Det fanns ingen anledning att kritisera bröderna för deras smak som de trots allt delade med de flesta människor. Själv hade han fått en gåva som de inte fått, det var bara så man kunde se det. Men det förunderliga var att de tre, med garanterat samma föräldrar, exakt samma uppväxtförhållanden och sammanvuxna med varandra under mer än tio års studier, hade kunnat bli så olika. Lauritz cyklade som besatt varje ledig stund, Oscar hade inget eget intresse utom att skjuta gevär, varje söndag marscherade han iväg på övningar med Dresdens skarpskyttekompani. Man skulle ha kunnat tro att en sådan sysselsättning efterhand borde ha tett sig något enahanda, men icke. Hans andra intresse som han var mer diskret med och som rörde krogen och natten, var mer begripligt.

De älskade ändå varandra som bröder hela livet, fram till alldeles nyss. Fram till den yngste broderns svek.

Numera slet alltså Lauritz och Oscar på Hardangervidda. Det var inte svårt att föreställa sig hur de hade det, kanske inte så förfärligt nu i juni, men snart. Ett sommarlov när det varit ovanligt fint väder efter höbärgningen hade de alla tre lämnat Osterøy och fotvandrat en vecka uppe på vidden för att skaffa sig en uppfattning om vad som väntade i den högsta delen av järnvägsbygget som ännu inte påbörjats, den svåraste delen där de själva skulle komma att sättas in när de lämnade Dresden. Sommartid var Hardangervidda ett magiskt vackert landskap med färgskalor som man inte kunde se någon annanstans, han hade gjort en serie teckningar, till och med några akvareller, på plats. Med ett minimum av fantasi kunde man dra ett vitt yrande snötäcke över hela landskapet och tänka sig temperaturer nedåt 35 minusgrader. Och förvandla skönhet till helvete.

Bergensbanen var utan tvivel Norges största tekniska projekt någonsin. Det var också ett heroiskt projekt eller en god metafor för 1900-talet som teknikens århundrade. Gott och väl. Men arbetet var tekniskt begränsat och osofistikerat och präglat mycket mer av hårt, kanske nästan omänskligt hårt, fysiskt arbete. Det var ett styrkeprov mer än en ingenjörsteknisk utmaning. Det kanske var en orättvis, eller åtminstone alltför lättvindig, uppfattning för den med dåligt samvete.

Där uppe slet nu Lauritz och Oscar i kamp mot elementens raseri. Medan deras svikare till yngste bror rörde sig mellan de sköna konsterna i Paris – Albie och han hade gjort ett tvådagarsuppehåll på vägen till Antwerpen – och det lummiga sydengelska landskapet med sina mjuka kullar och pastorala scenerier.

Kanske var det rentav förhållandet till konsten som skapat förutsättningarna för den nu antagligen oöverstigliga klyftan mellan bröderna. I Frau Schultzes hushåll hade de levt väl, men knappt och hårt disciplinerat. Universitetet sände kvartalsvis rapporter till Den gode Hensikt i Bergen där bröderna Lauritzens studieresultat redovisades in i sista decimal. Därefter kom punktligt pengar till Deutsche Banks kontor i Altstadt. Det gick ingen nöd på dem, inte alls. Men pengarna från Bergen tillät inte heller minsta svängrum för extravaganser. Snygga och rena gångkläder, tre mål rekorderlig mat i deras inackordering, det var det hela.

Efterhand började Lauritz ta hem en del penningpriser på sin cykel som han delade strikt, hälften till sig själv och bröderna, hälften tillbaks till Den gode Hensikt i Bergen, pengar som välgörenhetsmännen varken skulle ha saknat eller kommit på tanken att efterlysa.

Det började med att Frau Schultze bad honom dekorera

dörrposterna till den stora matsalen där man intog söndagsmiddagarna om det kom fler än fyra gäster. Naturligtvis var det ”vikingakonst” hon önskade sig och det var inte mycket att säga om. Det tog Sverre fyra arbetsdagar och kostade bara en misslyckad mindre tentamen som han snart kunde komplettera.

Frau Schultzes söndagsgäster var, liksom det kunde förefalla hela Tyskland, vikingatokiga. De blev stormförtjusta i den fornnordiska ornamentiken och det ena gav sen det andra. De första gästerna som gjorde beställningar betalade måttligt. Sedan, när han började tröttna på att mekaniskt upprepa det som förvisso varit en underlig passion redan i barndomen, han hade karvat både här och var i det gamla huset på Osterøy, började han bli alltmer ovillig och skyllde på studier. Då steg priset dramatiskt redan för de enklaste arbeten och vidare upp på en växande skala där dyrast blev svarta reliefmönster mot en förgylld bakgrund.

Han delade med sig av pengarna till bröderna, självklart, men inte till Den gode Hensikt. Underligt nog kommenterade Lauritz aldrig den saken.

Resultatet av detta extra hantverksarbete blev att de från och med tredje året aldrig saknade pengar, trots att de börjat spendera alltmer på modekläder. För Sverres del var det en lika stor glädje att klä upp sina bröder så att de överglänste alla studiekamrater som att beställa skrädderier åt sig själv.

Det kan ha varit denna lust för kläder som mer än något annat förde honom samman med Albie. Det fanns en stor grupp engelska studenter i Dresden, det påstods till och med att det fanns en större engelsk nation på universitetet än från något av de tyska länderna, Sachsen möjligen undantaget. Förklaringen till det var att Tyskland och tysk kultur blivit på modet i England under senare år och de engelska studenterna gav ofta syn för sägen, deras beundran för allt tyskt var högst påfallande, ibland rentav överdriven. De flesta av dem klädde sig ändå mycket engelskt snarare än kontinentalt, även om skillnaderna var små.

Gick man på konsert eller Semperoper klädde man givetvis upp sig, det låg i sakens natur och var för övrigt en del av nöjet. Men frack är frack och kan inte varieras så mycket. Besökte man däremot Konst- och Operaklubbens soaréer blev utmaningen mycket större, för nu gällde det att finna en enklare elegans, vilket var mycket svårare. Engelsmännen föredrog då vanligen smoking, en klädsel som Sverre fann lite fantasilös, bara som en enklare typ av frack, svart fluga i stället för vit och alla såg likadana ut. Utom förstås en del engelsmän som envisades med att klä sig i gråa byxor till den svarta eller midnattsblå kavajen, ”Oxford grey” som de kallade stilen.

Det måste ha varit så Albie och han själv först fann varandra. Ingen av dem bar smoking, båda hade ansträngt sig betydligt mer än så. De började snart utbyta tips om skrädderier i staden.

Det ena gav återigen det andra. Albie var populär i den engelska kolonin av ingenjörsstudenter och bjöd oftare än andra till efterfest. Han hade goda resurser för den saken, stor våning mitt i staden och både butler och hushållerska. Men det var inte så ovanligt bland engelsmännen som uteslutande tycktes komma från välbärgade familjer. Och efter vad de förklarade var det så man brukade organisera sina studier på Oxford och Cambridge. Det verkade högst naturligt, och det engelska överflödet jämfört med tyska och andra studenters resurser föreföll bara som något typiskt engelskt, självklart för medborgare i världens största och rikaste imperium. Deras fester var antingen stora och glammande eller, som oftast hemma hos Albie, mer stillsamt filosofiska där man också drack gott men långsammare. Då och då lyssnade man på grammofon intill sena natten eller läste poesi högt, tysk lika väl som engelsk.

Det var en behaglig samvaro och Albie var en strålande generös värd. Dessutom var det nyttig gratisundervisning i engelska språket som man annars bara kom i kontakt med via den lilla del av kurslitteraturen som var amerikansk. Men att läsa engelska var en sak, att tala och förstå en helt annan.

Det märkliga med Albie var att han till skillnad från alla andra talade en mycket vacker tyska, inte sachsiska utan någon annan men ändå helt perfekt tyska. Han bekräftade också att han kunde resa runt i Tyskland och alltid uppfattas som tysk, men han förklarade aldrig varför han hade denna talang. Han förnekade att han var halvtysk.

Albies utsökta tyska kom till ännu större rätt när de andra gästerna hade rumlat hem och bara de två var kvar. Dessa stunder inträffade alltmer ofta, ibland gick de andra gästerna förvånansvärt tidigt, som om de fått en vink om saken.

De började sitta uppe lite för länge med tanke på morgondagens föreläsningar och talade, nästan bokstavligt, om allt mellan himmel och jord, om Norge och England, om Bach och Mozart, den impressionistiska konstens genombrott, Wagners vikingaromantik i förhållande till den betydligt kärvare verkligheten på den tiden, om socialismen och kvinnlig rösträtt, om Tysklands ovillighet att delta i den koloniala kapplöpningen och Englands å andra sidan måhända alltför överdrivna strävan i det avseendet, det holländska ljusdunkelmåleriet i förhållande till alla ljusa färgskalor i modernt franskt måleri, vem skulle inte vilja ha en Vermeer hemma på väggen, särskilt med tanke på hur många moderna franska konstverk man skulle kunna växla in den i, och dessutom få en kopia av den gamle holländaren på köpet.

I dessa ensamma stunder blev världen smärtsamt vacker, som vissa passager i Tjajkovskis Pathétiquesymfoni; hur långa samtal kunde de förresten inte ägna åt jämförelser mellan Bachs matematiska och Tjajkovskis känslomässiga metod att skapa skön konst.

Livet blev större och rikare tillsammans med Albie, och känslan av detta allt starkare för var gång han betänkte hur livet skulle ha tett sig för den som förblivit repslagare i Bergen med nittio procent av synfältet ut mot världen avskärmat. Ibland kändes det som ett övertryck inombords, som ett bildäck som pumpades hårdare än det tålde och var på väg att sprängas, ibland var det mer som en febrig upphetsning som han till en början inte kunde sätta ord på, varken sublima eller låga ord. Han förstod inte den hemliga, för somliga skamliga, innebörden i dessa överväldigande känslor.

Första gången Albie kysste honom till avsked, försiktigt och ömt men på munnen, gick han som berusad hem efter Elbes strand i det röda ljuset från soluppgången, en avsiktlig omväg, sjungande vad som föll honom in, mest Schubert. Känslorna just då körde över allt förnuft. Han förstod inte, hade inte ens en tanke på, att han befann sig vid ett av sitt livs avgörande vägskäl.

* * *

Albie plågades som vanligt av sitt dåliga samvete. Det fanns för mycket som han aldrig berättat för Sverre. Han hade aldrig ens antytt något om den katastrof som var orsak till att han måste lämna England och söka ett nytt liv i Tyskland, åtminstone början till ett nytt liv. Han hade inte sagt ett ord till Sverre om sina tidigare utsvävningar – en av många tänkbara förskönande omskrivningar – när han levt oansvariga men glada dagar bland Londons bohemer och dandies, för att ta till nya förskönande omskrivningar.

Från början var det som om han ville skydda Sverre, eller rättare sagt deras närhet till varandra, genom sin diskretion. Sverre var en ren man, obefläckad som ett helgon och själva sinnebilden av oskulden från landet. Och det hade inte det minsta med fjollighet att göra. Sverre var en viking, kraftfull som en staty på British Museums grekiska avdelning. Sverre hade en stämning av salt hav och fiskegarn i sin blåa blick och var samtidigt ingenjör på världens förnämsta tekniska universitet och en drömmande konstnärssjäl, och ovanpå allt detta den mest elegant klädde mannen i Dresden. Det var sagolikt och givetvis oemotståndligt.

Från början var det nog så att han helt enkelt var rädd att skrämma bort Sverre från sin närhet genom att ens så mycket som antyda att det hade funnits andra män, och ju längre han drog ut på det, desto mer växte lögnen och blev ännu svårare att punktera.

Det skulle ändå ha varit möjligt att börja berätta från den ljusa sidan. För det fanns stunder då det var en underbar känsla av frihetslycka att vara en dandy bland andra runt Oscar Wilde. Som den gången de kom i samlad tropp, alla med gröna nejlikor i knapphålet, utstuderat försent, till premiären på *Lady Windermere's Fan* kvällen då alla, en hel teatersalong fylld av alla som räknades i London, älskade Oscar. Särskilt när han i sitt tacktal från scenen gratulerade publiken till god smak och högt litterärt omdöme eftersom var och en i salongen tycktes förstå att uppskatta pjäsen nästan lika mycket som han själv. Hade George Bernard Shaw hållit ett sådant tal till publiken hade det blivit skandal. Men när Oscar gjorde det befann han sig i en himmelsk dimension där kärleken omsvepte honom som skyddande bomull och siden, och gav inte bara honom själv utan alla omkring honom känslan av att han nu blivit Prince of London och därmed osårbar.

Bara något år senare skulle Oscar Wilde hamna i trampkvarnen bakom fängelsemurarna i Reading, dömd till två års straffarbete för ”den kärlek som inte vågar säga sitt namn” men som på strafflagens språk heter *synnerligen oanständiga gärningar*. Katastrofen hade varit omöjlig att föreställa sig den där kvällen på St James's Theatre.

När hela vidden av skandalen stod klar, efter domen mot Wilde då hatet mot allt vad han påstods representera vällde fram i våg efter våg i pressen, var den lyckliga tiden förbi så snabbt och brutalt att det kändes overkligt att ens försöka minnas. Det blev plötsligt riskabelt att uppträda i sammetskavaj med grön nejlika i knapphålet på stadens restauranger. Till och med att visa sig slätrakad kunde väcka omgivningens – ofta berättigade – misstankar. Att uttala sig gillande om fransk konst eller litteratur hade blivit ytterst oklokt, faktiskt på gränsen till landsförrädiskt.

Det var Daily Telegraph som på största allvar lanserat den politiska förklaringen. Man skrev att allt bottnade i en fransk satanisk konspiration som gick ut på att i smyg överföra onämnbara franska seder i syfte att undergräva den engelska ungdomens moral, på kort sikt. För att på lite längre sikt utplåna den engelska rasen. Det var alltså frågan om en ny form av särdeles lömsk och feg krigföring från den franske ärkefienden. Följaktligen representerade Oscar Wilde och hans anhang förräderi mot såväl England som Imperiet.

Eftervärlden skulle möjligen skratta åt dessa besinningslösheter. Men för den som just då upplevde hatet inpå det egna skinnet var paniken nära. För Albies del återkom den i mardrömmar flera år.

När uppståndelsen var som värst i London flydde han hem till Wiltshire och träffade sin far för första gången på åtta månader.

Han fann fadern i det lilla arbetsrummet intill biblioteket, försjunken i räkenskaper eller liknande trivialiteter. Han hade väntat sig någon form av uppträde, att fadern skulle skälla ut honom och börja hota med det ena eller det andra, närmast till hands låg indraget underhåll. Ingenting sådant inträffade.

Hans far såg lugnt upp och nickade, som om det bara varit några timmar sedan de sågs, betraktade kort sin sons klädsel, men sade ingenting om den heller utan lät bara ana ett småleende.

”Så bra att du kom”, sade han. ”Jag skulle föreslå en eftermiddagspromenad så talar vi igenom saken. Det tar mig bara en kort stund att avsluta det här, och då kan ju du klä om under tiden.”

Så försjönk fadern på nytt i sina papper. Det fanns inget annat att göra för Albie än att gå upp på sitt rum och klä om till det vanliga, bruna lågskor, knäbyxor, tweed och keps, en tio minuters förvandling från dandy till lantlig gentleman. Längst in i garderoben hängde han sin lila sammetskavaj, den långa vita rocken och hatten.

En stund senare promenerade de ut i parken. Hans far verkade lugn som en filbunke men dröjde med att säga något. Det var en grådag med duggregn.

För det första, började hans far äntligen, närmade man sig en situation som kunde likna de franska förföljelserna av hugenotter på 1600-talet, den moraliska paniken i London var nu som ett vilddjur. Sant var visserligen att lord Alfred Douglas, Oscar Wildes älskade Bosie, hade undgått fängelse och vanära. Men det hade också de kära kusinerna, Henry James Fitzroy och lord Arthur Somerset lyckats med för några år sedan. En otrevlig historia, den där så kallade Cleveland Street-skandalen. Hursomhelst nöjde sig rättvisans kvarnar den gången med att bara mala ner några bordellägare och enklare kunder. Att sonen till prinsen av Wales slank ur nätet var knappast något att förundra sig över. Men som sagt, också de kära kusinerna kom undan med blotta förskräckelsen. Nu fanns emellertid anledning att förmoda att de – om man så ville – lyckliga tiderna var oåterkalleligen förbi. Nu måste man på allvar frukta en epok av hämningslösa förföljelser. Därför vore några års studier utomlands en klok förändring av tillvaron.

Så långt hade Albie inte haft ett ord att lägga till eller invända. Hans fars beskrivning av läget hade varit lika lugn som den varit exakt.

De gick tysta sida vid sida en stund, spatserande gentlemän som på avstånd inte skulle ha förefallit att tala om annat än det gentlemän talade om, vädret, cricket och fasaner. Det föreföll inte som om det fanns så mycket mer att säga. Saken var tydligen klar och Albie hade redan börjat föreställa sig livet i Paris. Faderns nästa drag blev därför en total överraskning.

”Jag föreslår att du i dina fortsatta studier specialiserar dig på maskinlära”, sade han. Bara det. Fortfarande lugn som en filbunke och i ett tonfall som om de just bara talat om vädret.

När Albie efter några sekunders tvekan, då han fortfarande trodde att det rörde sig om ett typiskt engelskt ironiskt skämt, insåg att fadern menade allvar, kände han sig som träffad av ett dråpslag.

Maskinlära? Så enkelt och banalt, sådant som angick kuskar, smeder och lägre tjänstemän på kontor i London? Så själsdödande, så lågt!

I efterhand kom han aldrig ihåg hur han hade formulerat sina invändningar, förmodligen stockade sig orden i halsen på honom. Men hans far bara smålog. Han hade säkert grunnat länge på hur han skulle lägga fram detta i sonens ögon högst prosaiska förslag. Han var väl förberedd på invändningarna.

1900-talet, började han, skulle bli maskinernas och teknikens stora århundrade. Maskinerna skulle inte bara förändra jordbruket i grunden, utan lika mycket kommunikationerna och den industriella produktionen. De som först insåg detta skulle inte bara berika sig själva över hövan, utan också göra mänskligheten gott.

Och om vi nu applicerade detta resonemang på just Albie? Hur artistiskt Albie än klädde sig, hur bohemiskt utmanande han än försökte formulera sig, hur envist han än hävdade litteraturen som den enda meningsfulla sysselsättningen, så var han utan minsta tvivel, dessvärre, i huvudsak matematiskt begåvad. Vilket för övrigt inte var något att skämmas över, men alla vitsord från Eton hade varit entydiga på den punkten.

På Eton hade det dessutom varit en lukrativ begåvning. Var det inte sant att han under de två sista åren skrev ett otal matematiska hemuppgifter och läxor, inte bara för sina klasskamrater utan också åt betydligt äldre kamrater, till och med straffprefekter? Det som tog dem en timme klarade han på fem minuter, var det inte så? Hade inte denna föga eftersträvade talang skänkt honom den bästa privatekonomin av alla på Eton, där reglerna annars var stränga när det gällde ekonomiskt underhåll hemifrån? Kunde man inte se det rentav som ett memento för framtiden?

Valet såg alltså ut så här. Antingen traggla med det man älskade men inte förmådde, i Albies fall poesi och litteratur. Eller också ge sig i kast med det man var mest lämpad för. Och med tiden lära sig älska det.

Det följde en ny lång tystnad under deras promenad. De hade kommit ner till stora bäcken där vårfloden slitit sönder bron, det var dags att vända.

Albie kände sig insnärjd i logiken. Vad som inte ens behövde sägas var att han var ende son och därför hade ett särskilt ansvar. Bortsett från det, en skugga han alltid levt under, så var han nu sakta och metodiskt inmålad i ett hörn. Vad han helst skulle ha velat göra i livet var en sak. Logiken talade dessvärre för något helt annat.

”Nåväl, gott”, sade han. ”Maskinlära blir det.”

”*Excellent*”, svarade hans far. ”Det tror jag blir ett mycket lyckligt beslut, både för familjen och för dig själv, kanske rentav för England. Dåså! Då kommer vi till frågan om var denna maskinlära ska inhämtas. Cambridge saknar som bekant inte utomordentliga kvalitéer när det gäller naturvetenskaplig undervisning. Men att du nu skulle återvända till Trinity College skulle knappast skapa förutsättningar för de förändringar vi planerar.”

Det var en mild, möjligen ironisk, underdrift. Albies liv på Trinity College hade varit tämligen ”bohemiskt” och dessutom hade han just relegerats för resten av läsåret på grund av ständig frånvaro. Han var alltså än en gång berövad alla motargument.

”Ja, jag vet far”, svarade han resignerat. ”Jag bör söka ett nytt liv utanför bohemen. Utomlands alltså?”

”Just det. Och då infinner sig den intressanta frågan. Utomlands var då?”

”Frankrike!”

”Jag var rädd att du skulle komma dragande med Frankrike...”

Faderns hat mot Frankrike skulle inte på minsta vis förväxlas med den skräckfyllda avsky som exploderat i Daily Telegraph och de andra notoriskt frankofoba tidningarna i London. I hans perspektiv var sakernas tillstånd radikalt annorlunda. Frankrikes bidrag till världen var naturligtvis litteraturen, bildkonsten och i viss mån den moderna musiken. Men Frankrike var först och främst Europas vilddjur. Frankrike var blodtörstigt och krigiskt till gränsen för vansinne och så hade det varit sedan Louis XIV och förbi Napoleon och kunde inte tämjas förrän Österrike, Preussen, England, Ryssland, till och med Sverige, och i viss mån den ryska vintern, förenade sina krafter mot besten. Englands nästa krig skulle tvivelsutan och oundvikligen bli mot Frankrike, som vanligt. Det fanns ett bestämt skäl till att Albie och hans systrar uppfostrats med tyska guvernanter, i stället för franska, som somliga kusiner dessvärre fortfarande föredrog, fortsatte fadern sin långa predikan.

I motsats till Frankrike var det Tyskland som representerade Europas fredliga morgonrodnad. Han visste vad han talade om. Historikern Frederic William Maitland hade varit hans klasskamrat redan på Eton, de var ju precis jämngamla, men dessutom hade de följts åt till Trinity College dit han själv kom på grund av familjens abonnemang, liksom Albie, men dit Maitland kom på grund av stipendier och enastående begåvning.

Fadern och Maitland hade haft angränsande rum på Trinity under de första åren och både festat gemensamt och... ja. Men förutom det hade de fört oändliga diskussioner om Europas framtid.

Maitland hade alltid framhållit Tyskland som Europas ideal, låt vara ett land av opraktiska drömmare i ett blått moln av tobak och skön musik. Sannolikt var tyskarnas Europas fredligaste folk, det var bara att se på de senaste femhundra årens krigshistoria. Att Frankrike tvingade in dem i uppgörelsen 1870–71 berodde helt enkelt på att fransmännen som vanligt ville passa på att roffa åt sig nya landområden och trodde att Europas då yngsta stat skulle bli ett lätt byte. Inte undra på att hela världen sympatiserade med Tyskland under det påtvingade kriget. En välsignelse att de segrade! Och sedan dess hade Tyskland levt i fullständig fred med sina grannar.

Och även om det nu var mycket svårt att skåda in i framtiden så stod åtminstone en sak klar. Snart skulle England på nytt befinna sig i krig med Frankrike, sannolikt rörande konflikten om nedre Sudan eller något annat område i Afrika. Med Tyskland skulle England naturligtvis aldrig hamna i krig.

”Så om du undrar varför du talar fullödig tyska men usel franska, så vet du det nu!” avslutade fadern sitt passionerade lovtal till fredens, de sköna konsternas, men under senare år faktiskt också teknikens, ledande land i Europa.

Fadern hade ånyo fållat in honom i en återvändsgränd där bara ett enda beslut föreföll möjligt. Att studera i ett land som i en nära framtid än en gång skulle bli ett fiendeland vore naturligtvis oklokt. Det gjorde Tyskland till det självklara valet. Albie var övertalad. Och han sörjde inte förlusten av glada dagar i Paris därför att han innerst inne visste att hans redan svaga studiedisciplin snabbt skulle försvinna i en virvel av nöjen om han kom till Sorbonne. Det var inte för inte som Paris var Oscar Wildes favoritstad i Europa.

Återstod bara den formella kapitulationen.

”Och varthän i Tyskland hade far tänkt sig att jag skulle bege mig för att studera dessa maskiner?” frågade han avmätt.

”Till Dresden. Där finns för närvarande, skulle jag tro men inte bara jag – och så får de säga vad de vill i Cambridge – världens förnämsta tekniska utbildning. *Gute Reise, mein lieber Sohn*!”

Så till synes lättvindigt, närmast självklart i stunden, hade hans far sänt honom i armarna på Sverre, även om ingen av dem just då ens hade kunnat fantisera om en sådan ödets nyck.

Efter bara någon vecka i Dresden hade han lyckats skaffa sig ett abonnemang på Semperoper, och där skulle han självklart träffa en del likasinnade, men också Sverre. Efter föreställningarna samlades entusiasterna i operaföreningen för att kritisera och diskutera och om nödvändigt, vilket sågott som alltid var fallet, gå ut och ta sig några glas och fullfölja samtalen.

Det första han sett hos Sverre, på avstånd i trängseln, var kläderna och de handsydda skorna. Men det dröjde något innan de på ett naturligt sätt kunde hamna i samma lilla sällskap på väg ut på stan.

Sedan den stunden, det ögonblicket rättare sagt, för det fanns ett speciellt ögonblick när de såg varandra riktigt för första gången, hade Sverre varit ständigt närvarande i hans liv, om så till en början mest i fantasilivet. Och sedan dess hade ett torn av lögner, förvisso omslingrat av de vackraste rosensnår, börjat resa sig allt högre.

Eller om inte direkta lögner, så i alla fall förtiganden och undanhållanden, vilket är nästan samma sak. Själv visste han allt om Sverres liv, om den lilla staden Bergen, den vildvuxna höga ön, fiskebåtar, rasande stormar, faderns och farbroderns tragiska död som lämnat sex barn faderlösa, lärlingstiden på repslageriet, allt.

Men vad visste Sverre om honom? Att han var någon sorts fårfarmare från den engelska landsbygden?

Att de inte hade kunnat bjuda hem varandra under sommarledigheterna lät sig bekvämt förklaras med att Sverres mor var djupt religiös och orubblig i sina föreställningar om skillnaden mellan vanlig synd och styggelse. Och hans cykeldåre till äldste bror var tydligen lika reaktionärt fyrkantig som han var intolerant.

I det sällskapet hade minsta oförsiktig kärvänlighet kunnat

avslöja dem, något som Sverre var uppenbart rädd för. Det fungerade som ursäkt åt ena hållet.

Åt andra hållet var Albies ursäkt mer svävande. Sant var att hans far förmodligen bekymrat rynkat pannan, inte mer, inte sagt något, om han bjudit hem en norsk studiekamrat från Dresden som alldeles uppenbart var mer än studiekamrat.

Men fadern var motsatsen till Sverres mor. Hela sitt liv var han ytterst förstående för unga mäns utsvävningar innan de stadgade sig och bildade familj som plikten bjöd. De hade talat mycket uppriktigt om saken inför den första resan till Dresden. Hans far hade som alla andra i familjen också gått på Eton, och haft ungefär samma erfarenheter av manlig närhet som alla andra. Och sak samma var det med Trinity College. Det var närmast med beklagande han förklarade att hans tid av *Sturm und Drang*, som han kallade det, måste få ett abrupt slut därför att hans egen far rycktes bort från livet alldeles för tidigt. Då slog plikten till.

Det var som en naturlag, bara att acceptera. Gifta sig, helst rikt, skaffa minst en son och helst några i reserv. Slut på det glada livet.

Fadern hade lyckats i två avseenden. Att gifta sig rikt och få en son. Med reservsöner gick det sämre, det blev systrarna Alberta, Margrete och Penelope.

Att komma hem med en manlig vän till familjen, i en ålder då de andra räknade med en blivande fästmö, hade varit mindre lyckat. Ingen katastrof, men mindre lyckat. Möjligen var det av ren feghet som han gjort Sverres tveksamheter till sina egna, inte sagt rent ut men kanske låtsats, att de båda befann sig i samma sorts knipa.

Självklart åkte han ensam över till faderns begravning. Om det inte vore för att hans farfar stupat i boerkriget, och därmed dött alldeles för ung, kunde man ha fruktat att det var ett släktdrag. Albies far hade dött i magkräfta, det hade gått fort mot slutet.

Den värsta sorgen läkte på något år, men han kände inom sig att ärren skulle lysa tydligt vita inom honom för resten av livet. Det han sörjde mest var att hans far och han inte kommit varandra riktigt nära förrän efter krisen som följde på domen mot Oscar Wilde. Han hade dessförinnan inte kunnat föreställa sig sin far så konstnärligt bildad och litterärt intresserad, än mindre som en man med samma läggning som han själv, förrän den där sista tiden innan han gick i landsflykt till Tyskland.

Alldeles för sent hade han lärt känna sin far som något annat än den lantlige gentlemannen som förde lika enahanda och torftiga konversationer som alla andra lantliga gentlemän. För sent hade han insett att när far satt böjd över sitt arbetsbord på eftermiddagarna hade det kunnat vara Faust han läste snarare än fakturor och rapporter från skörden. Sörjde fadern sin alltför korta tid av frihet och drömmar bland unga briljanta män med samma drömmar? Antagligen. Men det skulle han aldrig få veta.

Och nu hade han själv hamnat i samma situation. Som det nu var måste han alltså gifta sig och på ett eller annat sätt få en son och helst en till. I annat fall skulle mor och systrarna – för den händelse han dog i en olycka, eller för ung av annat skäl – tvingas flytta hemifrån till Gud vet vart, medan någon kusin flyttade in och övertog alltsammans. Det var som en naturlag, omöjligt att förändra eller kompromissa med.

Och det var ännu en sak som han varit något otydlig med

inför Sverre. Eller mer ärligt formulerat, det var ännu en sak han undanhållit. Som han snart måste berätta.

Och nu närmade sig sanningens stund med den förfärande hastigheten av 40 miles i timmen, de skulle snart vara framme i Salisbury. Hans hopp stod till två ting.

Innan han lämnade England den där ovädersmorgonen för fem år sedan hade han sammanställt den mest ärliga text han någonsin skrivit. Det var strax efter rättegångarna mot Oscar Wilde. Det var på den tiden han ville uppfatta sig själv som konstnär, förförd till den romantiken som alla andra unga män runt Oscar, uppmuntrad som alla andra unga män av Oscar själv. Han hade skrivit med sitt blod, så hänsynslöst ärligt som konsten krävde, enligt Oscar.

Det hade blivit femtio ark, inte bara om rättegångarna och livet i bohemen och den lyckliga tiden strax före katastrofen, utan om sitt liv som det faktiskt gestaltade sig vid den tiden, allt detta som han i mer än fyra års tid hade dolt för Sverre. Det fanns alltså på pränt.

Efter några dagar hemma skulle han ta fram berättelsen ur sitt kassaskåp och överlämna den till Sverre. Det fick bära eller brista. Men om de skulle inleda ett nytt liv tillsammans måste ärlighet från och med nu vara ett *sine qua non*, ett oeftergivligt villkor.

Det nya huset var färdigt. Det borde kunna övertyga Sverre om att han på fullständigt allvar förberedde ett liv tillsammans för dem. Bära eller brista, snart kom avgörandet. Det var lika skräckinjagande att inse som det märkligt nog också kändes som en lättnad.

* * *

I efterhand måste Sverre medge att han med ett minimum av observans och, genant nog, vanlig slutledningsförmåga, hade kunnat undgå att bli så totalt överrumplad. Han borde till exempel ha begripit en sådan uppenbar sak som att det inte var några vanliga hyrkuskar som hämtade dem på London & South Western Railways röriga station inne i Salisbury. Och att Albie och han själv som en självklarhet bara lämnade sitt bagage på nitton kollin utan minsta övervakning eller bekymmer tolkade han som en charmerande egenhet för den engelska landsbygden, här var folk tydligen så hederliga att ingen skulle komma på tanken att förse sig bland de tydligt dyrbara resväskorna och koffertarna. Hans heraldiska kunskaper var självklart skrala, men ändå borde han ha kunnat se att det inte var ett vanligt stadsvapen på dörrarna till hästdroskan, som på droskorna i Dresden. Ingenting begrep han av det han borde ha börjat förstå redan vid ankomsten till Salisbury.

Möjligen var han fjättrad vid sina starka fantasier. Han hade målat upp en bild, tydlig som ett fotografi, över hur det skulle se ut hemma hos Albie. Det var en vacker gård på en kulle, omgiven av gröna sluttande ängar, en sorts långhus med vita kalkstensväggar och några lador och förrådsbyggnader, något hundratal får som betade i omgivningen, en förnäm gård för lite bättre folk.

Deras vagn rullade snart ut på landsbygden, det var en nästan helt molnfri sommardag och förvånansvärt varmt, åtminstone förvånansvärt i förhållande till hur engelsmän brukade beklaga sig över sitt väder.

Albie hade först fört en kort glättig konversation med kusken, på ett dialektalt språk som Sverre inte förstod mycket av.

Men snart tystnade han och tycktes försjunka i tankar.

De passerade åtminstone tre lantgårdar som stämde väl med Sverres föreställningar, de genomkorsade några idylliska byar, stenhus, rosor, halmtak; England såg verkligen ut som England.

”Är det långt kvar?” frågade Sverre när de suttit tysta så länge att det började kännas mycket ovant.

”Nej, mindre än tjugo minuter”, svarade Albie. ”Jag har förberett en överraskning åt dig, det har med vårt arbete att göra, jag tror det kommer att glädja dig.”

Sverre kom sig inte för att svara. Om det var en överraskning kunde han ju inte fråga. Och Albie lät konstig, det var något med hans tonfall som inte gick att känna igen.

De hade just lämnat en by som tycktes omgärdad av en tre meter hög tegelmur, för att ta sig ut måste de köra igenom höga järngrindar där det låg en liten grindstuga, som om man skulle betala vägtull. Men grindstuguväktarna bara öppnade, hälsade och gjorde inte min av att ta betalt eller fråga efter resedokument. Och så var de ute på landsbygden igen.

De passerade några dammar med änder och svanar och vidare genom en gles ekskog med månghundraåriga majestätiska träd där det häpnadsväckande nog gick stora flockar av hjortar, inte sådana hjortar som Sverre kände till från Vestlandet och Sachsen utan mindre, fläckiga och ljusa djur, synbarligen helt oskygga, obekymrade av att häst och vagn passerade dem på nära håll.

”Vad är det för hjortar, sådana har jag aldrig sett”, frågade Sverre.

”Dovhjortar, rätt vanliga här i trakten”, svarade Albie.

Längre än så blev inte konversationen den här gången heller.

Albie verkade fortfarande egendomligt spänd. Nu först gick det upp för Sverre att man inte åkt ut, utan in, genom de höga järngrindarna.

Från den smala grusvägen som kryssade sig fram mellan ekarna skymtade han en mycket stor byggnad, ett sjukhus eller ett regemente eller någon annan offentlig institution som i Sverres ögon såg helt malplacerad ut på landsbygden. Någon vit bondgård på hög kulle syntes definitivt inte till.

En kort stund senare när de närmade sig den mäktiga byggnaden förstod Sverre att det var där vägen slutade, vid en stor gårdsplan mitt framför en bred stentrappa och höga entréportar. Folk hade börjat rada upp sig på de nedre trappstegen.

Albie tog ett djupt andetag, tycktes blunda som av ansträngning innan han sammanbitet delade ut sina instruktioner.

”Vi går från höger till vänster, jag hälsar först, sen presenterar jag dig. Kyss min mor, mina systrar och min farmor på hand, de andra handhälsar du på!”

Sverre satt som förstenad. Scenen kunde inte missförstås, inte heller den korthuggna instruktionen från Albie. De hade kommit till ett slott, på stentrappan väntade någon sorts furstefamilj, och om detta hade han inte minsta föraning. Att Albie var ”lord” kunde såvitt Sverre förstått betyda i stort sett vadsomhelst, i Sverres förtyskade världsbild var det inte annorlunda än ”Freiherr” eller ”Baron”, titlar som rätt många studiekamrater svängde sig med i Dresden.

När kusken bromsade in mitt för den väntande församlingen sprang två unga män i ljusblå uniformer fram och öppnade vagnsdörrarna från varsitt håll samtidigt som de fällde ner fotsteget och ställde sig i någon sorts givakt.

Alla fantasibilder om lantlig idyll som Sverre byggt upp hade krossats under den senaste minuten, han hade blivit torr i munnen och befarade att han inte skulle kunna säga ett ord vare sig på engelska eller tyska, men lyckades väsa fram en snabb fråga.

”Hur tilltalar jag damerna?”

Albie som redan var på väg ut ur vagnen vände sig hastigt om, all hans nervositet var som bortblåst, tvärtom log han sitt vackraste leende som om just det här varit hans särskilda överraskning.

”Ers nåd till de äldre, miladi till de yngre. Håll dig till mig, älskling, det här fixar vi!”

Han hoppade spänstigt ner i gruset och började med utslagna armar gå mot de vackrast klädda kvinnorna som stod först i raden av väntande, Sverre slöt upp snett bakom honom. Albie kramade om sin mor, kysste henne och svarade på några snabba frågor om resan. Så vidtog själva proceduren.

”Kära mamma, det här är diplomingenjör Sverre Lauritzen, min blivande kompanjon som jag berättat så mycket om. Sverre, det här är min mor, lady Elizabeth.”

Plisserat siden, snyggt skuren i halsen, en sorts falsk urringning med tyll, mycket smakfullt, halssmycket måste vara en akvamarin, för stor för att vara safir, tänkte Sverre desperat, som om han måste tvinga sig till att tänka på något konkret för att inte tappa kontakten med verkligheten, när den inte helt vackra men stilfulla medelålders kvinnan räckte fram sin högra hand som han försiktigt grep med sin vänstra innan han markerade en snuddande kyss.

Hon sade något om att han var ytterst välkommen. Han försökte mumla ett svar. Albie presenterade sina systrar, lady Margrete som skulle kallas Margie och lady Penelope som skulle kallas Penni. Han kysste deras händer, de talade tyska och skämtade. Han väckte deras munterhet genom att försöka översätta ”lady” till ”meine gnädige Frau” och tydligen gjorde något fel. Och så gick ceremonin vidare till en äldre dam som alltså måste vara farmodern, lady Sophy. Albie skämtade något obegripligt om att hon skulle förbli lady Sophy i tilltalet, fast man strikt inom familjen nöjde sig med att kalla henne Auntie. Samma handkyss, samma oförmåga hos Sverre att uppfatta skeendet, det liknade en mardröm där han plötsligt blivit döv och bara kunde se andra människors munnar röra sig utan att förstå vad de sade.

En storvuxen man i någon sorts jackett presenterades bara som ”James”, Sverre kunde inte placera honom i rangordningen eftersom han å ena sidan stod närmast lady farmor och å andra sidan bara presenterades med förnamn. Det var förvirrande. Han försökte med ett ”sir”, men blev avmätt tillrättavisad att det gick bra att säga bara James. Och då var det alltså handhälsning som gällde.

Därefter följde en medelålders dam som var en kompromiss mellan familjens överdådigt och dyrbart klädda kvinnor och det tjänstefolk som tycktes följa längre ner i raden. Hon var ”mrs Stevens” och Sverre antog att hon liksom föregående James bara skulle tas i hand.

Nästa presentation var underligt nog på tyska, fast den gällde en mrs Jones. Hon talade också, liksom systrarna, tyska. Albie förklarade att detta var före detta Fräulein Gertrude, efterträdare till Fräulein Hilde, som olyckligtvis rymt med en av husets revisorer, varför man av tvingande skäl frångått vissa principer. Varför således Fräulein Gertrude nu blivit mrs Jones, äkta maka till förstebetjänten Henry Jones och därmed väl förankrad i huset utan kända planer på att rymma. Presentationen förvirrade, men måste ha varit humoristisk, omgivningen skrattade hjärtligt, Sverre koncentrerade sig bara på att det åter måste vara handhälsning som situationen krävde.

Fortsättningen på hälsningsproceduren längs raden av övrigt tjänstefolk i svartvita dräkter klarades av betydligt snabbare. Därefter gick alla in, med damerna först, därefter Sverre, diskret knuffad i position av Albie som slutit upp tätt bakom honom och viskade att om du nu bara håller dig till mig så går allt som en dans.

Tjänstefolket försvann som andar åt alla håll. Familjen samlades i en mindre salong på nedre botten, bortom ett bibliotek och ett herrum, inredd i en stil som Sverre inte kunde placera konsthistoriskt, annat än att det måste vara 1700-tal och mycket engelskt, definitivt inte franskt. James serverade te, kanapéer och scones.

Allt var en dröm, eller tillstånd av chock, eller båda delarna för Sverre. Han gjorde sitt bästa för att svara på vänliga frågor om ingenting särskilt, enklast när han tilltalades av systrarna som envisades med att tala tyska med honom, deras tyska var nästan lika perfekt som Albies. Teceremonin tog kanske en halvtimme, innan lady Elizabeth plötsligt reste sig. Albie reste sig då genast och Sverre hade sinnesnärvaro nog att göra detsamma. Lady Elizabeth sade något om den långa resan, trötta gentlemen och välkomstmiddag klockan åtta.

Albie tog Sverre under armen och ledde ut honom, som om

han inte skulle ha kunnat gå själv. Ute i friska luften kom hans tankeförmåga, som tycktes ha varit helt utslagen, tillbaks som en plötslig befrielse.

”Min käre, käre Albie, varför har du aldrig berättat det här?” frågade han när de gick nedför de skrovliga kalkstenstrapporna utanför huvudentrén.

”Därför att jag till en början var rädd att skrämma bort dig, därför att jag senare när jag var mindre rädd för den saken, tyckte att det spelade så liten roll, att vår närhet till varandra var något höjt över alla ekonomiska och sociala trivialiteter, därför att jag senare skämdes över att jag inte sagt något alls. Och här är vi nu.”

”Det där svaret har du slipat på länge.”

”Ja, det kan du ge dig på. Sen vi steg ombord i Antwerpen, ungefär.”

”Det var i alla fall ytterst välformulerat.”

”Tack, kära du.”

De tystnade och fortsatte promenaden genom den oöverskådligt stora parken, de gick mot ett avlångt vitt tvåvåningshus med överdimensionerade fönster som löpte från grunden upp till andra våningen, antagligen någon sorts orangeri.

De hade brutit igenom en första barriär, sagt det allra viktigaste först. Men det fanns en hel del som var näst viktigast. Sverre var fortfarande så omskakad att han tvekade inför att omedelbart ge sig på fortsättningen. Albie såg rörande skyldig ut och samtalet fick inte urarta till någon sorts förhör. Samtidigt växte Sverres nyfikenhet omåttligt.

”Du vet att jag kommer från det man kallar mycket enkla förhållanden?” prövade han.

”Jadå, ett av många nedlåtande engelska uttryck. Men självklart, du har till skillnad från mig berättat allt om din bakgrund. Det sägs att folk med sådant ursprung skäms, ibland gör allt vad de kan för att dölja det, och genomskådas av sådana som jag. Men det gjorde aldrig du. Mellan oss var det tvärtom.”

Svaret förbryllade Sverre, men han kom sig inte för att fråga vidare eftersom de kommit fram till porten på det avlånga vita huset. Albie höll menande upp två nycklar, gav den ena till Sverre och låste upp ytterporten.

”Det här var den överraskning jag talade om”, sade han när de steg in i hallen.

Synen var häpnadsväckande, entréhallen var så icke-engelsk man kunde föreställa sig, kanske mest tysk, möjligen holländsk. Väggarna var vitslammade som i en protestantisk kyrka, dekorationerna längs väggarna bestod av litografier som förde tankarna till ritningar och ingenjörskonst, uppblandade med enstaka dramatiska oljemålningar som gav liknande associationer, framrusande lokomotiv, väldiga atlantångare. Allt doftade renskurat, målarfärg och nybygge. En hästskoformad dubbeltrappa i ljus ek täckt av persiska gallerimattor ledde upp till övervåningen. Moderniteten och ljuset blev en högst slående kontrast till dunkelheten i det gamla slottet några hundra meter bort.

Albie öppnade en sidodörr och de steg in i ett stort bibliotek och arbetsrum med fyra fullt utrustade ritbord av samma typ som hemma i Dresden.

”Biblioteket är välförsett, sågott som all teknisk litteratur inom våra gebit finns här inne, tvåtusensexhundra volymer”, förklarade Albie, tog några snabba steg genom rummet och öppnade nästa dörr.

Där, i den bortersta delen av bottenvåningen, låg en fullt utrustad mekanisk verkstad. Vadhelst man åstadkom vid ritborden i det angränsande arbetsrummet kunde man sedan omedelbart försöka konstruera i verkligheten här inne.

En spiraltrappa i bortre hörnet av verkstaden ledde upp till en stor salong av klassisk herrumsmodell och bibliotek med litterär och humanistisk inriktning, möbleringen var i kontrast till det vetenskapliga biblioteket där nere av mer konservativ typ, mörka träväggar, orientaliska mattor, några palmer, marina motiv på väggarna, grammofon med en ansenlig skivsamling. I anslutning till herrummet låg fyra gästrum, enkelt inredda med sparsmakad utsmyckning och grekiska frismönster i stället för stuckatur.

Sverre följde tyst i hälarna på Albie när de gick tvärsöver övervåningen, hela vägen bort till ett badrum lika stort som ett bättre sällskapsrum, själva badet var inte precis något badkar utan en mindre bassäng som man steg ner i via en liten trappa i mässing och mahogny. Återigen var inredningen grekisk, eller förde åtminstone tankarna åt det hållet med kakel i koboltblått och vitt.

De hade varsitt sovrum i anslutning till det stora badrummet. Den inre kortväggen i sovrummen var helt förbyggd av väl tilltagna garderober, stilen var återigen mer dunkelt orientalisk, och de stora före detta orangerifönstren inramade av dubbla draperier, först ett lager veckad tyll, ovanpå det tunga sammetsdraperier i rubinrött. Golvet framför den stora svarta järnsängen var belamrat med Sverres koffertar och resväskor som, slog det honom först nu, omärkligt förflyttat sig från järnvägsstationen i Salisbury.

Han var förstummad, han hade inte sagt ett ord under förevisningen. Nu sjönk han ner i en läderfåtölj mitt bland allt bagage, andades demonstrativt pustande ut och torkade svetten ur pannan med sina manschetter, skjortan skulle ändå bytas.

”Inte så dumt, va?” sade Albie.

”Inte dumt alls”, svarade Sverre lågt. ”Så det här var överraskningen?”

”Ja, det här var överraskningen. Här kan vi få den frihet vi behöver för att skapa allt det nya. Inget tjänstefolk bor i huset, de kommer över vid måltiderna och drar sig sen undan. Köksregionen ligger rakt under oss. Rinnande vatten där som här uppe i badet. Du ser snarare blekt samlad ut än lycklig.”

”Jag är blekt samlad och lycklig.”

”Vi packar upp några timmar och ses sen i badet, låter det bra?”

Sverre nickade tyst men lyckades klämma iväg ett försiktigt leende. Sedan satt han som apatisk när Albie överdrivet småvisslande dragit sig tillbaks genom badet och in till sitt eget sovrum. Det var alltså så förbindelsen såg ut, genom badet och inte via någon sovrumskorridor. De sov ju alltid i samma säng, om de kom åt att tillbringa nätterna tillsammans. Hur skulle de göra nu? Varannan natt inne hos Albie, varannan natt här?

Han satt helt stilla i fåtöljen, utan att komma sig för att göra någonting. Röran omkring honom var skenbar, packade han bara upp bagaget och stuvade undan väskor och koffertar vore allt perfekt. I fönstren stod två stora buketter med praktfulla röda rosor, måste vara en sort som blommade tidigt. Södra England var berömt för sina rosor hade han läst någonstans, milt klimat, mycket regn. Han drömde sig in i rosor, målade dem för sitt inre med varje fint veck i blomställningen, tänkte att han just nu inte kunde komma sig för med något annat än att fantasimåla ett stilleben.

Det var ett sinnestillstånd han måste bryta sig ur, helst genast, det insåg han. Samtidigt påminde det om njutningen att ligga och dra sig lite extra en morgon mot besväret att behöva halvspringa till dagens första föreläsning.

Till slut slog han ner båda händerna i fåtöljens läderglansiga armstöd, reste sig lite stelt och tog några beslutsamma steg bort mot de två boklårarna. Han hade försökt sortera sina böcker i alfabetisk ordning, men insåg att det knappast skulle vara till någon hjälp. Grovt räknat hälften av böckerna skulle bort till det humanistiska biblioteket på övervåningen, andra hälften ner till det vetenskapliga bilioteket, som om det handlade om två skilda världar. Han tog itu med att först packa om sina böcker i de två lårarna, vetenskap i den ena och humaniora i den andra. Det fick bli en senare sak att sortera in dem en volym i sänder i de två olika biblioteken.

När han släpat ut de två ompackade boklårarna i trapphuset återvände han till sitt sovrum och tog frenetiskt itu med att sortera alla kläder och finna någon logisk ordning inne i de rymliga garderoberna. Fritidskläder borde hänga närmast ingången, därefter middagskläder för vardagar och sedan frackarna och längst in diverse för promenader och stadsbesök? Jo, det verkade mest praktiskt. Och sedan ställa raden av skor i samma ungefärliga ordning.

Det fanns gott om hurtsar och lådor där han kunde sortera in skjortor och underkläder. Han arbetade ivrigt och metodiskt, hade hört hur Albie hade börjat spola upp badet.

Han var precis klar och höll på att avsluta arbetet med att stapla resväskor och koffertar på de breda hyllorna högst upp i garderoben när Albie kom in och hämtade hans frack, slängde den nonchalant över armen och rotade en stund bland frackskjortorna.

”Jag hänger grejorna utanför sovrumsdörren så tar Jones hand om det här reseknycklet i god tid till middagen, vi ses om tio minuter i badet”, sade han och försvann utan att vänta på svar.

Sverre gick tillbaks ut i sitt sovrum och slog sig på nytt ner i den moderna läderfåtöljen. Först nu såg han hur estetiskt genomtänkt rummet var. Fönstren gick ända upp i taket, eftersom huset ju en gång varit till för växter och, antog han, exotiska träd. De gröna nyglänsande läderdetaljerna harmonierade perfekt med de tunga, mörkt rubinröda draperierna och med den afghanska mattan i samma röda färg och svarta mönster. Mitt för de jättelika fönstren stod en palm, på väggarna hängde avbildningar av grekiska idrottsmän från antiken med den kände diskuskastaren i mitten. Albie hade god smak, sinne för det enkla och rena. Inga överdrifter, få färger men kombinationer som enkelt smälte samman. Om någon enda detalj kunde sägas vara, åtminstone skämtsamt, ”dekadent” så var det de röda lakanen som skymtade under sängöverkastet. Å andra sidan gick de i färg med den afghanska mattan, vars svarta mönster i sin tur stämde med den svarta järnsängen.

Där ute i det ekande badrummet hörde han hur vattnet äntligen slutade spola och hur Albie stönade av vällust när han av allt att döma steg ner i badet. Det kändes plötsligt starkt lockande, Sverre slet av sig kläderna, kastade dem omkring sig utan en tanke på ordning och gick naken ut i badrummet. Albie låg utsträckt som uppvisning i manlig skönhet, vilket helt säkert var meningen, Sverre steg ner i det skimrande blå och omfamnade honom och i samma ögonblick försvann de senaste timmarnas känslor av chock och osäkerhet och deras passion flammade upp lika snabbt och självklart som när man sätter en tändsticka till en väl förberedd brasa. Ingenting var längre svårt eller främmande.

Efteråt låg Albie hopkrupen över Sverres bröst, lätt som ett barn i vattnet. Det fick Sverre att tänka på hjortarna ute i parklandskapet, Albie var jämfört med honom så elegant i sin kropp. Själv var han grov och tung, bondsk som typ förmodligen.

De låg stilla omfamnade länge, guppade lätt i vattnet utan att röra sig förrän det blivit kallt och Albie huttrade till. De steg upp och rev åt sig varsitt badlakan.

”Vad gäller middagen”, sade Albie med allt ljus tillbaks i sin blick medan han frenetiskt frotterade sig för att få tillbaks kroppsvärmen, ”så kommer en del gäster. Grannar och kusiner mest, viktigast lord Somerset som är gift med min äldsta syster Alberta, så får du träffa henne också. Vi blir väl en arton, tjugo personer. Det är min välkomstmiddag, det blir lugnare i fortsättningen.”

”Och vad händer med den norska katten bland alla dessa hermeliner?” frågade Sverre med sin oro väckt på nytt.

”Lätt som en plätt för din del, lord Somerset måste sitta med min mor, någon av grannarna, den som är äldst antar jag, med farmor, så det slipper du. Som min gäst hamnar du mellan mina två ogifta systrar som älskar att tala tyska. Så du har ingenting att bekymra dig över.”

Albie slängde ifrån sig badlakanet, log på sitt oemotståndliga sätt, eller om det rentav var självironiskt, och tryckte Sverre mot sig.

Sverre sköt honom försiktigt ifrån sig, tog hans huvud mellan sina handflator, såg honom rakt i ögonen för att söka efter något fördolt innan han frågade om det som fått honom att känna sig osäker.

”Och vad ska jag tala om, och framför allt inte tala om, med dina systrar?”

”Jävlar också!” utbrast Albie häpet. ”Du har en social instinkt i klass med farmors. Allright. Vi rakar oss, tar en cigarrett eller två innan vi klär oss, så ska jag berätta om det lilla du har att tänka på.”

De hade varsitt toalettrum, med separat ingång från sovrummen, i ytterändarna av det stora badrummet, med vattenklosett, handfat, stark elektrisk belysning och väggfast spegel. De rakade sig omsorgsfullt, var och en tankfull på sitt håll, innan de sågs vid Albies rökbord inne i hans sovrum. Det var arrangerat på samma sätt som Sverres, fast med färgsättningen spegelvänd, så att det som var grönt hos Sverre var rött hos Albie och tvärtom.

De hade dragit på sig varsin badrock, Albie var fortfarande lite frusen av att ha stannat för länge i det allt kallare vattnet. Cigarretterna var turkiska med guldfärgade munstycken.

”Så här enkelt ligger det till”, förklarade Albie när han drog sitt första långa njutningsfulla bloss på cigarretten, det fanns ingen som kunde få rökandet att se så lockande ut som han, ”mina två yngre systrar hade älskat dig om du varit kvinna.”

Han gjorde en konstpaus, säkert medvetet för att förvirra

Sverre som mycket riktigt tycktes ha svårt att förstå paradoxen.

”Du hänger inte med?” retades Albie.

”Nej, det gör jag inte. Är de också…?”

”Verkligen inte! Lesbianism förekommer bara i större städer bland intellektuella. Inte inom den mer fossila överklassen på landet, här läser man om jag så får säga knappast Sapfo. Du har en del att lära dig om England, det här är bara dag två så oroa dig inte så förbaskat. Men så här ligger det till. Om du varit min kvinnliga älskade, min fästmö eller blivande fästmö, och sett någorlunda frodig ut, kapabel att föda en eller helst ett par tre stycken söner, så hade de älskat dig. Nu är du lyckligtvis man.”

”Lyckligtvis? Inte för *Penni* och *Margie* som det tycks?”

”Nä! Där har du fullkomligt rätt, är jag rädd. Saken är den att om jag får en son, vilket olyckligtvis måste ordna sig förr eller senare, så bor Penni och Margie kvar här till döddagar. Även om jag skulle råka trilla av pinn. Sak samma gäller mor och farmor.”

”Men annars?”

”Annars kommer någon kusin, jag har inte ens riktigt klart för mig vem, men någon kusin blir det, och tar över titeln och därmed även huset och egendomen. Och skickar iväg alla den förre earlens släktingar.”

”Earl? Är det det du är?”

”Visst, den 13:e earlen av… äh! Det var aldrig något jag bad om och det spelar ingen roll för oss. Tillbaks till frågan!”

”Vilken fråga?”

”När mina yngre systrar, liksom i förbigående, frågar dig om du är förlovad eller har giftasplaner vill de bara undersöka om du föredrar män. Vilket de naturligtvis misstänker. Alltså svarar du nej, annars blir det för mycket lögner. Men, och det är viktigt, med förklaringen att din älskade Hannelore eller Brigitte, eller vad du vill kalla henne, ditt livs stora kärlek i Tyskland, av sin synnerligen konservative far tvingades att ge dig korgen för att du var av för låg börd. Är du med mig?"

"Ja, jag är med."

"Bra. Du har ännu inte kommit över din kärlekssorg, drömmer ständigt om din älskade Hannelore, eller Brigitte, och så vidare. Men börjar de intressera sig för detaljer, tänk på att båda två vet överraskande mycket om Tyskland. Klarar du det?"

"Om jag klarar att förställa mig? Det vet du. Vi måste ibland förställa oss, ibland inte. På Osterøy alltid. Här på... vad heter det här stället?"

"Manningham House."

"Här på Manningham House måste jag alltså förställa mig ibland. Och ibland inte. Är det så du menar?"

"Rätt! Det är allt för idag, den andra dagen i England. Men glöm aldrig att du betyder mer för mig än allt annat och att vi tillsammans ska klara av allt. Också här i en annan värld."

II

Den kärlek som inte vågar säga sitt namn

MANNINGHAM HOUSE

SEPTEMBER 1901

HELA SOMMAREN HADE de varit flitiga som bin. Eller slitit som galärslavar, Albies beskrivningar växlade lite beroende på humör. Sverre hade snarare dåligt samvete för att deras arbete så lättvindigt, och så ofta, hade en tendens att glida över i rena nöjen. Som när Albie skulle lära honom att rida. Eller när de lät sig köras till en pub uppe i Andover (Albie var Viscount of Andover, en titel som hans äldste son skulle överta vid födseln) bara för att dricka sig berusade på öl. Och sedan sjöng de eller snarare skrålade hela vägen hem. Nej, inte hela vägen, de somnade dessförinnan. Eller när Albie övertalade honom att försöka måla hans porträtt eller när de bara satt uppe som förr i världen, drack och lyssnade på musik i herrummet och lät tankarna flyga hit och dit fram till soluppgången.

Något hade de i alla fall uträttat. Och de hade påbörjat sitt projekt med en beslutsamhetens friska rodnad, som ännu inte gått i eftertankens kranka blekhet över. De utgick från vad de något improviserat kommit på när de satt på tåget från

London. Tåg skulle i framtiden drivas med annat än kol. Vagnshjulen skulle bli mer flexibla för att göra resan både behagligare och säkrare.

Godsförvaltningen på Manningham saknade sannerligen inte experimentmaterial, Albies far hade varit besatt av tanken att driva tekniken framåt för att rationalisera jordbruket och beställt den ena maskinen odugligare än den andra, vanligtvis från Amerika. De egenartade tingestarna hade efterhand blivit stående och bara samlat damm och spindelnät.

Märkligast var en universalmaskin som påståtts kunna göra allt från att driva tröskverk, sågar och pumpar till att plöja åkrar ”med samma effektivitet som sexton män och åtta hästar”, enligt den amerikanska reklam som medföljt vidundret från Illinois.

Det var en Robinson lokomobil, alltså en transportabel ångmaskin som drevs av en van Duzenmotor av tändkuletyp. Tröskverk och pumpar hanterades nu med betydligt mindre åbäkiga maskiner på godset, men den mest utmanande tanken fanns kvar, att man skulle få mirakelmaskinen att göra det som säljaren utlovat, plöja åkrar. De plöjningsarbetare som kallades in för att beskriva vad som hänt när Albies far försökt få maskinen att fungera var tydligt skeptiska, till och med lite försiktigt ironiska, när de påpekade att den mekaniska plogens första problem var att den fastnade i marken. Hjulen bara snurrade runt i leran. Och då blev ju inte mycket plöjt, så man återgick till hästar och andra dragdjur.

Det fanns således två problem att ta itu med. Otillräcklig framdrivning och, såvitt Sverre bedömde, felaktigt utformade drivhjul. De manshöga stålhjulen på ömse sidor om maskinen var nästan helt släta, man behövde bara se på dem och fantisera några sekunder för att kunna föreställa sig hur de snurrade runt i leran utan att komma framåt.

De ägnade några dagar åt att restaurera ångmaskinen och van Duzenmotorn så att de kunde ta en osande ljudlig provtur upp på gårdsplanen framför huset och tillbaka ner till stallarna. Det tog parkarbetarna ett par timmar att återställa gårdsplanens fint krattade grusränder.

När de sedan fäste de fem plogbillarna efter maskinen och försökte dra upp plogfåror i en av beteshagarna fastnade allting, precis som förutspått. De stora drivhjulen snurrade fast till och med i en torr gräsmatta och grävde sig sen bara djupare ner ju mer motorkraft man försökte lägga på.

De enades ändå om att det trots allt inte var fel på själva idén att ersätta dragdjur med maskiner. Det var en fullt logisk utveckling. Men konstruktionen måste förbättras, det var dags att gå till ritborden.

Hemma i ingenjörsbostaden skapade de så två enkla förändringar redan första dagen. Det mest uppenbara felet var att drivhjulen hade för dåligt grepp i underlaget. De gjorde ritningar på stålskodda hjul i exakt samma dimensioner men med en friktionsyta som bestod av två tum utåtstående upp- och nedvända V:n. Att den modifieringen skulle ge mångdubbelt bättre grepp i underlaget såg man redan på ritbordet. Det var bara att skicka en beställning till någon av de varvsmekaniska verkstäderna nere i Southampton, så var det första problemet löst.

Albie ansåg också att plogbillarna låg för nära inpå maskinen, så att de fick en felaktig vinkel mot marken. Det felet kunde man åtgärda i den egna verkstaden, allt som krävdes var att man förlängde stålbalkarna som drog plogsetet.

Nästa problem var möjligen dragkraften, effekten i van Duzenmotorn var knappast imponerande. Men det återstod att se efter att de andra förbättringarna var på plats.

Därefter sysslade de med helt olika arbeten under någon tid. Albie satt hemma och läste allt som han kom över om motorer, och husets vetenskapliga bibliotek rymde åtskilliga volymer i ämnet.

Sverre sökte upp vagnsverkstaden med ritningar på en ny typ av hjul för de hästdragna transporterna, åtminstone de som angick persontransporter. Han hade utgått från den konstruktion som redan fanns på godset, ekerhjul i trä med stålskena fäst mot själva friktionsytan mot marken. Hans experiment gick ut på att forma den yttre hjulkanten som ett U och fylla upp den med flera lager av läderremmar, som sadelmakeriet fick leverera. Tanken var enkel. Den gnisslande stålskena som vagnshjulen mötte marken med skulle ersättas med mjukt läder och då borde det otrevliga ljudet reduceras avsevärt.

I väntan på att de första prototyperna levererades från vagnsverkstaden och sadelmakeriet på godset tog han sitt staffli och gick ut i parken. Det som särskilt intresserade honom den här gången var om han kunde komma på en metod att återge det skimrande och växlande ljuset mellan ekkronorna.

Det dröjde några veckor innan de nya förbättrade drivhjulen kom upp från Southampton, och Sverre hade ägnat sig mest åt måleri, inte bara det utmanande ljuset bland de stora ekarna utan också med att få till porträttet på Albie, det var som om han själv aldrig kunde bli nöjd och inte heller vågade låta sig övertygas av Albies översvallande beröm.

Den nu kraftigt modifierade plöjningsmaskinen visade sig dubbelt så bra som i originalversionen från Illinois. Det vill säga, den körde fast i marken efter tjugo yards i stället för bara tio. Den här gången var problemet uppenbart. Dragkraften var otillräcklig. Kunde man bara förstärka, helst fördubbla, den så hade man faktiskt en fungerande plöjningsmaskin som högst sannolikt kunde ersätta både sexton män och åtta hästar.

Dessutom kunde man göra sig av med själva ångmaskinen, som inte bidrog till plöjningen med annat än sin tyngd. Plöjmobilen fick å andra sidan inte bli för lätt, för då kom man heller ingenstans ens med fördubblad dragkraft. Det var dock ett rent räkneproblem och kunde anstå tills man löst frågan om rätt typ av motor för att dra plogarna.

Det var när de kommit så långt, i början på september, som Albie en kväll överraskade med att säga att han nog måste ge sig iväg på en affärsresa till Augsburg, där Rudolf Diesel själv hade sin Maschinenfabrik. I första hand gällde det att skaffa en fungerande motor till plöjmobilen och Albie sade sig nu, efter ingående studier, vara övertygad om att Rudolf Diesel var mannen som kunde leverera en sådan. Och så ville han förstås diskutera möjligheten att skapa en ännu större motor enligt Diesels principer som kunde dra framtidens tåg. Det där med maskinerna var ju hans ansvar, inte Sverres.

Det fanns ingenting ologiskt i det Albie berättade om sin resplan, men Sverre kände sig ändå besviken och möjligen också underligt svartsjuk, givetvis inte på Rudolf Diesel men ändå, eftersom de skulle vara på helt olika håll. Skilda från varandra. Under flera veckor i värsta fall. Det var inte så han hade tänkt sig det nya livet i den andra världen.

Det gick inte att komma med sådana irrationella invändningar, det insåg han. Deras liv tillsammans var inte bara privatliv, de hade också viktiga ting att uträtta. Det var vad de sagt ända från första början när Albie, sista terminen i Dresden, nämnt den omvälvande idén att de skulle leva sina liv tillsammans, inte bara i skönhet och konstnärlig njutning, utan också i vetenskapligt arbete.

Den gången blev det ännu en av dessa sena nätter när Sverre gick sjungande hem på Dresdens tysta gator.

Och nu, här i verkligheten som han märkligt nog redan hade börjat vänja sig vid, trots att han kommit från ett vanligt land till ett Schlaraffenland där ingenting var vanligt, prövades deras sociala experiment för första gången på allvar. Naturligtvis måste Albie resa och besöka Rudolf Diesel. Det kunde få mycket stor betydelse för framtiden, inte bara deras framtid.

På avresedagen kom Albie med en ny överraskning. Vagnen hade kört fram utanför porten till deras hus, kusken satt tålmodigt och väntade. De hade bestämt att ta farväl hemma, avsked på järnvägsstationer var så banalt.

De tog ett ömt farväl inne i hallen där ingen såg dem, steg sedan ut på gårdsplanen och tog varandra i hand, omfamnade varandra strikt manligt respektabelt genom att ljudligt klappa varandra över ryggen.

Albie svängde upp ena foten på vagnens trappsteg och tycktes tveka något innan han sade vad han måste ha formulerat noga och prövande för sig själv.

”Om mitt liv innan jag kom till Dresden vet du fortfarande

nästan ingenting, min kära Sverri. Men jag har lämnat ett femtiotal ark på det turkiska bordet i biblioteket på övervåningen. Där står allt, verkligen allt. Möjligen lite svulstigt formulerat här och var, jag skrev det när jag ville bli författare och ägna mig åt något som på den tiden kallades 'ny journalistik'. Men när jag kommer hem så känner vi äntligen varandra ända in i själen. På gott och ont, mest på gott hoppas jag."

Som om hans väl förberedda replik tog slut där hoppade han upp i vagnen och gav kärorder. Sverre stod och såg efter honom och hoppades att han skulle vända sig om och vinka. Det gjorde han också, yvigt och känslosamt, just innan vagnen skulle försvinna utom synhåll vid den första stora eken på väg mot grindarna. Albie stod upp i vagnen och viftade med båda armarna. Det såg ut som en nödställd ute på havet.

* * *

Bland Sverres nya rutiner som ensam gentleman i Ingenjörsvillan ingick snart att delta i systrarna Penelopes och Margretes eftermiddagste tillsammans med mrs Jones, före detta Fräulein Gertrude, uppe i slottet. Det var systrarnas dagliga tyska konversationsstund och det piggade självklart upp att få med en diplomingenjör från Dresden som dessutom var norrman och tycktes veta allt om vikingar. Det hade tidigare varit ett av deras många tidstypiska samtalsämnen, men nu kunde man börja om igen och få allt kontrollerat och återgett direkt från hästens mun.

Sverre hade hunnit bli dödligt trött på allt vikingatrams redan andra året i Dresden, här höll han naturligtvis god min, bekräftade vad som kunde bekräftas och avfärdade försiktigt de värsta vanföreställningarna om sådant som rörde bärsärkar, flugsvamp och ättestupa. Det ena gav snabbt det andra. Han tog med sig skissblock och ritade sina vanliga vikingamönster, skepp, vapen och klädedräkter, skojade med att göra små teckningar av alla damerna i vikingaklädsel och gjorde större succé än han önskat. För nu ville de se hans porträtt av Albie, deras bror hade varit både hemlighetsfull och entusiastisk. De bönföll honom att låta dem komma ner och se tavlan. Han försökte värja sig med att han ännu inte var riktigt nöjd och att porträttet var långtifrån färdigt. Men det hjälpte naturligtvis inte. De unga damerna var vana att få som de ville. Lady Penelope kallade på James och beordrade morgondagens eftermiddagste till Ingenjörsvillan, James drog sig bugande tillbaks med ett "alldeles utmärkt, miladi" och så var saken klar.

Han arbetade om porträttet från tidiga morgonen nästa dag. Det han ville se hos Albie var möjligen något annat än vad hans systrar ville se.

Han hängde tavlan i den långa gallerigången som löpte på undervåningen längs Ingenjörsvillans hela baksida. Det var än så länge en ödslig del av huset, en lång vit vägg åt ena hållet, glas åt andra hållet, en plats som gjord för konstutställning nu när alla exotiska växter hade försvunnit.

När eftermiddagsljuset kom gick han ner till tavlan och betraktade den länge innan han bestämde sig för att porträttet blivit just så neutralt platt att ingenting längre syntes som skulle kunna såra husets damer. Det var likt Albie, men bara som ett fotografi var likt sitt objekt.

Några timmar senare intog personalen köket, började organisera eftermiddagste och dukade på Sverres order uppe i herrummet i stället för i den strikt moderna matsalen. Det var första gången han utdelat någon order på Manningham, men något annat förhållningssätt fanns inte mellan en gentleman och de anställda.

Det spelade ändå mindre roll var man drack te, åt kanapéer och nybakade scones, det var tavlan damerna hade kommit för att se när de infann sig på slaget tre, och de blev häpet beundrande, först andäktigt tysta, innan någon kom sig för att säga något. Därefter följde en porlande bäck av beröm och entusiasm. Såvitt Sverre förstod var allt uppriktigt menat, särskilt det där att det var "Albie på pricken". Det var just det han hade försökt åstadkomma när han mer eller mindre desperat målade om tavlan, deras Albie, inte hans.

Följden var oundviklig. Lady Margrete och lady Penelope beställde prompt varsitt porträtt.

De var 19 och 17 år gamla, knappt giftasvuxna. Men de var Albies systrar och dessutom ladies, så det fanns bara en sak att säga. Att han med största glädje skulle åta sig uppdraget. Det var meningslöst att gnissla tänder om förlorad tid, för vad betydde tid för dem?

Men frågan var hur de ville se ut. Det stora huset var överfyllt med porträtt, alla i en högst officiell stil, särskilt när det gällde de manliga släktingarna. Det var uniformer, medaljer, till häst, utan häst, med sablar, eller på äldre porträtt värjor, med röda officersjackor eller i värsta fall röda hermelinsbrämade mantlar och med en liten krona på röd sammetskudde. Kvinnorna satt vanligtvis rätt upp och ner i en soffa eller i en stor fåtölj klädda i voluminösa sidenklänningar som antingen var en mardröm eller en spännande teknisk utmaning att återge. Var det så Albies systrar ville se ut? Då fick han väl göra dem så.

Konstfällan höll på att slå igen på nytt, precis som hos Frau Schultze där han förvandlats till hantverksmaskin i vikinga-geschäft. Fast då hade han åtminstone fått betalt för att komma lite efter med studierna. Här skulle han återigen hindras i sitt riktiga arbete, men utan betalning, det var antagligen självklart. Margrete och Penelope var säkert rika i någon teoretisk mening. Men såvitt han lärt sig förstå var pengar för dem bara någonting som fanns men som man aldrig använde.

Hursomhelst var han fast och det fanns ingenting att göra åt den saken. Det bästa vore att bara bita ihop och koncentrera sig några veckor på porträttmåleriet. Arbetet och experimenterandet med olika hjulkonstruktioner fick anstå tills Albie kom hem så att de gemensamt kunde börja om.

Kvällarna när ljuset flytt kunde han dessutom ägna sig åt Albies långa berättelse som fortfarande låg orörd uppe på det turkiska bordet i herrummet.

Han hade inte vågat närma sig manuskriptet. Han måste ta sig samman också när det gällde den saken så att allt var gjort när Albie kom hem.

* * *

Det var ytterst oklart vad han egentligen fruktat i Albies text. Kanske var det Albies antydan om att lära känna honom ”på gott och ont”. Sverre ville inte veta av något ont när det gällde Albie. Eller om det helt enkelt var att han var rädd att möta en dålig text, alltför juvenila funderingar om kärlekens väsen eller konstens betydelse, pekoralistiska utbrott av överspänd poesi, allt sådant hade varit outhärdligt pinsamt att försöka tala om.

Första mötet med Albies vackert präntade berättelse blev därför en total överraskning. Det började som ett brottsdrama, lika braskande sensationellt och fyllt av yttre spänning som viss boulevardlitteratur à 50 pfennig per volym som man kunde köpa under diskreta former utanför Hauptbahnhof i Dresden.

Melodramen, ty en sådan var det, innehöll till och med en gedigen skurk i huvudrollen. Skurken var markisen av Queensberry, fylld av svart hämndbegär och rödglödgat hat, ty här målades med breda penseldrag.

Markisen hade dock en del, åtminstone för en utomstående läsare, begripliga skäl för sina onda avsikter. Hans äldste son, lord Francis Archibald Douglas, Viscount of Drumlaurig, hade tvingats begå självmord för att rädda hedern och sin familj från skandal. Självmordet hade nödtorftigt maskerats som en jaktolycka, men det var det ingen som trodde på. För som författaren anmärkte kunde man anklaga den engelska aristokratin för att fumla med både det ena och det andra, men knappast med jaktvapen.

Motivet för självmordet, själva den hotande skandalen, bestod i att den unge lorden haft ett problematiskt förhållande till premiärministern lord Rosebery, alltså ett sådant förhållande som kunnat leda till rättegång enligt lagen om ”synnerligen oanständiga gärningar”. Och även om det inte var troligt att såpass framstående gentlemän släpats inför rätta och dömts som om de varit telegrafpojkar eller sjömän, så hade skandalen kunnat få katastrofala konsekvenser för den liberala regeringen.

Den rasande markisen av Queensberry hade alltså ett vapen i sin hand som kunde fälla regeringen, förmodligen bevis i form av kärleksbrev. Och han hade starka skäl för att använda sig av den makten.

Hans yngste son, lord Alfred Douglas, kallad Bosie, hade nämligen sedan flera år ett helt öppet men skandalöst förhållande till Oscar Wilde. Ingen av dem gjorde minsta hemlighet av sina hellenistiska ideal, tvärtom. Och ingen av dem kände sig hotad av vare sig lagens arm eller den rasande fadern Queensberry. Oscar Wilde trodde sig vara osårbar bakom en sköld av konst och popularitet, lord Alfred Douglas trodde att hans titel var tillräckligt skydd.

Till en början verkade Queensberrys enmanskorståg för att rädda sin andre son undan ett öde värre än döden enbart löjligt. Han ställde till scener varhelst han hittade Bosie och Oscar Wilde på något av Londons mer illustra etablissemang, hävde ur sig grovheter som mer stämplade honom själv som vulgär än det drabbade den berömde författaren.

Till saken hörde också att när det gällde att finna snabba repliker och inför publik få skrattarna på sin sida var Oscar Wilde den absolut sämst valde motståndaren man kunde leta upp i London. Queensberry blev utskrattad gång på gång, inte minst när han försökte tränga sig in på premiären av succépjäsen *The Importance of Being Earnest* med en korg ruttna grönsaker, som han sade sig alls icke ha några dolska avsikter med. Än en gång utskrattad visades han nesligen på porten. Poliskonstaplarna som svarade för handräckningen var förstås utsökt artiga mot markisen, dock mycket resoluta.

Så kunde det ha fortsatt tills alla, inklusive markisen själv, tröttnade. Det var åtminstone vad den bohemiska kretsen kring Oscar Wilde, inklusive berättelsens författare Albie, hade trott. Men man hade underskattat såväl markisens list som hans beslutsamhet.

Där måste Sverre abrupt avbryta läsningen. Han hade trots sin misstänksamhet i början sugits in i texten så att allt annat omkring honom försvann, han såg allting han läste framför sig som i ett bildspel och historien var inte bara en dramatisk boulevardroman, den rörde vid Albies innersta, och ingenting kunde vara mer angeläget för Sverre. Men vid läsningen hade han tappat bort tiden helt och insåg det först när han var tvungen att tända en läslampa.

Han höll på att komma försent till middagen borta i slottet och hade bara tio minuter på sig för att klä om och ta sig dit upp. För att hinna i tid måste han hoppa över rakningen, men hans ljusa skäggstubb syntes inte så mycket som Albies mörka. Eftersom det var vardagsmiddag behövde han bara dra på sig en smoking som gick betydligt kvickare än att trassla med frack.

På slaget steg han in, inte ens andfådd, i salongen där fördrinkarna serverades. Under middagen – sköldpaddssoppa, inkokt lax, njurpaj, fikon i konjak – kom samtalet mest att handla om de porträtt han skulle måla av Margrete och Penelope. Deras mor och lady Sophy tycktes mest luta åt den absolut vanligaste posen, festklädd i soffa. Flickorna själva var mer obeslutsamma, lika roade av att diskutera det konventionella som något helt nytt och modernt. Stående i helfigur ute på stallbacken i ridmundering? Eller rentav en sportig bild på fjäderbollsplanen?

Inför det, tydligen fasansfulla, alternativet inlade farmodern sitt mest bestämda veto.

Läsande en bok inne i biblioteket? Det var Margretes förslag, men det väckte ingen som helst entusiasm eftersom böcker var något okvinnligt. Margrete började då argumentera emot just den tanken. Läste inte kvinnor böcker? Fanns det inte till och med kvinnor som skrev böcker? Varför måste kvinnor alltid presenteras som enbart inställda på att behaga omgivningen, som om de aldrig tänkte något eller ville något själva?

Men hur i all världen skulle hon vara klädd på en bild där hon satt och läste en bok, inte i morgonrock väl! invände modern.

Margrete chockerade med att säga att det kunde hon visst tänka sig. En sådan bild skulle bli mycket sannare. Det skulle inte se ut som om hon poserade för en konstnär, vars enda skyldighet vore att få henne att se giftaslysten ut!

Där utbröt gräl. Men inte ett sådant gräl där man höjer rösten och avbryter varandra, utan ett kultiverat, strikt ordnat och disciplinerat gräl, högvälborna damer emellan, där aggression ersatts med ironi. Sverre blev djupt fascinerad, ett sådant skådespel hade han hittills inte fått uppleva under sina snart fyra månader på Manningham House.

Margrete fick efterhand ge efter när det gällde morgonrocken, något som enligt majoritetens uppfattning vore en alltför intim, för att inte säga skandalös, klädsel på ett porträtt. Möjligen hade Margrete tagit till med morgonrock för att sedan kunna göra en taktisk reträtt. För hon vidhöll det där med att läsa en bok, gärna mycket strikt klädd, vardagligt med höghalsad blus. Alltså på intet sätt erotiskt inbjudande.

Farmodern förfasade sig över det senare ordvalet. Sverre såg redan bilden framför sig och han trodde sig ha förstått exakt vad Margrete hade för avsikter. Det var en utmanande tanke, det krävde omsorg, det handlade om att få fram en inre intellektuell skönhet och ingenting skulle ha passat honom själv bättre. Men ingen runt bordet frågade efter hans åsikt. Det var som om han förvandlats från gäst till inhyrd konstnär som skulle leverera enligt beställning.

Penelope föredrog till slut, inte oväntat, den vanliga posen med festklänning i salong och gärna långa handskar.

Han kände sig som två personligheter i gräl med varandra om att få ordet när han promenerade tillbaks till Ingenjörsvillan. Hans ena jag fantiserade vildsint om hur han skulle få fram Margretes revolt så att hon såg det men inte de andra. Han skulle börja arbetet med henne omedelbart efter lunch nästa dag. Den yngre systern Penelope behövde tid på sig för att skaffa fram en tillräckligt färgstark klänning, vilket krävde en resa upp till London.

Hans andra jag grubblade över vad han läst hittills i Albies romantext, eller om den nu skulle kallas ”ny journalistik” som Albie sagt. Det var i alla fall en text som gjorde anspråk på att tala sanning, eller snarare hänsynslös sanning.

Om inte annat så var det till slut nyfikenheten som tog över. Han ville helt enkelt veta hur det gick. Såfort han hängt in smokingkavajen i garderoben och slitit av sig den svarta flugan bytte han till rökrock och gick tvärs genom övervåningen till sin läsplats i herrummet och tände lampan.

När han varit tvungen att hastigt lämna läsningen hade han kommit fram till något som verkade bli en dramatisk vändpunkt. Den ondsinte, hämndgirige markisen av Queensberry var på väg att segra mot all sans, förnuft och moral.

Om han lyckades på grund av ren slughet eller bara tur, eller på grund av sin yngste son Bosies inbilskhet och enfald kunde författaren inte avgöra. Men beskrivningen av hur det gick till var klar och konkret.

Markisen lämnade in en biljett till författaren Oscar Wilde i vestibulen på något ställe som hette The Albemarle Club. På ytterkuvertet hade han skrivit ”till Oscar Wilde som uppträder som en sondomit”.

Sverre förstod inte ordet och måste resa sig och leta upp en ordbok. Det blev han inte klokare av eftersom ordet inte existerade. Men att *sondomit* måste vara en grov förolämpning av något slag låg i berättelsens dramatiska uppbyggnad, så mycket var klart.

Lite längre ner i texten framgick att markisen stavat fel. Han hade haft för avsikt att skriva *sodomit*.

Också det, tydligen korrekta, ordet var obekant för Sverre. Han måste på nytt konsultera ordboken och rodnade när han läste vad det var frågan om. För om man bortsåg från de inledande förklaringarna, som hade med djur att göra, var alltså en sodomit en sådan som han själv och Albie.

Och enligt Guds lag skulle sådana som han själv och Albie saklöst avrättas. Straffbestämmelserna fanns i 2:a och 5:e Mosebok.

Han hade kommit av sig i läsningen. För hans vidkommande var Gud en omodernitet. Vad några herdefolk i Främre Orienten trott eller inte trott för tvåtusen år sedan, eller rentav mer, hade helt enkelt ingen innebörd i det moderna 1900-talet.

Föreställningen om Gud hade i äldre tider haft betydelse för såväl moralen och lagen som konsten, bara en sån sak som Mozarts Requiem. Men inte nu längre när konsten kastat av sig religionens bojor, inte nu i det århundrade där människan skulle flyga som fåglar, dyka som valar eller snart kunna tala med varandra över kontinenter.

Alla sådana invändningar var bittert nog irrelevanta, det visste han mycket väl. Det avgörande var att hans egen mor trodde på denna vidskepelse, och än värre hans äldste bror, som hade all den bokliga bildning som hon av naturliga skäl aldrig fått möjlighet att ens komma i närheten av. Hennes konst, hon var en säregen konstnär med ett färgsinne som ingen annan, hade ingen som helst förbindelse med hennes primitiva tro. Ändå var hon fast i dessa bojor, ändå trodde hon på den högre befallande viljan att sådana som hennes yngste son borde avrättas för sin kärleks skull. Det var så omänskligt att varken tårar eller böner kunde hjälpa.

Än värre med Lauritz. Han med sin Gud! Trodde han verkligen att hans Guds önskan var att brodern Sverre skulle brännas på bål?

Alla sådana resonemang eller funderingar var meningslösa. På den punkten hade han resignerat för länge sedan. Det var ordbokens kallt sakliga beskrivningar som fått honom att tappa all koncentration och fladdra ut i meningslösheter.

Albie hade för vana att ta en whisky när han var upprörd, särskilt munter eller dyster. Sverre brukade göra honom sällskap, men han drack aldrig ensam. Nu var tid för ett undantag.

De hade ett tiotal whiskysorter att välja mellan i barskåpet, där Jones bytte karafferna med friskt vatten varje dag.

Han gick bort och tog första bästa flaska, sträckte bara in handen på måfå, serverade sig sedan ett glas med lite vatten i och gick tillbaks till läsfåtöljen, drack och lugnade ner sig.

Tillbaks till sakfrågan, som Albie skulle ha sagt.

Det sataniska, eller tursamma, det som författaren lämnat öppet med markisen av Queensberrys provokation, var att den blev en fungerande fälla. Markisen ville bli stämd för förtal. Så såg betet ut.

Och den tydligen inte alltför snillrike Oscar Wilde svalde betet med hull och hår, tydligen mest beroende på att hans älskare Bosie också var hans onda genius och gav honom de mest idiotiska råd. Annars hade katastrofen sannolikt kunnat undvikas.

När han skrev den här passagen lyste Albies avsky tydligt igenom, trots en tidigare ambition att författa objektivt och sakligt. Men här framstod den där Bosie som omåttligt inbilsk, snobbig, arrogant och rent ut sagt elakt självisk. Som läsare kunde man inte frigöra sig från intrycket att det var Bosie som grävde författaren Oscar Wildes grav.

Därefter följde ett antal sidor som mest innehöll juridiska procedurfrågor, texten tappade all spänning och litterär spänst och Sverre började läsa kursivt, som i vissa passager i studielitteratur som man kan hoppa över för att snabbare ta sig fram till det väsentliga.

Summan av det hela tycktes vara att när den ondsinte markisen, eller som Sverre hellre såg honom, den av sorg och hat förblindade fadern, väl lyckats snärja in Wilde i rättsmaskineriet, kunde det bara sluta på ett sätt.

Markisen höll ju Englands regering i ett järngrepp. Om premiärminister Rosebery skulle avslöjas som, ja som "sodomit", så skulle regeringen falla. Processen kunde därför bara få en utgång. Englands ställning i världen och Imperiets välgång krävde en fällande dom. Det tycktes vara kontentan.

Mot slutet av de röriga rättegångsreferaten, i en text som annars börjat så dramatiskt lovande, dök det ändå upp ett stycke förtvivlad, men gnistrande skönhet.

Åklagaren hade i, om det nu var tredje processen, försökt snärja författaren Oscar Wilde med ett stycke pekoral som författats av den av allt att döma vedervärdige Bosie, alltså lord Alfred Douglas. Han hade totat ihop en dikt där slutraden löd: "Jag är den kärlek som inte vågar säga sitt namn."

Det måste ha stått klart vad det kunde tänkas handla om. Men nu ville åklagaren triumfera och få den tydligen redan knäckte Oscar Wilde att svara på den retoriska frågan om vad detta möjligen kunde vara för en blyg kärlek.

Just där fick Albies text på nytt den lyster och konstnärliga precision den haft från början, före allt trassel med juridik. Om Sverre hade vågat skulle han med rött ha strukit för hela passagen:

Det var som om Oscar i detta ögonblick plötsligt vaknade upp ur sin förlamning. Han reste på huvudet, andades in och talade som förr, utan manuskript men med manuskriptet i sitt huvud, utan att tveka, utan en stavelses felsägning, de vackraste orden som någonsin måtte ha framförts i Old Bailey.

"Den kärlek som inte vågar säga sitt namn i detta århundrade, är samma stora tillgivenhet från en äldre till en yngre man som fanns mellan Bibelns David och Jonathan, den som Platon lade

till grund för sin filosofi, den man finner i Michelangelos och Shakespeares sonetter. Det är denna djupa andliga tillgivenhet som är lika ren som den är perfekt, det är den som ligger till grund för stora konstverk, just sådana som Shakespeares och Michelangelos, och för övrigt dessa mina brev som rätten har låtit uppläsa. Det är kärleken som är missförstådd i vårt århundrade, så till den grad missförstådd att den kan beskrivas som kärleken som inte vågar säga sitt namn. Och för denna kärlek befinner jag mig var jag nu är. Den är vacker, den är sublim, det är den ädlaste formen av tillgivenhet. Det finns ingenting onaturligt i den. Den är intellektuell till sin natur och kommer alltid att existera mellan äldre och yngre män, där den äldre bistår med sitt intellekt och den yngre mannen med all den glädje, de förhoppningar och den fröjd i livet som ligger framför honom. Att det är så det förhåller sig förstår inte världen. Världen hånar denna kärlek och sänder ibland män till de åtalades bänk för dess skull."

Sverre läste passagen tre gånger tills han kunde den utantill. Det var en omvälvande text, något av det mest gripande han hade läst, fullt i klass med de skönaste passager hos Schiller eller Goethe, särskilt om man betänkte att detta både var konst och realistisk verklighet. Dessutom inte vilken verklighet som helst, utan förbjuden verklighet.

Men det hans Albie hade skrivit så här långt var i all sin växlande litterära kvalitet också sorgesamt på mer än ett sätt. Albie var uppenbart svartsjuk på den där Bosie. Och Sverre kunde inte annat än att vara svartsjuk på en engelsk författare som han hade hört talas om men aldrig läst.

Det var för mycket att ta in på en enda kväll. Rödvinet från middagen och nu whiskyn grumlade tankarna. Var man i rätt sällskap kunde den känslan vara upplyftande, men inte i ensamheten om man måste kunna tänka för att förstå.

Och nästa dag skulle han börja arbetet med Margretes porträtt. Han måste sova, glömma allt han läst för att bara sova utan drömmar.

* * *

Först måste de enas om rummet. När Margrete föreslog den plats där hon vanligen läste, en sliten öronlappsfåtölj i biblioteket, trodde Sverre att hela hans idé var förstörd, hennes också för den delen. Biblioteket omfattade hundra kvadratmeter, kanske mer. Och var drygt fem meter högt. Väggarna var klädda med böcker från golv till tak, ett sinnrikt system med stegar upphängda på järnskenor gjorde att alla böcker gick att komma åt, också de högst upp. Åtminstone för betjänter.

Det fanns bara utrymme för några kopparstick vid entrédörrarna, allt annat var böcker. Mitt på golvet tronade ett biljardbord, i tre av hörnen hade man placerat läsfåtöljer med sidobord antingen för böcker eller förfriskningar. Minst tre personer skulle alltså kunna läsa samtidigt på betryggande avstånd från varandra. Margrete föredrog platsen intill fönstren i bortre hörnet. Och där ville hon nu sitta eftersom det skulle göra bilden sann. Det var så hon läste i verkligheten. Det fanns inget tillgjort eller falskt med ett sådant arrangemang. Eller hur?

Sverre hade ingen önskan att göra henne besviken, men måste i alla fall försöka säga som det var.

”Bilden av dig här inne blir faktiskt inte sann”, invände han försiktigt.

”Va? Hur menar du då? Den är ju sann. Jag är jag och här sitter jag alltid och läser.”

”Här sitter du under fem eller sex ton böcker, de tynger ner dig. Och det är inte dina böcker och förresten ser man dig inte i den här mängden. Det är som om du ställt dig mellan två av era finaste fullblodshästar och då ser man bara hästarna, inte dig.”

”Men om du beskär bilden och tar bort några ton böcker från bilden?”

”Bättre ja, men du försvinner i öronlappsfåtöljen, jag måste göra bilden i ett rakt framifrånperspektiv. Ser du då ner i boken eller på mig, betraktaren? Och ljuset kommer bakifrån och når inte ditt ansikte.”

”Jaha, där ser man. Har du något annat förslag?”

”Ja, din pappas gamla arbetsrum bakom lilla herrummet.”

”Men det är ju ett litet kyffe!”

”Motsatsen till det här rummet, i alla fall. Men kan jag inte få visa dig hur jag har tänkt?”

Hon var ytterst motvillig. Artigheten tycktes ändå kräva att hon gick honom en bit till mötes för att på plats kunna argumentera emot. Sverre fick för sig att hon faktiskt gick att övertala. Hon var påtagligt intelligent, det visste han redan efter de första dagarna på Manningham, hon hade bildsinne, förstod omedelbart varför bilden av henne i en enorm rikedom av böcker skulle ge ett intryck som varken hon eller han ville ha.

”Nu får du verkligen förklara hur du har tänkt”, sade hon och lade demonstrativt armarna över bröstet när de steg in i det lilla övergivna arbetsrummet.

Han började beskriva hur hon satt bakom skrivbordet med dess patinerade gröna läderyta, i en stol som inte dominerade henne och ändå med böcker i bakgrunden. Hon skulle sitta lite snett så att ljuset från det enda fönstret föll över hennes ansikte. I det här rummet blev hon och hennes bok centrum, inget annat konkurrerade om det intrycket. Det här var hennes lilla krypin, det var här hon hade dragit sig tillbaka för att få läsa ifred, här inne betydde litteraturen något för henne. Betraktaren skulle inte få något intryck av att bilden var arrangerad, här skulle man se henne som om man fått smygtitta. Och då kom man henne oändligt mycket närmare.

Hon hade blivit intresserad av hans resonemang och det såg ut som om hon nästan kunde vara på väg att ge med sig. Han bad henne sätta sig i skrivbordsstolen och ta fram en bok, vilken som helst och slå upp den.

Hon valde en stund bland böckerna som hennes far haft till hands inom räckhåll på väggen bakom skrivbordet, vek upp den ungefär på mitten, lade den framför sig, satte upp båda armbågarna på bordet, lutade sig fram och låtsades läsa.

”Intressant”, sade han. ”Jag förstår hur du tänker, tror jag.”

”Låt höra!” sade hon utan att titta upp.

Saken var tydligen långtifrån klar. Den pose hon intagit var psykologiskt talande, men bildmässigt omöjlig. Hur skulle han nu förklara det?

”Du läser en bok på allvar”, började han. ”Du är ingen fin flicka som läser trams eller sådant som fina flickor uppfostras att läsa. Du läser på allvar och du har valt boken själv. Du är en intellektuell person, det är vad du vill uttrycka just nu. Vem har förresten skrivit boken, jag menar den bok du tänker dig att du läser?”

”Heinrich Heine”, svarade hon, fortfarande utan att se upp.

”Det var inte illa. Och vilken av hans böcker?”

”Antagligen *Reisebilder* för all omväxlande underhållnings skull. Eller också *Buch der Lieder* för alla skiftningar mellan politik, fri vers av ibland ganska halsbrytande slag, ironi, satir, allt. Inte undra på att han var förbjuden i Tyskland innan Tyskland blev Tyskland. Nå, klarade jag provet?”

”Det var inget prov, jag var bara nyfiken. Men du valde alltså en bok som dina systrar eller kusiner aldrig skulle ha valt?”

Hon såg upp och log hastigt mot honom, men sade ingenting.

Han arrangerade om hennes position så att hon kom att sitta lite snett mot skrivbordet, bad henne hålla boken i knäet och se upp mot fönstret som om hon stannat upp i läsningen för att tänka efter.

Hon förklarade att det var just sådant som hon inte tyckte om. En romantiskt drömmande mö som längtar efter något, vanligtvis Den Rätte Mannen, läser helt säkert någon enklare engelsk kärlekslitteratur med lantliga motiv. Det fattades bara ett fång röda rosor på skrivbordet.

Nej, förklarade han. Inte rosor, särskilt inte röda rosor. Av just det skäl som hon angett. Däremot skrivdon och några pappersark. Kvinnan på bilden skulle närsomhelst kunna lägga ifrån sig boken, göra anteckningar eller påbörja ett av sina säkert många dagliga brev.

”Du har faktiskt alldeles rätt”, sade hon. ”Du har förstått vad jag vill och framför allt vad jag inte vill. Men när vi ändå är här, får jag passa på att fråga dig om en helt annan sak?”

”Javisst.”

”Är du för eller emot kvinnlig rösträtt?”

”För, naturligtvis.”

”Det ante mig. Är Albie också för kvinnlig rösträtt numera?”

”Ja, naturligtvis. Vi är för allmän rösträtt, män och kvinnor lika.”

”Blev ni såna i Dresden?”

”Det kan man nog säga. Jag måste nog medge att jag inte reflekterade särskilt mycket över demokratiska frågor hemma i Norge.”

”Och här har jag suttit vid våra middagar i flera månader och gjort mitt yttersta för att undvika det där gamla trätoämnet. Och så hade jag utan att ana det båda gentlemännen på min sida. Allright, herr konstnär. Jobbet är ditt.”

”Gläder mig. Jag ser verkligen fram emot att försöka göra något som både du och jag kommer att uppskatta. Fast kanske inte dina närmaste. Men jag måste få fråga, varför drog du in det där med kvinnlig rösträtt så där hux flux?”

”Jo, jag tänkte på ditt sätt att tala i bilder till mig. Trots att du är man såg du mig som människa. Förresten, duger mina kläder?”

Det var inte lätt att svara taktfullt på den saken. Hon hade tänkt rätt i förhållande till sin idé. Höghalsad blus med rund krusad krage, grå lång kjol, låga svarta innekängor som visade en del av vristen. Hon demonstrerade mot prål och ytterlighet, hon var en ung kvinna inriktad på betydligt viktigare ting. Det var vad hon menade, ett kvinnoporträtt som var totalt annorlunda husets alla andra kvinnobilder.

”Du har tänkt rätt, jag förstår vad du menar med dina kläder”, sade han efter lång betänketid. ”Men jag tycker du har gått lite för långt, du är ingen småborgare och kommer aldrig att bli, du är lady Margrete. Varken du eller jag kan ändra på det. Att man vill ta avstånd från sin familjs politiska och… nej förlåt, jag går för långt. Jag ber så mycket om ursäkt.”

”Inte alls! Fortsätt!”

”Well. Du är lady Margrete, men du har politiskt radikala idéer, du har ett äkta litterärt intresse, överklassens lyster intresserar dig inte. Så långt är jag med, det vill jag arbeta in i bilden av dig.”

”Och vad är det du skulle vilja ändra på?”

Det visste han mycket väl, det var uppenbart. Frågan var i vilken ände han skulle börja, han gissade att smycket skulle gå lättast.

”På Albies välkomstmiddag och vid två, tre tillfällen därefter har du burit ett halssmycke i guld med ett kvinnoporträtt i medaljong, skulle du kunna tänka dig att bära det?”

”Varför det, för att visa att min familj är ekonomiskt oberoende, vad har det med mig att göra?” motfrågade hon.

”Vem föreställer kvinnoporträttet i medaljongen?”

”Min farmors mor, och varför skulle jag ha det på mig?”

Han började med att påpeka att hon tydligen tyckte om smycket eftersom hon ofta bar det, alltså var det en del av henne. Sedan smet han ifrån det känsligaste och beskrev hur bilden i det här intima rummet skulle bli mycket strikt, lugn och tankeväckande med odramatiska färger. Om man då diskret, nästan omärkligt vid en första anblick, lyste upp bilden med en liten bit glimmande guld i centrum skapade man en mycket intressant färgsignal. Och, smycket säger betraktaren att det inte är en tjänsteflicka som smugit undan för att tjuvläsa något, dristade han sig till slut.

Hon tänkte efter länge innan hon beslutsamt nickade bifall.

Att få henne att byta den vita blusen mot en likadan i ljust gult eller champagnefärg var lättare. Han förklarade det med ljuset som kom in från den lätt gulnade tyllgardinen, en blus i liknande färgnyanser skulle skapa harmoni.

Svårast var frågan om håret. Hon hade arrangerat det i en bestämd knut i nacken. Det var inte svårt att förstå varför, det gick i linje med allt det andra hon tänkt ut. Hon ville ha en bild befriad från all erotik. Hon ville föreställa människa och inte könsvarelse.

Och när han nämnde möjligheten att kanske ha håret mer löst sparkade hon omedelbart bakut. Han bestämde sig för att inte driva den diskussionen vidare för ögonblicket, han hade ändå fått som han ville i allt annat. I sinom tid kunde han visa henne mer konkret hur skillnaden skulle te sig i bild.

Just då hade solen flyttat sig förbi en stor trädkrona på andra sidan gårdsplanen och en bred, tydlig strimma sol föll in i rummets hela diagonal, som ett gyllene snitt. När han inte kunde dölja vare sig sin häpenhet eller förtjusning såg hon upp och betraktade misstänksamt fenomenet.

”I antiken fanns en viss gud som ibland förklädde sig som ett guldregn”, förklarade han i tron att han inte förklarat något.

”Zeus som klädde ut sig till vadsomhelst när han skulle ner på jorden och våldta än den ena, än den andra, försök inte!” utbrast hon. Hennes indignation föreföll helt äkta.

”Du har studerat en del konsthistoria, förstår jag”, svarade han som undanmanöver och tog upp sitt skissblock. ”Om du har tid skissar jag gärna några idéer här och nu?”

* * *

Han satt några timmar efter middagen vid ett av ritborden i arbetsrummet och varierade sina skisser. Grundidén fanns där redan. Men konsthistorien är fylld av liknande motiv, kvinna vid fönster som tankfullt håller en hand över magen – hon väntar alltså barn – kvinna som ser ut genom ett fönster så att solen faller i hennes ansikte – hon kommer alltså att snart bli med barn – kvinna som ser ut över ett italienskt landskap där riddaren snart ska anlända – åtminstone hoppas hon det – kvinna som står vid ett fönster och läser ett brev, blå schal enda icke dunkla färgen, en van Delft. Kvinnorna står alltid vid sina fönster i relation till en man. Visste Margrete det? Hon tvekade inte när det gällde Zeus som guldregn, hon blev till och med arg.

Här var alltså kvinna vid fönster utan relation till man. I värsta fall första gången i konsthistorien. Det var i alla fall det hon ville visa och där var han helt överens med henne. Om hon hade en cigarrett i höger hand över den gröna slitna skrivbordsytan? Det fanns ingen risk att den detaljen skulle välta bilden över i vulgaritet, hon skulle ändå utstråla allt hon, lady Margrete, innerst inne var. Nej, det var för utmanande, de två äldre kvinnorna i huset skulle svimma av förskräckelse. För övrigt rökte inga kvinnor inom den lantliga aristokratin, åtminstone inte såvitt han uppfattat på någon av de större middagarna. När herrarna gick för sig för att röka efter middagen så gjorde kvinnorna vadå? Inte rökte i alla fall. Det var därför man måste ta av sig kavajen och byta till rökrock för att inte senare, när man återförenades för att säga godnatt, plåga kvinnornas känsliga näsborrar med röklukt. Då hade man givetvis bytt tillbaks till kavaj. Kort sagt, en cigarrett var en rolig idé, men omöjlig.

Men en penna?

Om någon läser en bok med en penna i handen är det för att anteckna idéer, hitta citat eller notera särskilt bra eller dåliga formuleringar. Den som läser så är en person som läser aktivt, inte bara för att förströ sig.

Han skissade några varianter och var snart säker på att Margrete skulle både förstå och tycka om idén.

På övervåningen i herrummet låg Albies manuskript och ropade allt högre efter honom. Den iver med vilken han fortsatt arbetet med Margretes porträtt var helt äkta. Men också en undanflykt. Han var rädd för fortsättningen i Albies berättelse.

Men den gick inte att komma undan, när Albie kom hem kunde han inte gärna säga att han tyvärr inte ”haft tid” att läsa det hans älskade skrivit med sitt hjärteblod, visserligen som en kanske något överspänd 21-åring, men ändå med djupaste allvar. Han måste läsa vidare. Släckte arbetslampan och gick upp till biblioteket.

Han hade slutat där den tydligen enastående skriftställaren Wilde, sorgligt nog också Albies olyckliga kärlek, hade dömts till två års straffarbete för synnerligen oanständiga gärningar. Så vad fanns då mer att säga, varför återstod det så mycket text?

Det avsnitt som följde efter domen mot Oscar Wilde var på sätt och vis än mer förskräckande läsning. Det handlade om en störtflod av hat, skadeglädje och ren dårskap som flutit upp i Londonpressen. Albies text var fylld av en mängd fruktansvärda citat med prudentliga anteckningar om tidning, datum och sida.

Tidningarna hade börjat beskriva Oscar Wilde som ”utlänning” och det hade inte att göra med att han tydligen var irländare, utan för att han var den lömskaste av alla kolportörer av degenererad fransk kultur.

Degenererad fransk kultur?

Jodå, The Daily Telegraph kunde till och med ange tydliga exempel, ty mr Wilde var inte bara en typisk representant för fransk dandyism utan representerade också ”depraverad fransk konst som exempelvis impressionisterna”.

Sverre måste ta om, han trodde han läst fel. Édouard Manet, Paul Cézanne, Auguste Renoir, Edgar Degas och Claude Monet fördömdes på ett bräde. Den som dristade sig till att uppskatta samtidens största konstnärer begick enligt Londonpressen en sorts landsförräderi mot England, eller än värre hela Imperiet.

Man dammade av Herbert Spencer, en tänkare som Sverre bara hört talas om för det där med ”den starkares överlevnad”, och bevisade att ”degenererade” inte bara var alla de kroniskt sjuka eller fattiga, de mentalsjuka, de politiskt missnöjda och numera, med ett nytt ord, de sexuella ”avvikarna”, utan över huvud taget alla människor som gick utanför normalkurvan. Således kunde även genier vara ”degenererade” och därmed farliga för samhällsorganismen. Biologiskt, eller om det var moraliskt, var genierna lika farliga som de grövsta brottslingar och de lägsta av kretiner. Det gällde särskilt författare, förstås.

Och då inte bara denne Wilde. Det fanns mängder av farliga författare som kunde förgifta samhällsorganismen. Som exempelvis Ibsen och Kierkegaard, eller fransmän som Baudelaire, Paul Verlaine, Stéphane Mallarmé och Edmond de Goncourt eller engelsmän som de tydligen särskilt farliga Byron, Keats och Shelley.

En enda norrman, tänkte Sverre skakad. Ibsen en samhällsfara? Jo, för de djupt konservativa borde han vara en nagel i ögat med *En Folkefiende*, *Ett Dukkehjem* och mer än så. Men ”degenererad”? Då var i alla fall Albie och han själv i oväntat gott sällskap. För att inte tala om vilka konstnärer som påstods vara lika farliga som de sexuella ”avvikarna”.

Det här textavsnittet i Albies berättelse var ren och skär galenskap. Om det inte varit för alla direkta citat ur Londonpressen med angivet datum och sidhänvisning skulle det han läst framstått som deliriska feberfantasier. Det gick inte ens att föreställa sig hur sådana texter kom till.

På dessa Londontidningar möttes varje morgon ett antal gentlemän i mörka kostymer och plommonstop, hälsade artigt på varandra, satte sig ner vid varsin skrivpulpet, eller om de fortfarande stod och skrev, författade varsitt stycke galenskap och gick sedan på lunch som om de vore alldeles normalt förnuftiga män.

Det var för övrigt märkligt att det inte fanns några tyska exempel bland dessa den engelska ungdomens förförare bland Europas konstnärer och författare. Var de engelska redaktörerna obekanta med tysk kultur? Nej, det var inte möjligt. Var det möjligen så att herrar engelska redaktörer godkände tysk konst som icke-degenererad?

Han ville inte dricka whisky, men inte heller gå och lägga sig. Han skulle ändå inte kunna somna. Det var ett oerhört stycke historia Albie författat, sådan historia som samtiden inte ser och som eftervärlden så lätt glömmer. Men eftersom Albies grundarbete fanns skulle förr eller senare någon forskare, journalist eller författare kunna förmedla det här utbrottet av galenskap i Londonpressen 1895. Eftervärldens dom borde då bli hård.

Förutsatt förstås att denna galenskap gick över, att eftervärlden skulle se på den på samma sätt som han själv gjorde just nu. Alternativet vore fruktansvärt, att framtiden skulle göra denna syn på människan till normalitet. I så fall skulle ju den ena halvan av mänskligheten utrota den andra och samtidigt döda all konst och all skönhet i livet. Dante Alighieris helvetesvärld skulle bli världen.

Nej, det var inte möjligt. Detta var ändå 1900-talet. Tekniken skulle avlasta människan från så mycket trälande att muskelkraften befriades och all energi kunde riktas mot det sköna i livet som alla människor innerst inne strävade efter, men kanske bara en procent hade tid och råd med. Den nya tekniken skulle skapa en ny och mer jämlik människa, de tyska socialisternas idéer skulle förmodligen segra. Allt förnuft talade för det. Ändå var det oroande att så mycket enfaldig ondska kunde frodas mitt i ett välorganiserat modernt samhälle. Som alla dessa Londonredaktörer som rimligtvis var respekterade medborgare, levde ett anständigt liv enligt konstens alla regler och på intet sätt uppfattades som de bestar de var när de skrev, eller snarare vrålade ut sitt hat. Och dessa goda, anständiga, måttfulla, respektabla medborgare representerade den politiska makten. Vad hände om ingenjörsvetenskapen försåg denna politiska majoritet, alltså makten, med maskiner som kunde uträtta häpnadsväckande ting? Vad med en plöjmobil som kunde ta sig fram överallt, skulle de bepansra den och sätta in den på slagfälten? Vad med framtiden för de elektriska motorerna, skulle den politiska makten kräva att de blev avrättningsmaskiner för att rädda samhällsorganismen från degeneration?

Nej, det var bara mardrömmar. Även om nu den engelska borgarklassen var galen så gällde det sannerligen inte Tyskland. Albies far hade haft helt rätt när han pekade på att Tyskland var Europas morgonrodnad. De galna engelsmännen fick koka i sin egen sås, som de sade.

* * *

Margrete blev förtjust i idén med en penna i handen och fnittrade glatt när han berättade hur han först tänkt sig en cigarrett. Det hade mycket riktigt varit att gå för långt. Och hon rökte inte ens, även om det kanske vore en bra idé. Hon kanske rentav skulle skaffa sig en rökrock och gå med herrarna efter middagen. De skrattade gott åt den komiska tanken, också åt bilden. Sverre skissade snabbt hur hon skulle se ut i rökrock, blaserad min, halvslutna ögonlock och en cigarrett i munnen.

Hon fick välja mellan Sverres olika skisser och hamnade mycket nära det han själv skulle ha föredragit. Och så slog hon sig ner, nu med det stora guldsmycket men fortfarande med knut i nacken. Han började arbeta.

Hon satt med en penna i handen, djupt försjunken i en bok som hon läste i på riktigt. Hela posen var egentligen bra, men eftersom hon såg ner i boken fick betraktaren ingen kontakt med hennes person.

Han ville åt hennes ögon, men det vågade han inte säga

eftersom invändningarna var lätta att förutse. Hon satt inte där för att tråna, hon läste på allvar.

Efter en och en halv timme när det särskilda ljuset kom bad han henne se ut genom fönstret och vrida sig en aning mot honom. Hon gjorde som han sade.

När ljuset föll in i hennes bruna ögon, samma som Albies, förstod han omedelbart att det var så det måste bli, även om han tvingades göra den bilden bara åt sig själv. Först nu såg han hur vacker hon var, trots alla sina principiella ansträngningar att dölja den saken. Det vill säga hon var inte vacker enligt konventionell smak, där överträffades hon av sin blonda, korkskruvslockiga, blåögda och ytterst självmedvetna lillasyster Penelope. Margrete var klassiskt vacker och det hade mer att göra med hennes sätt att tala och tänka än med ansiktslinjer och kroppsform, förresten dolde hon mycket av sin kroppsform, återigen till skillnad från sin lillasyster.

Iakttagelsen fick honom att tänka i helt nya banor. Vilka kvinnor hade han uppskattat i Dresden? Han hade alltid varit blyg för dem, men det han fäste sig vid var ögonen och talet. Manliga kamrater hade han till leda hört beskriva vad man först såg hos en kvinna. Det rörde sig om olika kroppsdelar, mängd och fördelning av fett. För honom var en vacker kvinna en bildad kvinna som talade väl, insåg han först nu. Han hade sannerligen inte grubblat så mycket över ämnet. Konventionellt vackra kvinnor i hans egen ålder gjorde honom förtegen. Kvinnor som talade, oavsett ålder, hade motsatt verkan. Han hade exempelvis haft stort nöje av att umgås med en del av Frau Schultzes väninnor, en del av dem änkor. Det kunde rentav vara lite upphetsande. Intressant.

Margrete hade alltså en sorts inre skönhet, det var ett konventionellt sätt att uttrycka saken, men ändå så i brist på ord. Det var det han såg när de talade med varandra. Och det var det han måste försöka uttrycka i porträttet av henne. Men för det krävdes det särskilda eftermiddagsljuset i hennes ögon, och det skulle inte bli lätt att övertala henne till det. Hon skulle omedelbart protestera, eller åtminstone ironisera om kvinnans trånande blick ut i fjärran mot kanske, förhoppningsvis, till slut, det lyckliga slutet – riddaren som kommer inridande. Men utan hennes ögon skulle hon inte bli sann på vare sig det sätt hon eller han ville.

När de granskade hans mer detaljerade skisser, som nu mer började likna blyertsporträtt, blev ingen av dem helt nöjd. Det hade blivit bra, men inte så bra som de föreställt sig. Något saknades, bilden var för stum.

”Kan vi inte, åtminstone på skoj, pröva en ny sak?” föreslog han och blev genast genomskådad.

”Du menar att jag ska glo ut genom fönstret?”

”Ja, ungefär så, ja. Vi kan väl åtminstone försöka?”

Den natten arbetade han som besatt, nu i oljefärger. Han gjorde tre varianter på hennes ansikte i det där särskilda ljuset som gav extra liv i hennes ögon och fyllde sedan mer skissartat i resten av kompositionen för att man skulle få begrepp om helheten. Det blev ingen som helst tid över för Albies fruktansvärda berättelse och det inte bara för att han var rädd för fortsättningen. Han måste övertyga Margrete och det här var tillfället.

”Jösses Amalia!” utbrast hon när hon nästa eftermiddag såg hans förslag.

Han var nervös, kunde inte tolka hennes reaktion och måste avvakta.

Hon betraktade de tre varianterna länge och ingående, på nära håll och på lite avstånd. Det var åtminstone hoppingivande, men han kunde inte säkert tolka hennes reaktioner. Hon nickade, först långsamt, sedan mer energiskt som om hon hade bestämt sig, lade försiktigt ifrån sig bilderna på det gröna skrivbordet och gick utan vidare fram till honom och kysste honom först på vänstra, sedan på den högra kinden.

”Förlåt mig”, sade hon när hon på nytt gick och satte sig bakom skrivbordet. ”Jag hade fel och du hade rätt. Det blir mycket mera jag, man liksom känner igen mig, framför allt gör jag det.”

”Ja, pennan i din högerhand kompenserar mer än väl det där du kallade trånande”, pladdrade han på. ”Du vet, då tänker man att det är en idé du letar efter, något du kommer att anteckna, när du ser upp och grubblar, ingen…”

”Jag ger mig”, avbröt hon. ”Jag har sett med egna ögon. Har du kanske lika rätt när det gäller det där med frisyren?”

”Ja, det har jag.”

”Då har du chansen att övertyga mig nu!”

Han måste samla sig. Det var nära nu. Men Margrete var en människa med högt utvecklad känsla för språkliga nyanser, snubblade han eller sade fel kunde allt förstöras.

”Har du något emot att jag svarar på tyska?” frågade han. De hade som överenskommelse att bara tala tyska på konversationstimmen för att han skulle kunna förbättra sin engelska.

”*Natürlich nicht!*” svarade hon.

Nu gällde det. Alltså. Hennes strikta hårknut uttryckte disciplin, återhållsamhet och intellektuellt allvar. Men det var samtidigt ett fördomsfullt uttryck, att en kvinna som samtidigt var en människa måste vara traditionellt okvinnlig. Utmaningen blev desto större om man gjorde posen mindre strikt. Vem måste knyta upp håret för att läsa en högklassig bok? En sann intellektuell kunde läsa boken i badrock om så gällde. Det var ju det man faktiskt skämtat om som en möjlighet, eller kanske snarare omöjlighet.

Och i vilket annat sammanhang uppträdde det ärade motivet i hårknut? Inget, såvitt han hade kunnat iaktta under de snart fyra månader han känt henne. Om hon såg ut som vanligt i stället för att i överförd mening ha dragit på sig en tagelskjorta bara för att läsa en bok, skulle bilden av henne bli mycket sannare. Och en sådan bild uttryckte också en mycket större respekt för litteraturen eftersom litteraturen var alla människors, om inte tillgång, så dock möjlighet. Därför borde hon ha sitt hår som vanligt, som hon skulle ha haft det om hon läste en bok utan att samtidigt befinna sig framför en porträttmålare.

Han höll andan medan han väntade på hennes svar. Bilden av henne kunde bli den vackraste och bästa tavla han någonsin gjort om hon nu svarade ja.

Hon satt och bet i den blyertspenna som ingick i kompositionen och såg oroväckande grubblande ut innan hon svarade, på tyska.

”Det jag älskar er för, Herr Diplomingenjör Lauritzen, är inte bara er underbara talang. Utan också er förmåga att förmedla den. Ni får mig att förstå konst på ett mer konkret sätt så att det inte blir ett virrvarr av känslor och synintryck. Beslutet är alltså ert, jag överlämnar det med förtroende. Ni väljer frisyr!"

Det första som slog honom var att det hade hon aldrig kunnat säga på engelska.

III

Isblått eller skimrande rött

MANNINGHAM HOUSE

OKTOBER 1901

FRÅN BÖRJAN VAR resan upp till London en rätt kallsvettig historia för Sverre. Lady Penelope hade menat att hon saknade en lämplig klänning till porträtteringen, något som Sverre fann högst osannolikt. Han hade vid det här laget sett henne till bords vid mer än hundra tillfällen och eftersom det dröjt uppemot en månad innan han började känna igen något hon burit tidigare var matematiken sådan att man inte precis behövde räknesticka. Hon hade ett drygt trettiotal klänningar av de mest skilda slag. Själv hade han inte haft minsta svårighet att välja någon av dem som skulle klä henne väl på bild, inte ens en sådan bild hon ville ha. Men det var knappast hans sak.

Hon sade sig vara osäker i valet mellan isblått och skimrande rött, det fick avgöras på plats i London.

Isblått var faktiskt en färg som betydde något för Sverre, det var glaciärernas blåa färg som skiftade med ljuset från nästan vitt till djupaste violett, han hade gjort många försök att återge variationerna i olika typer av ljus i sina akvareller när han och bröderna fotvandrade uppe på vidden och gick upp på Hardangerjökeln. Men vad ”isblått” betydde när färgen väl fixerats i ett sidentyg var sannerligen inte särskilt klart. Än mer obestämd var färgen ”skimrande rött”. Det enda som var klart var att han skulle måla henne klädd i någon av hundratals röda färgvariationer. Och hans förråd av färgtuber skulle garanterat inte förslå. Alltså måste han följa med till London, se det tyg Penelope till slut valde och därefter bege sig till en konstnärsbutik för att köpa de rätta färgerna. Det föreföll enkelt.

När han vid drinken före en middag tog upp ämnet med lady Elizabeth verkade hon också mycket förstående, hon föreslog bara att han reste tillsammans med Penelope, mrs Stevens och mr Jones, så kunde han passa på att införskaffa rätt färger såfort han sett vad Penelope valt ut för tyg.

Det var där pinsamheten uppstod. Lady Elizabeth tycktes ta för givet att en gentleman stod för sina egna utgifter, trots att det här kunde bli en affär på 10 pund eller mer. Och själv hade han inte så mycket som en halfpenny.

För när Albie rest till Tyskland hade han rafsat åt sig vad som möjligen såg ut som växelpengar för honom men som i själva verket var Sverres samlade kontanta tillgångar på drygt 2 000 Reichsmark. Det blev ju så praktiskt för Albie att han på det viset slapp passera en bank och växla pengar för att ha kontanter till småutgifter.

Just då hade det inte spelat någon roll, på Manningham hade Sverre självklart inget behov av kontanter.

Nu var det en annan sak. Han var pank men måste köpa färg för en ansenlig summa. Och han hade en dag på sig att ordna pengarna. Att låna pengar från tjänstefolk, eller än värre värdfolk, föreföll helt enkelt ogörligt. Han var inspärrad i en gyllene bur där helt andra regler gällde än ute i fria livet.

I desperation vände han sig till James, butlern som ordnade allt och ansvarade för allt, bestämde diskret möte i Ingenjörsvillan efter te nästa dag, då det var mindre än ett dygn till avresa.

James infann sig naturligtvis med en bugning på utsatt tid.

”Ni ville träffa mig, sir.”

”Ja! Så utmärkt att du kom James, jag behöver verkligen din hjälp med en knivig situation. Vill du inte vara så snäll att sätta dig?”

”Tack, jag står helst, sir. Varmed kan jag stå till tjänst?”

De befann sig i herrummet, Sverre satt ner i sin läsfåtölj och rökte en cigarrett klädd i rökrock. Det var förstås en blunder att be James sitta ner, det skulle ha varit genant för dem båda. Det fanns mycket att lära när det gällde rätt och fel beteende för en lantlig engelsk gentleman.

Men vad gjorde han nu? James avvaktade med orörligt ansikte.

Problemet måste hanteras på ett eller annat sätt. Och han måste, bara måste, klämma fram med det här och nu.

”Vi har ett litet problem”, började han så engelskt han förmådde.

”Jag förstår, sir. Låt oss se vad vi kan göra åt det”, svarade James utan att med en min visa vad han tänkte eller trodde.

”Som du vet, James, ska jag följa med lady Penelope, mrs Stevens och mr Jones till London för en del inköp.”

”Jag är fullt medveten om det, sir. Vagnen är beställd i god tid till morgontåget i morgon.”

”Saken är den att jag har blivit ombedd att göra ett porträtt av lady Penelope och att hon för den sakens skull ska inhandla tyg för att sy upp den klänning som vi ska använda för ändamålet.”

”Det har också kommit till min kännedom, sir.”

Sverre började känna sig alltmer desperat, den här artighetsparodin kunde tydligen pågå hur länge som helst utan att man kom någon vart. Nu måste han klämma fram med saken.

”Jag har inte en penny, lord Albert tillät sig att låna min handkassa innan han for. Ja, han kunde ju lika lite som jag förutse att det skulle uppstå ett oväntat pekuniärt behov... men saken är alltså den att jag måste införskaffa en del färg i överensstämmelse med lady Penelopes val av tyg...”

”Jag förstår, sir. Jag är övertygad om att vi kommer att hitta ett lämpligt sätt att hantera detta lilla problem så att mrs Stevens bestrider era utgifter i konstnärsbutiken. Var det allt, sir?”

”Ja, det var problemet. Tror du...?”

”Problemet, om det alls var ett sådant, är redan omhändertaget, sir.”

Därmed drog sig James, fortfarande med orörligt ansikte bugande tillbaks, tog tre steg baklänges innan han vände sig om och försvann, tyst och diskret. Det föreföll som om han gick ljudlöst nedför trapporna.

Sverre satt kvar alldeles stilla medan han försökte smälta den underliga upplevelsen i denna främmande värld där pengar fanns i överflöd men ändå inte fanns. Han försökte föreställa sig hur James nu skulle lösa problemet. Pengar till färg skulle på något sätt hamna i husföreståndarinnans mrs Stevens börs. Men hurdå, varifrån kom pengarna rent fysiskt? Inte från

James, inte från mrs Stevens, alltså från lady Elizabeth. James måste infinna sig hos lady Elizabeth och förklara saken, det var omöjligt för Sverre att föreställa sig hur. Pengar skulle diskret förmedlas till mrs Stevens och ingen skulle någonsin tala mer om saken.

I en sådan värld hade alltså Albie vuxit upp, inte undra på att han var som han var när det gällde pengar: ”En gentleman frågar aldrig efter hur mycket pengar han har på sitt konto, det är så medelklass!”

Var det verkligen Albie som hade sagt det någon gång? Eller var det inte snarare den där obehaglige Bosie? Jo, så måste det vara. Det var genant och högst orättvist att han kunde blanda samman de två, men det hade med Albies berättelse att göra. Ibland flöt den gode Albie och den onde Bosie på något sätt samman. Det var mysteriöst eftersom inga män kunde vara mer olika än de två.

Det senare var dessvärre inte helt sant, det insåg han genast.

Han gick ner till konstsalongen. Det var deras skämtsamma benämning på den långa vita korridoren som löpte längs husets hela baksida.

Där hängde nu tre porträtt. Två av Albie, ett avsett för hans kvinnliga släktingar, Margie möjligtvis undantagen. Och så Margie själv. Det var den bästa tavla han någonsin målat, det var som om han gått över en gräns och fått ett helt nytt självförtroende. Både för sig själv och Albie hade han alltid bagatelliserat sitt målande med att han visserligen var en duktig kopist, han kunde snabbt och övertygande kopiera vadsomhelst, han skulle kunna bli en utmärkt förfalskare om inget annat återstod. Men porträttet av Margie, han kunde inte längre tänka på henne som ”lady Margrete”, var tvivelsutan det bästa han någonsin målat. Det näst bästa var porträttet av Albie, det var inte vad han skulle ha önskat men det gick inte att förneka.

I båda fallen hade han ändå åstadkommit något han aldrig lyckats med tidigare, vilket inte betydde att han på något sätt skulle vara mästerlig, men han hade förmedlat sina känslor till duken. Margie var vacker på ett sätt som just han såg henne, men som hennes mor och farmor antagligen skulle bli missnöjda med. Särskilt om de fick se bilden av Penelope bredvid, den som bara skulle bli ytlig dussinvara precis som de alla ville ha den.

Problemet med Albie var att han insisterat på att bli avbildad i frack. Allting måste då uttryckas i ansiktet och framför allt i blicken. Det gav mindre spelrum.

Förresten hade han kanske tänkt alldeles fel när han ändrat på Albies blick, avmagnetiserat den, inför systrarnas inspektion. Albies förföriska blick mot betraktaren var inte nödvändigtvis riktad mot en man, varför skulle kvinnor tro det? Eller rättare sagt, hur skulle de se det? Det var ju bara Albies och hans egen hemliga kunskap. Han borde alltså återställa porträttet i dess ursprungliga skick så att Albie inte längre bara blev ”på pricken”, utan sig själv som när de två var ensamma. Eller han kunde rentav göra två varianter, en privat och en offentlig. När väl en tavla var målad gick det snabbt att kopiera den.

Ju längre han stod där och lät blicken växla mellan de olika porträtten, desto starkare växte hans känsla av att han äntligen slagit sig fri och vågat skapa sådant han inte trott att han skulle klara av. Och den känslan gällde det nu att ta vara på och använda till någon större utmaning än bilden av Penelope.

Han fick genast en idé som tycktes födas ur den nya och berusande känslan av att han kanske alls inte var så enkel och trivial som konstnär.

Någon gång under de första veckorna på Manningham hade Albie tagit honom på en rundvandring i det stora huset, från vinkällare till vindar. Det tog sin modiga tid, eftersom det fanns ett femtiotal rum att visa upp, förutom tjänstefolkets bostäder där man inte gärna kunde tränga sig in. Alla salonger och sovrummen för gäster varierade visserligen en hel del i möbelstilar från olika epoker, men var ändå rätt likartade. Köksregionerna hade varit desto mer spännande. Där sjöd av liv och kiv, ständig rörelse och brådska, ett hemligt maskineri som drev hela huset. Det som stelt och värdigt serverades i matsalen på första våningen, med långsamma sirliga rörelser av frackklädda betjänter, hade strax dessförinnan färdigställts i köket under en brådska som verkade organiserat kaos under en skur av svordomar och skämt som han bara förstod hälften av.

Nu när han framkallade bilden på nytt insåg han att den var en enastående möjlighet. Där nere i dunklet skapades, där uppe i ljuset åts och dracks, där nere frodigt svettigt liv och glada skabrösa historier mitt under arbetet, där uppe sval konversation och blaserad konsumtion.

Kanske borde man göra två bilder och hänga dem intill varandra. Nej, det vore ofint, eller än värre övertydligt. Det räckte med att de två världarna, där uppe och där nere som man sade på engelska, hängde på samma vägg. Inte intill varandra, men på samma vägg. Han blev varm av upphetsning när han tänkte närmare på alla möjligheter som rymdes inom idén och än mer av känslan att det äntligen hade lossnat, att han kunde åstadkomma mycket mer än han någonsin vågat tro. Så länge den känslan fanns kvar gällde det att inte försitta några möjligheter, moderniseringen av järnvägshjul fick vänta.

De reste i täckt vagn nästa morgon. Dels därför att det regnade, dels därför att de täckta vagnarna hade bättre utrymme så att man kunde färdas fyra personer i kupén utan att hamna generande nära varandra. Sverre satt mitt emot mrs Stevens med Penelope på sin högra sida, mr Jones satt alltså mitt emot henne. Damerna var klädda i tvådelad resdräkt, herrarna i en sorts mörkare jackett. Penelope klagade nästan genast över att de här vagnarna gjorde henne sjösjuk eftersom de gungade alldeles för mjukt. Sverre ångrade sig försent när han gav sig in på att förklara hur lätt den saken vore åtgärdad. Strax hade han lovat att konstruera en tillsats som kunde reglera fjädringen så att den med några handgrepp blev så hård eller mjuk som den resande föredrog.

Hjulfrågan dök oväntat upp på nytt. För när de någon timme senare steg ombord på tåget till London framgick att familjen Manningham hade en egen järnvägsvagn som kopplades på tågen efter behov. Det var därför han och Albie haft en hel egen förstaklasskupé när de reste ner från Paddington den första dagen, nej den andra dagen i England. Om man alltså kunde få fram prototyper till nya järnvägshjul skulle man utan byråkratiska eller ekonomiska åtaganden kunna provköra dem på familjens egen järnvägsvagn? Det föreföll i alla fall som en möjlighet.

Under resan upp till Paddington talade Penelope oupphörligt om hur svårt det var att välja mellan isblått och skimrande rött. Sverre gjorde sitt bästa för att dölja att han hade tankarna på annat håll, vid bilder av köket snarare än sidentyger.

London var för hans vidkommande en storstad som var sotigare och rörigare än Berlin och där han inte kände igen så mycket annat än Towern, det kungliga palatset och Piccadilly Circus, som enligt Albie var stadens hemliga hjärta. Exakt vad Albie menade med det hade aldrig riktigt framgått.

Utanför järnvägsstationen väntade en hyrdroska av lite större typ, dragen av ett fyrspann. Meningen med fyra hästar hade såvitt Sverre förstod ingenting med behov av extra dragkraft att göra, utan gällde snarare en social markering. Det var helt enkelt elegantare med fyra hästar än en eller två.

Valet av rätt ”isblå” nyans bland ett tjugotal sidenalternativ inne på damskrädderiet vid Oxford Street tog sina modiga två timmar. Penelope satt obesvärad i en guldfärgad stol med röd sammetssits, Louis XVI-stil gissade Sverre medan han otåligt bytte fot. Han själv, mrs Stevens och mr Jones stod tillsammans bakom Penelope parata att svara på frågor om de tilltalades. Men ingen uppmärksammade dem, och de två ivriga skräddarmästarna som betjänade lady Penelope Manningham måste ha uppfattat Sverre som ytterligare en tjänare, snarare än självaste artisten.

Efteråt lade Penelope självklart beslag på den väntande droskan, och mr Jones, och begav sig till ett större varuhus där familjen hade konto och där kontanter inte behövdes, däremot någon som kunde bära inköpen, medan mrs Stevens och Sverre promenerade en dryg timme innan de fann Londons bästa affär för konstnärsfärger.

De blåa färgerna var alltid de dyraste och Sverre behövde åtminstone tre olika tuber, förutom en del zinkvitt och ockra. Mrs Stevens betalade diskret för hans inköp.

När de promenerade den ännu längre vägen till Paddington för att ta tåget hem talade de mycket om Tyskland och mycket lite om livet på Manningham House.

* * *

Albie kom hem efter drygt tre veckor, uppspelt och forcerat berättande om allt intressant han varit med om. Men han ångestsvettades också på ett sätt som Sverre till sin sorg kände igen alltför väl. Vid välkomstteet i den kinesiska salongen berörde han bara i förbigående sitt besök hos Rudolf Diesel; försöksmotorn vägde i sitt nuvarande skick 4,5 ton, det hade att göra med det höga tryck som behövdes för bränsleinsprutningen, vilket i sin tur ställde höga krav på maskindelarnas hållfasthet, därav den höga vikten. Än så länge var den alltså ingenting att tänka på när det gällde att driva plöjmobilerna, men inom något år skulle man nog ha kommit till rätta med viktproblemet.

Desto mer uppehöll sig Albie vid sin lilla avstickare till Paris på hemvägen. Han hade köpt de mest underbara tavlor och bjöd alla till vernissage nästa eftermiddag när ljuset skulle vara som finast i den långa ljusa passagen längs baksidan på Ingenjörsvillan. Han verkade knappt uppfatta vad hans mor inflikade om att det skulle passa alldeles utmärkt eftersom man inväntat en visning av porträttbilder till den förlorade sonens hemkomst. Albie kom då genast in på något helt annat, och Sverre började svettas bara av att se hur Albie svettades. Det var ändå senhöst och det stora huset hade börjat kallna.

De timmar de fick på sig tillsammans före välkomstmiddagen tillbringade de mest i badet, något annat hade inte varit möjligt, de hade inte precis kunnat sätta sig ner ansikte mot ansikte för att tala ut. Det hade varit alldeles för banalt, skulle Albie ha sagt. Det hade blivit outhärdligt, skulle Sverre ha sagt.

Det var bara passionen, som alltid var så lätt att återuppväcka som kunde skölja bort ångest och dåliga samveten. När Sverre höll Albie i sina armar försvann allt annat ur tankarna än hur mycket han längtat och han såg på nytt de gracila dovhjortarna framför sig. När Albie försökte ta ett brottargrepp och ännu en gång påminde om att Sverres bröstkorg var som en ångmaskin i jämförelse med hans egen, fantiserade han om grekiska olympier men började också skratta åt sin egen ynklighet jämfört med Sverres råa naturstyrka, denna kropp som man kunde föreställa sig snarare på Colosseum bland gladiatorer än framför ett staffli, vid ett ritbord eller på en balettföreställning. Och när han började skratta ohejdbart åt sina fantasier kunde han inte sluta och drog Sverre med sig i skrattet. Och med den lättade glädjen kom passionen åter, de kysste varandra nästan förtvivlat.

Efteråt låg Albie hopkrupen i Sverres famn som för att skydda sig mot den kyla han visste oundvikligen skulle komma smygande.

”Jag har varit en stygg pojke”, viskade han.

”Jag vet”, viskade Sverre tillbaks.

”Det ska aldrig hända igen.”

”Jag vet det också.”

Ingen av dem hade ringaste lust att fortsätta samtalet och det behövde inte sägas, det kändes. De låg tysta kvar tills Albie huttrade till av kylan. Då tog Sverre honom i famnen som ett barn och bar honom skrattande uppför trappstegen i badet, lade försiktigt ner honom på det blåvita kakelgolvet och kastade åt honom ett stort badlakan.

”Jag har tagit med mig en fantastisk present till dig”, sade Albie när han med sin vanliga frenesi försökte gnugga sig varm med badlakanet. ”Jag måste visa den innan vi klär om till middagen. Kan du hämta ett staffli och bra belysning och ställa upp det i ditt rum så ses vi om fem minuter?”

Att det handlade om en tavla hade redan framgått vid tedrickningen i stora huset, det insåg Sverre när han iklädd badrock gick ner för att hämta ett staffli och en extra lampa. Det var spännande, personligt och kanske aningen oroväckande. Albie hade en smak som svajade, tyckte Sverre. Ibland utsökt och säker, ibland mer sökande och rentav vulgär, han kunde inte alltid skilja det originella från det kitschiga.

Som säkerhetsåtgärd försökte Sverre tona ner alla förväntningar när Albie förtjust kom intassande med ett till hälften öppnat stort paket under armen.

”Är du beredd!” annonserade Albie som om han parodierade en cirkusdirektör.

”Jag är beredd”, svarade Sverre försiktigt.

Albie svepte upp en tavla från det knyckliga papperspaketet och placerade den på stativet.

Sverre hade i värsta fall väntat sig något i alltför bjärta färger. Det här var motsatsen, det här var en komposition i brunt, ockra, olika nyanser av gult och vitt, en fantastisk kombination som gav intryck av både ljus och mörker. Bilden föreställde en balettdansös som iklädd tyllkjol stod framåtlutad och knöt till sin ena sko.

Det var som om Sverre drabbats av en serie små snabba kortslutningar i hjärnan.

Ömsom trodde han på vad han såg, ömsom tvivlade han.

"Är det där verkligen vad jag tror?" frågade han.

"Ja, det är precis vad du tror!"

"En Degas?"

"Högst densamme, vår vän Edgar, jag ska be att få hälsa så mycket förresten. Här kommer tre till!"

Ytterligare en tavla hade liknande lugna bakom scenenmotiv, de två andra var dansöser under föreställning, i starkt motljus där konstnären måste ha stått bakom scenen när han arbetade.

Sverre var förstummad. Bilderna var världsberömda, åtminstone motiven. Och bortsett från skönheten i dansösernas rörelser, det fantastiska sättet att behandla motljus och den nästan råa realismen i vissa detaljer, som den hårt slitna skon i närbild, så måste priset för denna konst vara oöverstigligt.

"Vi kan hänga dem i utställningslokalen som en början på vår konstsamling!" föreslog Albie.

Sverre kunde bara nicka stumt. Han hade tänkt överraska Albie med sina egna fyra tavlor som redan hängde där nere. Det var inte mycket att komma med nu. I själva verket hade han tänkt sig ungefär samma turordning för återföreningen som Albie. Först det grekiska badet, sedan en extra lampa för att inspektera artisten Sverres hittills bästa verk där nere. Vilken pinsamhet skulle inte det bli nu. Edgar Degas!

När de hjälpte varandra att finjustera frackklädseln, rätta varandras flugor, borsta damm från axelpartierna, räcka över skjortknappar och välja manschettknappar, berättade Albie förtjust, nu på sitt vanliga oemotståndliga oskuldsfulla vis, om hur det hela hade gått till.

Han hade ju en del konstnärskontakter i Paris, hade varit där första gången redan som tjugoåring med Oscar Wilde – här stack det till i Sverres svartsjukenerv – och nu hade en av dessa vänner visat sig i sin tur vara mycket nära vän till Edgar Degas och visste att gubben, som började se illa och inte längre kunde måla som förr, ville göra sig av med en del förstudier till den berömda balettsviten för, vad var det, kanske tjugo, trettio år sen? Hursomhelst hade den här ingången fungerat perfekt. Albie hade berättat om hur han och hans norske vän var så passionerat förtjusta i balett. Och nu fanns ett alldeles särskilt skäl att ge vännen en gåva och ingenting i världen hade kunnat vara bättre än dessa balettstudier.

Gubben tycktes bli rörd av historien, tog inte särskilt mycket betalt, var vänlig nog att signera tavlorna, bad om en särskild hälsning till den norske vännen och önskade lycka till. Sen rekommenderade han en ung spansk konstnär som hette Pablo någonting och som just haft sin första utställning, fått växlande kritik men inga köpare. Fast det hade han varit värd, Edgar Degas själv trodde i alla fall på honom. Så för säkerhets skull hade Albie köpt med sig fem, sex verk av den där Pablo också. Men det kunde man vänta med till morgondagens vernissage.

Under den långa middagen, det var stor middag för mer än tjugo personer för att fira lord Albert Fitzgeralds återkomst från kontinenten, kände sig Sverre lugnt lycklig, det var bara så han kunde beskriva det för sig själv. Han hade en ”kusin” till bordet, en lady Sybil från Dorset, sent omsider hade han förstått att alla i den här kretsen kallade varandra för ”kusiner”, och hon ville tala om konst. Hon hade informerats i förväg om att hon skulle få en konstnär till bordet, Sverre kände sig rentav lite stolt över att ha blivit beskriven som konstnär i stället för ingenjör.

Att tala om konst med en middagsgäst på Manningham var den enklaste av alla konversationer. Han kände självklart till de konstverk sådana ”kusiner” ville tala om, nämligen de mest berömda, och det brukade bli ämnen som om inte Davidstatyn i Florens hade ett oproportionerligt stort huvud, och liknande ting. Inget ont i det. Att vara intresserad av konst och att förstå konst var två skilda ting, intresset som sådant var alltid värt respekt. Och tusen gånger hellre tala om konst även på nivån Davids huvudstorlek än att tala om cricket, som han råkat ut för vid något tillfälle när en antagligen alltför väluppfostrad ung dam tog för givet att cricket var det enda bergsäkra samtalsämne man kunde inleda med en gentleman.

Middagen gick som alla middagar på Manningham House liksom på räls, tänkte Sverre och sjönk ihop lite. Järnvägsteknologi hade han minst sagt försummat den senaste tiden.

Det var trevligt, angenämt perfekt, ibland sade någon något roligt, och inga opassande samtalsämnen dök upp vid bordet. Man skålade med varandra, höll små kortare anföranden, skålade igen och Sverre och Albie, som satt ganska långt ifrån varandra vid sådana här större arrangemang, utväxlade då och då små hemliga tecken.

Det var en sport att göra det omärkligt. En gentleman drar sig inte i näsan vid matbordet (det betydde ”synnerligen oanständiga gärningar”) och en sådan manöver måste därför ske snabbt, omärkligt, kanske i kombination med att torka en ögonvrå med servetten, vilket var tillåtet. Det vore lika omöjligt för en gentleman att peka med kniven vid matbordet (betydde "grekiska bad") och därför måste den manövern utföras blixtsnabbt, mitt i ett stycke ivrig konversation så att bara den invigde skullc hinna observera fadäsen.

Leken blev så mycket roligare mellan dem eftersom de några timmar tidigare svettats av ångest inför en möjlig bekännelse, den egna eller den andres. Och till glädjen kom då och då, som plötsliga blixtar i hjärnan, vissheten om att man hemma i Ingenjörsvillan hade en skatt, fyra balettstudier av Degas.

Sverre fantiserade också om vad som under middagen här uppe pågick där nere i det hektiska kaos som var köket, han såg scenerierna i små korta minnesbilder framför sig under hela middagen. Köket i dunkla färger med eldsken blandades med balettstudier i ännu dunklare färger.

Det var nästan genant att finna att en kusk med täckt vagn väntade på dem när de sagt godnatt och farväl och skulle återvända till Ingenjörsvillan tvåhundra meter bort. Klockan var två på morgonen, stunden i herrummet hade dragit ut något för att två av kusingentlemännen hamnat i artig men långdragen dispyt om boerkrigen.

Hur länge hade kusken suttit där i regnet? En timme? Två timmar?

Färden tog högst två minuter. Kusken steg ner och höll upp ett stort paraply över dem när de steg in i sitt hem. Eller rumlade in.

De enades snabbt om att de var tillräckligt berusade, hastade till varsitt toalettrum och vacklade i säng var och en i eget sovrum. Ibland när de hade druckit för mycket sov de ensamma.

Full engelsk frukost serverades pietetsfullt inte förrän klockan tio nästa morgon. De hade båda vaknat av dofterna. De åt i morgonrock, det var en sådan morgon då de båda föredrog kaffe till frukost, en kontinental sed som Albie ytterst resolut infört på Manningham redan de första dagarna efter deras ankomst.

”Nå?” frågade Albie förtjust när han kastade ifrån sig linneservetten. ”Ska vi hänga våra Degas? Dina Degas, rättare sagt, de var ju min hemkomstgåva till dig.”

”Nej”, sade Sverre och imiterade gesten med servetten. ”Det hänger redan några tavlor där ute som jag vill att du ska se först.”

Albie såg forskande på honom, reste sig sedan så snabbt att han välte sin stol och skyndade mot den bakdörr i köket som ledde ut mot den långa gallerigången. Sverre hastade efter.

Tavlorna hängde längst bort, på utsidan av verkstaden och Albie kom fram långt före Sverre, som nervöst saktat in på stegen.

Albie gick från tavla till tavla med uppspärrade ögon, det var en min som Sverre inte kände igen så han utgick från att det inte kunde vara tillgjordhet. Sakta smög han sig närmare tills de stod intill varandra. Albies blickar flackade från tavla till tavla. Stämningen hade blivit sådan att det var svårt att först bryta tystnaden. Det blev till slut Albie som gjorde det.

”Min älskade, älskade Sverri vad har du gjort!” utbrast han.

Det lät våldsamt anklagande och berömmande samtidigt. Sverre blev osäker.

”De fyra bästa tavlorna i mitt liv”, svarade han lågt.

”Men varför två porträtt av mig? Jag tycker förresten bäst om det högra.”

”Jag med. Därför att jag hade föreställningar om att bli genomskådad med just det porträttet. Det lyser igenom att konstnären inte direkt förhåller sig neutral till objektet. Om vi nu ska uttrycka oss så där engelskt.”

”Ja, men vad vet betraktaren om det? Sådana här bilder skickade kungar och prinsessor runt i Europa förr i världen när de ville fria.”

”Tack, jag vet. Men du är inte förskönad på det viset.”

”Men varför en kärleksfull bild och en kylig?”

”Vi får se vilken av dem damerna föredrar i eftermiddag.”

”Herregud Sverri, förlåt mig!”

”För vadå?”

”För att jag sett alla bilderna men ändå stannar som en Narcissos just här och börjar tala om mig själv. Herregud igen, vad har du gjort med Margie! Det är ju hon precis som hon ser *sig själv*, eller vill vara, och som jag ser henne ibland. Och… jösses det är ju fars gamla arbetsrum, hur kunde du…”

Albie fick inte fram fler ord, skakade på huvudet och omfamnade Sverre för att kväva alla ord. De stod så en stund, vaggande fram och åter, innan Albie slet sig loss och utan förklaring sprang bort i korridoren mot köket. Sverre stod kvar, osäker på hur han skulle tolka reaktionen. Kritiskt började han granska sina tavlor. Vad hade han nu gjort för fel? Säkert många. Maître Degas hade kunnat peka ut dem för honom, säkert skoningslöst, ett efter ett. Men ingen hade kunnat göra porträttet av Margie bättre, bestämde han sig trotsigt för. Det var inte bara en fråga om teknik, det handlade mycket mer om den kontakt de fått. Och den fanns kvar i bilden.

Med Penelope var det inget att säga. Det såg ut som de flesta andra kvinnoporträtt i stora huset, fast klarare i färgerna, ljusare, franskare i den meningen.

Köksscenen var ändå bäst. Det var inget lysande karaktärsdrag att beundra sig själv, men skamlöst gjorde han det. Han hade aldrig kunnat ana att han hade allt detta inom sig. Jo, referenserna, han kunde säkert måla av hundra mästerverk ur minnet. Men det var en annan sak. Den här köksbilden hade ingen annan gjort, det här var hans nya befriade jag. Förvandlingen hade börjat när han så förutsättningslöst hade inlett arbetet med Margie. Hon visste inte att han bara var en studentmålarkludd från Dresden, som mest målat kulisser och annat till olika studentspektakel, gjort lustiga karikatyrer av kurskamrater, målat en falsk Rembrandt och förvandlat ett skämt till skandal och allt det andra. Hon hade tagit honom på allvar och befriat honom. De här tavlorna var han själv och ingen annan.

Albie kom springande tillbaks nedför den långa vita korridoren med den öppna morgonrocken fladdrade runt benen. I handen höll han en flaska champagne och två glas, det såg rentav farligt ut.

När han kom fram räckte han över glasen till Sverre och serverade. Fortfarande andfådd höjde han sitt glas, skålade och skvimpade.

”Skål för en Mästare!” ropade han, drack och satte i halsen.

De stod stilla en stund framför köksmotivet, en bild dubbelt så stor som de andra. Champagnen i deras glas hann ta slut och Albie fyllde på nytt innan han sade något men i gengäld desto mer överraskande.

”Om Émile Zola hade varit en målande konstnär skulle jag ha svurit på att det var han som gjort den här kompositionen.”

”Jag antar att du menar det som beröm”, svarade Sverre avvaktande. ”Men vad är det du ser?”

”Jag ser sannerligen full fart! Till att börja med. Där står kockan mrs Saunders och tvingar ner en stekt rapphöna med sin kraftiga vänsterlabb, nästan som om djuret var på väg att rymma fastän mrs Saunders i nästa ögonblick kommer att klyva det med den stora förskäraren som hon hytter med åt den nya pigan som lägger upp färdigskurna halvor på serveringsfat och ser rädd ut, hon har tydligen gjort något fel sekunden innan. Det dånar från ugnsluckorna, glöder från kolöppningarna, det slamrar av en ugnslucka som öppnas av andrekocken och blottar ännu en omgång stekt fågel i sitt gap, ja faktiskt gap, det klingar av kastruller och vispar lite längre bort där, äsch jag har glömt vad hon heter, håller regemente över såstillverkningen. Två kammarjungfrur smyger förbi i bildens utkant med en bärstång med alla varmvattenflaskorna som de ska släpa upp till sängarna i gästrummen, ja jäklar, här går det undan! Det doftar, osar och stinker samtidigt. Och i bakgrunden står en oberörd andreservitör, den där nye, McInnes heter han, och röker i trappuppgången, totalt rofylld som om ingenting i all denna febrila röra angick honom. När serveringsfaten är upplagda och garnerade ska han bara transportera dem en trappa upp, allt annat struntar han i. Jag säger bara det: Jösses!”

”Du har ett fint öga för detaljer, jag är rätt stolt över McInnes i bakgrunden, det är han som gör hela bilden på något sätt”, fyllde Sverre i. ”Vad ser du mer hos honom?”

”Hans frack sitter perfekt. Men han är ingen gentleman, han är servitör, varken mer eller mindre. Hur kommer det sig att jag ser det?”

”Det ser du inte. Samma figur uppe i herrummet hade blivit en gentleman, det är bara köksomgivningen som gör honom till servitör. Men vad hade Zola med saken att göra?”

Rätt mycket visade det sig. Åtminstone i Albies långa och ivriga utläggning. Det var till en början ingen tvekan om vad man såg, började han medan han än en gång fyllde på deras champagneglas och ställde ifrån sig flaskan på golvet. Det här var inget restaurangkök, det såg man genast. Trappan upp med den väntande servitören. Tjugo rapphöns på väg att läggas upp på fat, tio nya på väg ut ur ugnarna, det var självklart en bättre middag på landet. En trappa upp satt överklassen beredd att smörja kråset utan att ägna en tanke åt annat än att stekta fåglar hade en vana att automatiskt komma flygande så som de alltid gjort och alltid skulle göra. Här nere fanns å andra sidan det arbetande folket, de som snart skulle ta makten från den parasiterande överklassen en trappa upp, antingen med revolution eller med allmän rösträtt. Det fladdrande röda ljuset i svettiga ansikten kunde möjligen symbolisera, eller snarare påminna, om just den saken.

Sverre tyckte att Albie övertolkade bilden politiskt. Frånvaron av just överklass på bilden borde i stället få betraktaren att tänka på effektivitet i hög fart, organisation och yrkeskunskap. Människorna på bilden var för höge Farao på intet sätt förtryckta, de utförde ett arbete som var högklassigt, som få människor skulle kunna göra lika väl, de var välmående, frodiga, skämtsamma och yrkesstolta. Just nu hade de i alla fall inte tid med någon klasskamp.

”Bagatellisera inte din egen bild, försök inte ta udden av den bara för att vara artig mot mig, det är ju jag som är förtryckaren där på övervåningen", invände Albie. "Det var därför jag kom att tänka på Zola redan vid första intrycket. Bilden föreställer en döende värld som kanske snart är borta, om inte annat så på grund av tekniska förändringar. Hur ser vårt kök där nere ut om bara tio år?"

"Färre anställda, elektricitet, fler maskiner, starkare ljus, ingen koleldning, mer enhetlig och rationell klädsel, större och renare ytor, stora fönster?" improviserade Sverre snabbt. "Men i så fall talar vi inte om en döende värld, utan om en värld som kommer att moderniseras."

"Allright, strunt i det. Till huvudsaken! Vad har hänt med ditt måleri? Förlåt, jag borde ha börjat där, men det här är ju någonting fantastiskt, Sverri! Det är så långt från Saskia van Uylenburgh man kan komma."

De tappade genast den allvarliga tråden och förlorade sig under glada skratt i favorithistorien om ett av Rembrandts mest berömda porträtt på sin hustru Saskia.

När tavlan stals från Rikskonstmuseet i Berlin under stort ståhej i hela Tyskland förvandlade de skandalen till ett av de mest lyckade studentspexen någonsin i Dresden. Tavlan var såpass berömd att det fanns många förlagor att arbeta efter. Först gjorde Sverre, efter visst mödosamt experimenterande med färg, det måste man erkänna, en rak förfalskning. Men det skulle aldrig ha fungerat. Med hjälp av kemisterna på fakulteten experimenterade de ett tag med att ugnsbaka olika färgprov, inte så mycket för att snabbtorka färgen som för att återskapa krackeleringen i ytan. Sedan ställde de ut den färdigbakade tavlan i tekniska aulan och tog 50 Pfennig i inträde, de hade hittat en tillräckligt ruffig gammal ram i en antikbod och draperade sedan förfalskningen i ett stycke röd sammet. Det blev rusning och skandal eller succé, hur man nu ville se det. Till slut kom polisen och honkade in såväl tavlan som utställarna, inkallade stadens förnämsta konstexpertis som efter noggrann granskning med förstoringsglas och ett litet syraprov fastställde att det häpnadsväckande nog var en tavla målad med teknik som var typisk för mitten av 1600-talet och att det tvivelsutan rörde sig om det försvunna porträtt som Rembrandt målat av sin hustru och som nyligen stulits från Berlin. Då slog komiken över i skräck eftersom Albie och Sverre hamnade inför häktningsdomare, misstänkta för utomordentligt grov stöld, alternativt lika utomordentligt konsthäleri.

När Sverre, alltmer desperat – just då var det inte lika roligt som det blev i efterhand – försäkrade att allt var ett skämt och att det var han som målat tavlan blev han inte trodd. Konstexpertisen hade ju redan sagt sitt. Ett långt fängelsestraff tycktes hota de två konsttjuvarna som dumt nog ställt ut den världsberömda målningen för att tjäna småpengar.

Till sist lyckades Albies advokater, förmodligen de dyraste advokaterna i Sachsen, förmå konstexperterna att komma till häktningsförhandlingen, där Sverre kunde visa att nubben som spänt upp duken var av ny tysk typ och att ramen var gjord av så färskt almträ att det fortfarande doftade alm om den.

Brottsmisstankarna ändrades då omedelbart till synnerligen grov konstförfalskning. Det lyckades advokaterna vifta bort med att ingen vettig människa kunde förfalska en världsberömd Rembrandt och räkna med att få den såld. Allt var ett studentikost skämt, omdömeslöst förvisso, som många studentpåhitt förr och nu, dock ett skämt.

En alltmer road häktningsdomare beslöt att låta studenterna löpa med en sträng varning. Men han beslöt också att konfiskera förfalskningen som därmed övergick i staten Sachsens ägo och vars vidare öde var okänt. En god gissning var att tavlan hängde på väggen hemma hos häktningsdomaren.

Det var vad Albie menade med Sverres tidigare talanger, en otrolig förmåga att härma det som andra målat.

Men de tavlor som nu hängde som en första början på deras konstsamling i den långa vita gallerigången var något radikalt annorlunda. Det var som när en fjäril kryper ur sin puppa, i Albies liknelse.

Sverre måste medge att han själv funderat åt just det hållet, även om han inte kommit på tanken att vare sig likna sitt tidigare liv vid en puppas eller sitt nuvarande med en fjärils.

De gick upp och satte sig i sina fåtöljer i herrummet. Det kändes bättre att sitta ner, utan glas i händerna, för att fortsätta samtalet. Bortsett från liknelser hämtade från insektslivet så var det bevisligen frågan om en märklig metamorfos.

Sverre instämde förstås med Albies iakttagelser i sak. Och så försökte han förklara vad som hänt när han börjat arbeta med porträttet av Margie, att det blivit som att formulera sig inte bara för henne, utan också för sig själv. Och plötsligt hade han kunnat se henne framför sig som hon var, i hennes verklighet, och inte i någon annans tavla. Det var en mycket egenartad upplevelse och ibland var han rädd för att det bara varit ett fönster som just öppnat sig mot hela den doftande vackra, stinkande fula världen och sedan, liksom av en vindpust, kunde slå igen så att han åter blev en simpel kopist. Men så länge flödet varade ville han passa på. Helst börja genast med flera bilder som den från köket. Från stallarna där hovslagarna arbetade med smide och hästskosöm, från vagnslidret där det alltid satt två resklara kuskar och spelade kort i väntan på att det skulle komma en plötslig ringsignal uppifrån stora huset. Från smedjorna, från sadelmakeriet, från hela maskineriet på Manningham, kort sagt.

"En fullständig dokumentation av den döende världen", konstaterade Albie misslynt.

"Inte alls", invände Sverre. "En dokumentation av något som ingen dokumenterat, en okänd bild av världen. På ett mer bagatellartat plan, det medges, ungefär samma form av dokumentation som du gjorde i din berättelse om tiden med Oscar Wilde."

"Va! Du har läst mitt lilla opus!"

"Självklart. Och det var inte så litet."

"Vad tyckte du?"

"Massor. Bland annat det jag syftade på, att du gjort framtiden en omistlig tjänst genom att dokumentera en galenskap som hur skamlig den än var, och hur genant den än är för England, ändå måste skrivas in i vår historia."

"Men vad tyckte du om…?"

"Vänta!" avbröt Sverre och höll upp ena handen till stopptecken. "Det där blir en lång diskussion. Och viktig för oss båda. Jag vill spara den till i kväll när vi är ensamma och har klarat av allt det vi måste göra först så att vi inte behöver titta på klockan medan vi talar vidare."

"Bra förslag", medgav Albie. "Vi har som sagt en del att klara av. Ska vi slå vad om damernas reaktion på dina tavlor?"

Albie vann, kanske inte helt överraskande, alla vaden. Han lyckades förutsäga sin mors, sin farmors och sina två systrars reaktioner på Sverres tavlor in i minsta detalj. Till och med vissa formuleringar hade han kunnat förutspå.

Följaktligen blev både Pennie och Margie överförtjusta i sina egna porträtt och tydligt skeptiska, fastän de artigt försökte dölja den saken, mot porträttet av den andra.

Farmor föredrog porträttet av Pennie, det var tvivelsutan den vackraste tavlan på hela väggen ansåg hon, de fyra balettstudierna av Degas och de fem mycket färggranna tavlorna av den där spanjoren inräknade.

Lady Elizabeth uttalade inte så mycket konstkritik, annat än att hon instämde i farmors synpunkt att köksmotivet visserligen var mycket livfullt, men som konst kanske lite väl vardagligt. Dessutom fanns det ett klart fel i bilden: kammarjungfrurna som gick förbi med lasten av varmvattenflaskor till gästernas sängar. Eftersom varmrätten redan var på väg att serveras var klockan nio. Vattenflaskorna borde inte bäras upp förrän en timme senare.

Sverre medgav att detta var ett litet fusk. Han hade medvetet tidigarelagt vattenproceduren för att få mer samtidig rörelse i bilden.

Detta var dock ingalunda nedgörande kritik från damerna. Som Albie skämtade hade Sverre med glans klarat av sin första vernissage. Och stämningen vid ”konstutställningsmiddagen” blev efterhand nästan uppsluppen. Som lady Elizabeth lika diplomatiskt som sanningsenligt sammanfattade var det allra viktigaste att både Pennie och Margie var så förtjusta, varför alla med glädje måste förena sig i en skål för konstnären.

Det var det hela.

Albie och Sverre kom tidigt och tämligen nyktra tillbaks till Ingenjörsvillan. De klädde om, satte sig i herrummet och Albie serverade dem varsin whisky, hans favorit från the Highlands. De tände båda en cigarrett.

”Nå?” frågade Albie när han på sitt vanliga njutningsfulla sätt drog första blosset.

Det var alldeles klart vad detta ”nå” betydde.

Sverre hade försökt tänka ut i vilken ände han skulle börja. Men det var inte så lätt, det fanns så många möjligheter, stora frågor, små frågor, tragiska aspekter, sådant han inte förstod, sådant han blivit imponerad av rent textmässigt, sådant som sårat honom, sådant som glatt honom.

”Det var som du sade”, började han försiktigt. ”Nu känner jag dig bättre, på gott och ont, men precis som du hoppades mest på gott. Och det är väl ändå det viktigaste?”

”Vad var på ont?” frågade Albie snabbt.

”Jag är naturligtvis svartsjuk på Oscar Wilde. Ingen man kommer i dina ögon någonsin att nå upp till honom. Och eftersom jag är svartsjuk kan jag inte lita på mitt omdöme, förlåt men kan vi byta till tyska?”

”*Selbstverständlich*. Och i vilket avseende kan du inte lita på ditt svartsjuka omdöme?”

”Jag finner honom inbilsk, storhetsvansinnig, omdömeslös, svekfull, notoriskt otrogen, barnsligt genidyrkande, särskilt när det gällde honom själv, en tydligen strålande underhållare som inte bottnade i något som var på riktigt.”

”Det där hade du tänkt ut i förväg.”

”Ja, precis som du brukar göra. Man lär sig av varandra när

man lever tillsammans, särskilt om man lovat varandra att göra det för alltid."

"Värst vad du tar i. Hursomhelst har du rätt på alla de uppräknade punkterna. Sådan var Oscar. Ändå en man att älska, det är det som är mysteriet med honom."

"Om han steg in här i rummet nu, skulle du då omedelbart älska honom?"

"Nej!"

Det snabba tveklösa svaret både överraskade och gladde Sverre, mest gladde, eftersom han trodde att Albie nu varit fullständigt uppriktig, just så uppriktig som man bara kan vara mellan två män som står varandra innerligt nära. Men han sade inget mer, väntade i stället ut Albie som inte skulle klara av tystnaden särskilt länge utan att börja förklara sig.

Det man verkligen seriöst måste erinra sig, började Albie sin utläggning, var att han själv varit en bortskämd glop, 20 år gammal, när han första gången träffade Oscar och hans krets. Det var som om han plötsligt släppts ut på grönbete, vilt och galet skuttande som kalvarna om våren. Det var en obeskrivlig befrielse att öppet och demonstrativt ta avstånd från hela det ruttna, stenkonservativa, bigotta och fåniga engelska regelverket för hur en gentleman skulle föra sig, hur en gentleman skulle klä sig, från vilka skyldigheter en gentleman hade, särskilt om man var i hans situation som, till skillnad från den där Bosies, innebar ett tvång att avla barn i god fastställd ordning. Livet den där korta drömlika och fantastiska tiden bland de gröna nejlikorna var som ett enda frihetsrus. Den barnsliga glädjen av att kunna "chockera" omgivningen skulle verkligen inte underskattas. Det var ett uppror mycket mer än fröjden av förbjuden frukt.

Och så en sak till som inte nog kunde betonas. Han var faktiskt inte mer än 21 när han skrev den där texten. Det var sex år sedan, varav de tre senaste tillsammans med Sverre i Dresden, i en helt annan värld.

Till Dresden, då för sex år sedan, kom han i den uppgivna föreställningen att leken var över, allvaret stundade, att man måste ta sig samman, bli normal i allt, inte bara när det gällde nattliga fröjder utan också när det gällde noggrann planläggning för resten av livet.

Så hade det gått för hans far, som ju Sverre redan hade läst om. Fadern tvingades tillbaks in i fållan vid rätt unga år, tog det ärvda ansvaret och gjorde allt utom att få mer än en son.

Allt detta hade Albie varit inställd på att upprepa. Men så träffade han Sverre och sedan den stunden kunde alla höga principer dra åt helvete.

Albie tystnade och tände en ny cigarrett. Det blev underförstått Sverres tur att göra en motsvarande bekännelse och det var inte lätt. På Osterøy fanns sannerligen inga gröna nejlikor, kanske inte ens i Bergen. Det visste han i alla fall ingenting om. Han hade aldrig anat att han var annorlunda på något sätt, han pilkade torsk som sina bröder, rodde som dem, snickrade, arbetade med får och hö och senare repslageri och studier, allt. Enda skillnaden mellan dem var att han var bättre på att teckna och tälja, ungefär som Oscar var bäst på att skjuta och Lauritz på att cykla. Men sådana små skillnader var ju betydelselösa.

Än idag förstod han inte varför han var som han var och sedan tre år tillbaks struntade han bara i frågan, ungefär som strutsen i Afrika. Han hade kommit fram till att frågan var meningslös. Det enda som betydde något var att de aldrig skulle skiljas och att de alltid skulle vakna tillsammans och det hade ingenting med socialt uppror att göra. Det bara var så.

Det verkade som om Albie tyckte att de hade kommit lite vid sidan av ämnet, vilket ämnet nu var.

”Är du kär i Margie?” frågade han efter att Sverre tystnat. Det var ett av hans vanliga trick, att abrupt vända samtalet i en annan riktning med en totalt överraskande fråga.

”Ja, naturligtvis”, svarade Sverre överrumplad. ”Det syns väl i porträttet av henne.”

”Ja, det var verkligen fantastiskt, till och med kärlekens guldregn med den där ljusstrålen som löpte snett genom hela bilden. Det var faktiskt genialt.”

Albie tystnade, tog en klunk whisky och väntade nu i sin tur ut Sverre, som fick tänka efter innan han kom på ett svar.

”Man kanske skulle kunna säga att det i så fall handlar om kärleken som inte vågar säga sitt namn”, sade han utan att röra en min.

Albie brast spontant i skratt.

”Väl funnet!” sade han på engelska. ”Men du inser att du både är för fattig och av för låg börd?”

”Jadå”, svarade Sverre automatiskt på engelska och i samma skämtsamma tonläge. ”Men nu ska vi inte gå händelserna i förväg. Naturligtvis älskar jag Margie för att hon befriade någonting inom mig som gjorde att jag plötsligt kunde måla på riktigt. Men vad kärleken beträffar så har Platon redan rett ut det där.”

”Jag vet. Ska vi gå tillbaks till tyska?”

”Nej, det var bara i början när jag kände mig lite osäker som jag behövde tyskan. Men vi är i England, jag måste tala engelska så ofta jag kan. Apropos Platon...”

Han gjorde en menande paus innan han kastade sig in i en av de svåraste sakerna. Den där vackra förklaringen Oscar Wilde hade avgett i domstolen när han skulle beskriva kärleken som inte vågar säga sitt namn. Sverre hade blivit kraftfullt berörd när han läste texten, kunde den fortfarande utantill. Men det var inte det.

Det var det där med den äldre mannen som skänker sitt intellekt åt den yngre, och den yngre som i gengäld presenterade hela sin livsglädje och strävan efter det skönaste i livet som ligger framöver. Hur passade det in på dem själva? Skulle Albie vara Oscar Wilde och han själv Bosie?

Han ångrade sig intensivt i samma sekund som orden slunkit ur honom. Där fanns en tanke, men han borde ha framfört den mer elegant. Det var idiotiskt att jämföra sig själv med Bosie. Men sagt var sagt.

Men Albie bara skrattade och skakade på huvudet.

”Vad spelar det för roll?” frågade han och slog ut med armarna. ”Vi är vi, här och nu. Vad Oscar sade i domstolen var poesi, som inte nödvändigtvis behöver anknyta till naturvetenskapliga eller historiska sanningar, sådant som vi ingenjörer sysslar med. Ingenjörer finns det alldeles för många av, konstnärer alldeles för få. Det är en sak som jag tänkt på hela dagen, faktiskt. Den som kan måla som du får inte slösas bort som ingenjör. Bli konstnär, lova mig det här och nu!”

IV

Den motvilliga oskulden
OCH
Världens starkaste man

LONDON

JUNI–AUGUSTI 1905

THE CRITERION VID Piccadilly Circus var inte precis någon vanlig ölpub. Elegansen i såväl inredningen som de manliga gästernas klädsel hade varit nog för att klargöra den saken. För den som kunde tyda speciella tecken var också frekvensen av slätrakade män påfallande hög. Chockerande rentav. Liksom förekomsten av röda slipsar.

Därför väckte de två uppenbart utländska bjässarnas entré visst uppseende. Särskilt som de, till synes utan att tveka, lugnt bredbent vaggade fram till lord Archibald Cavendishs stambord och slog sig ner utan vidare krusiduller.

Två nervösa kypare skyndade fram för att klara av pinsamheten så fort och diskret som möjligt. Men de två jättelika utlänningarna tycktes inte ha sinne för det diskreta. De beställde dubbla pints ljust öl, om sådant fanns. Annars skulle de nöja sig med engelsk bitter. Detta med hög röst och kompletterande teckenspråk, samtidigt som de viskande kyparna försökte få dem att resa sig och helst lämna lokalen, eller åtminstone ta plats vid den långa bardisken. Viss språkförbistring uppstod. Intränglingarna upprepade med ännu högre röst sin beställning. De två kyparna drog sig tillbaks med någorlunda bibehållen värdighet, men hade de haft svans skulle de hållit den lågt.

Fortsättningen artade sig alltså till ett intressant skådespel. Kyparna var tvivelsutan på väg mot entrén för att rekvirera de två uniformerade utkastarna. Det uppenbara problemet var emellertid att ingen av de två oförsynta gästerna såg ut att väga under 300 pund. Och till synes fullständigt omedvetna om det hotfulla i situationen började de småprata i väntan på sin öl snarare än på utkastare och handgemäng.

”Jag tror nog att Geoffrey och Stanley får jämnt göra om de ska baxa ut de där två, men jag ser fram emot deras ansträngningar”, anmärkte Albie roat.

Deras stambord var händelsevis granne med lord Archibalds, de satt alltså på första parkett.

”De är faktiskt landsmän på sätt och vis”, påpekade Sverre. ”Den ene är svensk, den andre dansk.”

”Så du kan tala med dem på ert vilda nordiska tungomål? Deras engelska är som jag uppfattade det knappast kristallklar.”

”Javisst. Ska vi inte låta dem sitta kvar? Medge att också du är nyfiken på dem.”

Albie hann inte svara innan en anspänd tropp på fyra man närmade sig med de två utkastarna Geoffrey och Stanley i spetsen och de två kyparna på betryggande avstånd bakom utkastarnas breda ryggar. Det vill säga ryggar som i vart sammanhang utom just detta skulle ha tett sig som mycket breda. Men nu på nära håll tycktes också utkastarna ha insett problemet, det syntes åtminstone en antydan till osäkerhet i deras attityd.

”Hur var'e här då?” röt ändå Geoffrey karskt och pekade demonstrativt ner mot lord Archibald Cavendishs för tillfället alldeles tomma bord som dock översvämmats av muskler. De två jättelika männen hade helt sonika tagit av sig kavajerna och hängt upp dem på stolsryggarna bakom sig och exponerade därmed överarmar som motsvarade ett lårs omfång om man jämförde med normalgästen på The Criterion.

”Rädda situationen nu, snälla!” viskade Sverre.

Albie blinkade instämmande och vände sig långsamt om mot skådespelet.

”Säg, förlåt Geoffrey, jag tror vi har att göra med ett missförstånd”, sade han och förstenade genast hela utkastardelegationen, ”lord Archibald befinner sig för närvarande på Capri, råkar jag känna till. Och jag är säker på att han inte skulle misstycka om jag anlitade hans lediga bord för mina gäster. Skulle ni därför vilja vara så vänliga att servera herrarna? På min räkning givetvis, jag tror det rörde sig om två pints vardera. Vill ni också vara så vänliga att flytta herrarnas bord aningen närmare vårt, för att underlätta vår konversation? Tack, det uppskattar jag mycket.”

Albies önskemål genomfördes i ungefär samma takt som han uttalade dem. De två utkastarna försvann omärkligt, den ene kyparen ilade mot baren, den andre justerade utlänningarnas bord närmare Albies och Sverres, dock inte utan misstänksamma protester från de två ofrivilliga gästerna.

Sverre insåg att han måste skynda sig att förklara.

”Mitt namn är Sverre Lauritzen, ingenjör från Bergen, angenämt”, hälsade han på norska. ”Och det här är min engelske vän Albert Manningham, förlåt att vi ingrep men ni var faktiskt på väg att bli utkastade.”

”Utkastade? Av de där dvärgarna?” invände svensken bestört.

Dansken bara föll i hjärtligt skratt. Han tycktes finna tanken på att bli utkastad från The Criterion omåttligt komisk.

Fyra pints med ljus lager, som tycktes ha flugit från bardisken, ställdes ner framför de två skandinaviska jättarna som därvid avbröt all konversation, såg varandra högtidligt i ögonen och tömde varsin pint utan att ta den från munnen. Så ställde de med en synkroniserad smäll ner sina tomma glas, utandades en suck av välbefinnande och torkade skummet ur sina mustascher med skjortärmarna.

”Tack!” sade dansken, tydligt nöjd med situationen. ”Det hade inte varit så dumt att se vem som kastade ut vem, men i ärlighetens namn var det bättre med öl, åtminstone innan lustigheterna börjar.”

”Vad gör ni i London, och hur hittade ni hit till Criterion?” frågade Sverre.

”Översätt, snälla, vad talar ni om?” undrade Albie.

”Själv är jag här för att slå världsrekord i atletisk tyngdlyftning i kväll klockan sju. Arvid Sandberg var namnet. Och sen ska vi upp till Newcastle för ett nytt världsrekord och uppvisning i brottning. Men i kväll är det en krog eller en cabaret som heter Albert Royal Hall, om det är bekant?”

”Ja, det är bekant”, svarade Sverre och vände sig snabbt mot Albie och översatte.

Det fortsatta samtalet blev lika livligt som komplicerat eftersom Sverre måste vara språklig mellanhand och eftersom de två atleternas berättelse till en början föreföll smått osannolik.

Svensken hade erövrat titeln ”världens starkaste man” i Skandinavien, Ryssland, Tyskland, Finland, Frankrike och USA, men ännu inte i England. Varje land hade märkligt nog sin egen ”världens starkaste man”, i England fanns en liten slug rackare med artistnamnet Eugen Sandow, som dock alltid lyckades hålla sig undan när han utmanades.

Världens starkaste man var en artistkategori för sig själv. Man kunde ställa sig på knä under en plattform och sedan lyfta fjorton män eller mer, låta en automobil köra över en på en vippbräda, i värsta fall lyfta en häst, vilket var ganska besvärligt eftersom hästkrakarna ofta blev rädda och spattiga, man kunde jonglera med mer eller mindre falska vikter. Men med tyngdlyftning var det så enkelt att den som lyfte mest var starkast. Och förra året hade grekerna lyckats få igenom en ny regel, att stången skulle upp på raka armar i en enda rörelse. Det berodde på att de hade en lyftare, Fafadofulos eller något liknande, som med den nya regeln kunde norpa åt sig en guldmedalj när de hade sina olympiska spel. Och då hade världsrekordet åkt ner till 142 kilo, vilket inte var så märkvärdigt. Greker kunde man aldrig lita på, de fuskade i det mesta men alltid i brottning. Så nu var det alltså enkelt. Bara att höja världsrekordet med ett kilo åt gången vid varje nytt framträdande. I kväll skulle det bli 144 kilo, om två dagar i Newcastle 145, sen skulle de vidare till Casino de Paris och där skulle det bli 146 och så vidare. Arvid Sandberg hade tecknat kontrakt på tio världsrekord för hela sommarturnén. Det såg ut att bli en bra säsong, man fick alltid bonus om man kunde utlova världsrekord.

Den här resan till England var egentligen bara en liten avstickare, för att om möjligt få tag på den där Eugen Sandow, ja och så slå ett par världsrekord för att dryga ut kassan. Men i Paris skulle de båda tävla i professionell brottning, där det väntades hårda tag. Enbart fallsegrar räknades, matcherna kunde pågå i timmar. Där var det dansken, Beck-Olsen hette han, det kanske man skulle ha sagt genast, förlåt, som var favoriten. För Arvid Sandberg var brottning en rätt ny form av atletik, han klarade sig långt, men inte hela vägen, på sin styrka. Men ju mer man tävlade, desto mer lärde man sig.

Albie sköt in en fråga om inte öldrickning på The Criterion – de skandinaviska atleterna var nu inne på sin andra dubbelomgång – var en något okonventionell träningsmetod inför ett världsrekord?

Jomän! skrattade svensken. Om det hade varit ett riktigt världsrekord och inte ett grekiskt. Men 144 kilo var ingenting, han hade tagit 152 kilo redan som 18-åring. Fast lite låg det kanske i anmärkningen, ett par liter öl som uppmjukning på eftermiddagen var nog tillräckligt. Sen kunde man knyta sig några timmar. Och så var det bara att se till att pissa ordentligt innan man gick upp på scenen. Och apropos det: Skulle inte herrarna som ett litet men känt tack för sin vänlighet vilja komma till aftonens föreställning? I så fall väntade två fribiljetter i kassorna.

Det skålade man för. Albie och Sverre smuttade på sina vackert graverade rhenvinsglas, de två skandinaviska jättarna svepte resten av sitt öl, sedan reste de sig och drog på sig sina kavajer. Det såg ut som om de klädde sig i varsitt tält. Så sträckte de fram sina jättelabbar till avskedshälsning och gick, tungt vaggande men utan spår av berusning.

Albie beställde nytt vin, de sippade och satt fundersamt tysta en stund. De hade fullkomligt kommit av sig. Med atleternas intåg på scenen hade världen och livet på nytt blivit surrealism och lek, det mänskliga tillstånd de oftast sökte sig till när de reste upp till London. Men det fanns en pinsamt konkret begränsning för den lättsinniga livsstilen. En dandy kunde dansa runt hur mycket han ville på Londons gator och krogar så länge han hade en far som skötte familjens ekonomi. Men inte när han ärvt faderns ansvar, då gick det inte längre. Första gången Albie drabbats av den insikten var när han lämnat Sverre utan så mycket som en twopence att köpa färg för till porträttet på Pennie. Det var ett minne som gjorde ont i Albie och något han ständigt bad om ursäkt för, trots att händelsen låg flera år tillbaka i tiden.

Och nu hade de suttit där och talat om ekonomi, detta förhatliga ämne. Albie hade sålt familjens egendom i Mayfair. Det var så långt de hade kommit i sitt samtal när de två atleterna gjort sitt intåg.

Tillbaks till sakfrågan, alltså. Albie tog ett djupt andetag och suckade innan han tvingade sig att börja om.

Egendomen i Mayfair hade tillhört familjen i tvåhundra år och byggts upp i sitt nuvarande skick för sextio eller sjuttio år sedan. På den tiden höll man ”säsong” i London när väder och temperatur gjorde tillvaron nere i Wiltshire alltför fuktig och kall. Det var inte bara en förlegad livsstil, det var sinnessjukt oekonomiskt att hålla på att flytta hela hushållet fram och tillbaka på det sättet. Modern vattenburen värme nere på Manningham skulle bara kosta hundradelen så mycket. Rent affärsmässigt, om man nu skulle sänka sig till sådana resonemang, var tiden att sälja huset i Mayfair dessutom väl vald. Det påstod åtminstone Cambridgevännen Keynes, och han var i alla fall ekonom. Den rovgiriga industrialismen och den effektivitetsgalna viktorianismen hade drivit fram en helt ny klass av nyrika som var beredda att betala vansinniga priser för ett stort vitt hus i Mayfair med vapensköldar över huvudentrén. London höll på att översvämmas av sådana figurer. Det var därför det blivit så på modet med alla dessa löjeväckande skrifter om vett och etikett, som om den nyrika medelklassen på något sätt skulle kunna uppfostra sig själv till överklass.

Sverre gjorde sitt bästa för hålla intresset uppe och inte visa sig otålig inför Albies utläggningar, som han fann för långa och för överlastade av irrelevanta detaljer, som exempelvis det där med etikettsböcker. Men det var en lustig egenhet hos Albie. Gällde ämnet mekanik, eller rentav filosofi eller konst, kunde han bli mycket precis och gå rakt på huvudsaken. Gällde det ekonomi så började han lätt sväva ut och överarbeta sina resonemang.

Så också nu, när han plötsligt drog in Margie i affären. Beslutet att sälja hade tydligen underlättats av att Margie fått för sig att hon skulle bo ensam i huset, fast med lämplig personal förstås. Att hon skulle studera i London var en sak. Det var modernt och riktigt, och därför självklart att gå med på. Men att en enda student skulle disponera tjugosex rum, plus butler, kökspersonal och kammarpiga, var groteskt, en fullständig anakronism.

Pengarna från försäljningen kunde nu investeras i en total renovering och modernisering av Manningham, i mekanisering av jordbruket, nya automobiler i stället för 1800-talsmässiga hästtransporter, allt sådant.

Margie hade dessutom fått en livränta. På den skulle hon

klara sig oavsett vad som hände och det var inte mer än rätt. Till skillnad från Pennie var hon ju inte inriktad på att gifta sig så snabbt och lämpligt som möjligt. Det måste man ha förståelse och sympati för. Om också Margie ville leva ett liv som dandy i London i stället för lantlig lady, vilka vore han själv och Sverre att invända mot ett sådant val av livsstil?

Återstod alltså att få Pennie bortgift, malde Albie vidare. Då var det mesta man kunde förutse av detta förbannade ansvar undanröjt. Manningham skulle därefter sköta sig självt och inbringa en årlig vinst i stället för förlust. Och då, äntligen, kunde man börja ägna sig åt viktigare ting i livet.

Sverre tyckte att Albie hade en obegriplig, ibland närmast bisarr tendens att gräva ner sig i ekonomiska bekymmer som inte var bekymmer. I sin egen livserfarenhet, från barndomens fattigdom på Osterøy och framåt kände han bara till ett sådant problem och det var att sakna pengar. Hur lika han och Albie än var, hur lika de än tänkte, fantiserade, lekte eller drömde, så fanns just här en avgrund mellan dem.

”Hör du på? Tröttar jag dig med alla dessa trivialia?”

Albie hade tagit honom på bar gärning. Han hade faktiskt slutat lyssna och satt och fladdrade med tankarna än hit än dit. Det var bara att erkänna.

”Förlåt, jag tappade tråden, det är sant. Men du vet att jag tycker du oroar dig för mycket för sådant här. Men det du nu sagt, i olika turer, är väl alldeles förträffligt. Du blir av med ditt ansvar för systrarna, Manningham sköter sig självt. Så vad är egentligen problemet, vari består ditt lidande?”

Albie såg först förorättad ut men ändrade sig snabbt och lyfte rhenvinsglaset.

”Då skålar vi på det”, sade han. ”Jag antar att det snarare är jag som borde be om ursäkt för att jag tjatar så här, jag borde ha kommit fram till min glada nyhet betydligt snabbare.”

”Och den är?”

”Att jag köpt ett nytt hus åt oss, i Bloomsbury.”

”Va? Var ligger det? Men nu förstår jag inte längre, du har just flerfaldigt övertygat mig om det kloka i att sälja egendomen i Mayfair. Och så köper du ett nytt hus?”

”Lugn, det är bara ett litet trevåningshus på Gordon Square, kostar kanske högst en tjugondel av huset i Mayfair, det ligger mitt i London, mellan Euston Road och Holborn. Jag är säker på att du kommer att gilla det.”

Royal Albert Hall var fullsatt men det låg mycket riktigt två biljetter och väntade på dem i kassan intill huvudingången. Det var en cabaretkväll med blandad underhållning av sådant slag som Albie och Sverre praktiskt taget aldrig frekventerade, dansnummer, jonglörer, eldslukare, illusionister, en och annan förskrämd solosångerska och liknande enklare underhållning.

Albie var tydligt skeptisk, han hade velat presentera några nya vänner som just i kväll skulle inleda sin nya torsdagsklubb och han muttrade om att de diskussioner de missade nu i början på kvällen skulle ha varit avsevärt intressantare än det här folkliga spektaklet. Sverre satt med skissblocket i knät och lät sig inte bekomma av Albies ironiska invändningar. För om nu den ölhävande svensken från The Criterion verkligen skulle komma in på scenen och rycka upp ett nytt världsrekord på raka armar så vore bara det en bra historia. Men han hade också någon idé i bakhuvudet om att hitta en helt ny motivkrets som hade med den mänskliga kroppen att göra, något radikalt annorlunda än den långa serien arbetsbilder från Manningham som han efterhand nästan drunknat i.

Världsrekordförsöket stod i programmet som föreställningens avslutnings- och huvudnummer. Då och då mellan de olika framträdandena annonserade kvällens konferencier hur lång tid det var kvar tills kontinentens starkaste man skulle visa sig. Sakta men säkert byggdes spänningen upp inför avslutningen och till och med Albie rycktes till slut med i den stigande förväntan.

När det äntligen blev dags och den röda ridån gick upp var scenen tom sånär som på en bastant tyngdlyftningsstång och en våg mitt i strålkastarljuset. Under en första trumvirvel gjorde konferencieren entré tillsammans med två bastanta scenarbetare och en gentleman som presenterades som kontrollör vid handelskammaren. Tyngdlyftningsstången baxades upp på vågen som visade 320 pund, vilket var två pund över gällande världsrekord. Konferencieren annonserade att vid världsrekordförsök var det tillåtet att angripa vikten tre gånger, men inte mer. Därefter lämnade han och hans medhjälpare scenen efter att de åter placerat stången mitt i strålkastarljuset.

Ljuskäglorna dansade över scenen, musiken spelade upp med kraftfulla fanfarer och sänktes undan för undan till nästan en viskning med svaga trummor. Spänningen steg, tyngdlyftarens entré dröjde märkligt länge. Men så stegrades plötsligt trummorna och under blåsarfanfarer klev Albies och Sverres nya bekantskap in på scenen, nu med glänsande pomaderat hår som nästan helt slätat ut hans bruna lockar, perfekt ansad mustasch, brottarlinne med ett antal medaljer på bröstet och ett kraftigt brett bälte om livet. Han möttes av jubel och applåder, gick några varv runt tyngdlyftningsstången och betraktade den nästan fientligt, gjorde ett plötsligt utfall när han böjde sig ner och grep tag i stången, ångrade sig och gick fnysande ytterligare några varv innan han tycktes bestämma sig, steg fram och prövade greppet runt stången så att vitt pulver flöt ut i strålkastarskenet som små moln från hans händer. Trummorna stegrades till ett crescendo och tystnade sedan tvärt.

Med ett vrål kastade atleten upp stången över huvudet sittande på huk, tycktes vingla till något innan han märkligt lätt reste sig och höll vikten på raka armar över huvudet. Våldsamma musikfanfarer lockade fram ett stormande bifall, tyngdlyftaren släppte stången med ett öronbedövande brak rätt ner i golvet och höjde sina väldiga armar i segergest, bugade tre gånger åt publiken, vinkade och drog sig tillbaka. Applådåskorna dånade länge efter att han försvunnit, men han kom inte in på nytt.

I stället uppenbarade sig konferencieren och höjde armarna till tecken på tystnad.

”Mina damer och herrar, vi har ett extranummer i kväll!” kungjorde han. ”Nämligen världens starkaste man, ingen mindre än Londons stolthet, Eugen Sandow!”

Först följde förvåning, sedan öronbedövande jubel. Konferencieren äskade än en gång tystnad innan han fortsatte sin presentation.

”Mina damer och herrar: Tyngdlyftning som sport kräver sin man, som vi har sett. Men när det gäller styrka förslår inte järnstänger långt för vår egen Eugen Sandow som först kommer att visa oss hur styrka ser ut, sedan demonstrera den. OCH HÄR KOMMER HAN!”

Konferencieren smet iväg och till öronbedövande jubel kom en mycket atletisk man in på scenen, men högst annorlunda klädd jämfört med den redan något förringade världsrekordhållaren. Sandow var sågott som naken. Över axlarna bar han ett leopardskinn, på fötterna lädersandaler och framför könet hade han fäst ett litet platt föremål som skulle föreställa ett fikonlöv. En rund liten piedestal rullades fort in och artisten tog genast plats, kastade av sig leopardskinnet och började spänna sina muskler medan han roterades runt som en stek på spett.

Synen var lika hänförande som overklig. Albie och Sverre som varit på väg att skynda därifrån för att komma undan den värsta publikträngseln vid utgångarna satt spänt framåtlutade som om de fastnat mitt i uppbrottet.

Eugen Sandows kropp var inte verklig, den fanns bara i skulpturer från den grekiska antiken, det var som att se marmor leva. Och Sandow visste väl med sig vad han återskapade, då och då intog han en känd pose från konsthistorien, som ett par varianter på diskuskastaren. Det var levande klassisk konst som inte liknade någonting annat vare sig inom idrottens eller bildkonstens värld. Mannens olika muskelgrupper levde individuella liv, han kunde få hela ryggen att röra sig i vågor upp och ner, han spelade djärvt med sina skinkmuskler lika lätt som med armmusklerna.

Till såväl publikens som Albies och Sverres besvikelse blev den konstnärliga delen av Eugen Sandows uppvisning kort. När det var som bäst steg han plötsligt ner från den lilla roterande plattformen, backade inåt scenen och sträckte armarna uppåt. Det såg först ut som om han bara ville ta emot publikjubel, men så började trumvirvlarna på nytt.

På kraftiga järnkrokar sänktes en järnstång som balanserade två trånga flätade korgar i vardera änden. Och i vardera korgen trängdes två män i kubb och kostym. När arrangemanget kommit i läge så att Sandow kunde greppa stången och måtta in balansen sänktes järnkrokarna ytterligare och så stod han där, darrande av ansträngning, med vikten av fyra män på raka armar.

Konferencieren rusade in och annonserade att denna vikt av fyra män ganska precis motsvarade det dubbla så kallade världsrekordet man sett tidigare och bad om applåder för världens starkaste man, från vårt eget London, Eugen Sandow!

Publiken lät lura sig av tricket och bifallet blev stormande.

Ett kort tumult uppstod i den bakre delen av scenen. Det såg ut som om den svenske världsrekordhållaren protesterade mot något och försökte tränga sig in, men snart omgavs han av scenarbetare som förvånansvärt nog lyckades fösa ut honom. Publiken jublade fortfarande och ställde sig upp för att applådera den nu tydligt utmattade Sandow som släppte hela sin last rakt ner i golvet. Några av hans mänskliga vikter, intrasslade i trånga korgar som de var, tycktes slå sig illa vid landningen. Och det maskerade Sandow enkelt genom att springa fram mot scenens ljusramp, dra åt sig all uppmärksamhet och inkassera ytterligare bifall medan de misshandlade mänskliga vikterna städades undan i bakgrunden.

”De där taskspelarkonsterna på slutet behöver man inte vara diplomingenjör för att genomskåda”, konstaterade Albie när de äntligen satt i en droska utanför den runda tårtliknande tegelbyggnaden.

”Nej, verkligen inte”, instämde Sverre. ”Att bara hålla emot den där vikten på redan raka armar hade förmodligen jag klarat, men att lyfta ens hälften så mycket direkt från golvet och två meter upp vore omöjligt. Inte undra på att svensken blev förbannad. Synd att förstöra ett annars så sagolikt koreografiskt nummer med strunt. Jag visste inte ens om att den här konstarten med levande skulptur existerade, visste du?"

"Inte en susning", medgav Albie. "Är det träning som kan förvandla en manskropp på det viset?"

"Självklart, vad skulle det annars vara?"

"Visste grekerna om det?"

"Har jag faktiskt inte tänkt på, har bara sett de antika skulpturerna som en sorts konstens idealbild av mannen, konstnärsfantasier alltså. Men nu tvivlar jag. Discobolos såg alltså faktiskt ut så där i verkligheten, det är en svindlande tanke."

De tystnade som om var och en behövde sortera synintrycken. De var båda lika omtumlade, Sverre kom sig inte ens för att fråga vart de var på väg fastän klockan var över nio och de befann sig långt borta i South Kensington.

Droskan stannade i sinom tid på Gordon Square, Albie steg ut först, kastade åt kusken en halfcrown, räckte Sverre handen till stöd som om det gällt en dam och pekade upp mot en vit husfasad där alla fönster var släckta.

"Det där är vårt nya lilla hus", sade han. "Men det är inte dit vi ska i kväll, ingenting är flyttat, ingenting inrett."

"Och vart ska vi?" frågade Sverre misstänksamt.

Han hade en del erfarenheter av Albies ibland lite väl impulsiva lust att besöka vissa manliga sammankomster som inte var särskilt trevliga. Det hade dock inte hänt på länge.

"Det här är absolut inte vad du tror", försäkrade Albie när

han pekade mot porten till grannhuset. ”Det här är den nya torsdagsklubben och jag tror du kommer att trivas som fisken i vattnet.”

Albie öppnade ytterporten utan att ringa på och tog med sig Sverre med samma självklarhet som om de varit hemma uppför en knarrig trappa till andra våningen, öppnade en dörr och steg in med utslagna armar för att krama om vemhelst som hamnade i hans väg. Sverre fick en kort stöt av misstänksamhet genom huvudet innan han kikade in i rummet och omedelbart insåg att detta absolut inte var vad man kunnat frukta. Rummet hade ingen takbelysning men var upplyst av små ljuslyktor av sådan mängd att det ändå blev ganska ljust. Där var en obeskrivlig röra, folk låg huller om buller på kuddar och soffor och den som först tumlade upp var också den som fick Albies omfamning.

”Det här är Thoby, en av mina vänner från Cambridge”, presenterade Albie och Sverre tog den framsträckta handen. ”Och det här är Sverre, min käraste vän”, fortsatte han.

När Sverre hälsade upptäckte han Margie bland två jämnåriga kvinnor i bakgrunden, de låg som i en liten djurhög på en mängd kuddar. Näste man som mödosamt masade sig upp från en soffa hette Clive och presenterades som konstkritiker.

Margie kom fram och kramade om Sverre och kysste honom högst oblygt på munnen. Hon tog sedan som den lady hon var, och knappast kunde dölja med den moderna korta frisyren och den enkla klänningen, över ansvaret för den vidare presentationen.

”Det här är min bästa väninna Vanessa från Royal Academy och det här är hennes syster Virginia, hon ska bli författare.”

”Jag *är* författare”, väste Virginia när hon hälsade.

”Vi serverar två sorters förfriskningar, choklad och bullar eller whisky. Vad föredrar herrarna?” fortsatte Margie obesvärat sitt värdinneskap.

”Whisky, tack”, svarade Albie och Sverre samtidigt.

Vanessa hämtade en flaska och två glas som hon utan vidare räckte över till Albie som tog plats på golvet med ryggen mot den soffa där konstkritikern Clive nu återtog sin utsträckta position. Sverre satte sig efter någon tvekan på golvet bredvid Albie.

”Well. Välkomna till Bloomsburys torsdagsklubb”, sade Albies studiekamrat Thoby och höjde en kopp som gissningsvis, med tanke på erbjudandet från Margie, måste innehålla choklad.

”Det torde vara första gången jag skålar med choklad”, påpekade Albie.

Det gick inte att avgöra om han verkligen var chockerad över denna faute eller om han bara spelade.

”Här håller vi inte så hårt på formerna”, svarade Thoby med en ironisk bugning. ”Utom på en punkt! Vad vi än talar om här kräver vi absolut ärlighet från alla som deltar i samtalet. Och vänskap. Det är allt.”

”Låter som *contradictio in adjecto*”, invände Albie blixtsnabbt. ”Hur ska man kunna behålla vänskapen om man alltid är ärlig, särskilt absolut ärlig?”

”Det är just det vi ska undersöka”, svarade Thoby lika snabbt.

”Åh fan!” suckade Albie. ”Så vad talade ni då om innan vi kom? Planeternas konstellationer?”

”Nej, om motsättningen vitalism-mekanism”, svarade en av de två systrarna, Sverre hann inte uppfatta vem.

”Åh fan igen!” ironiserade Albie. ”Den gamla diskussionen sätter naturligtvis ärligheten på enorma prov.”

Några generade fniss och tystnad.

”Men just apropos ärlighet berättade jag den högst sedelärande historien om hur jag kom in, fast jag inte borde ha gjort det, på Royal Academy”, sade Margie.

Sverre slogs av med vilken självklarhet hon yttrade sig, talade högt, klart och rent med sin omisskännliga accent och utan att sluddra på minsta stavelse. Hon hade lämnat rollen som den väluppfostrade men tigande unga damen långt bakom sig. Och som hon faktiskt hade annonserat måste hon nu dra historien på nytt för de två nya diskussionsdeltagarna.

Före intagningsproven på Royal Academy måste man lämna in ett så stort antal skisser som möjligt. Hon hade förstås rafsat ihop sådant som hon åtminstone inte skämdes för. Men kunde inte avstå från en viss frestelse. Det var nämligen så att det fanns en mästerlig konstnär i huset där hemma och han spred hundratals skisser omkring sig som mestadels hamnade i papperskorgarna.

Hon hade alltså vittjat papperskorgarna och därmed avsevärt förstärkt sitt inträdesprov.

Strax före själva inträdesintervjun på Royal Academy, för så långt hade hon gått vidare, kom en av de äldre akademiledamöterna, framåtlutad, stödd på käpp, och bad om ett litet enskilt samtal på sitt tjänsterum.

Rodnande, med bultande hjärta, fylld av skam hade hon följt med den gamle in på hans rum. På hans skrivbord låg alla hennes skissprover, prydligt sorterade i två högar. I den ena högen otvivelaktigt hennes egna försök, i den andra det material hon hämtat ur den riktige konstnärens papperskorgar. Den gamle pekade på de två högarna och frågade skoningslöst rakt på sak:

”Har jag rätt?”

Vad kunde hon göra annat än att erkänna? Brista i gråt låg inte för henne, men erkänna måste hon. Och så väntade hon sig naturligtvis utskällning och att nesligen bli utvisad, i värsta fall av handräckning, från Royal Academy.

Men den gamle bara smålog. Och det han sade var tillräckligt kort för att memorera för alltid:

”Miladi är starkt påverkad av den här tämligen mästerlige, men för mig okände konstnären, det ser jag. Det kan jag förstå. Men jag kan inte förstå varför ni inte litar på er själv. Nu tar vi med oss enbart edra skisser till kollegiet, så tror jag nog att det ska gå ganska bra.”

Och det gjorde det ju. Det var snart två år sedan och om det alltså inte vore för ärligheten skulle hon vare sig gå på Royal Academy eller ha Vanessa som bästa vän.

De andra i rummet hade redan hört historien men tycktes väl så roade även andra gången och markerade en applåd. Men Margie hade byggt upp för en ny poäng.

”Och där sitter han, den ’tämligen mästerlige’ konstnären!” sade hon och pekade på Sverre.

Sverre, som hade sitt stora svarta skissblock intill sig, kände sig som en avslöjad bov i dramat. Under berättelsens gång hade han naturligtvis förstått sammanhanget och blivit lika generad för egen del som för Margies. Och den nyfikna förtjusning som nu strömmade mot honom gjorde saken än värre. Särskilt som alla uppenbart väntade sig att han skulle ha något att säga om saken.

Han räddades som en boxare av gonggongen när en lång

skranglig figur i tweedkostym med väst, rött skägg och runda glasögon steg in i rummet, av den samfällda förtjusningen att döma en god vän till dem alla. Först gick han fram till Vanessa, tog henne i sin famn och låtsades upptäcka en fläck på hennes klänning.

”Nej men Vanessa!” utbrast han. ”Är det verkligen spermafläckar på din klänning? Så högt upp?”

Hon bara skrattade och kramade om vännen. Ingen tycktes minsta chockerad av repliken och Sverre undrade i vilket sällskap han egentligen hamnat. Hans undran minskade inte under den följande timmen.

Med Lytton Stracheys ankomst, så hette den sist anlände i vänkretsen, förvandlades samtalet till en uppvisningsdiskussion i rasande tempo, vild galopp genom tidens frågor där det där med vitalism och mekanism avverkades på mindre än tio minuter med långa citat från såväl Henri Bergson som Friedrich Nietzsche.

Till Sverres förvåning kastade sig Albie in i diskussionen med samma iver och mångordighet som Strachey, tog våldsamt avstånd från vitalismens, som han påstod, försvagande romantik, gjorde sig särskilt lustig över Nietzsches *Also sprach Zarathustra* där den löjeväckande så kallade övermänniskan framträdde som ”den esoteriske fånen” som sökte sig till högt belägna platser för att ”fylla sina sinnen” utan att göra ett skapandes grand för att bidra till den mänskliga utvecklingen. Medan ingenjörerna, sådana alltså som Albie själv och Sverre, byggde den nya världen till den nya människan som sannerligen inte hade tid att sitta uppe på berg och insupa sin egen andliga överlägsenhet.

Så där gick de på, diskussionen om allt och intet samtidigt böljade hit och dit. Sverre kände sig som om han befann sig i en tennispublik och såg bollen susa fram och tillbaka. Bredvid honom satt den man han kände bäst av alla och visade ivrigt gestikulerande och pratande upp sidor av sig själv som fram till denna stund varit helt okända för Sverre.

Diskussionens syfte var mer att hålla liv i motsättningen än att komma fram till någon gemensam slutsats och utvecklade sig alltmer till en sorts envig mellan Lytton och Albie, och Sverre var inte man att avgöra vem som var *top dog* även om han intuitivt höll på Albie ända tills Albie på något sätt trasslade in sig i den grekiska idealbilden av den äldre mannen och den yngre, så som Oscar Wilde hade framställt saken.

”Ha! Där fick jag dig till slut!” triumferade Lytton och började gå fram och åter över golvet, hans röda skägg vippade av iver. ”Den frie grekiske mannen som du nu olyckligtvis drog till med, Albie, besteg med liv och lust sina slavar, sina krigsfångar, sin fru och naturligtvis en och annan gosse som kom i hans väg. Det var hans prerogativ som den överlägsne mannen, om så krigare eller filosof. Men aldrig att han skulle sätta på, än mindre bli påsatt av, en annan fri man. Akten var inte uttryck för vare sig kärlek eller ömhet och allra minst intellektuell eller annan jämlikhet. Allt det där är bara båg, vi urningar har inga som helst grekiska ideal att luta oss mot.”

”Urningar?” frågade Albie förvånat och insåg försent att han lurats av ett av Lyttons favoritknep för att behålla initiativet i verbala dueller, att överraska motståndaren med något okänt på slutet av utläggningen.

”Just det, urningar”, fortsatte Lytton nöjt. ”Ni två är ju ändå tyskorienterade har jag förstått. I Magnus Hirschfeldts senaste verk, *Jahrbuch für sexuelle Zwischenstufen*, den kom ut för två år sen, lanserar han det tredje könet. Och det skulle vara 'urningar', det vill säga vi. För övrigt driver han tesen att till vår särart, urningarnas alltså, hör oförmågan att vissla."

Lytton visslade demonstrativt, fick alla skrattare på sin sida och hade överrumplande vunnit över Albie. På fall, skulle man kunna säga. För Sverre framstod diskussionen som lika osympatisk som meningslös.

* * *

Det tog betydligt längre tid att resa till Newcastle än till Paris. Tåget avgick tidigt på morgonen och skulle inte vara framme förrän till sena kvällen.

Kvällen i Bloomsbury hade blivit sen och eftersom dryckesvalet mellan whisky och choklad inte lämnat mycket utrymme för variation var Sverre svårt bakfull de första timmarna när han försökte sova och samtidigt förbannade de hårda omoderna hjulens dunkande mot skenskarvarna.

Han hade sent omsider fått sitt patent på den nya hjulkonstruktionen. Och prototyperna hade fungerat perfekt under Manninghams privata järnvägsvagn under det senaste året. Alla gäster som kommit på besök den vägen hade vittnat om den avsevärda skillnaden.

Men glädjen att få igenom patentet blev kortvarig. Inget järnvägsaktiebolag ville investera i innovationen. Man menade att det bara vore att öka kostnaderna utan att få någon nämnvärd konkurrensfördel. Så i viss mening hade allt arbete med metallurgiska studier, alla resor till specialister i Sheffield, allt experimenterande med olika typer av rågummi och allt grubbel varit förgäves.

Det enda han gjort för att förbättra världen genom sina tekniska kunskaper var alltså fiasko, fyra år av bortkastad tid. På Manningham var i alla fall de två traktorerna, det var det nya ordet, numera utrustade med dieselmotorer. Så sakligt sett låg Albie före. Men utvecklingen hade gått fort. Traktorer fanns i alldeles för många versioner runt om i världen för att man skulle kunna få patent på den sammantaget överlägsna modell som fanns på Manningham. Alla deras förbättringar och innovationer hade varit för små var och en för sig, även om helheten blivit mycket lyckad.

Som ingenjör hade han således inte uträttat någonting av särskilt värde. Och som konstnär? Den frågan vågade han knappt närma sig.

Konst var inte bara teknik, som förmågan att måla av en hand. Den hade han. Det var också förmågan att våga göra verkligheten overklig så att den blev ännu verkligare, något sådant, svårt att formulera. Eller att finna en motivkrets som var helt originell. Som Gauguin.

Problemet var förstås att de som älskade att experimentera med form, med färger i stället för motiv till exempel, som expressionisterna, tycktes vara just de som inte kunde måla en hand.

Som Margie, ärligt talat.

Det var förstås strålande att hon kommit in på Royal Academy, inte minst av egen kraft och utan hjälp av hans kasserade skissmaterial. Hon var beundransvärd på många sätt. Särskilt för sin beslutsamhet att bryta sig loss från alla familjetraditioner, att hon vägrat se lämpligt gifte som livets mål, vägrat inordna sig i det välmöblerade fängelse som omgivningen milt men bestämt byggde för flickorna redan som små. Ingen högre utbildning, bara dressyr i passande uppförande, sång, musik och språk och konsten att styra över ett stort hushåll. Margies väninnor Vanessa och Virginia verkade ha fostrats på samma sätt, de hade i alla fall undsluppit sig en del klagomål över besvär med tjänstefolk på samma sätt som Penelope när hon var som värst. Det var förresten rätt märkligt att de tre väninnorna med den bakgrunden fann sig så väl till rätta bland debattakrobater som Lytton Strachey, Clive Bell, Thoby Stephen, han var förresten bror till Vanessa och Virginia, och förstås Albie.

Det fanns en förklaring till Albies överraskande nya och osympatiska sätt att diskutera, det som Sverre aldrig någonsin upplevt när de satt uppe natt efter natt i Dresden och talade om konst och musik. Då hade det varit på ärligt sökande allvar.

I droskan på väg hem från Bloomsbury berättade Albie att det bara rört sig om lekfulla reflexer från tiden i Cambridge. Lytton, Thoby och Albie hade alla varit med i en diskussionsklubb som kallades ”Apostlarna” och där hade all diskussion bara varit sport och inget att ta på allvar.

Det enahanda, grönskande engelska landskapet gled förbi utanför kupéfönstret. Det var lika sövande som dunkandet mot skenskarvarna. Till slut lyckades han somna, vaknade då och då till, men tvingade sig att somna om. Vid något tillfälle drömde han om hur Margies ansikte förvandlades till Albies, och då vaknade han tvärt, som av en mardröm och kunde inte somna om. Han rotade fram sitt skissblock ur resväskan och började fylla i bilderna på Eugen Sandow med detaljer som hår, ögon och mustasch. Efter ett tag tröttnade han och gick bort till restaurangvagnen.

Han hade inte reserverat bord, men kom ganska sent så att det ändå borde ordna sig. Dessutom var engelska kypare ett släkte för sig, antingen ytterst förbindliga eller ytterst avvisande. Det hade att göra med hur man såg ut, kläder och skor, och hur självsäkert man uppträdde. Och den attityden hade han lärt sig av Albie, som oanmäld kunde spankulera in på vilket som helst etablissemang i London och omedelbart få bästa bordet.

Men så var det det där med språket. För Albie, som talade King's English, var det självklart inget problem. Men så fort Sverre öppnade munnen blev han ännu efter fyra år omedelbart identifierad som tysk. Det kunde varit värre, framför allt att uppfattas som fransman. Han var visserligen utlänning, dock elegant klädd tysk utlänning. Det var vanligtvis fullt godkänt, så även den här gången. Han fick ett bord för sig själv som raskt dukades om med nystärkt linneduk, slipade kristallglas och bestick för tre rätter.

Matsedeln var både på engelska och franska. Lite överraskande med tanke på det engelska föraktet för allt franskt. Fast det kanske inte gällde just gastronomin. Skulle bara fattas, för övrigt. Att äta engelsk fisk var på gränsen till tortyr, inga människor på jorden kunde misshandla en torsk som just engelsmän.

”Jag kan verkligen rekommendera vår Dover Sole Meunière

till huvudrätt, sir”, sade kyparen förbindligt, möjligen infernaliskt som om han just läst Sverres tankar.

”Tack, men jag tror jag är mer intresserad av kött idag. Hur är er Aberdeen Angus, inte för genomstekt hoppas jag?” svarade han så engelskt han förmådde.

Han drog ut på måltiden och drack en flaska Chateau Margaux till det givetvis överstekta köttet. Vinet skulle förhoppningsvis hjälpa honom att sova på nytt när han kom tillbaks till sin förstaklasskupé där han än så länge var ensam.

Numera var han en gentleman stadd vid hygglig kassa och hade inte särskilt stora utgifter. Kläderna från Savile Row sattes upp på Manninghams konto, mat och dryck och tjänstefolk i London likaså. Och aldrig mer skulle han hamna i pinsamheten att inte ha råd att köpa en tub blå färg.

Det var en välsignelse att Albie själv hade kommit på idén när han vid hemkomsten från Tyskland den där gången insåg hur aningslös han varit då han som en självklarhet hade rafsat åt sig Sverres enda pengar för att ha till småutgifter på resan.

Avtalet de gjorde var enkelt och enligt Sverre alltför generöst. Albie köpte omedelbart in porträtten på Pennie och Margie och tavlan med köksmotivet, som alla förtecknades i godset Manninghams räkenskapsböcker. Därefter fick Sverre en formell beställning, dock under högst informella förhandlingar i det grekiska badet, att dokumentera den utdöende hantverkstraditionen på Manningham. Eventuellt också fortsätta serien med den nya tidens förändringar.

Han hade fått betalt som om han vore en högst etablerad engelsk konstnär och hade sedan dess eget konto i Bank of England. Det var en befrielse så stor att Albie nog inte ens kunde ana.

Han var fortfarande ensam när han kom tillbaks till sin kupé. Det gröna enahanda landskapet där ute var fortfarande detsamma, skenskarvarna dunkade något alldeles förbannat.

Det hjälpte inte att stirra ut genom fönstret för att få igång fantasin, här fanns varken berg, fjordar eller svarta skogar, bara en enda grön ärtsörja och den enda bild som kom för honom var Margie med sin nya pojkaktiga frisyr och sin lika nya släng-iga bohemiska stil. Fräck i munnen hade hon också blivit och drog sig lika lite som systrarna Stephen för att dra till med de grövsta svordomar. Dock på sin perfekta överklassengelska som på något komiskt vis tog udden av orden.

När han höll på med sin bildserie om arbetslivet på Manningham hade hon börjat fotografera med en nyinköpt, dyr tysk kamera. Då och då dök hon liksom händelsevis upp när han arbetade med förberedande skisser, var ibland väl närgången med detaljstudier, störde honom naturligtvis och gjorde arbetsfolket generade.

Det var så det började. I nästa stadium sökte hon upp honom nere i ateljén och utställningen där han satt om eftermiddagarna och arbetade med oljefärger och då visade hon upp sina porträttfotografier och hade idéer om att de skulle vara till hjälp som förlagor. Det var de inte alls, han litade mer på sitt minne och sina skisser, men det sade han naturligtvis inte.

Ännu ett stadium senare ville hon sitta bredvid honom och se hur han arbetade mer utförligt med skisserna, och ungefär då hade han förstått vartåt det barkade.

Hon ville alltså bli konstnär och vem var han att avråda från något sådant? Det enda han kunde föreslå var att öva tekniken, öva och åter öva, att försöka avbilda allt i sin närhet. Hennes heta vilja att öva och lära sig var det inget fel på.

Problemet var att hon helt enkelt inte kunde. Han föreslog efter någon tid att hon skulle pröva på något helt annat, experimentera med färger, bara skapa färgkombinationer så som fantasin ledde henne. Kanske hade det bara varit ett sätt för honom att komma undan, men när han såg hennes collage som inte föreställde något konkret och inte heller skulle göra det, såg han också fantasi och en märklig känsla för färgkombinationer. Då började de under någon tid leka tillsammans med färger och satt nära varandra, så nära att han kände hennes lår mot sitt och blev rädd för att det var opassande.

Hon hade inte gett sig, utan kämpat på och det var i sig beundransvärt. Att hon sedan till all lycka kom in på Royal Academy var hennes fribiljett ut i livet. Och om man tänkte på hennes nya vänner, Vanessa och den yngre systern som ville bli författare, så var det nya livet som en sorts förnämare bohem så långt ifrån det liv hon varit förutbestämd till att det nästan inte gick att föreställa sig. Dessutom var hon älskansvärd på ett sätt, om han tvingats fantisera fram en idealsyster till Albie så hade den fantasin blivit just som Margie.

* * *

Evenemanget ägde rum ett stycke utanför staden alldeles intill floden Tyne. Det var lätt att fråga sig fram eftersom folk tycktes mycket vänligare här än i London, även om deras dialekt var svårbegriplig.

Han hade kommit sent på natten till hotellet, The Royal Station Hotel, som låg bara en kort promenadsträcka från järnvägsstationen. Det var en anskrämlig, förnäm byggnad i den pompösa viktorianska stilen som engelsmännen tycktes ha så svårt att frigöra sig från. Men rummet var utmärkt och frukosten stadigt engelsk.

Det var mycket folk i rörelse på den grusade vägen längs floden. Glada helgdagsklädda barn i sjömanskostymer och knästrumpor, fäder som kånkade på stora flätade lunchkorgar, kvinnor som gick för sig utom hörhåll från sina män, arbetare i mörka kostymer och kubb, medelklassmän i jackett och gråa hattar av den nya lägre typen som just kommit på modet, enstaka hästdroskor och ännu färre automobiler som tutande kryssade fram bland alla hinder.

Det var en idyll som lika gärna hade kunnat vara tysk eller till och med norsk, en lycklig bild av början på den nya tiden och den nya världen av fred och framsteg, mänskligheten på väg att snart ta det stora språnget in i teknikens stora århundrade. Om man inte rentav var där redan nu.

Sverre drabbades av en sorts svindel. Det hände honom ibland när han slogs av det svårförutsägbara i livet. Här gick han på en grusväg i norra England och det var verklighet. Vad gjorde Oscar och Lauritz just nu i sina verkligheter? Såvitt han förstått av en notis i The Times var Bergensbanen färdig, men hade tydligen vissa initialsvårigheter, oklart av vilken natur. Det hade inte framgått av notisen. Men vad saken än gällde, snöhinder eller ras, så borde det vara vad bröderna sysslade med just nu.

Om de sett honom här och nu utanför den främmande staden Newcastle på väg mot den absurda arbetsuppgiften att avbilda kraftsportande män i trikåer och leopardskinn, hade de då kunnat förlåta honom, eller ens förstå honom? Antagligen inte.

Det såg ut som om han kommit till en cirkus, ett stort grått tält med röda, vita och blå vimplar i masterna dominerade hela utställningsplatsen. Men intill tältet fanns också en utomhusscen med träbänkar uppbyggda i amfiteaterform. Han gissade att det var vädret som avgjorde om man skulle genomföra föreställningen ute eller inne och eftersom det var en ljum sommardag med klar himmel hade man valt utomhusscenen som såg ut att rymma betydligt fler åskådare än cirkustältet. Köerna ringlade sig tvåhundra yards fram till biljettkassorna. På affischerna hade man stavat den svenske världsrekordhållarens namn fel, men färgbilden av honom med en orimligt stor tyngdlyftningsstång på raka armar var onekligen imponerande. Dock inte lika slagkraftig som bilden av den andra stjärnan, Eugen Sandow i svettglänsande pose med leopardskinn över axlarna.

Sverre köpte den dyraste typen av biljett för att komma så nära de uppträdande som möjligt och när han bläddrade i det tryckta programmet fann han till sin tillfredsställelse att den här föreställningen var mer inriktad på kraftsport än den han sett i London.

Intill cirkustältet stod skrälligt målade vagnar som dagens artister fått låna för att klä om i. Han skymtade de två skandinaviska bjässarna när de steg in i en vagn som gungade oroväckande under deras tyngd.

Det tog sin modiga tid att fylla hela arenan, men föreställningen kom igång på utsatt tid.

Först på programmet var det brottningsuppvisning, med män som var mer normala i storleken, smidiga och eleganta.

Numret avslutades med lite tillgjord komik där de två skandinaverna plötsligt visade sig i bakgrunden och då omedelbart blev attackerade av de mindre och smidigare männen, som naturligtvis inte kunde rubba sina överdimensionerade motståndare. Det slutade med att svensken sänkte sig ner på knä, sträckte ut båda armarna rakt åt sidan och lät två brottare sätta sig på vardera armen. Så lyfte han upp dem alla fyra som om de varit tygdockor och bar dem runt på scenen några varv till publikens jubel.

Därefter var det dags för de två giganterna att drabba samman. Det var som att se två ånglok kollidera, och effekten förstärktes av ljudliga stånkanden när de två drev varandra fram och åter över scenen medan de försökte koppla grepp. Till slut fick dansken ner svensken på mattan och det kravlades runt en stund tills svensken pressades ner i brygga och måste ta i av alla krafter för att inte få båda skuldrorna tryckta i mattan. Så tycktes han mirakulöst slingra sig loss, det blev ombytta roller och den tydligt uppgjorda matchen pendlade på så vis fram och tillbaka med än den ene, än den andre i överläge. Det var hög fart, både på scenen och i Sverres skissblock.

Storleken och styrkan hos de två artisterna var förstås imponerande, ingen man i publiken kunde gärna undgå den förstulna och lätt skräckslagna tanken att själv hamna framför en sådan brottare. Men när Sverre arbetade med sina skisser kände han redan i handen att dessa stormagade klumpedunsar inte var det han sökte. Styrka var en sak, skönhet något helt annat.

Det dröjde nästan en timme innan det var dags för Eugen Sandows uppträdande. Den här gången hade han två medhjälpare. Det var män av samma kroppstyp som han själv, utan tillstymmelse till överflödigt fett någonstans på kroppen men med en muskulatur som framträdde in i minsta detalj. Sandow var inoljad för att med solljusets hjälp förstärka kontrasterna mellan de olika muskelgrupperna. Hans medhjälpare var däremot vitmålade och blev därför förbluffande lika de grekiska förebilderna när de intog den ena kända posen efter den andra. På den punkten var det ingen tvekan, Sverre kunde i minnet identifiera de flesta förebilderna från antingen British Museum eller från Berlin.

Så blev det dags för final med Eugen Sandow ensam på den roterande piedestalen. Numret var mycket likt det Sverre sett på Royal Albert Hall, men åtminstone tre gånger så långt och han fyllde ivrigt blad efter blad i sitt skissblock och kände en eufori inom sig, som om han verkligen var på väg att hitta helt nya idéer som han inte hade tid eller medvetande att formulera just nu, men som gick ut på att dementera alla samtida föreställningar om den moderna försvagade och degenererade människan, att förvandla den manliga kroppen till levande konst, att återuppväcka antika stilideal i en helt modern miljö.

Sist i programmet kom Arvid Sandbergs världsrekordförsök, nu två pund mer än för två dagar sedan i London. Konferencieren ropade stolt ut att, om Gud ville, så skulle det nya världsrekordet hamna i Newcastle och inte i London. Påståendet framkallade vild förtjusning i publiken.

Själva föreställningen gick till precis som i London, kontrollvägning under högtidliga former, proklamation om regeln om blott tre tillåtna försök när det gällde världsrekord och till slut svensken som fnysande gick runt stången och tycktes samla sig, eller rentav tveka inför den förmodat väldiga utmaningen, innan han gick till angrepp.

Världsrekordet slogs även den här gången. Med den lilla variationen att atleten låtsades nästan klara uppgiften i första försöket innan han måste ge upp. Publiken susade av besvikelse. Ett och annat uppmuntrande tillrop hördes. Arvid Sandberg började en ny fnysande vandring tre varv runt stången innan han samlade sig för ett nytt rasande angrepp. Med ett vrål kastade han upp stången på raka armar och reste sig upp, till synes utan minsta ansträngning. Världsrekordet hörde nu hemma i Newcastle och publikens applåder och entusiastiska tillrop ville inte ta slut. En liten flicka kom inspringande på scenen med ett fång röda rosor till världsrekordhållaren.

Sverre väntade artigt tills applåderna och jublet klingat ut innan han skyndade därifrån för att söka upp Sandow.

Det gick fort och lätt att fråga sig fram till den husvagn där Sandow och hans medhjälpare hade inkvarterats.

”*Einsteigen!*” röt någon där inne när han knackade på.

Han öppnade dörren och steg in. Sandow och hans två medhjälpare satt vid ett litet runt bord med varsitt glas med obestämd gråsimmmig dryck. De hade nödtorftigt tvättat av sig vitfärg och olja och dragit på sig träningsbyxor.

”Jag tryckte det lät som tyska”, hälsade Sverre på tyska när han steg in.

”*Natürlich!* Friedrich Wilhelm Müller till er tjänst”, svarade Eugen Sandow med klingande preussisk accent. ”Och vem är ni?”

”Jag är Sverre Lauritzen från Dresden, ja egentligen från Norge, konstnär”, presenterade sig Sverre. ”Jag visste inte att ni var tysk, Herr Müller.”

De andra två reste sig omedelbart och Sandow presenterade sina medhjälpare, som båda var engelsmän. Möjligen var det den överraskande språkliga gemenskapen med Sandow/Müller som gjorde att Sverre lyckades tränga sig på högst objuden och ändå bli väl bemött. Snart hade han förklarat sitt ärende, att han sökte en möjlighet att konstnärligt avbilda de levande skulpturer han sett, ja faktiskt både i London på Albert Hall häromdagen och nu här i Newcastle. Det var därför han rest hit, för att se det hela på nytt.

Eugen Sandow/Friedrich Wilhelm Müller föreföll smickrad av Sverres ihärdiga intresse, upptäckte hans skissblock och bad att få se. Därefter kom de snabbt överens.

Sandow drev ett träningsgymnasium i London, The Institute of Physical Culture, på St James's Street inte långt från Piccadilly, där kunde de ses om två dagar och diskutera arbetet mer i detalj.

Dessutom kunde Sverre omedelbart få köpa med sig två böcker att studera på tåget hem, signerade och med rabatt, som kunde vara bra för att förbereda bildskapandet eftersom båda böckerna var rikligt fotografiskt illustrerade. Skulle det dessutom inte vara lite särskild styrkechoklad?

Sandow rotade fram en papperspåse med en illustration i färg av sig själv på utsidan, med fyra män i flätade korgar som han höll på raka armar. Sverre blev osäker på om det var ett skämt och svarade reserverat engelskt att det möjligen kunde bli affär den dagen det fanns en Sandows styrkewhisky. De två engelsmännen, som tydligen förstod tyska mycket väl, skrattade lika högt som Sandow själv.

På nattåget tillbaka till London satt Sverre länge och bläddrade i de två böckerna som mycket riktigt var ingående illustrerade med fotografier. De handlade om ”Styrka och konsten att erhålla den”, och ”Sandows system för fysisk träning”. En ny värld öppnade sig inför hans fantasi, han började redan se tavlorna framför sig, han hade äntligen hittat ett helt nytt spår att växla in på.

När han bäddade ner sig i sovvagnskupén kände han en sorts varm självsäker lycka inom sig, något han inte upplevt på länge. Det hade blivit mycket tvivel på senaste tiden. Inte ens dunket från skenskarvarna störde honom och han somnade med bilderna dansande inne i huvudet.

Den varma lyckokänslan fanns kvar nästa morgon när han rakade sig, vilket inte var så lätt i den krängande sovvagnskupén, och han såg fram mot en hel dags bokstudier.

När han kom in i restaurangvagnen för en sen frukost fick han genast ändra sina planer. Där satt Beck-Olsen och Arvid Sandberg mitt emot varandra och tog upp två platser vardera, synen var komisk.

”Ja, här är ju risken för att bli utkastad betydligt mindre”, hälsade han och världsrekordhållaren makade leende åt sig och klappade med sin väldiga labb på lädersätet där Sverre, som knappast var någon liten man, med nöd och näppe lyckades tränga sig ner.

Av rester på serveringsfaten att döma hade de två jättarna satt i sig något tjog stekta korvar, förstärkt med bacon och ägg och därefter fortsatt frukosterandet med öl. De var båda på gott humör, Arvid Sandberg för att den där Eugen Sandow inte lyckats stjäla föreställningen i Newcastle med några barnsliga trix som han gjorde i London, Beck-Olsen för att den engelska utflykten snart skulle vara över så att man kunde bli behandlad som folk igen, för det blev man ju aldrig i England. De malliga jäklarna låtsades ju inte ens förstå sitt eget språk.

Medan Sverre började skissa på deras porträtt frågade han ut dem om deras bakgrund, som visade sig ganska likartad. De båda kom från ungefär samma enkla förhållanden som han själv. Sandberg hade vuxit upp i en smedja i Västmanland, ett skogslandskap 20 mil nordväst om Stockholm. Beck-Olsen var född på ett tegelbruk på Jylland och någon gång när de båda var i tonåren hade omgivningen upptäckt att de var starkare än alla andra. Och när de kom till atletklubbar i huvudstaden gjorde man samma upptäckt där. Resten var åratal av hård träning.

Just nu hade de ett avbräck i och med att polismyndigheten hade stängt av en av Skandinaviens huvudstäder, Stockholm, från all professionell brottning inför publik. Polismästaren i Stockholm hade kommit fram till att brottning var omoraliskt eller osedligt eller båda delarna. Det var någonting om att skinkorna syntes för mycket när man brottades i parterr, vilket kunde vara skadligt upphetsande. I all synnerhet om lokaliteterna tillät samtidig alkoholförsäljning. Efter hårda förhandlingar fick Berns, Mosebacke och de andra etablissemangen för artistiska uppträdanden välja mellan brottning och alkohol. De valde alkohol.

Men brottning var fortfarande tillåtet i Köpenhamn och Kristiania. Förresten skulle Arvid om precis ett år, och följande år vid samma tid, uppträda just i Kristiania och Sverre, som ju var norrman var förstås alldeles särskilt välkommen.

Han lovade dumt nog att komma. Löften var till för att hållas.

Till slut, mitt i raden av alltmer dråpliga historier från artistvärlden, frestades han att börja dricka öl han också. Det blev första och sista gången han drack öl till frukost och snart måste han ursäkta sig för att gå och sova en stund.

Tillbaks i sin sovvagnskupé som nu städats om till dagbruk drabbades han av oväntat svårmod. Bara av att halvannan timme försöka föreställa sig de skandinaviska landskapen som flöt fram i de två atleternas reseberättelser hade han överväldigats av en sorts bildmässig hemlängtan och det tvingade i sin tur fram alla det dåliga samvetets mest undertryckta orostankar.

Det fanns också ett drag av omutlig hederlighet och rättframhet hos Arvid Sandberg och Beck-Olsen som gjorde honom svårförklarligt melankolisk. De arbetade onekligen i sitt anletes svett med det de var bäst skickade för. Men de var också fäder och familjeförsörjare som inte kunde avstå från utomhussäsongen ute i Europa och därför måste lämna fru och barn hemma. Arvid visade ett fotografi på sin treåriga dotter i en lite för lång och säkert lite för dyr klänning. Beck-Olsen hade fotografier på två små blonda pojkar, obetydligt äldre än flickan. Ingen av kraftkarlarna gjorde minsta försök att dölja sin hemlängtan, det blänkte i deras ögon när de såg på fotografierna. De reste andra klass sittplatser för att spara så mycket pengar som möjligt, trots att de fått bra betalt och Arvid dessutom erhållit ett världsrekordtillägg på tio pund.

Om Sverre och hans bröder blivit kvar på Cambell Andersens repslageri i Bergen skulle de förmodligen ha blivit sådana män. I stället hade åtminstone han själv blivit en man som satt uppe på nätterna och diskuterade arbetarfrågan, kvinnlig rösträtt, Freud, vitalismen, homosexualitet, trohet eller otrohet, konstens uppdrag som agitation eller som absolut befriad från all politik och liknande ting som nog inte rörde Beck-Olsen och Arvid Sandberg det bittersta, inte ens arbetarfrågan. Hade han blivit en sannare människa om han blivit kvar i Bergen? Det var en omöjlig fråga, snarare en oroskänsla än en fråga.

Det var nu 1905. Alltså fem år sedan han varit hemma på Osterøy, fyra år sedan han med ett kort brev till Lauritz berättat att han nu lämnade deras gemensamma liv för alltid.

Hade han formulerat det så kategoriskt? Nej, inte uttryckligen men det hade ändå varit innebörden. Han hade skrivit som det var, att han älskade en man och att det vore katastrof på Hardangervidda såväl som i Bergen och ännu värre hos mor Maren Kristine.

Lauritz måste ha drabbats av ursinne av sådan biblisk kraft att det satt i än i denna dag. Det var svårare att föreställa sig hur Oscar tagit saken. Oscar var för det första inte det minsta religiös, så den typen av fördömande invändningar kunde han inte ha haft. Han var också allmänt mer tolerant än Lauritz och var den av bröderna som mest intresserade sig för de tyska socialisterna, och de var den enda politiska rörelse i Europa som tog homosexuella i försvar.

Homosexuella, det var det nya ordet, så skulle det heta. Det lät antingen som en medicinsk term eller som beskrivningen av sexualitet mellan människor, vilket visserligen var sant men varken klargörande eller fördömande. Lika lite som "uringar".

Hursomhelst hade Oscar mycket väl kunnat ta mycket lättare på saken än Lauritz och kanske grälade de om det än idag. Men de måste båda ha insett att de inte gärna kunde komma med en sådan förklaring till yngste sonens försvinnande när de skulle berätta för mor Maren Kristine. Så vad hade de sagt till henne?

Utgångspunkten måste vara att de skonat henne från sanningen. Men att ljuga för sin mor var ingen lätt sak ens i vuxen ålder. Kunde de ha berättat halva sanningen; att Sverre visserligen rymt på grund av kärlek, men att kärleken gällde en kvinna?

Den nödlögnen kunde ha räddat dem för någon tid. Men hur skulle de då förklara åratal av tystnad?

Åratal av tystnad, så var det.

Det var möjligt att han var fegare än sina bröder även om han aldrig tänkt den tanken. Som pojkar hoppade de ner i fjorden från samma höjd och dök lika djupt och hjälpte far att reva segel i storm med samma beslutsamhet. Med åren hade han inte bara vuxit ikapp sina äldre bröder utan också förbi dem och blivit större, starkare och modigare. Att gå hem genom Dresdens mörkaste gränder efter sena studentfester var mer ägnat honom än dem.

Men det var en annan sak. Fysiskt mod hade inte med moral att göra.

Han hade varit feg som inte skrivit till sin egen mor, hon hade rätt att få veta allt. Och framför allt rätt att slippa den gnagande ovisshet som hon måste ha burit på.

Det var hans mest förbjudna tanke. Ingenting hade han lyckats pressa undan så långt bort i sitt undermedvetna som just detta dåliga samvete. Alla de andra i Bloomsbury talade ständigt om Freud och det undermedvetna, han var verkligen deras filosof på modet. De skulle måla som Freud tänkte, eller skriva, de skulle diskutera det undermedvetna och överjaget och till och med något särdeles besynnerligt som kallades penisavund och han hade skamset blundat med båda öronen och intalat sig att detta var larvigheter.

Tills nu. Faktiskt hade den största skammen plötsligt flutit upp ur detta undermedvetna.

Det fanns bara ett sätt att befria sig från denna smärtsamma känsla som, hur mycket han än försökte undertrycka den, alltid skulle kunna dyka upp när han minst anade det.

Han skulle skriva ett långt sant brev till mor Maren Kristine. Berätta allt, ingenting försköna, tillägga eller förändra, som det hette i den tyska vittnesed han hört den gången konstexperterna i Dresden svurit på att han målat en äkta Rembrandt.

* * *

The Institute of Physical Culture blev snabbt hans andra hem i London. Han kom med morgonljuset och lämnade inte lokalerna förrän med det sista kvällsljuset. Det elektriska ljuset försmådde han.

Gymnastiksalen hade varit restaurang, därav de höga fönstren och det stora före detta dansgolvet i mörkt patinerad ekparkett. Fondväggen inåt lokalen var djupblå, så de blåa reflexerna mötte det gula ljuset från andra hållet, och mitt i detta möte fanns de manliga kropparna i ständig rörelse, själva beviset för det idiotiskt felaktiga i alla teorier om den moderna människans degeneration.

Det fanns ett val. Man kunde förslappa sig själv, eller träna.

Eugen Sandow försummade inte att påpeka det på ett rent personligt plan. Han menade att Sverre visserligen var född atlet, men förslappad av åratals lättingtillvaro. Det var svårt att neka till det.

Snart kom han att dela sin tid på institutet mellan att träna själv under Sandows personliga ledning och att måla. Det kändes helt rätt, genom att registrera i sin egen kropp hur atletiken upplevdes förstod han den också bättre och kände sig säkrare när han skulle skildra den. Han utvecklade efterhand ett nytt manér där han med kraftigare penseldrag gjorde kropparna mindre fotografiska och mer stiliserade så att de avlägset liknade illustrationer i medicinböcker.

Hemma i Bloomsbury kom han att arbeta med en rakt motsatt teknik. När Margie föreslog att hon skulle vara hans nakenmodell kunde han givetvis inte säga nej. Dels därför att kamratskapen mellan alla vännerna i Bloomsburygruppen gjorde det omöjligt, liksom deras gemensamma föreställning att ingenting fick vara främmande eller genant. Dels för att det var just Margie.

Han hade sin ateljé högst upp på tredje våningen där det var ljusast. Där stod dessa atletbilder travade mot varandra längs väggarna.

Och så Margie mitt i allt detta.

När han undan för undan lyckades betvinga sin känsla av att se något förbjudet och vara generad växte snart variationerna fram från de första Matisseliknande moderna linjerna, där hon bara blev en föreställning om en naken kvinna, till de mer klassiskt inriktade varianterna där hon blev en ung och mycket vacker naken Margie.

Snart följde en serie där hon låg i ungefär samma ställning på en obäddad säng, stödd på ena armbågen och såg rakt mot betraktaren. Han lade ett motljus på hennes kontur så att hennes hud fick skimmer. Ljuset bakifrån kontrasterade mot hennes mörka ögon framifrån tillsammans med hennes korta mörka hår i samma färg som ögonen och hennes ännu mörkare blygdhår.

Allteftersom han prövade variationer utvecklades själva idén. Han upprepade samma sängbild med små nästan omärkliga förändringar så att hon till en början såg ut som en sömnig ung kvinna som just vaknat, totalt omedveten om sin nakenhet och utan en enda erotisk tanke. I nästa variation kanske en sådan tanke anades, sedan syntes den tydligt, och så växte serien fram till slutbilden där hon med svettglans över kroppen rökte cigarretten efteråt.

De tio bilderna blev som filmrutor där den gradvisa förändringen knappt mer än anades även om skillnaden mellan den första och sista filmrutan var mycket stor.

Det var från början till slut nästan exakt samma bild. Ändå inte. Första bilden skulle ha kunnat visas på vilken konstsalong som helst. Sista bilden skulle ha blivit skandal på vilken konstsalong som helst. Ändå var det samma bild, alltså uppstod de olika tolkningarna just i betraktarens öga och det blev hans titel på det samlade verket.

Arbetet tog två månader, det var svårast i början när Margie hela tiden påstod sig vara röksugen. Hon rökte numera som en borstbindare, liksom systrarna Stephen. Lättast blev det följaktligen mot slutet av serien när cigarretten ingick i kompositionen.

Oundvikligen måste de då och då tala om en gång för länge sedan, som egentligen inte alls var så avlägsen, när han målade det första porträttet av henne nere på Manningham, bilden som föreställde en ung lady med stränga principer och intellektuella intressen. Då hade de vid något tillfälle skämtat om just en cigarrett som den mest utmanande upprorssymbolen som ändå vore otänkbar så att det fick bli en penna i stället. Men det var då, tiden förändras och människor med den.

Liksom han förändrades under dessa månaders arbete från sin första blyghet när han knappt vågade låta blicken glida annat än snabbt och som av misstag över hennes bröst och kön till den sista tiden då hans blick blev erotiskt laddad och minsta svettdroppe vid krönet av hennes venusberg en ytterst angelägen detalj.

Hon måste ha sett hans förvandling, dessutom förutsett den rent intellektuellt.

När de bjöd över vännerna för att se hela serien i ett sammanhang blev reaktionerna lika häftigt entusiastiska som de hade hoppats. Att gjuta samman film och porträttkonst på detta sätt var utan tvekan genialt, medgav till och med konstkritikern Clive. Samtidigt som han muttrade att tiden nog inte riktigt var mogen för att visa denna sekvens offentligt. Åtminstone inte i England. I Frankrike vore det förstås en helt annan sak.

Den enda invändningen kom från Vanessa, hon som absolut inte kunde måla en hand, när hon menade att bilderna var för verkliga, för fotografiska. Även om de förstås rent tekniskt var förbannat skickligt gjorda.

Det fanns något lite kvar att arbeta med på den sista och mest utmanande bilden i serien innan Sverre helt kunde lämna den bakom sig och återgå till sina manskroppar. Han kunde inte riktigt förklara vad det var eftersom det mest var en känsla. Margie poserade på nytt men hade svårt med tålamodet.

Plötsligt satte hon sig upp och fimpade energiskt i den redan överfulla askkoppen och såg honom rakt i ögonen.

Efteråt inbillade han sig att han känt på sig vad hon skulle säga.

”Jag är förbannat trött på att vara oskuld, skulle inte du min käraste Sverre kunna hjälpa mig att åtgärda den saken?”

Han kunde inte gärna neka. Det hon bad om på sin perfekta engelska som till och med fick svordomen att låta vacker hade han redan gjort i fantasin. Men det var en helt annan sak.

”Jag vill inte vara otrogen mot Albie”, svarade han till slut.

”Men var inte barnslig nu, min käre Sverre! Det här har vi talat om hundratals gånger på torsdagsklubben. Bortsett från att ingen äger någon annans kropp och så vidare. Om du ligger med en annan man så är du möjligen otrogen mot Albie, men inte med mig. Det är ju en helt annan sak.”

Sverre hade ingen blekaste aning om hur han skulle ta sig ur erbjudandet, eller om det var väntjänsten, eller om han ens ville.

”Men jag är ju faktiskt oskuld...”, försökte han.

Då brast hon ut i ett långt pärlande skratt, hoppade upp och omfamnade honom och började kyssa honom på allvar.

V

Den förlorade sonen

NORGE

SOMMAREN 1907

HAN HADE FÖRESTÄLLT sig Norge som ett miniatyrland i kontinentens utkant, eller ett litet sagoland som Transsylvanien med svarta skogar fyllda av varulvar och andra övernaturliga väsen.

Just nu, med svindlande utsikt över ett oändligt alpint öde landskap stämde inte den bilden. Men på sätt och vis var det i miniatyrlandet det hade börjat när man äntligen, efter resemödor som om man skulle ha begett sig till en annan del av jorden, inklusive en något guppig överfart från det danska fastlandet till Köpenhamn, klockan sex på morgonen kom fram till en huvudstad som ännu inte tycktes ha vaknat. Från järnvägsstationen löpte en enda huvudgata rakt upp mot parlamentet och vidare till ett blygsamt kungligt palats. Mellan parlamentet och det kungliga palatset låg Nationaltheatret och deras nybyggda hotell med det något anspråksfulla namnet Continental. Det var där de skulle bo, i en svit med balkong ut mot huvudgatan. Och praktiskt nog, med ett angränsande singelrum åt Margie.

Hon hade varit lätt att övertala när han bad henne följa med som förkläde på resan. Man visste ju inte, inte ens Sverre visste, hur det skulle te sig i det exotiska Norge om två gentlemän ville dela dubbelrum. Sådant var inte lätt att veta på förhand. I Paris vore det inget problem, i Spanien skulle däremot hotellet kalla in polis vid olämpligast tänkbara tillfälle. Men med Margie som dam vid Sverres arm passerade man smidigt alla sådana delikata svårigheter.

Hon hade dock kraftfullt poängterat att hennes bidrag till det romantiska arrangemanget på intet sätt var skäl nog att följa med på resan, åtminstone inte för hennes del. För hon ville verkligen se det berömda norska landskapet, särskilt färgskalorna uppe i fjällvärlden, där de nu äntligen befann sig. Och hon var stormförtjust. Detta landskap passade bättre än någonting hon sett, eller ens kunnat föreställa sig, till hennes collageteknik, särskilt att arbeta med variationer i blått som i skymningsljuset. Hon var ju ingen teknisk ekvilibrist, som Sverre, utan måste rikta in sina resurser på stämningslägen och färg snarare än exakt återgivning.

Det var lätt att förstå hennes glädje över att komma hit. Det insåg han varje gång han svepte med blicken från glaciärens blåa skuggor, upp mot snöklädda ljusskimrande fjälltoppar och ner i de gröna dalarna bland glittrande vitt vatten. Det var nästan så att han beklagade att inte han också var konstnär, en tanke han annars höll bunden och inlåst längst ner i källaren. Det var ändå lika lätt att förstå som att sympatisera med Sverres och Margies lyckorus i samma ögonblick de mödosamt vandrat över ett krön, efter timmar av stretande uppåt, och för första gången skådade ut över det trädlösa fjällandskapet.

Han hade föreställt sig denna Norgeresa som en tankens fria

lättjefulla utflykt i en rustik kultur som inte ställde några andra krav än att insupas med ögat. Ett enkelt litet land, med enkla problem och enkla människor som i klädsel och uppförande påminde mycket om kontinentens folk, men ändå var annorlunda. Männen som kom finklädda till deras hotellrestaurang skulle nästan ha kunnat passera vid vilket som helst restaurangbord i London eller Paris, möjligen låg de ett eller två år efter när det gällde vissa modedetaljer. Men de såg ut som gentlemän, kanske till och med var det. De kom från Nationaltheatret tvärs över gatan, beredda att spendera och de var till synes undantagslöst på gott humör. De tycktes sällan föra allvarliga samtal med rynkade pannor, men så hade de varken imperium eller kolonialkrig att bekymra sig för.

Deras första kvällsnöje gick helt i stil med denna känsla. Sverre tog dem till en cirkusvarieté där deras gamle bekant, världens starkaste svensk, ånyo uppträdde, Sverre hade som vanligt skissblocket under armen. Och svensken slog som vanligt ett nytt världsrekord enligt de tvivelaktiga grekiska regler som åtminstone var honom till såväl inkomst som glädje.

Efter föreställningen bjöd de med sig den väldige mannen till restaurangen i bottenvåningen på sitt hotell och lät sig, via Sverres ibland något sporadiska översättning, underhållas med historier om tappade pianon med vidhängande pianist i Wien eller fuskande arrangörer i Hamburg för att till slut landa i den lilla pinsamheten att artistens impressario, en viss mr Norrman, namnet gick att komma ihåg på grund av en språklig lustighet som hade med Norge att göra, hade schappat med pengarna. Och nu var det så att världens starkaste man obetingat måste ta sig till Sankt Petersburg, eftersom världsmästerskapen i professionell brottning skulle inledas där nästa vecka. Men väl där, i Sankt Petersburg alltså, skulle mr Sandberg kunna lägga händerna på mr Norrman, en syn Albie gärna skulle ha velat se, för att reda ut missförståndet.

Det kunde hursomhelst bara sluta på ett sätt, med att de lånade ut pengar för resan till Sankt Petersburg. Sverre och Albie bidrog med varsin fempundssedel.

Så långt stämde Albies förväntningar. Detta var en bekymmerslös resa för tankens ledighet, en vid sväng runt allt som var svårt i livet och särskilt från allt som liknade ett gnagande samvete.

Vännerna i Bloomsbury, dessa härligt barnsliga, synbarligen ständigt lyckliga och oansvariga vänner som det var så förledande underbart att umgås med, var fullständigt överens om att arbete inte var det viktiga i livet. Arbete var träldom, bojor inte bara för kroppen utan också för tanken. I fantasi och konst, vänskap och kärlek fanns allt det viktiga i livet.

Den tanken, eller snarare livsinställningen, var oemotståndligt förförisk för den som hade minsta tendens till dåligt samvete, eller än värre lättja.

Som han själv. Då och då måste han, nästan skamset, ta ledigt från det färgskimrande fria livet och bakom ryggen på alla andra syssla med motsatsen, livets gråa sidor som pengar, anställda, löner, investeringar, nya maskiner, prissättningar i jordbruket, allt sådant som vännerna skulle hånskratta åt.

Sedan kunde han smyga sig tillbaks in i kretsen, hälla upp ett glas och njuta av samtalet.

Men han hade gått bakom ryggen på Sverre. Inte när det gällde fysisk otrohet, det hade han slutat med eftersom Sverre tog så illa upp. Utan värre, när han bad Roger Fry ta med sig några av sina vänner bland Londons konstkritiker för att studera den allt längre raden av Sverres målningar i utställningslängan nere på Manningham, Sverre var just då intet ont anande på en liten resa med nakenbadarna i Neopagans, vilket fick sveket att likna just en otrohetshandling. Till sitt försvar kunde han bara hävda att Sverres orimligt självkritiska hållning gick honom alltmer på nerverna och att den nog också kunde börja te sig rent destruktiv för Sverre själv, när han ständigt jagade vidare mot nya idéer och påstod att han aldrig riktigt nådde fram.

Kanske var det också så enkelt som att han själv ville veta. För hans blick, som förstås var oskarp av kärlek, var Sverre redan nu en odiskutabel samtida mästare med ett register vidare än alla andra man kunde föreställa sig.

Roger Fry skulle inte sockra sitt omdöme på grund av deras vänskapsförhållande, det var fullt klart. Han och Sverre hamnade ofta i småbråk när Roger predikade sina teorier om den "betydelsebärande" formen.

Men Roger och hans tre kolleger blev överens redan inom några minuter i den långa vinterträdgårdsliknande utställningsgången. Och efterhand blev de närmast euforiska. De sade att Sverre skulle hävda sig mycket väl inte bara mot samtidens alla engelska konstnärer. Han skulle snarare få ett gediget genombrott om han ställde ut i Paris. Särskilt som en del av hans studier i manlig kroppslighet hade en del erotiska övertoner, trots all sin sunda kraftfullhet, som kunde provocera.

Efter det utlåtandet var det en lättnad att ha gått bakom ryggen på Sverre. På så vis fick han sina egna förhoppningar bekräftade. Samtidigt var det olidligt att inte kunna berätta.

Eller kom det kanske en dag förr eller senare, särskilt senare, långt efter Sverres internationella genombrott, då han kunde berätta? Det fanns ju ett försvar. Att han helt enkelt måste få en utomstående sakkunnig bedömning av sin egen övertygelse om att Sverre även för andra var samme konstnär som han var i sin älskades ögon.

På så vis fick han också en tryggare övertygelse om att det var både rätt och viktigt att bygga vidare på mecenatskapet.

Ett obehagligt ord, en ekonomisk term om man tänkte efter. Lika sakligt kunde man resonera sig vidare till den inte särskilt smickrande men ofrånkomliga sanningen att den 13:e earlen av Manningham visserligen varit en medioker poet, men knappast mer, visserligen en hängiven musikälskare, men knappast musiker eller kompomist, och sannerligen ingen målande konstnär. Ändå kunde han bidra till konsten genom att ge den konstnär han älskade mest av alla materiella förutsättningar att lyckas. Inte bara ekonomi utan också ett liv där konst, vänskap, kärlek, tänkande och diskuterande betydde allt.

I historiskt perspektiv var det rentav rättvist. På 1400-talet hade förfäderna gjort karriär i Wiltshire som ytterst framgångsrika boskapstjuvar, låt vara i hård konkurrens med likartade skurkar i ätten Long, och därefter hamnat i kunglig nåd under Tudordynastin som, ironiskt nog, sheriffer och lagens stränga väktare. Som pojke hade han tvingats lära sig hela genealogin, numera flöt allt samman i minnet som den pinsamma anakronism det ändå var frågan om.

Hursomhelst genererade dessa rövarbaroner efterhand större egendomar, mer pengar och bekvämare liv på andras bekostnad. Då var det på tiden att en sentida vekling betalade tillbaks åtminstone några skärv.

Sådana tankar hade han alltid trängt undan, ända sedan de sena tonåren. Det var så genant. Att vara en Manningham skulle bara vara en självklarhet, han kunde inte erinra sig att hans far ens antytt någonting annat. Det var något som fanns, men något man aldrig talade om. Inte ens vännerna i Bloomsbury förde någonsin ämnet på tal trots att de vanligtvis var allt annat än finkänsliga. De tyckte väl också att det var genant.

Också nu flydde han från detta pinsamma tankespår, omruskad av en kall vindpust sveptes han tillbaks till nuet. De befann sig uppe i den norska fjällvärlden, på över fyratusen fots höjd, på andra dygnet. Han svepte tweedjackan tätare omkring sig och såg upp mot himlen. Det starka solljuset hade försvunnit, det hade blivit underligt grått och det såg ut som om ett snöoväder var på väg.

För hans del var det inget problem, han låg uppe på en slänt bara några hundra yards från den snart färdiga järnvägsstationen vid Finse och såg hotellingången klart och tydligt. Vad som än hände med vädret i fortsättningen skulle han utan svårighet kunna sätta sig i säkerhet nere hos lady Alice. Men hur långt borta var Sverre och Margie? De hade utrustning med sig i Sverres tunga ryggsäck för att klara alla eventualiteter, det hade de fjällvana norrmännen på hotellet minst sagt ingående förmanat dem om, att aldrig aldrig lita ens på det behagligaste väder. Så Sverre och Margie skulle nog reda sig. Men ändå.

Han fick dåligt samvete för att han skyllt på en inte särskilt stukad fot. Så ont hade han inte, han hade gott kunnat följa med. Det var ännu en av dessa små lögner som han just nu skulle ha gett mycket för att inte ha undsluppit sig.

Ett jättelikt vitt monster hade rest sig på andra sidan fjällsidan och kom först alldeles tyst svävande men snart under ett stigande dån böljande ner mot honom. Han stod som förhäxad och stirrade upp mot snöyran som snart skulle omsluta honom och, insåg han nu i värsta fall för sent, också förblinda honom. På andra sidan denna skräckinjagande naturkraft fanns Sverre och Margie, de enda två människor han älskade.

Så var det, även om också det var en tanke han aldrig tänkt så uttalat, nu hade den trängt sig upp till ytan och förlamat honom i en stund när han borde vara allt annat än förlamad. Förmodligen borde han börja springa ner mot hotellingången medan han fortfarande kunde se den. Ändå stod han kvar med armarna hängande viljelöst utefter sidorna.

Vinden nådde fram till honom, de första vassa små snökornen träffade hans kinder och ögon som om någon slagit en spann kallt vatten över honom och då först skyndade han iväg genom det tilltagande dunklet. När han inte längre kunde springa för risken att falla bland allt stenskravel hann han ta ett sista ögonmått bort mot banvallen som ännu saknade skenor. Därifrån var det mindre än tjugo yards till hotellingången som han fortfarande skymtade i snöyran. Han tvingade sig att börja gå, beslutsamt hukande med hopknipna ögon. Kylan kröp redan innanför hans tweed, längs ryggen upp mot axlarna, från magen upp mot bröstet och förstås runt vaderna eftersom han bar tunna sommarstrumpor. När han gått ut på morgonen hade det definitivt varit sommar.

När han fann banvallen hade vinden ökat såpass att det var svårt att hålla sig upprätt och han såg inte längre sina egna fötter i det dånande vita, nej gråa, allt mörkare gråa som omgav honom.

Känslan av obehag ersattes av ren skräck. Han hade passerat banvallen, gått ett tiotal yards och stod alldeles stilla vacklande i vinden och försökte samla sig och tänka klart. Att ropa var meningslöst, även om han tog i så mycket han förmådde skulle han knappt höra sig själv i stormdånet. Om han missade det lilla hotellet och gick förbi det fanns bara ödemark på andra sidan. Stod han kvar skulle han frysa ihjäl. Satte han sig ner och kurade ihop sig med ryggen mot vinden skulle han också frysa ihjäl, trodde han. Han hade bara lyssnat med ett halvt öra när några av middagsgästerna under gårdagen talat om hur man grävde ner sig i snön, hur snön fungerade som isolering. Men snön låg inte kvar på marken, det hade varit barmark för tjugo minuter sedan och så tycktes det fortfarande vara. Även om det fanns lä i närheten kunde han inte se räddningen.

Han måste bita ihop, framför allt inte drabbas av panik och börja springa. Tänka klart, det var det viktigaste. Han hade passerat banvallen, tydligt känt hur han gick upp på den, sedan ner på andra sidan. Därefter hade han gått ett tiotal yards. Alltså hade han inte mer än ytterligare något tiotal yards kvar till huset. Det var bara tolv, femton steg, längre än så fick han inte gå.

Han borde ha varit mer noga med sitt testamente, men döden hade förefallit som ett ytterst framtida besvär. Margie skulle få behålla sin livränta, Pennie skulle gifta sig enligt plan, hon var snart förlovad. Men hans mor och farmor skulle i värsta fall kastas ut på bar backe när någon kusin, han hade inte ens brytt sig om att räkna ut vem, flyttade in som den 14:e earlen och övertog allt ekonomiskt ansvar. Om han överlevde det här så var det en kraftfull påminnelse om betydelsen av att ta ett visst ansvar i livet, vad än vännerna där hemma ansåg om sådant. Såfort han kom hem skulle han lösa problemet, intalade han sig som en besvärjelse.

I nästa ögonblick slog han huvudet i trä. Först förstod han inte vad det var men när han trevat runt med sina stelfrusna händer där han knappt hade någon känsel kvar insåg han att han gått in i en husknut. Det betydde två saker. För det första att han kunde hålla sig i husväggen och treva sig fram tills han kom till en dörr. För det andra att han varit en eller två yards från att helt missa huset och villa bort sig i stormen. En eller två yards från döden.

Lady Alice skrattade åt honom när hon upptäckte hur han stod ute i farstun och stampade av sig finkornig hård snö. Han hade just då svårt att se det komiska i sin situation.

”Så kan det gå om man inte är nog observant på vädret, men det är ju ingenting som inte kan kompenseras med en god kopp te”, meddelade hon när hon inspekterat honom närmare, slutat skratta och i stället skakade på huvudet och muttrande gick bort mot köket.

En stund senare satt han i strumplästen och innerkavaj med båda händerna krampaktigt runt en engelskt väl tilltagen tekopp och kände hur det stack och brann i händerna av att känseln var på väg tillbaka.

”Finns det någon möjlighet att skicka ut en eftersöks-patrull?” frågade han.

”Naturligtvis inte i det här vädret!” fnös hon. ”Ni såg ju själv, eller såg inte rättare sagt. Men det är ingen fara, det här är bara en liten sommarfläkt, ingen riktig snöstorm. Går över om tjugo minuter. Eller ett par timmar i värsta fall.”

”Ett par timmar!”

”Ja, ett par timmar. Men lyckligtvis är ju alla där ute utom er syster norrmän och hon är i gott sällskap. De är inte såna som ni och jag, lord Albert. De har rätt grejor med sig, kommer hem lagom till middag med glupande aptit och det blir en ovanligt trevlig kväll. Inget att oroa sig för, med andra ord.”

”Min vän mr Lauritzen är visserligen norrman, det medges”, muttrade Albie misslynt. ”Men han har trots allt vistats tolv år nere i civilisationen och kanske tappat det norska stinget.”

”Har jag mycket svårt att tro, han ser lika sund och stark ut som sin äldre bror och det är en hårding, kan jag meddela.”

”Känner ni hans bror?”

”Mycket väl, jag räknar honom som en vän faktiskt. Men nu kanske jag sade för mycket. Det här får vi reda ut senare, för nu har jag mycket att stå i. Om ni ursäktar, lord Albert?”

”Naturligtvis, tack för teet, jag ska inte uppehålla er längre”, svarade Albie snabbt, tog tekoppen med sig och gick upp till sitt och Sverres dubbelrum.

Han klädde av sig alla kläder som blivit våta av smält snö och lade sig under det pösiga dunbolstret i en av sängarna. Med sådana här duntäcken hade vi sparat in miljoner värmeflaskor i England, funderade han för att tänka på vadsomhelst som inte hade med Sverre och Margie ute i snöstormen att göra. Men samtidigt som han genomskådade sig själv drabbades han av en vildsint fantasibild av hur de två, framåtlutade tätt intill varandra, höll på att uppslukas av samma snöstorm som ven och pep i det trygga husets alla skrymslen.

Lady Alice hade sagt att middagsgästerna skulle komma hem i god tid. Han fick nöja sig med det beskedet. Vem var förresten han att göra en annan bedömning?

Hon var en märklig kvinna, ett märkligt människoöde. I samma ögonblick de hälsat på varandra insåg han, och givetvis också hon, att de var en sorts ”kusiner”. Men han var bara här uppe i ödemarken som engelsk turist, hon hade emigrerat. Vad som kunde få en engelsk herrgårdsfröken att emigrera för att leva sitt liv med en norsk fattig järnvägsingenjör i Europas ödsligaste trakt var verkligen en fråga väl värd att fantisera över. Och helt säkert en fantastisk, kanske också upplyftande, historia om hon skulle få tillfälle och lust att berätta den. Fast så personliga var de ännu inte, men kunde kanske bli om han själv, Sverre och Margie ville stanna lite längre här uppe än de planerat.

Var de nedgrävda där ute? Hade de sett stormen komma i tid? Hade Sverre gjort sig besvär med att ta med sig de där tunga renskinnsfällarna trots att vädret varit så perfekt när de vandrade iväg på morgonen? Hade de proviant för natten, kunde de göra upp eld?

Nej, det nyttade till intet. Hans skräckfantasier hjälpte varken dem eller honom själv. Bort bort.

Till Ibsen till exempel, ett utmärkt ämne väl värt ytterligare några varv på den långa diskussion de haft.

Var han verkligen en stor dramatiker och inte bara en sällsynt djärv modernist? Hur skulle de två pjäser de sett under vistelsen i Kristiania ha tagits emot i London om de visats där? Skandal i det ena fallet, tveklöst. Men den pjäsen var förbjuden också i Norge.

Den nybyggda Nationaltheatret som låg tvärs över gatan från deras hotell och såg märkligt engelsk ut i stilen, åtminstone hade han själv associerat till en mindre version av Royal Albert Hall, rött tegel och det dekorativa i grå granit. De hade lyckats hyra en egen loge på första raden så att Sverre kunde sitta i bakgrunden och viska översättning. Det blev en starkt kluven upplevelse för dem alla tre eftersom allt såg ut som teater utan att riktigt vara det. Själva salongen hade lika gärna kunnat ligga i London eller på kontinenten och hade man bara tagit ett fotografi av publiken skulle man åtminstone vid första ögonkastet ha kunnat missta också den för att vara engelsk.

Men föreställningen var allt annat än som hemma, dessutom inför en gravallvarlig publik som aldrig skrattade. Vilket onekligen låg i sakens natur, för om man skulle försöka föreställa sig den absoluta motsatsen till George Bernard Shaw, för att inte tala om Oscar Wilde, så var det detta. Norrmän gick inte på teater för att ha en trevlig kväll och skratta. Ingen spirituell humor, inga eleganta eller tungvrickande sentenser, inga ordlekar, över huvud taget ingen lek och därtill en stil som strävade efter verklighet snarare än teater. För den som förstod norska måste upplevelsen ha varit som att smygtitta på verkliga människor som talade fritt ur hjärtat snarare än skådespelare som framförde en författares verk. Och ämnet var därtill dystrast tänkbara. En läkare hade upptäckt att kommunens vatten var kontaminerat av baciller. Men när han försökte uppmärksamma de styrande på den fara som hotade blev han betraktad som en folkets fiende och ett hot mot den goda ekonomiska ordningen. Han fick välja mellan att underkasta sig eller att gå under för sanningens skull.

I romankonsten fanns naturligtvis denna extrema realism sedan länge, men på teatern blev det en helt annan sak. Skulle inte teaterkonsten ens som en sista bastion kunna bevaras som konst utan att besudlas, eller snarare prostitueras, av politik?

Det var huvudfrågan. Och de hade som vanligt varit långt ifrån ense när de efter föreställningen gick tillbaks tvärs över gatan för att avnjuta sin supé på hotellets överfulla men charmigt enkla restaurang i någon sorts wienerstil. Sorlet var öronbedövande och överröstades då och då blott med tvekan av en musikensemble och enstaka smällande champagnekorkar. Stämningen i lokalen var märkligt uppsluppen så att man skulle kunna tro att det fanns någon nationell anledning att fira, konungens födelsedag, den tvååriga självständigheten eller något liknande. Men Sverre försäkrade att det inte fanns någon särskild anledning till munterhet utan att detta tycktes vara en helt ny norsk stil, främmande också för honom själv.

De hade haft underförstått sällskap från teatern med fyra likasinnade män, några ögonkast och leenden hade snabbt klargjort den saken, och efter några välorganiserade tillfälligheter kom de att hamna vid borden intill varandra. För omgivningen måste det ha tett sig som om de sex männen tillhörde samma sällskap eftersom de alla var klädda i frack till skillnad från resten av teaterpubliken.

Snart var alla presenterade, de fyra norska likasinnade tillhörde en klubb för kultur och samkväm mellan gentlemän och händelsevis skulle man följande afton visa ännu en pjäs av Ibsen, dock för ett slutet sällskap eftersom det var en förbjuden pjäs.

Det var förstås oemotståndligt spännande, både att det fanns en särskild herrklubb för likasinnade i denna lilla stad och att det fanns möjlighet att se en förbjuden teaterpjäs. Till det mer pikanta hörde också att de fyra norrmännen var jurister, två advokater och två domare. Deras umgängesvanor var ju kriminella. Men som någon av dem skämtade på sin förvånansvärt goda tyska – ingen av dem tycktes behärska engelska – så var det både praktiskt och vist att hålla synden väl under kontroll av lagens väktare.

Deras klubblokaler med en teater i grannhuset låg på kort promenadavstånd nedåt huvudesplanaden och in på en av de större tvärgatorna.

Den förbjudna pjäsen av landets nationaldramatiker – i sig lika absurt som om George Bernard Shaw hade varit förbjuden i London – handlade om spöken som kom från det förflutna för att utkräva hämnd och rättelse, spöken från vilka man inte kunde fly. Nämligen förbjuden sexualitet och syfilis.

Diskussionens vågor gick höga i timmar efter föreställningen då man samlats i klubblokalen. För en engelsman var det självklart högst förståeligt att konst som berörde förbjuden sexualitet kunde stoppas av myndigheterna. Mer överraskande var att så många av de uppenbart likasinnade också förespråkade förbud, särskilt kraftfullt två av juristvännerna från kvällen innan.

Man hade kunnat genomlida den diskussionen mer taktfullt än vad åtminstone Margie gjorde när hon plötsligt skällde ut hela sällskapet.

Just då var det förstås olidligt pinsamt. Efteråt komiskt.

Vid närmare eftertanke var det mer än komiskt. Det var improviserad teater, just en sådan modern scen i extrem realism där skådespelarna föreföll att säga sin egen hjärtas mening utan något som helst manuskript.

Margie hade därtill ett visst övertag från början. Hon var den enda kvinnan i sällskapet, insläppt med någon påhittad form av dispens eftersom hon var utländska och tillsammans med de båda inbjudna gentlemännen.

Konversationen fördes hela tiden på tyska, vilket förstås gav honom själv och Sverre ett visst övertag. Men vad ingen kunde ana var att Margie hade samma fördel. Särskilt inte som hon länge satt väluppfostrat tyst och spelade okunnig.

När det till slut brast för henne och den andra sidan av hennes personlighet, den som formats bland vännerna i Bloomsbury, tog över så blev det desto mer effektfullt. Hennes utbrott kom totalt överraskande, dessutom på perfekt tyska. Och på tyska talade man inte som engelsmän i artigt tillbakahållna underdrifter och ironier, utan pang på rödbetan.

Han skulle ha gett mycket för att ha hela denna modernistiska teaterreplik nedskriven. Nu måste han tänka efter en stund, koncentrera sig.

Just då ven några extra höga stormbyar runt huset så att det knakade i bjälklaget ovanför honom och han kom av sig. Allt detta han nu försökte rekonstruera ur minnet var till för att inte tänka på hur hon och Sverre hade det där ute i snöstormen. Den måste ha pågått med full kraft i över en timme.

Nej, bort det. Börja om. Vad hade hon egentligen sagt i sitt utbrott? Början var nog lättast att komma ihåg:

”När ni talar om att förbjuda konst, mina herrar, så ser ni märkligt nog ut som om ni hade makten att göra det och dessutom begrep problemet. Men det är en ren synvilla, har jag förstått, möjligen framkallad av att somliga av er i alla fall har försökt klä sig med viss elegans. Men ni är i själva verket nakna, dessutom ynkryggar för att uttrycka sig fullkomligt uppriktigt.”

Jo, ungefär så hade hon inlett. Makalöst oförskämt, strålande dramatiskt. Men hur hade hon fortsatt in mot själva poängen? Rakt på sak:

”Vad som är förbjudet inte bara i konsten utan också i det dagliga livet, också i Norge förutsätter jag, är somliga av herrarnas privata kärleksliv. Men det talar ni märkligt nog inte alls om, det tycks inte ens bekymra er, ni tycks inte ens våga säga att det är ett skamligt förbud. Där borde ni inrikta ert juridiska skarpsinne, er humanistiska bildning, er kunskap om livets villkor. Men det gör ni inte. Vad ni i stället ägnar er tankemöda är frågan om hur det kanske mest ärliga teaterstycke som skrivits på ert språk *borde* förbjudas. När Wagner avhandlade samma ämne för snart sextio år sedan, jag talar naturligtvis om hans sista opera *Parsifal*, var han tvungen att smyga och linda in för att undgå censur. Och det var mer än en halv mansålder sedan. Att ni inte skäms! Jag ska faktiskt be att få rekommendera mig!”

Ungefär så måste hon ha formulerat sig och hennes ord gjorde ett ofantligt intryck, låt vara att häpnad kanske var ett starkare inslag än skamsenhet. Det blev knäpptyst i den nyss så livliga, dunkla och rökiga klubblokalen.

Den teatraliska effekten förstärktes i hög grad av att hon sekunden efter att hon sagt att hon ville rekommendera sig också ställde sig upp.

Sverre och han själv måste då omedelbart resa sig de också. Något annat var inte att tänka på.

Det var fortfarande dödstyst i rummet, alla dessa män, unga män, vackra män, äldre och fula män, satt som om Margie hade hållit upp Medusas avhuggna huvud framför dem, förstenade.

Han gjorde vad han måste. Visade med ena armen och en

bugning hur han ledde Margie ut från lokalen och Sverre anslöt sig. De fick sina ytterkläder utan att någon sade ett ord. När ytterdörren stängdes bakom dem var det fortfarande tyst. Sekunden senare hörde de ett våldsamt sorlande också genom dörrens massiva ekpanel.

De gick raskt men tysta i kanske hundra meter tills de kom ut till stadens nu helt öde huvudesplanad, Margie i mitten med en man vid var sida.

Det var Sverre som stannade först och eftersom de alla var sammanlänkade stod de plötsligt tysta ute i ödsligheten och såg bara några sekunder på varandra innan de började skratta och Sverre och han själv omväxlande kysste Margie och började överösa henne med lovord.

När de kom tillbaks till sitt hotell var det fortfarande livligt i den rustika restaurangen. Den var halvbesatt och de hade ingen svårighet att få bord, han beställde in champagne.

De svepte det första glaset utan att ta det från munnen, lyckliga av vad de just upplevt även om de inte utan vidare skulle ha kunnat förklara vad det var som försatt dem i den stämningen, Kristianias hemliga sällskap av likasinnade kunde ju inte utan vidare betraktas som fiender.

Margie hävdade att det hon genomfört var ett litet stycke polemisk konst. Hon hade gjort modernistisk teater, politisk i högsta grad, och skapat en scen som Ibsen omedelbart skulle ha tagit till sitt hjärta. Det var argument som dödade allt motstånd, sådan var konstens kraft!

Det var första gången i livet han känt sig totalt nedgjord av sin egen syster. Självklart var det i första hand han som var motståndaren när det gällde frågan om att särskilja konst och politik. Sverre intog alltid en mer vacklande hållning i den frågan och brukade som mest trängd hänvisa till Goyas pacifistiska krigsskildringar. Som han själv brukade avfärda som journalistik, på den tiden journalistiken var så primitiv att även en så storartad konstnär som Goya ibland måste låna sig till den goda saken.

Men det var ingen diskussion han ville återuppta just då vid champagnen, det var bättre att glädja sig åt Margies lyckade improvisationsteater, lägga sig platt och servera mer champagne. Sådana stunder var de finaste, den rena lyckan av att vända och vrida på konsten för att jämföra med andra tider, men också att få den att passa in i den egna tiden. De levde i en mänsklighetens återhämtning när alla krig, åtminstone i den civiliserade världen, var avskaffade, när arbetarfrågan snart skulle finna sin lösning genom tekniska framsteg och politik snart skulle handla blott och bart om små praktiska ting. Då var konsten särskilt viktig i sökandet efter skönhet och ljus.

Det var åtminstone så han brukade resonera i sitt försvar för tanken på konst befriad från alla biavsikter utom att vara konst. Liksom de flesta vännerna i Bloomsbury resonerade, han var ingalunda originell. Att Margie tillhörde den minoritet som käftade emot uppfattade han som syskonkonkurrens.

Han måste ha somnat. Kanske somnade han rentav i någon sorts undermedvetet självförsvar trots att han inte gärna kunde ha haft något behov av vila. Men han hade legat där och tvingat sig till att tänka på vadsomhelst utom på Margie och Sverre ute i snöstormen. Till slut hade han trasslat sig långt in i resonemangen om Wagners Parsifal, trots att det var svårt att minnas vad de egentligen sagt vid fjärde champagneflaskan där på Theatercaféen, som restaurangen hette. Vid det laget var de lätt intoxikerade, för att uttrycka saken engelskt snarare än burdust tyskt. Det var bland annat någonting om att när Parsifal övertar spjutet, fortfarande med sin renhet i behåll, så är det i själva verket en närmast freudiansk, fast före Freud, hänvisning till en fallossymbol. Just nu kunde han ändå saklöst skita i den saken.

Vädret hade nämligen slagit om medan han sov. Nu strålade solen, genom fönstret kunde han skymta gråa moln långt borta över Hardangerglaciären, men i hela det övriga synfältet var himlen molnfri. Det tycktes också vara vindstilla.

Han fumlade efter sin klocka på nattygsbordet. Det var omöjligt att avgöra tiden bara genom att se ut genom fönstret i detta landskap där solen bara var borta någon timme runt midnatt.

Hon närmade sig sju på kvällen. Alltså var det snart dags för middag. Men ändå var huset tyst. Ingen av dagens dussintals fjällvandrare hade kommit tillbaka.

Han klädde sig snabbt i samma dagligtweed som han haft på sig ute i snöstormen, sånär som på en ny slips. Tyget var fortfarande lite fuktigt men det var inte så stor mening med att sortera fram en ny uppsättning dagkläder eftersom det snart skulle bli dags att klä om till middag. Det var ännu en besvärjelse. Snart skulle man sitta till bords och dessförinnan klä om som vanligt. Allt var som vanligt.

Med en lånad kikare gick han ut och ställde sig på banvallen och spanade uppåt fjällsidorna. Högst där uppe hade snötäcket brett ut sig något, men runt huset här nere såg allting ut precis som före stormen. All snö hade smält bort, alla vita, gula och lila blommor som han inte kunde namnen på hade rest sig och ruskat av sig snön som om ingenting hänt.

Snart upptäckte han den första gruppen återvändare någon mile bort, det var fyra personer som verkade fullkomligt oberörda av storm och snö, de gick lite slängigt muntert, ett par män i bara skjortärmarna. Det såg ut som om de hade lite brått-om och ogärna ville komma försent till middagen.

En kort stund senare upptäckte han Sverre, tungt lastad under en stor ryggsäck och Margie glatt gestikulerande studsande fram vid hans sida medan hon berättade någon historia som de båda skrattade åt. Inte heller de två gav minsta intryck av att ha varit ute i svårigheter. Det slog honom som en grov ironi att den ende av hotellgästerna som varit nära att råka illa ut var han själv, mindre än 250 yards från hotellingången.

”Vad i all fridens namn tog ni er till under stormen?” ropade han till dem så fort de kommit inom hörhåll.

”Njöt av varandras kroppsvärme, du anar inte hur skönt man kan ha det under renfällar!” ropade Margie tillbaks.

Hon försökte tydligen vara lustig, men han var inte road. Å andra sidan kunde han inte gärna vara svartsjuk på sin egen syster. Generad över hennes frispråkighet kunde han förstås inte undgå att bli med jämna mellanrum, men svartsjuk kunde han inte tillåta sig att vara. Även om det varit plågsamt genant den där torsdagskvällen då klubben sammanträdde hos systrarna Stephens i grannhuset, och Margie utan att tveka och utan att visa minsta diskretion med detaljerna under fniss och skratt berättade hur lyckat allt varit nu när Sverre visat henne den gentlemannamässiga artigheten att befria henne från oskulden.

Han rodnade förmodligen även nu, långt efteråt. Men sådan var samtalstonen i Bloomsbury där man alltid måste tala sanning. Det var ändå ett uthärdligt pris att betala för all annan glädje av att umgås med vänner som alltid sökte skönhet, sanning och vänskap. Jo, allt detta var bra även om somliga indiskretioner blev förbannat genanta.

”Vi är hungriga som vargar, skulle säkert kunna äta varsin ren till middag”, hälsade Sverre.

”Så bra”, svarade han när han kramade om dem bägge, ”det blir nämligen renfilé och bourgogne till middag, hela huset doftar som ett nomadläger.”

Lady Alice styrde med järnhand över bordsplaceringen för att alla skulle lära känna varandra. Vid middagen placerades de tillsammans med ett äldre par från Bergen vid ett av de bästa borden, med utsikt över Hardangerglaciären. Mannen visade sig vara järnvägsingenjör, talade god tyska, hade pensionerats för två år sedan och alltså gått miste om själva finalen på bygget. Vilket var förargligt på mer än ett sätt, bland annat att de sista två årens bygge var de lättaste och de mest glädjefyllda, eftersom man då hela tiden visste att alla olyckskorpar och gnällspikar skulle få fel. Just nu höll man på att lägga räls, avverkade en dryg kilometer varje dag. I augusti skulle man vara framme i Finse och sedan var det inte långt kvar till Haugastøl och så var saken klar. Stannade man här uppe till augusti skulle det för första gången bli möjligt att ta sig per järnväg ända ner till Bergen, låt vara med dressin. Hur hade de förresten själva tagit sig till Finse, eftersom de kommit från Kristianiahållet?

Sverre fick stopp på den pratsamme ingenjören genom att något omständligt redovisa deras egen omväxlande färd med järnväg, hästkärror och till fots. Det märktes tydligt på Sverre att han inte riktigt trivdes med vare sig sällskapet eller samtalsämnet. Albie var säker på att han förstod varför. Närsomhelst kunde Sverre få den fråga som han inte visste hur han skulle hantera.

Den fick han också, fast långt senare på kvällen när lady Alice bjöd in det engelska sällskapet till eftersittning och pjolter vid brasan.

De andra gästerna hade dragit sig tillbaka och nu kunde man övergå till engelska och Sverre såg lättad ut.

Men redan när värden Joseph Klem donat färdigt med brasan och de skålade första gången gick lady Alice hänsynslöst rakt på sak.

”Jag måste medge att jag blev lätt konfunderad när vi fick telefonbeställningen från Kristiania som gällde en viss diplomingenjör Lauritzen och hans två gäster”, sade hon direkt vänd till Sverre.

”Jag inser det”, medgav han. ”Vi borde kanske ha visat något större hänsyn och använt namnet Manningham i stället?”

”Inte alls, då hade ni inte fått rum! Vi har än så länge inte så gott om plats och överfullt så här års”, invände hon korthugget. ”Men om jag förstår sammanhanget rätt så måste ni vara bror till Lauritz?”

Sverre nickade bara tyst till svar.

Det var möjligen en brutal start på samtalet, men lady Alice förvandlade snabbt fortsättningen till rena sagostunden.

Hon hade förstått släktbandet, genom åren hade det skvallrats en hel del här uppe om de tre fattiga bröderna från en ö utanför Bergen som sändes till självaste Dresden för att bli järnvägsingenjörer. För att de efter examen skulle återvända hem och hjälpa till med Norges största byggprojekt någonsin. Bara en av dem hade infunnit sig, Lauritz.

När hon och Lauritz på senare år kommit att bli nära vänner så hade han konstigt nog bara talat om en bror, som hette Oscar och for till Afrika och blev rik.

Här måste hon göra ett uppehåll i berättelsen eftersom Sverre blev så totalt överraskad.

Men jo, så var det.

Och rikedomen blev också till välsignelse för Lauritz, antagligen mer än för brodern Oscar i Afrika. För Lauritz belägenhet var sannerligen inte lätt, en strid mellan principer och kärlek.

För Lauritz hade två mål i livet. Det ena var att fullfölja sitt åtagande på Bergensbanen ända till slutet. Det andra var att kunna gifta sig med en tysk kvinna som hette Ingeborg. Men eftersom denna Ingeborgs far var av en viss typ, det vill säga en viss sorts traditionell familj, så kunde äktenskap inte komma på tal innan Lauritz skaffat sig en förmögenhet. Vilket var omöjligt som statsanställd ingenjör på Bergensbanen. Liksom det, åtminstone för Lauritz, var omöjligt att svika plikten att fullfölja det bygge som han fått hela sin utbildning för. I all synnerhet som han hade en bror som redan hade svikit plikten.

En bror som nu förvandlats till två bröder.

Varför han aldrig nämnt den tredje brodern, nu högst närvarande i rummet, behövde man inte vara någon Sherlock Holmes för att räkna ut. Lika lite som det krävts något skarpsinne för att förstå att det var gentlemännen som delade sovrum här på Finse.

Så den äldste brodern Lauritzen hade förälskat sig i en tysk friherrinna och den yngste, därom behövde man väl knappast vara diskret i detta lilla slutna sällskap, i en engelsk lord. Då kunde man fråga sig vad mellanbrodern haft för sig i Afrika, där han dessutom blivit rik. En afrikansk drottning?

Äntligen hade hon lockat Sverre till skratt, han hade mest sett lidande ut under berättelsens gång. De sår som sakta läkts under många år hade rivits upp, hans gamla plågade samvete över att vara en svikare. Och att han nu fått veta att även mellanbrodern svikit var knappast någon tröst. Tillsammans hade de lämnat Lauritz ensam och olyckligt förälskad utan hopp.

Lady Alice såg märkligt nöjd ut med sin berättelse. Albie blev inte klok på henne, hon kunde inte gärna ha undgått att observera vilken förstämning hennes indiskretioner vållade. Inte ens Margie i sin nuvarande Bloomsburyskepnad skulle ha kommit på tanken att så till den grad såra vare sig vänner eller bekanta. Men här satt nu denna tämligen fula kvinna, i det avseendet Margies motsats, även om de hade samma sorts bakgrund och uppfostran, och föreföll mysteriöst tillfreds med vad hon berättat. Absurt nog gjorde hennes eleganta *kungens engelska* saken än mer obehaglig. Slöt man ögonen såg man en kvinna som Margie framför sig. Med öppna ögon såg man en kvinna med fyrkantigt ansikte, för tjocka svarta ögonbryn, klädd i bylsiga kläder och pjäxor.

”Och nu kommer jag till det lyckliga slutet”, fortsatte lady Alice totalt överrumplande. Omedvetet rätade de alla tre på ryggarna och spärrade upp ögonen. Lady Alice drog ut på konstpausen till det olidliga.

”I talande stund”, fortsatte hon långsamt med betoning på

varje ord, ”är Lauritz på väg att fria till sin Ingeborg. Och han kommer att få ja från hennes far. Och de kommer att bosätta sig i ett nyrenoverat hus på Allégaten i Bergen.”

Där stannade hon, höjde sitt rödvinsglas och log så hjärtligt mot Sverre att hon såg vacker ut.

När de ville ha fler detaljer började de tala i munnen på varandra så att lady Alice brast i skratt.

Detaljerna gjorde inte sagan om Lauritz sämre. Just nu befann han sig på Kieler Woche, Europas förnämsta regatta, där han skulle kappsegla mot bland andra kejsarfamiljen i klassen för de allra största segelbåtarna. Han själv och några vänner bland skeppsbyggare och redare i Bergen hade byggt en båt enligt helt nya principer som tvivelsutan skulle bärga segern. Den hade kostat en svindlande summa, säkert över en miljon kronor. Ja, det var naturligtvis pengar som kom från Afrika.

Och inte nog med det. Broder Oscar hade också finansierat köpet av Bergens största och mest välrenommerade ingenjörsfirma som numera hette Lauritzen & Haugen med huvudkontor på Kaigate i Bergen.

”Vem vet? På den där firman i Bergen skulle man kanske rentav föreställa sig att de ville engagera en sysslolös dandy som händelsevis råkar vara diplomingenjör från Dresden”, klämde lady Alice till med som slutkommentar och höjde på nytt sitt rödvinsglas.

”Nej, knappast”, svarade Sverre återhållsamt. ”Min äldste bror har vissa moraliska egenheter, bland annat att han på fullaste kristna allvar menar att människor som jag och lord Albert ska brinna i helvetet. Så då förstår ni vilket pris han skulle kräva för att erbjuda mig sådant broderligt delägarskap.

Och, det försäkrar jag, bara döden kommer att skilja mig från min kärlek. Sen ska jag gärna brinna i helvetet."

"Då är ni bröder mycket lika", svarade lady Alice snabbt.

"Knappast. Men jag skulle med största glädje dricka en skål för min brors förlovning. Serverar ni champagne?"

* * *

Det tog tre dagar att förbereda avresan från Finse eftersom deras bagage om tre koffertar och sju resväskor måste transporteras uppåt järnvägsbygget i portioner, först med hästkärror längs underhållsvägen till Hallingskeid dit rälsläggningen nått, därifrån med handdriven postdressin till Voss och så vidare till Bergen och där hitta rätt hotell. De hade tagit med sig alldeles för mycket klädombyten för en kort tid i Norge. Varken Albie eller Margie hade brytt sig om Sverres råd när det gällde den saken.

En gentleman har hellre för mycket kläder med sig än för lite, hade Albie storstilat invänt. Margie hade parodierat honom och sagt att det gällde i så fall i ännu högre grad en lady.

De sista dagarna före uppbrottet arbetade Sverre intensivt med sin målning som skildrade hur människan omfamnar naturen, eller tvärtom i den meningen att det var naturen i form av den uppstigande solen som skänkte människan all kraft.

Det var inget som helst fel på själva idén, det var de fullt överens om alla tre. Det var det rent praktiska arrangemanget som gjorde arbetet besvärligt.

Motivet var Albie som stod naken intill ett stup med armarna utbredda som om han omfamnade den stigande solen. Även om det var högsommar enligt kalendern så var soluppgångarna vid Finse knappast behagligt värmande. Albie måste då och då krypa ihop under en filt och låta sig masseras över ryggen av både Margie och Sverre, men alldeles för kort eftersom Sverre hetsade på om att ljuset höll på att förändras från mjukt till hårt.

Sverre kunde naturligtvis inte göra tavlan färdig på plats, men som han förklarade det måste han markera vissa ljusfenomen i bilden för att senare kunna minnas exakt hur det såg ut.

Såvitt både Margie och Albie kunde bedöma var bilden på väg mot någonting lugnt storstilat utan minsta erotiskt skandalös association, snarare föreställde man sig någon form av uråldrig soldyrkan.

Albie var dessutom rätt stolt över att numera duga till för att figurera i ett idéverk som krävde en viss fysisk hållning. För det hade han numera. Sedan Sverre förhäxats av den där kroppsskulptören Sandow hade han först börjat träna sin egen kropp med ursinnig beslutsamhet. Han brukade bli sådan när han kommit på något nytt. Och snart hade han fått med sig Albie i projektet, de hade till och med låtit bygga två mindre träningsanläggningar, en på Gordon Square i Bloomsbury och en på Manningham.

Sådana idéer var de visserligen långt ifrån ensamma om. Nakenbadargänget var likadana, till och med några av de vanligtvis mycket lättjefulla kamraterna i Bloomsbury anammade det nya kroppsmodet och började tala om en sund själ i en sund kropp. Vad det mest gick ut på var att motbevisa allt tidens gnäll om hur människan genom moderniteten och bekvämlighet höll på att degenerera. Nu efter ett par års hårt arbete som till slut blivit en vana svår att slita sig från såg både Albie och Sverre ut som åtminstone genomsnittsmannen på Sandows träningsinstitut vid St James's, Sverre förstås den mer fyrkantigt atletiska typen, Albie den mer harmoniska eleganta kroppen, absolut mycket vackrare enligt Sverre. Elegans slog alltid styrka, påstod han.

Det var inte med något beklagande som Albie hälsade själva avresedagen även om han ansåg att hans poserande varit smått heroiskt i kylan.

Resan började med tio timmars fotvandring till Hallingskeid där de hade tingat övernattning i en av byggbarackerna, för den händelse det inte skulle finnas plats i Ingenjörsvillan på stället.

Det blev en odramatisk dag där vädret varken var bra eller dåligt, sol ibland, lite lätt duggregn ibland, sju grader plus. Sverre och Albie bar tunga ryggsäckar med renfällar, vilket i efterhand kunde förefalla som onödigt slit. Men även om risken för snöstormar så här års var liten kunde man inte ge sig ut på fjället utan att kunna skydda sig om oturen var framme. Annars riskerade man livet.

Trakten runt Hallingskeid, ett namn som var omöjligt att uttala för både Margie och Albie, var en stenöken. Ingen snö, men heller ingen växtlighet. Ingenjörsbostaden var dock ett gediget bygge, robusta granitväggar runt nedervåningen och tjockt timmer runt övervåningen. Kockan som kom över från arbetarbaracken för att laga deras kvällsvard berättade att vid den här tiden tog ingenjörerna ledigt. Rälsläggningen var ett enahanda arbete som basarna klarade av utan att ha ingenjörer hängande över axeln. Just som hon skulle gå meddelade hon att ett par av vinflaskorna som de sänt i förväg olyckligtvis hade sparkats sönder av en häst men att det som blivit kvar stod i skafferiet. För övrigt var det bara att värma maten på vedspisen. Som om hon flydde slog hon därmed igen dörren bakom sig.

Sverre översatte beskedet och gick genast till skafferiet för att överblicka missräkningen, som visade sig högst begränsad. Någon hade planerat fel. De hade en halv låda vitt och en halv låda rött och det som slagits sönder var tydligen bara champagne. De kunde med glädje donera allt överskott till kommande ingenjörer.

Möblemanget på nedervåningen var ett rent konstverk. Det var inte överraskande Sverre som såg det först. Stolar och bord var grovt tillverkade med yxa och materialet var mestadels fjällbjörk som de omedvetna konstnärerna funnit de mest fantasirika variationer att sammanfoga där de utnyttjade materialets naturliga knotigheter och kurvor, som exempelvis blivit bekväma armstöd på alla stolarna.

Elden brann fortfarande i järnspisen och Sverre fyllde på ved från förrådet liksom i förbigående medan han tycktes tänka på annat. När han upptäckte de andras förvåning förklarade han att det var som att återvända till barndomen, som om det var alldeles nyss han lassat in precis lagom mängd ved för middagstillagningen.

Intill dörren mellan farstun och salen på nedervåningen satt en hyvlad planka med en rad kantigt karvade namn. Sverre pekade tyst på det näst understa namnet i raden: Lauritz Lauritzen.

Så försvann han ut i köket och rotade i en verktygslåda och kom tillbaka med en kraftig slidkniv i handen. Snabbt och med tveklösa rörelser skar han in en serie tecken nederst på plankan, det var klart på några minuter.

Det gick inte att läsa, det såg ut som chiffer av något slag, invände Albie besviket.

Runskrift, förklarade Sverre kort, pekade och läste högt: *Sverre bror till Laurits ristade dessa ord.*

”Bokstaven z fanns inte på den tiden”, mumlade han på väg tillbaks ut i köket.

Middagen bestod av öring, getost, flatbröd och rökt renkött. Albie påstod att det var en av de bästa måltider han ätit. Fotvandringen under en hel dag gjorde väl sitt till för aptiten, men det estetiska var viktigast. Vackert, enkelt, träets ådringar och mönster i de grenar som använts till möblerna, den grova yxbilade bordsskivan mot det röda vinet och reflexerna från stearinljusen i skymningen. Sverre hämtade skissblocket och de satt en stund tankfullt tysta när det enda som hördes var raspandet från Sverres stiftpenna.

Sovrummen på övervåningen luktade starkt av trä och tjära. Tvättvatten, handfat och pisspottor var framställda. Dunbolstrarna var pösigt jättelika.

Deras fortsatta resa tidigt nästa morgon började med viss komik. Tre, fyra arbetare lyfte upp en dressin på spåret och var på väg att gå därifrån innan Sverre lyckligtvis fick stopp på dem och bad om instruktioner. Männen blev förvånade men en av dem gav Sverre några motvilliga anvisningar, som om allt var självklart, innan han spottade iväg en brun snusstråle, vände på klacken och gick.

Så mycket var klart som att fordonet drevs framåt med en hävstång som skulle föras upp och ner, att det fanns en broms och ett utrymme att surra bagage och faktiskt en sittplats som kunde rymma två mindre personer eller en av samma dimension som Arvid Sandberg, nu förhoppningsvis framgångsrikt brottande i Sankt Petersburg.

Det borde inte ha inneburit några svårigheter. Två av tre resenärer var trots allt diplomingenjörer från Dresden, den ene specialist på maskiner, den andre på järnvägsbyggen. De borde behärska allt väsentligt rörande utväxling, acceleration och tröghet i förhållande till uppnådd hastighet.

Det var dock inte så lätt som det föreföll på det teoretiska planet. Det tog dem över en timme att få in en lugn långsam rörelse som med ett minimum av muskelkraft drev fordonet framåt utan att hastigheten blev för hög och hjulen började vibrera.

På andra timmen arbetade de sig lugnt och metodiskt fram över det svindlande landskapet eller in i svarta tunnlar där de tidvis färdades i blindo innan de såg ljus i andra änden.

Efter en lång tunnel kom de till en bro som spände över en avgrund. Där ute arbetade ett lag rallare med att snickra upp träräcken. Mitt på bron där arbetet med räcken redan var klart drog Sverre i bromsen och fällde med foten upp den spärr som skulle hålla dressinen stilla. Utan ett ord gick han av och försiktigt fram till träräcket och ställde sig att se ut över avgrunden. Där nere åt ena hållet dånade en vit fors, åt andra hållet en dal med oändlig sikt, snörester närmast bron i skrevor och svackor, längre bort i fjärran grönska och blåa berg. Då och då lutade han sig oroväckande långt över räcket för att betrakta avgrunden nedanför eller brofästena och stenvalvets kurva.

Albie stod kvar uppe på dressinen, han tyckte utsikten var lika så god därifrån och dessutom hade han svindel och ville ogärna gå fram till det bräckliga räcket och känna suget från avgrunden. Hans höjdrädsla hade varit det näst största problemet efter kylan när de arbetade med solfångartavlan.

Till slut måste han ändå ta mod till sig och försiktigt steg för steg ta sig fram till Sverre, krampaktigt gripa tag i räcket och försöka luta sig fram för att skåda ner i avgrunden. När han sneglade mot Sverre upptäckte han något han faktiskt aldrig sett, det slog honom först nu. Sverre grät. Inte hulkande våldsamt, inte så att det ens syntes bakifrån, han grät utan att röra sig, tårarna rann nedför hans kinder och landade på den vita skjortkragen och slipsen.

”Men käre, käre Sverri”, försökte han trösta. ”Sådan skönhet har vi ju redan blivit bortskämda med, väl?”

”Detta är Kleivebron, lady Alice tipsade mig”, försökte Sverre förklara.

”Snygg hög bro i sten. Och?”

”Det är det största, det farligaste och det mest mirakulösa bygget på hela Bergensbanen”, svarade Sverre lågt och tystnade som om allt därmed var förklarat.

”Jaa...?”

”Det var min bror Lauritz som byggde den.”

”Jag förstår”, viskade Albie.

Men det gjorde han inte. Det fanns så många möjligheter, så mycket som han i så fall skulle förstå och det mesta högst oroväckande eller sorgligt, sorgligt just därför att Sverre grät. Det var alltså det här han varit ämnad för? Det var hit till snö och is han skulle ha rest den där dagen, i stället för till Manningham? Det här var själva symbolen för hans svek? Det här var den plikt han vänt ryggen på samma sätt som Albie själv ständigt försökte vända ryggen åt vissa plikter, som han sedan utförde i smyg. Men en sådan dubbelgardering hade inte varit möjlig för Sverre. Man kan inte smita från konsten och underbara vänners samtal för att som hastigast bygga stenbroar över ofantliga stup, dessutom i snöstormar och isande kyla – och sedan plötsligt återvända till livet som dandy. Här var valet brutalt enkelt: antingen eller.

Sverre tog upp en näsduk ur bröstfickan på sin tweedkavaj, snöt sig och torkade diskret tårarna som om han varit rädd att Margie skulle upptäcka att han gråtit. Så vände han sig mot Albie och log generat, det såg ut som om det tändes en liten ljusglimt i hans ögon.

”Oroa dig inte, käre käre Albie”, sade han. ”Jag menade verkligen det jag sade när lady Alice tog upp saken häromdagen. Jag har gjort mitt val i livet. Tills döden skiljer oss åt.”

Albie förmådde inte svara. Det var för många ord och känslor som trängdes för att samtidigt ta sig ut.

”Kom!” sade Sverre. ”Vi reser vidare.”

* * *

Den lilla passagerarfärjan som skulle föra dem ut till Sverres barndomshem hette Ole Bull, ett namn som äntligen tycktes lätt att memorera för en engelsman. Sverre påstod att den hade krympt med åren. Den hade satts i trafik just när han och bröderna, åtta, nio och tio år gamla, tvingades resa hemifrån för att börja som repslagarlärlingar inne i Bergen, en skrämmande stor stad.

De hade haft en hel del diskussioner för eller emot om Sverre skulle resa ensam. Nu stod de i alla fall på akterdäck och väntade på avgång.

De hade fått korta ner sitt besök i den idylliska staden som i både Margies och Albies ögon såg tysk ut, särskilt vid alla trämagasinen runt hamnbassängen. Det som skyndat på dem var en förstasidesrubrik i lokaltidningen som med stora feta bokstäver förkunnade norsk seger vid regattan i Kiel. När Sverre ögnat igenom texten bekräftade han det som Albie och Margie redan gissat. Lauritz hade vunnit en överlägsen seger med sin båt Ran i den förnämsta klassen under Kieler Woche, bland de besegrade fanns hela kejsarfamiljen som deltagit med fyra båtar och vanligtvis fördelade segrarna inbördes. Men inte den här gången, eftersom den norska båten vunnit samtliga seglingar.

Det var förstås en glädjande nyhet, särskilt om man försökte föreställa sig vad en sådan triumf betydde för Lauritz frieri. Det borde man fira.

Det gjorde de också redan samma kväll, på en restaurang högt uppe på ett berg med utsikt över hela staden glimmande i den magiska sommarskymningen. Men det fanns ett problem, Lauritz var säkert på väg hem. Det tog ett par tre dagar att segla upp från Kiel till Bergen, bedömde Sverre. Och det fanns ingen anledning att tro att Lauritz och hans besättning hade andra resmål. De måste få hem båten till att börja med. Väl i Bergen skulle Lauritz ägna någon dag åt att övervaka renoveringen av sitt hus på Allégaten, dit han snart skulle föra sin hustru. Men efter den inspektionen skulle han bege sig raka vägen ut till mor Maren Kristine på Osterøy och berätta nyheten om sitt kommande tyska bröllop.

Matematiken var alltså enkel. Om fyra dagar måste de själva ha lämnat Osterøy för att inte riskera att stöta ihop med Lauritz. Inte för att Sverre hade den bittersta aning om vad som skulle hända i så fall. Handgripligheter var han inte rädd för, men mer än något annat fruktade han sin brors hat eftersom det var så sorgligt i sin mänskliga förnedring. Och situationen skulle knappast bli bättre av att själva orsaken till hatet, Albie i egen hög person, befann sig i hemmet i full färd med att genom sin blotta närvaro också besudla deras mor.

En möjlighet hade alltså varit att Albie och Margie väntade inne i Bergen några dagar medan Sverre klarade av besöket hemma. De kunde säkert sysselsätta sig, det skulle exempelvis vara intressant att se den där nationalromantiska konstutställningen en gång till, eftersom de nästan blivit ovänner av diskussionerna efter första besöket. Och när Sverre kom tillbaks kunde de ta sig den där längre turen uppåt fjordarna.

Men det ville inte Sverre. Åtminstone en gång i livet skulle han sammanföra sin mor med Albie. Och om det då slutade med brinnande kristliga förbannelser så fick det göra det. Men om det slutade med en annan, egentligen mycket framträdande sida av mors religion, förlåtelse – så blev livet helt enkelt lite lättare.

Ännu lättare, rättare sagt. När de promenerade genom Bergen hade Sverre visat dem både kontorsbyggnaden och den stora blanka mässingsskylten vid den mäktiga entrén på Kaigate, som var stadens paradgata med de största husen och den vackraste utsikten. Och de hade alla tre blivit lika förtjusta när de en stund senare gick uppför backen till Allégaten en kort bit därifrån och såg hantverkare i full färd med att lägga sista handen vid restaurationen av det hus som skulle bli de nygifta makarna Lauritzens nya och högst ståndsmässiga hem.

Allt detta hade gjort Sverre odelat lycklig. Det var som om

han befriats från en hemlig börda, den skam han gjort allt för att antingen dölja eller förtränga.

Verkligheten hade sorterats om. Att han dragit sig undan från brödernas, åtminstone enligt Lauritz uppfattning, heliga plikt att återvända till Norge för att slita uppe på Hardangervidda hade slutligen inte lett till någon skada. Följaktligen hade det varit helt rätt, inte bara till hälften rätt, att välja den väg som känslorna talat för, konst och kärlek i stället för kristet slit i anletes svett.

Och det var närmast en sorts ödets komik att Oscar också försvunnit på liknande sätt från sina plikter. Annars hade han inte blivit rik. Och då hade Lauritz varken vunnit Kieler Woche, ingenjörsfirma, hus på Allégaten eller hustru Ingeborg.

Ju längre de talat om saken uppe på bergsrestaurangen medan ljuset där nere vid havet och bryggorna sakta blånade mot mörker, desto mer upprymda hade de blivit.

Margie gav sig till och med in på några teologiska skämt. Hon menade att det utan vidare gick att skoja en hel del med den kristna symboliken i förloppet. För om nu Lauritz var en fundamentalistiskt kristen, så måste han ju uppfatta sin mirakulösa vändpunkt i livet som en, självklart välförtjänt, belöning från Allranådigaste Chefen Över All Mänsklighet. Där gick det inte att ta fel på den kristna logiken:

Lauritz var god och moralisk. Hans två bröder var slarviga egoister, lika mjuka i tron som i moralen.

De två mindre goda bröderna susade ut i världen, lämnade den gode Lauritz att utkämpa en till synes omöjlig strid för att vinna kärleken. Bokstavligen talat i stormar och livsfara. Utan att förvänta sig någon materiell belöning.

Och därför belönades han över hövan genom en gudomlig nyck.

Märklig religion det där, det tyckte Margie redan som tonåring i klosterskolan när tron skulle bankas in i henne. Man kunde till exempel fråga sig, fortsatte hon, om den strikte, äldste brodern inte rentav borde känna sig tacksam över att hans yngre bröder vanskött sitt höga uppdrag. För hade de alla tre stretat uppe på Hardangervidda i samma kristliga moraliska anda så hade Lauritz varken fått guld eller Ingeborg.

Sverre skrattade med i Margies visserligen logiska cynismer men avbröt till slut det teologiska skämtandet med att påminna om att hans äldste bror faktiskt ansåg att han och Albie skulle till helvetet på grund av kärlek. Det gick inte att komma ifrån. Vilket inte gjorde Sverres känsla av befrielse mindre. Lauritz och hans religion kunde dra åt helvete, den moraliska skulden var i alla fall undanröjd. Återstod möjligheten till försoning med mor Maren Kristine.

Nästa dag fick det bli ett mycket kortare besök på museets tillfälliga utställning av nationalromantisk norsk konst än vad de hade planerat, de hade båten att passa vid middagstid.

Utställningen dominerades av tavlor som målats av Adolph Tidemand och Hans Gude, båda okända för Albie och Margie. Gudes landskapsmåleri tyckte de om, särskilt motiven uppe från den fjällvärld de just kommit ifrån. Men Tidemands innerligt troende bönder samlade till andakt, ett ständigt upprepat motiv, dömde de ut som en närmast skrattretande form av förlegad nationalism. Sverre blev sur och försökte förklara att norsk nationalism var en helt annan sak, när tavlorna målades var landet ofritt, självständigheten låg faktiskt bara ett par år bakåt i tiden. När Albie då tog fram sina gamla käpphästar om konstens frihet från politik var det lika bra att avbryta diskussionen och skynda till båten.

Och där satt de nu i Ole Bulls förstaklasskupé på hårt stoppade lädersäten bland engelska och tyska turister på väg mot Osterøy och Tyssebotn.

Albie hade lärt sig att uttala båda ortsnamnen perfekt i samma ögonblick som Sverre tröttnat på allt tjat om det omöjliga norska uttalet och helt enkelt stavat *Tüssebotten und Osteröi* på en papperslapp.

Margie var den enda av dem som verkade obekymrat förväntansfull där de satt hopträngda inne i förstaklassalongen. Det var mycket turister ombord, det hade förmodligen med det goda vädret att göra. Både Sverre och Albie var surmulet spända och irriterade i trängseln, möjligen var de nervösa.

Vad Sverre oroade sig för var högst konkret. Fördömande eller förlåtelse. För Albies del var oron mer svårförklarlig.

Margie genomskådade honom ändå och skämtade lättvindigt om att nu var det på sätt och vis betalt för gammal ost. För hur hade det egentligen varit när Albie första gången bjöd hem Sverre till Manningham?

Enklast vore väl att säga att det var som en dröm som man inte visste om den var god eller ond, förklarade Sverre. Han satt där i droskan på väg från järnvägsstationen i Salisbury och föreställde sig en vacker liten vit gård med glesa fårflockar på omgivande gröna kullar. Och så tornade Manningham upp sig. Så mycket kunde man i alla fall säga säkert som att motsvarande chock inte väntade på Albie.

De försökte locka Albie att säga något om vad han väntade

sig när han kom till Sverres barndomshem nästan lika oförberedd som Sverre kommit till hans. Men Albie flydde genast från ämnet och smet ut med alla andra turister eftersom båten just lade till vid en brygga där bara ett fåtal ortsbor skulle gå iland. Turisterna stod vid relingen och betraktade det storslagna landskapet, höga fjäll med snö på topparna, vattenfall utför fjällsidorna som störtade vitt skummande ner i den djupblå fjorden.

Han tänkte sig Skottland, där fanns också en hel del kristen fundamentalism, små stugor och sjöbodar vid havet. Men där kanske likheterna upphörde. Från detta dramatiska landskap, så olikt Wiltshire man över huvud taget kunde föreställa sig, kom Sverre fastän alla ortsbor och alla i besättningen ombord måste betrakta honom som utböling och turist.

Om slumpen velat annorlunda skulle Sverre ha varit en av de ortsbor som just gick över landgången, fiskare eller hantverkare eller småbonde, och de skulle aldrig ha träffats och aldrig ens anat den andres existens.

Utan att han för den skull någonsin kunde acceptera tanken på en gudomlig vilja, Albie var lika antireligiös som Sverre eller Margie eller vemsomhelst i Bloomsbury, så var det ändå som om ett gudomligt skämt fört dem i varandras armar. Det som hänt skulle inte ha kunnat hända. Den tanken var svår att frigöra sig från när den väl stack upp i huvudet. Hur hade han levt idag om det inte vore för Sverre?

Gift med ett antal barn. Haft sina älskare på en del klubbar runt Piccadilly.

Och hur hade Sverre levt om inte denna gudomliga slump utan gud fört dem samman i Dresden?

Efter väl förrättat värv under sex års slit på Hardangervidda hade han varit delägare i en ingenjörsfirma i Bergen som hette Lauritzen & Haugen, antagligen bott i en vacker villa som sin bror. Haft norsk hustru och några barn. Nej, kanske inte barn ännu. Möjligen hade han sökt sig ett och annat äventyr bland sjömän i Bergens hamnkvarter, men det var svårare att föreställa sig. En liten stad som Bergen erbjöd inte samma möjligheter till vare sig hemlig erotik eller diskretion som London.

Så vad visste man om livet framför sig? Inte ett skvatt, slumpen kunde leda en vartsomhelst. Allt var möjligt.

Men här och nu skulle de träffa Sverres mor och helst hinna undan innan den hatiske äldre brodern kom hemseglande med sin dubbla triumf.

Tyssebotns hamn skiljde sig inte så mycket från de andra stationerna på den långa vägen ut från Bergen, utom att det låg en bastant vit stenbyggnad intill hamninloppet, antagligen ett sågverk eller en kvarn.

Vad Albie än försökt föreställa sig med hjälp av skotska jämförelser blev allting annorlunda än han trott från det ögonblick de steg iland. Ingen hade kommit för att möta dem eller hjälpa dem bära resväskor. Sverre ställde sig avvaktande vid ett stånd där en yppig blondin i folkdräkt sålde stickade tröjor som gick åt i en rasande takt utan minsta schackrande om priset. Turisterna slet åt sig närmsta tröja såfort det blev deras tur. Albie förstod inte varför de skulle stanna vid denna kommers som bara var till för turister.

Det var för att försäljerskan, som hette Solveig och talade lite engelska, var Sverres kusin. De hade inte setts på många år, nu var hon gift och hade tre barn, översatte Sverre då och då över axeln. Sedan presenterade han sina gäster och kusinen neg genant nog för dem. Av hennes minspel att döma när hon hälsade på Margie tog hon för givet att Sverre kommit hem för att presentera sin käresta för mor. Och det var ju dessvärre sant.

När alla tröjorna var slutsålda och turisterna återvänt till Ole Bull gjorde de sällskap inåt land. Kusin Solveig tog snart farväl och de gick åt olika håll. De närmade sig en stuga i grovt grånat stockvirke med gräs på taket som såg ut som hämtad ur den nationalromantiska konsten de grälat om på morgonen.

I dörren på farstubron väntade en kvinna, också hon i folkdräkt men något annorlunda än den kusinen burit. När de kom närmare upptäckte Albie och Margie samtidigt att kvinnan som väntade på dem var häpnadsväckande vacker, fräknigt ansikte, klart blå ögon, kopparrött hår med inslag av grått och en slank figur som fick dem att tro att hon var en äldre syster eller kusin till Sverre innan de högtidligt stannade på farstubron. Andäktigheten i mötet avgjorde saken. Det måste vara hon.

Modern betraktade länge sin son under tystnad, blicken var allvarligt sträng till en början innan man kunde ana antydan till ett leende.

Sverre stod framför henne med armarna efter sidorna, länge tyst han också innan han sade något kort på norska. Modern nickade, Albie och Margie avvaktade i bakgrunden.

Fortsatt tystnad. Vind, måsar och trutar var det enda som hördes i bakgrunden.

Plötsligt öppnade hon båda armarna och tog in sin son i famnen och höll honom mycket hårt utan att säga något.

Bakom Sverres rygg såg Albie och Margie hur knogarna på hennes starka vackra händer vitnade när hon vaggade sin son fram och åter under tystnad.

Sedan sköt hon honom långsamt och leende ifrån sig, vände sig mot först Albie, sedan Margie och sade något som Sverre genast översatte.

”De som är mina söners vänner är mina vänner och alltid välkomna i mitt hus.”

Därmed var det som om hon sagt det enda som behövde sägas.

Och så övergick allt odramatiskt till praktiska frågor om det kommande gästabudet, vilket förmodligen var rätt ord, och inkvartering.

Sverre tog med sig Albie och Margie upp mot en kulle med vid utsikt över havet där man höll på att bygga ett långhus i vikingastil, en fantastisk skapelse. Fyra män arbetade med att lägga spåntaket. Det var där de skulle bo.

De hade gott om tid på sig, de skulle inte infinna sig till festen för den återvändande sonen förrän om ett par timmar. De var alla lika nyfikna på husbygget.

Ritningarna satt uppspända på en av långväggarna där inne och Sverre och Albie behövde inte studera dem länge för att inse att den som höll på att skapa det här huset var deras jämlike när det gällde konstruktion, och rentav Sverres jämlike när det gällde vikingahistoria. Och om det varit någon tvekan i det avseendet så var ritningarna märkta Lauritzen & Haugen, Bergen.

Festen hölls nere i det gamla huset och varken Albie eller Margie hade kunnat föreställa sig upplevelsen. Där satt mor Maren Kristine i högsätet, vacker som en drottning och längs långbordet, med Sverre och de utländska gästerna högst upp, radade kusinerna Turid, Kathrine och Solveig och deras män upp sig, alla utan undantag klädda i folkdräkt. Längre ner vid bordet satt ett dussin förvånansvärt disciplinerade barn i olika åldrar med händerna avvaktande på bordet som om de varit vuxna.

Sverre var också klädd i traktens folkdräkt, han hade fått låna sin fars och den tycktes sitta perfekt. Han hade berättat för Margie och Albie att sådan var den lokala seden, när en man återvände till sitt hem efter att ha varit borta länge så var denna klädsel lika obligatorisk som frack hade varit på Manningham. Margie och Albie stålsatte sig för att inte känna sig gravt felklädda i sin resetweed.

Början på gästabudet var emellertid strängt högtidlig. Under absolut tystnad knäppte alla händerna och såg ner i bordet när mor Maren Kristine uttalade en kort bön.

”Gud vi tackar Dig för jordens och havets gåvor vi undfår. Vi tackar Dig för ännu en förlorad sons återkomst. Till hans mottagande har vi slaktat den gödda kalven.”

Sverre översatte viskande bordsbönen.

”Det betyder att hon förlåtit mig. Er också”, tillade han.

Efter bönen steg ett förväntansfullt sorl mot taket i den dunkla storstugan och en rad unga kvinnor bar in stora fat med kött och fisk och brickor med skummande bastanta ölglas.

”Det här är nåt jädrans nytt, det hade jag inte väntat mig”, viskade Sverre. ”På fest är det vanligtvis inte meningen att man ska ha trevligt, jag förstår ingenting. Och serveringspersonal?”

”Häda inte! Drick och var jävligt glad”, viskade Margie tillbaka.

Tiderna hade förändrats på gården Frøynes.

Det var inte bara så att det, under vissa exceptionella omständigheter som en återvändande förlorad son, kunde gå för sig med stora mängder öl och, kanske mer chockerande, glädje och högt prat.

Frøynes var numera ett varumärke, ett inregistrerat varumärke. Det satt en liten lapp i svart och silver i nacken på varje tröja som såldes nere vid bryggan. Märket hade ordet Frøynes och en husprofil maskinbroderat. Huset var utan tvekan det ännu inte färdiga långhuset uppe på höjden.

Här på ön var försäljningen mest till för turisternas förnöjelse. Den stora försäljningen skedde inne på varuhusen och i stånd längs kajerna i Bergen. Runt Tyssebotn fanns nu ingen som helst arbetslöshet. Alla kvinnor kunde anställas i tröjstickningen och de män som inte fick sysselsättning med fisket eller vid kvarnen vid hamnen kunde få arbete med paketering och transport, fårskötsel och ullhantering. Och till nästa vintersäsong skulle man flytta själva hantverket till en ny stor lokal, långhuset uppe på höjden där såväl värme som belysning skulle göra allt lättare under den mörka årstiden. Frøynes hade blivit en liten industri.

Det fanns två förklaringar till förvandlingen. Den ena var själva grundförutsättningen, att mor Maren Kristine hade en alldeles enastående känsla för mönster och färg. Margie nästan grät av lycka när hon såg provkollektionen.

Den andra förutsättningen hade organiserats av ekonomiavdelningen på Lauritzen & Haugen inne i Bergen. Marknadsföring, distribution, kontrakt med underentreprenörer, varuhuskontrakt.

Den nya tiden hade kommit också till lilla Tyssebotn på Osterøy och om någonting skulle vara förunderligt med den utvecklingen så var det i så fall bara att mor Maren Kristine hade kunnat gå med på så många ogudaktiga förändringar eftersom de innebar att hon fick anständigt betalt för sina konstnärliga insatser. Sådant hade hon alltid varit emot.

Sverre hade till en början haft svårt att förstå hur Lauritz burit sig åt för att övertala deras mor, eftersom han själv hade svårt att få henne att gå med på att låta honom måla hennes porträtt innan han reste vidare. Hon hade först, självklart tyckte han, slagit ifrån sig med de vanliga religiösa argumenten. Sådant var fåfänga, sådant var Djävulens bländverk, hon hade ständigt i livet varit tvungen att värja sig mot anklagelsen att vara särdeles vacker, en människas yttre var intet, det var bara själens skönhet som räknades och den vägdes och mättes blott och bart efter den synd människan ådragit sig under livstiden. Och så vidare.

Att Sverre just nu mer än något annat ville måla sin mors porträtt förstod vemsomhelst, menade Albie. Hans mor var en ren konstnärsdröm om man skulle föreställa sig den mogna kvinnan som allra vackrast, även om den typen av smicker tydligen inte skulle ha någon effekt på henne.

På andra kvällen när de var för sig själva uppe i långhuset, satt vid brasan och drack medsmugglat rödvin, berättade Sverre inte utan stolthet hur han hade övertalat sin mor. Han hade hittat nyckeln. För när Lauritz övertalat henne att bygga upp en liten hantverksindustri hade hon självklart slagit ifrån sig med alla de religiösa argumenten. Ändå höll man just på att färdigställa ett storstilat vikingahus som skulle synas flera nautiska miles ut på fjorden, med drakhuvuden i taknockarna och allt. Till just drakhuvudena hade Sverre förstås gjort några nya ritningsförslag.

Men argumentet från Lauritz hade alltså varit att om Mor kunde ödmjuka sig till att vara med om att bygga upp denna lilla industri så skulle all fattigdom i Tyssebotn med omnejd försvinna. Många kvinnor skulle få ett bättre liv. Mor gjorde mönstren, alla kvinnor på Osterøy kunde sticka. Mor hade en gudagiven möjlighet att sprida glädje till sin nästa.

Det var nyckeln. Alltså sade Sverre inte ett ljud om att hans mor var en så ovanlig skönhet att inte bara hennes son utan varje konstnär skulle älska att få arbeta med hennes ansikte och kropp. Han sade i stället att om det var någonting han ville skänka sin bror Lauritz, som just nu var på väg hem från Tyskland, fastän Sverre själv av sorgliga skäl inte vågade vara kvar på Frøynes för att välkomna honom, så var det ett porträtt av mor fyllt av kärlek. Vad skulle inte kunna glädja Lauritz mest, nu när han äntligen fått Ingeborgs far att gå med på bröllop?

Det var enda gången i livet som han såg sin mor tappa fattningen. Det var nästan så att hennes ögon tårades. Men i deras familj grät ingen vuxen någonsin, i synnerhet inte hon.

Han målade hennes porträtt som besatt, olja direkt på duken med en teknik där han i breda snabba penseldrag mer antydde än exakt återgav hennes kläder, naturligtvis Nordhordlandsdräkten av den äldre typen med grön väst och sex silverspännen. Koncentrationen och detaljskärpan lade han på hennes ansikte och händer.

Hon hade själv valt pose, hon satt ute på tunet i en av hans snidade drakstolar som han tillverkat som barn. I bakgrunden lade han in långhuset som det skulle se ut som helt färdigt. Han hade ju ritningarna i huvudet.

Medan Sverre målade var Margie nere i granngården med sin kamera och fick mor Aagot att ställa upp med sina tre döttrar, deras män och alla barnbarnen på en enda stor släktbild. Sedan fortsatte hon med att göra tre familjebilder och till sist individuella porträtt av var och en. Hon lovade att sända över bilderna från England så fort hon kopierat dem.

Albie, som inte hade med sig någonting att läsa, tillbringade väntetiden med långa promenader uppför fjällsidorna. Han var lite nervös och irriterad, eftersom målandet och fotograferandet var en kapplöpning med tiden. Bergakungen, trollet Lauritz, väntades hem närsomhelst.

Men de hann undan.

”Det är fullbordat”, skämtade Sverre när de stod tillsammans på däcket till Ole Bull som just lade ut mot Bergen. Brev hade anlänt från Lauritz, han hade något stort att berätta för sin mor. Han skulle komma till Frøynes nästa dag, där han själv skulle få en överraskning, porträttet av mor, beviset för att han och hans föraktade yngste bror faktiskt kunde dela kärleken till åtminstone en människa. Om han skulle förstå det budskapet, eller rentav försoningsgesten, var omöjligt att säga.

”Well”, sade Margie. ”Storebror är rik, mor är relativt rik och dessutom en hel bygds välgörerska i god kristen anda. Men för oss återstår bara att brinna i helvetet, antar jag.”

”Jag skulle gärna ta en båttur uppåt den där berömda fjorden, nu när vi ändå råkar befinna oss i omgivningarna. Vad var det den hette?” frågade Albie.

”Sognefjorden”, svarade Sverre.

VI

De vita benknotorna

BRITTISKA ÖSTAFRIKA

1909–1910

DET BÖRJADE MED ett frieri under de sedvanligt löjeväckande formerna. Det var utomordentligt genant. Albie hade självklart inte vågat anförtro sig åt någon annan än Sverre, och så Margie förstås. Vännerna i Bloomsbury skulle ha skrattat ihjäl sig om de fått höra talas om saken.

Men vad i helvete skulle han göra? Nu vid 25 års ålder närmade sig Pennie glasbergsgränsen. Och hennes enda väg bort från Manningham och ut i världen var att gifta sig. Det var strängt taget hennes huvuduppgift i livet. Och om hon nu nöjde sig med en tredjeson så var det hennes sak.

Friaren var en viss Galbraith Lowry Egerton Cole, tredje son till den 4:e earlen av Enniskillen och det lät bättre än vad det var för vem hade någonsin hört talas om Enniskillen?

Nå, just det spelade ingen roll. Det var för det första hennes sak och hade hon kommit dragande med någon fabrikör Smith så hade det inte gjort någon skillnad, utom möjligen när det gällde hushållsekonomin. Hennes unge gentleman var förstås fattig men stolt och som tredje son bara en reserv, chansen att han skulle bli en 5:e earl av detta obskyra Enniskillen var mikroskopisk.

Men det var fortfarande inget problem ur Albies synvinkel.

Det var en annan sida av släktskapet som var mer problematisk. Den tilltänkte friarens syster var en viss lady Florence Anne, gift med Hugh Cholmondeley, numera den 3:e earlen av Delamere.

Det var såvitt Albie visste ingenting fel med Delameres stamgods uppe i norr, på gränsen till Wales. Det var frågan om ett rent personligt problem.

När Albie kommit till Eton som en liten förskrämd nybörjare, en *fag*, gick Hugh Cholmondeley i högsta klassen och var *fag master* och som sådan ovanligt hård, närmast lustfyllt hård. När han äntligen lämnade skolan skulle han in i det militära och det hade förefallit Albie som högst logiskt. Ute i kolonierna kunde han både få piska folk mer än han fick på Eton och dessutom skjuta ihjäl dem. Det var en lättnad att bli av med honom, Albie hade varit hans särskilda hackkyckling och fått pisk med spanskröret i tid och otid.

Hugh Cholmondeley var alltså en man som Albie som tolvåring bestämt sig för att hata resten av livet. Men sedan förstås glömt bort. Tills nu, när han visade sig vara svåger till Penelopes eventuellt blivande man.

Margie hade förstås skrattat ut honom efter den funderingen och Sverre hade hållit med henne. Synder från skolpojkstiden måste anses preskriberade.

De satt som tre konspiratörer uppe i ateljén på Gordon Square, garanterat utom hörhåll från vänner och grannar. Ville Albie fundera högt om saken så var det ju bara Margie och Sverre han kunde anförtro sig till.

Han försökte en tankeråd om ”Penelopes bästa” som han misslyckades totalt med. Den under skoltiden så brutale lord Delamere hade alltså skänkt en gård till sin svåger, granne med hans egen. Det var gott och väl. Om det inte vore så att dessa gårdar låg i Kenya. Om giftermålet blev av skulle Pennie alltså hamna ute i den afrikanska vildmarken!

Det tyckte Margie lät utmärkt och spännande. Även nu höll Sverre med henne. Alternativet vore ju bara ett nytt Manningham, äldre eller yngre, mindre eller rentav större. Vad var det för spännande med det? Afrika lät snarare som ett underbart alternativ. Pennie skulle älska det.

Albie gav snart med sig. Det var som om han blivit omruskad, befunnit sig i någon forntida fantasi och vaknat upp i 1900-talet. Det hela var absurt, det måste man ändå inse. Penelope var en fri kvinna, hon hade all rätt att välja själv, hon borde till och med som alla kvinnor, till och med fattiga kvinnor, ha rätt att rösta. Inte sant?

Jo, förvisso. Det var bara det att här skulle faktiskt Pennie och hennes älskade, finge man väl ändå hoppas, jo så måste det vara, hon ville ju inte ha honom för vare sig pengar eller titel och... vart ville han egentligen komma?

Jo! Det skulle alltså bli ett formellt frieri. Helt enligt spelets regler. Datum var bestämt, Pennie och hennes fästman in spe skulle komma till Manningham i nästa vecka. Och då skulle det avgöras.

”Very well”, sade Margie. ”Vi håller det hemligt för alla, förstås. Men så ordnar vi förlovningsmiddag strikt inom familjen samma dag, som en liten glad överraskning direkt efter frieriet, det var ändå länge sen jag träffade Alberta och hennes fåne till man. Och så tycker jag du ska dra ut läääänge på ditt ja…"

Så blev det.

Följande lördagseftermiddag satt Albie och föreställde lätt upptagen med några papper på skrivbordet framför sig i det kombinerade lilla biblioteket och arbetsrummet på Manningham. Det var förstås en löjlig scen. Inte bara för att friaren på sin höjd var fem, sex år yngre än han själv. Han var dessutom klädd i jackett. Pennie hade via James sänt den diskreta upplysningen att så skulle friaren vara klädd och artigheten krävde naturligtvis jämbördighet i detta formella men ändå känsliga möte. Jackett! Som om de omedelbart skulle gifta sig. Eller gå på hästkapplöpning.

James anmälde högvälborne Galbraith Lowry Egerton Cole och in steg en solbränd och vackert byggd man som gjorde allt för att dölja sin nervositet, hälsade artigt, tog i hand och blev anvisad en fåtölj nära skrivbordet. James serverade dem varsitt glas sherry.

"Strålande väder ni bjuder på, ers nåd", inledde friaren.

"Naturligtvis, en dag som denna kräver strålande väder till och med i Wiltshire", svarade Albie och kände sig som om han var med i en pjäs av Shaw snarare än Ibsen. Han fick kväva en impuls att bara ställa sig upp och säga att nu ger vi fan i den här 1800-talsritualen och går och käkar, lycka till förresten! Ändå kände han sig fångad i skådespelet.

"Ers nåd vet ju varför jag och Penelope har kommit till Manningham", sade friaren.

"Naturligtvis, men jag har några frågor först", svarade Albie som om det funnes någon högre makt som tvingade honom att göra tvärt emot instinkten. Eller om det var tvärtom, en nedärvd instinkt som tvingade honom vidare i ritualen.

”Very well, ers nåd”, svarade friaren och försökte dölja en suck eftersom han nu trodde sig ha förstått att här skulle det talas ekonomi.

”Vad jag förstår träffades ni första gången för två år sedan på en bal som gavs av Prinsen av Wales?”

”Helt korrekt, ers nåd.”

”Ni måste ha gjort ett djupt och starkt första intryck på varandra?”

”Utan någon som helst tvekan.”

”Men ni kan inte genast ha bestämt er för att flera år senare komma till den avgörande stund där vi just nu befinner oss?”

”Nej, naturligtvis inte.”

”Det betyder att ni har träffats i smyg.”

”Förlåt?”

”Ni hörde mig. Ni har träffats i smyg.”

”Det äger naturligtvis sin riktighet, ers nåd”, svarade friaren efter en kort men intensiv överläggning med sig själv.

Albie hade till sin förvåning plötsligt blivit förtjust i situationen, han visste ju att det hela skulle få ett lyckligt slut. Men här hade han en man, obetydligt yngre än han själv, som måste tala sanning i en livsavgörande stund. Och det var inte som i Bloomsbury. Galbraith Lowry och vad mer han hette måste just nu tala sanning på ett både smart och diplomatiskt sätt.

”Hur organiserade ni det? Och varför kom ni inte till mig från början?”

Friaren svettades en aning. Han var ändå en gentleman med

uppfostran och tog sig samman, vägrade att visa osäkerhet eller tvekan. Mycket intressant.

”För att börja med er andra fråga, ers nåd”, svarade han efter kort tvekan. ”Så var mina ekonomiska omständigheter osäkra, jag var på väg att flytta till Östafrika för att börja ett nytt liv. Jag är ju bara tredje sonen och…”

”Jo, jag vet!” avbröt Albie. ”Fortsätt!”

”Kort sagt. Vi måste vänta tills jag hade något att erbjuda.”

”Och det har ni nu?”

”Jag har en farm i Afrika.”

”Jag förstår. Och tillbaks till den första frågan. Hur organiserade ni era romantiska möten under den långa väntetiden?”

Det var inte bara en mindre finkänslig fråga, det var närmast en brutalitet. I somliga familjer hade blotta tanken på skandal, den automatiska följden av avslöjade hemliga möten, lett till uppståndelse, svimningsanfall, förbud att någonsin ses igen, hård övervakning och det ena värre än det andra. Så hur skulle nu friaren ta sig ur den här knipan? Han visste ju inte att svaret skulle bli ja vad han än sade och att arbetet med festmåltiden redan pågick för fullt i det nya moderna köket. Han kunde mycket väl säga att det där är vår privatsak och det har du förbanne mig inte med att göra. Och svaret skulle ändå bli ja. Det var ett spännande läge.

”Well, ers nåd, vill ni verkligen veta det?”

”Ja, hemliga kärleksmöten fascinerar mig. Hur gjorde ni?”

”Er farmor och er mor vistas regelbundet på Rivieran. Pennie anförtrodde mig datum och plats, i regel Hotell Negresco i Nice. Jag tog in där. Efter ett antal rendez-vous i skymningen blev vi än mer beslutsamma att en dag befinna oss där vi befinner oss nu.”

Albie häpnade. Han tyckte mycket om det svar han just fått. Det var modigt, det var ärligt och dessutom elegant formulerat.

”Jag har en överraskning Gal, om jag får kalla dig så?”

”Naturligtvis, ers nåd.”

”Ja, just det. Om du i fortsättningen skulle vilja vara så snäll att kalla mig Albie. Förlovningsmiddagen serveras klockan sju. Lämplig klädsel. Familjen är samlad, några redan här, andra på väg. Jag beundrar ditt mod och din rättframhet och jag välkomnar dig i familjen.”

* * *

Resans enda strapats kom på andra dagen. Utanför Biscaya gick City of Winchester in i en hård storm. Det var ovanligt med dåligt väder i juni, påstod försteofficeren ombord, men det var knappast någon tröst för passagerarna.

Sverre fick några bråda timmar med att assistera Albie och Margie inne i deras gemensamma svit. Ömsom hjälpte han Margie, höll henne stadigt över pannan när hon knästående kräktes i toaletten och ledde sedan tillbaks henne till kojen, och ömsom tog han hand om Albie på samma sätt och hann knappt få ner honom i liggande ställning och spänna fast honom innan Margie kom uppvacklande, föll omkull och började kräkas på golvet. När han var klar med henne och hade städat upp var det dags för Albie på nytt. Han led med dem även om han tröstade sig med att det säkert skulle bli en rolig historia redan om några dagar när de lämnat Atlanten och kommit in i lugnare vatten.

Till slut hade de båda tömt sig på allt maginnehåll och ville

”bara lägga sig ner och dö”. Då var det värsta över. Han surrade dem båda i kojerna så att de inte skulle falla ur i sömnen, klättrade nedför lejdaren till restaurangdäck och gick genom en svajande korridor bort till matsalen. Han var hungrig som en varg, sjön suger som man sade hemma på Vestlandet.

När han kom fram till matsalen fann han den till sin besvikelse nedsläckt. Ingenting var dukat och möblerna surrade. Han letade sig bort till köksregionen och fann några lika förvånade som generade kockar som höll på att laga middag till besättningen. Man förklarade att man inte väntat en enda passagerare till middag men att det hela skulle ordna sig på något sätt.

Han hänvisades till officersmiddagen i gunrummet, där hans entré väckte både förvåning och munterhet.

”Jag är norrman, född till seglare”, svarade han på den fråga som ingen uttalat men som fanns i sjöofficerarnas ögon. Han försågs då med en whisky i väntan på maten.

Ett och ett halvt dygn senare var de inne i Medelhavet och gick med full fart i en lätt bris under en klarblå himmel. De flesta passagerarna tycktes ha återhämtat sig, men Albie var fortfarande lätt grönblek i ansiktet och drack bara vatten.

Det var glest med folk på akterdäcket, bara spridda smågrupper här och var. Albie, Margie och Sverre satt för sig själva, ingen annan i familjen visade sig. De låg tydligen fortfarande för ankar i sina hytter. Sverres rekommendation att man borde dricka öl för att få i sig både vätska och lite näring föll inte i god jord. Också Margie höll sig till sodavatten som hon då och då försiktigt fyllde på ur sifonen de fått på bordet. Sverre satt med en bastant irländsk stout i handen.

”Kommer det fler stormar på resan?” undrade Albie.

”Vet inte säkert”, svarade Sverre. ”Men vid middagen igår påstod både kapten och försteofficeren att såväl Medelhavet som Röda havet och Indiska oceanen är lugna så här års.”

”Vid middagen igår?” stönade Margie och himlade med ögonen. ”Var det någon mer än du som...”

”Nej, inte bland passagerarna. Men som jag sade till kapten, jag är den ende norrmannen ombord.”

Ingen av de andra log åt hans överlägsna lustighet.

”Nå, hur känns det att vara nyförlovade?” frågade Albie efter en stunds tystnad.

”Jo tack, det är i alla fall en ny erfarenhet. Lite oväntad också”, svarade Margie, ”men jag vet somliga vänner som skulle skratta sig fördärvade.”

”Apropos det”, fortsatte Albie. ”Har du någon ny spännande älskare?”

”Nej, jag håller mig mest till Clive, han får duga tills vidare.”

”Clive Bell?” undrade Albie. ”Men han är ju gift med Vanessa?”

”Visst, men vi är bästa väninnor och delar allt i vått och torrt. Dessutom är det ju bra om jag kan avlasta Vanessa lite nu när hon är i åttonde månaden.”

”Och fästmannen har inga invändningar?”

”Självklart inte!” intygade Sverre. ”Vem min fästmö ligger med är hennes ensak, det skulle jag aldrig ha synpunkter på.”

Äntligen kunde de åtminstone le en aning. Albie sken rentav upp.

”Och detta för kära farmors skull”, fortsatte han. ”Och så är hon inte ens med på resan. Trots att hon tvingat oss till denna småborgerliga förnedring!”

Till slut kunde de, om än något matt, skratta på riktigt.

För så var det alltså. Förlovningen mellan Sverre och Margie var lady Sophys fel. Under de månader man förberett resan hade mest tid och energi självklart gått åt till att ekipera sig för Afrika. Det fanns gott om expertis för den saken i London så nu var koffertarna fyllda med allt från tropikhjälmar och moskitnät till jaktutstyrsel i khaki, smorlädersstövlar i senaste mode i vinrött i stället för ljust läder, särskilt luftiga organdiklänningar och robusta damskor med låg klack. För sandens skull, påstods det.

Näst mest energi hade dock gått åt till frågan om Sverre, för hans eventuella närvaro på resan var ett etikettsproblem som lady Sophy verkligen engagerat sig i. Hur skulle man, i en så tät liten släktkrets, motivera mr Lauritzens närvaro? Det var hennes återkommande fråga. Med särskild betoning på ”mr”.

Albie hade försökt med lämpor. ”Mr” Lauritzen var inte bara hans nära vän, han var också konstnär, som Farmor mycket väl visste. På senare år sökte sig konstnärerna i Europa ut i världen för att träffa naturfolk, det hade blivit en rätt stor sak i den moderna konstdiskussionen. Så då var det väl inte så märkligt om man så att säga höll egen konstnär på resan, som fotograf fast lite elegantare?

Det argumentet gick inte lady Sophy på. I stället blev hon formellt logisk. Själv var hon brudens farmor, liksom hon var till både lady Somerset och Margie.

Den här gången betonade hon *lady Somerset* så att nålsticket mot Margie svårligen kunde missförstås, Margie som höll på att passera giftasåldern. Nåja, Margie var brudens syster. Och så hade vi bruden och brudens mor, som även var mor till den ogifte sonen. Och lord Somerset var ingift i familjen. Och så hade vi självklart den blivande brudgummen. Det var hela sällskapet, en liten intim familjekrets. Och hur skulle man då förklara mr Lauritzens närvaro? Den kunde ju om inte annat missförstås.

Med det menade hon alltså att den alltför lätt kunde förstås.

Till slut, eftersom Albie inte gav med sig, hotade hon med att stanna hemma om hon inte fick sin vilja igenom. Allt aggressivare talade hon slutligen i det närmaste klarspråk. På ett kristligt bröllop passade det väl sällsynt illa att exponera vuxna män som tycktes ha fastnat i skolpojksvanor.

Kort sagt. Homosexuella på ett anständigt bröllop, bara över hennes döda kropp.

Det såg hopplöst ut. Tills Albie kom på Alexanderhugget: förlovning eklaterades (inom familjen) mellan Margie och mr Lauritzen, som nu åter upphöjdes till att kallas bara Sverri.

Det åts till och med en liten intim förlovningsmiddag på Manningham och lady Sophy låtsades tro på arrangemanget och allt var frid och fröjd.

Sedan hade hon lik förbannat bestämt att det var för ohälsosamt att fara till Afrika efter 80 års ålder. Varför hon skulle stanna hemma på Manningham men få nöjet att umgås med Albertas och lord Somersets små förtjusande döttrar. Ty inte heller för barn under 12 års ålder var Afrika att rekommendera. Det var väl känt att vita människors hjärnor inte tålde solstrålningen vid ekvatorn, därför tropikhjälmar. Och för små vita barn var självklart faran än större.

Så var det med det. Margie och Sverre hade alltså förlovat sig i onödan. Det var de kanske inte ensamma om i Englands historia, men de hade åtminstone en originell motivering till onödig förlovning.

* * *

Afrika kom sakta smygande utefter den solbelysta kusten, som en gradvis tillvänjning. Först Tunis där de lade till en dag för att passagerarna skulle få lite landkänning under fötterna och handla krimskrams. Tunis var en stad i starkt vitt och blått med ett fantastiskt ljus enligt Sverre, till hälften Orienten, till hälften Frankrike. Ett par dagar senare i Suez, där de skulle fylla på färskvattenförrådet, blev upplevelsen till hälften Orienten och till hälften England. Struttiga officerare i kortbyxor och mustasch, Sverre gjorde några karikatyrer som fick Albie och Margie att vika sig av skratt, men de rådde honom också bestämt att inte visa teckningarna för någon annan i familjen. Missförstånd kunde uppstå, lord Somerset till exempel var knappast någon humorist.

Albie, Margie och Sverre var alla fångade i en maskerad som var ofrånkomlig i både bokstavlig och bildlig mening. De hade tidigt kommit överens om att det skulle vara meningslöst att sura över den saken. Tvärtom, de borde försöka spela sina roller med gott humör, särskilt som Albie försäkrade att detta var sista gången för hans del. Såfort Pennie var lyckligt bortgift skulle han aldrig mer behöva officiera som lord Manningham utan bara vara Albie, fri från alla konvenansens bojor.

Om inte annat så för Pennies skull borde man hålla det förra århundradets fanor högt och bästa sättet vore att framför allt inte isolera sig på tre man hand mot de andra och föra samtal som skulle få dem att svimma av indignation om de råkade snappa upp ens några enstaka repliker. 1900-talsmänniskor och 1800-talsmänniskor var som olja och vatten, kunde omöjligt blandas om man inte gjorde det på lek, som teater. The show must go on to the happy end. Det var den enda kloka inställningen, enades de om.

Albie tog då efter lady Alice på hotellet på Hardangervidda, han gjorde om bordsplaceringen för varje middag för att blanda upp umgänget.

Sverre spelade lojalt med och tyckte stundtals att det rentav var angenämt. På något svårförklarligt sätt tyckte han om Pennie fast de nog inte hade ett enda gemensamt intresse. Första kvällen han förde henne till bordet efter nyordningen viskade hon till honom att hon hade hans porträtt av henne med som bröllopsgåva till Gal och han blev mycket mer rörd än smickrad över att hon värderade den där konventionella beställningsbilden så mycket. Och när hon med den enkla finten fått honom på gott humör blev det desto enklare att tala om hennes optimistiska, kanske naiva, förhoppningar om det nya livet i Afrika som på intet sätt kunde jämföras med nytt liv i Amerika, för dit var det ju bara fattiga människor som flyttade. I societeten i Nairobi skulle de träffa sina jämlikar, eller nästan. Och eftersom England hade en mission att fylla i Afrika så måste man vara stolt över att tillhöra pionjärerna. England förde de tre k:na till Afrika, *kommers*, *kultur* och *kristendom*, efter att först ha gjort slut på slaveriet.

Sverre tvivlade inte på varifrån Pennie fått sådana föreställningar, men vad annat än detta kunde hennes blivande man Gal ha försökt intala henne? Det var inte ens illasinnat, det var en förälskad mans sätt att underbygga sitt frieri och i kärlek var allt tillåtet. Nå, inte i all kärlek men i sådan som Pennie i allra högsta grad representerade, den mellan man och kvinna.

Och när han första gången satt intill Gal, en fysiskt mycket tilldragande och välbyggd man, kom oväntade små praktiska besvär till hans hjälp så att Gals något avvaktande hållning snabbt förändrades.

Av någon anledning var tvättservicen ombord lite långsam så då och då måste Gal pinsamt nog använda samma smokingskjorta två kvällar i rad. Eftersom de var ganska lika i storleken erbjöd sig Sverre genast att diskret sända över ett par extra skjortor och så enkelt var isen bruten. Därefter var det bara att ställa frågor om ranchen i Kenya för att få Gal att bli eld och lågor.

Den hette Kekopey och låg vid Lake Elementaita. Namnet på sjön kom från massajernas *muteita* som betydde dammig plats. Dessvärre var det sant, särskilt mellan januari och mars. Men nu när de kom dit i juni skulle det vara ett rikt grönskande område som passade utmärkt till boskapsskötsel. Ranchen var på 48 000 tunnland, så förutsättningarna var goda. Sanningen att säga var det bara aningen mindre än Manningham.

Alberta, Albies äldsta syster, numera lady Somerset, gift med träbocken Arthur, kände han åtminstone ytligt från en och annan större middag på Manningham, han hade haft henne till bordet två eller tre gånger.

Det fanns ingenting oangenämt med Alberta. Till utseendet var hon ett något misslyckat mellanting mellan systrarna Pennie, som var ljus, blåögd och allmänt ljuv, och Margie som var mörk, brunögd som Albie, dramatisk och utmanande. Men hon var en strålande konversatör, dessutom humoristisk och därför särskilt lätt att umgås med bara man inte talade allvar.

Hennes man Arthur var mer knepig. Han tänkte lite långsamt, vilket han maskerade med ett särskilt släpigt manér i uttalet som skulle föreställa humor av den där utstuderat engelska typen:

”Jag får väl hoppas, käre vän, att kusin Albie inte vrider sig i svartsjukekonvulsioner över din kanske lätt överraskande förlovning med Margie?”

Det var meningen att vara roligt oss likasinnade män emellan. Arthur hade gift sig med Alberta strax efter att han varit nära att dras in i en skandal liknande den som drabbade Oscar Wilde. Det som räddade honom i första hand var att sonen till Prinsen av Wales var inblandad i samma historia. Det som räddade honom i andra hand var ett snabbt arrangerat äktenskap med ett passande parti. Därefter kunde han då och då i all diskretion fara till London i affärer som inte angick vare sig myndigheter eller kusiner. Men än så länge hade han bara producerat två döttrar. Rätt åt honom.

Och så masade sig resan fram, genom Röda havet med uppehåll i franska Djibouti där Afrika plötsligt såg så mycket mer ut som Afrika och där Arthur inhandlade två spjut i basarerna. Vilket föreföll något förhastat, med tanke på vart man var på väg.

När de rundat Afrikas horn, fortfarande i konstant solsken och laber bris, hade man snart ekvatorsfesten där alla som passerade ekvatorn för första gången skulle döpas av en svart kock, utklädd till Neptunus. En ganska osmaklig historia.

Så äntligen Mombasa. De var framme, hemma i Brittiska Östafrika, alla lätt upphetsade och otåliga.

Deras fartyg hade ankrat ute på redden, kajplatserna inne i hamnen räckte inte till på långa vägar, inte ens för passagerarfartyg. Spanade man inåt land mot de palmbrämade stränderna såg man samtidigt ett hundratal fartyg. Om det var mycket som fördes ut från Afrika, eller in, var inte lätt att avgöra.

Hettan började kännas påtaglig, även om Gal förklarade att detta var en mild månad när det gällde väder och att det för övrigt skulle bli svalare när de kom upp till Nairobi, som låg en mile över havets yta.

Disembarkeringen blev kaotisk. City of Winchester omgavs av små slupar, kanoter och simmande barn som uppmanade de vita där uppe att kasta mynt i havet som de dök efter med en fermitet som om de varit sälar. Bagaget hissades ner huller om buller i stora hampanät och dumpades omilt i lastrummet på en pråm. De kvinnliga passagerare som inte vågade ta sig nedför lejdarna som hängde utmed fartygets sidor fraktades i sina för dagen debuterande Afrikamunderingar, vita linnekläder och tropikhjälmar, ner mot vattnet fem åt gången i en liten bur som vid landningen öppnades, varvid damerna leddes vid hand av varsin halvnaken svart gentleman till sina sittplatser.

Inne på kajen var ett enda virrvarr av svarta som sprang om varandra, bagage som sorterades och förvirrade vita i vita kläder med vita hjälmar.

Det var nu Gal fick visa att han var afrikansk habitué av det rätta virket. Han städslade bärare och cykeldrivna transportfordon, kontrollerade noga sin bagagelista mot vad som letats fram och upptäckte något som saknades, ordnade upp problemet och placerade sedan hela bröllopsföljet par om par i lustiga cykeltaxis som drevs av magra svartglänsande män.

I det till synes kaotiska tycktes dock finnas en viss systematik. Snart var deras lilla karavan på väg mot Uganda Railways huvudstation, tågresans slut eller begynnelse beroende på från vilket håll man kom. Enligt Gal hade man haft tur med allt, anlänt på rätt dag och vid rätt tid. De två förbeställda förstaklassvagnarna fanns på plats, tåget skulle avgå om mindre än en halvtimme.

Albie var förvånad snarare än besviken över att ingen mottagningskommitté väntade dem med minsta gnutta champagne. Det fick tydligen anstå till Nairobi.

När ångvisslan ljöd och loket stånkade igång steg allas humör, särskilt som en representant för järnvägsbolaget nu faktiskt infann sig med champagne. Så långt tycktes det vilda Afrika mycket civiliserat.

Det gyttriga och skräniga Mombasa, den allt annat än exotiskt vackra stad som de flesta i sällskapet föreställt sig, försvann snart bakom dem. Och då såg de Afrika för första gången. Dessutom, vilket ingen utom Gal begrep, i den vackraste årstiden.

Tjugo minuter efter start upptäckte de den första elefanten, strax därefter fem springande giraffer och snart mängder med djur som bara Gal kunde namnen på. Överallt var det saftigt grönt så att vilken som helst engelsk ko skulle ha blivit mer än nöjd.

Överallt hyggliga människor som talade begriplig engelska och var högst tjänstvilliga, också vid tredje rundan champagne. Afrika måtte ha visat sig från sin bästa sida. Men dunket mot skenskarvarna var detsamma. Sverre och Albie kunde inte förstå varför. Med en mer konstant temperatur, som här vid ekvatorn, fanns inte rimligtvis samma problem med metall som utvidgade sig vid värme och drog sig samman vid kyla. Tågteknologin föreföll vara densamma som hemma, alltigenom anpassad till England.

Det fanns inte sovplatser åt alla så uppdelningen blev självklar. Damerna intog den ena vagnen, där de fick hjälp med att fälla ner sätena så att de förvandlades till sovbritsar. Gentlemännen reste sittande i den andra vagnen. Och efter bara någon timme kom den rödglödande solnedgången akterifrån och snart blev det kolmörkt där ute och ingenting fanns längre att se.

Nairobi var en liten röddammig håla.

Men den här gången blev de åtminstone emottagna. När det Manninghamska sällskapet – givetvis lätt identifierbara genom sina nu något sotiga och solkiga linnekläder och panamahattar, det var inte elegant att resa med tåg i tropikhjälm – klättrade ner från järnvägsvagnarna kom lord Delamere och lady Florence Anne dem till mötes högst informellt med utslagna armar.

Lord Delamere var dessutom knappast uppklädd för det högtidliga tillfället. Han var klädd i khaki, bar ett patronbälte runt midjan med en stor dinglande kniv, hans hatt var av läder med ett band av leopardskinn runt hattkullen, han haltade betänkligt och var excentriskt långhårig. Säkert hade lord Delameres råbarkade uppenbarelse chockerat farmor Sophy.

För Albie och hans sällskap fungerade det okonstlade välkomnandet snarare som en omedelbar påminnelse om att man faktiskt rest till en annan värld. Brittiska Östafrika var inte ett stycke exporterat engelskt herrgårdsliv, som särskilt Pennie hade föreställt sig, ett Wiltshire, Dorset eller Somerset fast med varmt väder och utan regn. Också det senare missförståndet skulle i sinom tid komma att korrigeras tämligen våldsamt.

Från järnvägsstationen promenerade man högst oceremoniellt till The Norfolk Hotel med en liten karavan av hotellets bärare efter sig som släpade på ett så omfångsrikt bagage att det måste ha gett intryck av nyanlända immigranter. Gatorna var inte stenlagda utan bestod av torr och hård röd jord, längs husfasaderna på ömse sidor löpte låga träbryggor, vars funktion nu under torrtid inte var självklar att förstå för nykomlingar som aldrig sett den obeskrivliga röda lervälling som gatorna förvandlades till under regnperioderna. Om det var något alls som Nairobi påminde om för de nyanlända var det bilder från den amerikanska vilda västern, rangliga, ofta omålade, låga trähus, tak i korrugerad plåt, oxkärror och getflockar som tillsammans med kor drevs genom staden av vallpojkar.

The Norfolk Hotel var en högst oregelbunden träbyggnad som gav intryck av att ha byggts till allteftersom. Betjäningen var dock oklanderlig, den indiska personalen korrekt klädd och reservationerna hade fungerat och alla fick rum som, efter omständigheterna, var till full belåtenhet. Den korta promenaden från stationen hade kraftfullt reducerat eventuella föreställningar om ett normalt lyxhotell. Ingen gnällde.

Lord Delamere samlade alla till en enkel välkomstdrink i hotellets rymliga och, det måste man medge, rustikt eleganta bar. Champagne för damerna, öl för herrarna.

Bröllopsplaneringen var enkel. Första kvällen välkomstmiddag på Norfolk. Nästa dag själva ceremonin på Muthaiga Country Club, sedan lunch. Därefter avfärd med tåg till brudparets nya hem Kekopey Ranch och där rejäl bröllopsmiddag. Sedan fick man improvisera fortsättningen. Några frågor?

Albie hade frågor om klädseln vid de olika arrangemangen, och kunde inte avstå från någon liten ironi om att han dessvärre inte medförde kniv till någon av sina afton- eller dagstoaletter.

Lord Delamere tog godmodigt emot piken, förklarade att smoking var den förväntade middagsklädseln, inte frack. Sådan klädsel använde man här i Afrika enbart till vissa begravningar. Vid bröllopsceremonin nästa dag skulle de vita linnekläderna herrarna bar just nu ha passat alldeles utmärkt. Kom man till bröllop i jackett ansågs det osofistikerat, eller åtminstone aningen överdrivet, men kunde förstås passera om det gällde nykomlingar eller turister. Till reskläderna passade däremot khaki med kniv.

Middagen förlöpte fullkomligt normalt. I smoking förvandlades lord Delamere till vilken som helst gentleman, sånär som på sin ovårdade frisyr. För åtminstone några timmar blev Afrika just som Pennie föreställt sig.

Efter middagen när herrarna samlades för sig själva i baren blev det mer rejäla tag. Man drack whisky och öl, portvin var förbjudet i Afrika påstod lord Delamere, som efterhand blev på strålande humör och berättade vilda historier om sådant man möjligen kunnat förvänta sig, lejonjakter och anfallande elefanter, och sådant man absolut inte kunnat förvänta sig. Som när han i fyllan och villan ridit in på restaurangen på Norfolk och behandlat restaurangborden som hopphinder till publikens icke odelade nöje. Allt hade gått utmärkt tills hästjäkeln halkade på de hala parkettgolven.

Afrika var de stora möjligheternas kontinent, fortsatte han mer allvarligt. Men man måste finna metoder att frigöra denna väldiga slumrande kraft. Och alla hans försök hittills hade gått åt fanders.

Det var förargligt. Vemsomhelst kunde med blotta ögat se att afrikansk boskap, det gällde både får och kor, var närmast i dvärgstorlek om man jämförde med europeiska djur. Men de var tuffa små satar, klarade av tsetseflugor lika lätt som torka och hetta och försörjde sig på uttorkade betesmarker där det till synes inte fanns något bete alls.

Tanken låg då nära till hands att korsa det bästa från Afrika, härdigheten, med det bästa från Europa, fett- och muskelmassan. För några år sedan hade han importerat 500 merinotackor från Nya Zeeland. Åttio procent av dem dog direkt. Senast hade han tagit in ett gäng Ryelandbaggar som fått nöjet och äran att korsa sig med 11 000 massajtackor och det återstod att se hur det gick. En annan idé var att odla struts. I år hade han försökt med vete men hela skörden hade förintats av svartrost. Det djävliga var att man tycktes behöva lite tur också. Och mer pengar, ärligt talat. Släktingarna hemma var inte längre så roade av att bidra.

Till slut när lord Delamere insåg att hans litanior började bli väl långa övergick han till nya jakthistorier och kunde snabbt se hur hans åhörare piggnade till och beställde mer whisky och öl. Det var alltså ett lejon som nästan dödat honom och gjort honom halt för resten av livet…

Det blev en sen kväll. Bröllopet skulle inte äga rum förrän klockan två nästa eftermiddag.

Ceremonin försenades en halvtimme därför att en noshörning tagit sig in först på den angränsande golfbanan och sedan på själva tomten till Muthaiga Country Club där den under sina planlösa anfall kors och tvärs lyckades riva ett helt färdigdukat buffébord innan den trasslade in sig i ett av drinktälten, lyckades förblinda sig själv och anföll än mer förvirrat åt olika håll innan en muttrande och svärande lord Delamere sköt den just när den hade kursen ställd mot golfbanan dit den rusade ut och dog mitt på en green till några golfande gentlemäns förtrytelse. Av deras mindre artiga rop kunde man få intrycket att de menade att lord Delamere med avsikt skjutit besten så att den skulle lägga sig i vägen på det sista hålet. Rep, taljor och klubbens samtliga servitörer och hela kökspersonalen ordnade till slut åtminstone golfproblemet innan de desperat tog itu med att återställa bröllopsbuffén.

Ceremonin blev kort men exotisk. Självaste guvernör Sadler var vigselförrättare i vit generalsuniform och tropikhjälm. Pennie var bedårande i sin enorma vita bröllopsklänning även om den möjligen var lätt överdriven enligt nairobisocietetens smak.

Men ingen var klädd i jackett utom brudgummen Gal, som var ursäktad, och Albie, Sverre och Arthur, som var mindre ursäktade. Men de hade inte haft något val. Linnekläderna de haft på resan var inte längre presentabla. Det kändes fånigt, tyckte både Albie och Sverre. Det var alltid något fånigt med att vara felklädd, oavsett om man klätt upp sig för mycket eller för lite. I synnerhet som större delen av den kenyanska societeten var närvarande, åtminstone åttio personer. Lord Delamere var såsom ordförande i Kolonialrådet en av de mest tongivande inom kolonin, så när han gifte bort sin svåger kom alla som inte var ute på safari just då eller hade besvär med uppstudsiga infödingar som måste skjutas av, eller åtminstone reduceras för att återställa lag och ordning.

Det var en vacker klubb, långsträckta byggnader i rosa murbruk med vasstak, fast möblemanget inomhus var så engelskt att det kunde ha hämtats direkt från vilken som helst möbelaffär på Oxford Street.

Det blev en ganska enkel fest. Och kort. Albie som annars aldrig visat några tendenser till att räkna pengar förvånade Sverre med att mumla om att han nog inte bara fått betala för champagnen utan möjligen också en del strutsar till lord Delameres senaste projekt. Men avtal är avtal. Som familjen Manninghams överhuvud måste han självklart stå för fiolerna.

Pennie var på strålande humör och dessutom lite bortkollrad av exotismen, för vem får sitt bröllop försenat på grund av anfallande noshörning? Hon hade emigrerat till en främmande värld om vilken man ännu så länge inte visste så mycket. Fast hon verkade lycklig och det var huvudsaken.

Bröllopsfesten avslutades med viss brådska, det hade kanske med noshörningsförseningen att göra, för att bröllopssällskapet skulle hinna med tåget och dessförinnan lämpligen klä om. Åtminstone gällde det Albie och Sverre, som skulle tillbringa hela resan under dagsljus längst fram på observationsplattformen framför loket i sällskap med lord Delamere.

”Oömma kläder, en jacka mot kylan och kniv i bältet”, hade han maliciöst tipsat dem innan han hastade upp till sina rum på Norfolk för att packa och klä om.

Det var ett äventyr som väntade, så mycket förstod både Albie och Sverre.

När loket stånkade igång satt de på varsin sida om lord Delamere, som nu återtagit sin khakiklädsel och satt med en dubbelstudsare i knät. Ifall de skulle få besvär, som han sade.

Om den lilla västernhålan Nairobi var huvudstaden, så var det inte svårt att föreställa sig att nu gick färden ut i ett betydligt vildare Afrika.

Fast ingenting var som Albie och Sverre hade väntat sig. Deras föreställningar om Afrika byggde mest på beskrivningar från Kongo, ångande djungler, trögflytande breda floder, hundra fot höga träd som förvandlade allt under trädkronorna till dunkel, där knappt skönjbara pygméer smög med sina förgiftade pilar, där kannibalerna lurade, där belgiska soldater jagade människor för att döda eller förslava dem. De hade båda varit medlemmar i Kommittén mot det Nya Slaveriet, undertecknat alla petitioner och donerat pengar. Rent moraliskt borde de ha fortsatt det engagemanget, men det blev svårt med umgänget i de kretsarna efter Albies otrohetsaffär med Roger Casement.

Det var numera något de inte längre talade om.

Hursomhelst var detta landskap motsatsen till deras föreställningar. Det var mjukt kuperat, savann blandat med bergslandskap, grönt så långt ögat såg, glest bevuxet med paraplyakacior. Och svalt.

Överallt enorma hjordar med vilda djur. Lord Delamere pekade ut och namngav allt som kom i deras väg, gärna med överskottsinformation om hur svårt eller lätt det var att döda just den arten, Grants gasell, Thompsons gasell i vad som föreföll som tusentals, elandbjässar i hundratal, bufflar åter i tusental, elefanter i små grupper med kor och kalvar eller i stora hjordar, enstaka noshörningar.

Längs spåret låg en outsinlig ström av vita ben, solblekta, söndergnagda, knäckta av hyenornas ohyggliga käkar, spridda av lejon som slagits med hyenor om bytet så länge där fanns kött kvar, resterna som spritts ännu mer av gamar och schakaler. Överallt, hela vägen, dessa återkommande vita ben och skelettdelar.

Albie tog för givet att det var tåget som dödade alla dessa djur och ställde någon fråga, möjligen mer än lovligt naiv, om man inte kunde finna på något för att hindra djuren från att bli överkörda av tåget.

D, som de numera kallade honom – omedelbart efter vigseln hade alla titlar i tilltalet försvunnit inom den nu förenade släkten – såg oförställt förvånad ut, som om han inte ens begrep frågan.

”Alla ben och skelettdelar?” försökte Albie förtydliga och pekade på en vit hög som de just passerade. ”Kan man inte hitta på något sätt att skrämma undan djuren från tåget?”

”Jaså, det där”, sade D och pekade med tummen mot nya spridda benrester, ”det är inte djur, det är kulis.”

”Förlåt, vad för något?”

”Indier. Vi tog in trettio eller fyrtiotusen indier för att bygga järnvägen. Fem, sextusen strök med under resan så att säga.”

”Men varför begravde man dem inte, och hur dog de förresten?”

”Vulkanisk mark, jordlagret är ganska tunt, svårt att gräva sex fot, tar dessutom en sjuhelsikes tid. Problemet var förstås att hela bygget fick en rad snyltgäster efter sig som vande sig vid gratis kulikött. Har ni inte hört talas om människoätarna vid Tsavo, som ni passerade halvvägs till Nairobi?”

Det hade de inte.

Och D:s upplysningar, som han levererade med en axelryckning som om de varit självklarheter, tog tid att smälta. Albie och Sverre utbytte en kort blick bakom ryggen på D liksom för att kontrollera att de båda hade uppfattat samma sak. Samtalet dog.

”Förlåt, jag måste ändå fråga”, sade Albie till slut. ”De där människoätande snyltgästerna, är det kannibaler du menar?”

”Nej för helvete! Lejon och hyenor naturligtvis”, skrattade D. ”Kannibaler äter inte as, bara färskt kött. Jäklars helvete! Det står en noshörning på spåret där framme och fnyser och jävlas. Noshörningar är tammefan Afrikas dummaste djur, nu ska han utmana loket.”

Så var det. Tåget nödbromsade gnisslande så att de tre männen framme på plattformen måste hålla i sig av alla krafter. Med en sista pysning, som en utandning, stannade loket. Noshörningen stod ungefär sjuttio yards bort, fnös och skrapade med ena framhoven i banvallen. D lösgjorde svärande sin säkerhetssele, hoppade ner på banvallen, gjorde sin dubbelbössa skjutklar och tog ut två extra patroner som han trädde in mellan fingrarna på vänsterhanden, hasade sig ner från banvallen och började gå rakt ut åt sidan. Han gjorde sig ingen brådska.

Noshörningen föreföll att tveka mellan två fiender, en stor och en liten. D fortsatte ännu ett stycke bort från spåret innan han stannade. Då bestämde sig noshörningen för det mindre alternativet och anföll.

D höjde långsamt sitt gevär. När noshörningen var trettio yards ifrån honom sköt han och det väldiga djuret störtade till marken med dubbelhornet först som rev upp jord och gräs. Då flyttade sig D, fortfarande utan minsta tecken på brådska eller upphetsning, några meter framåt och åt sidan och sköt ett nytt skott. Var han träffade kunde Albie och Sverre inte avgöra, men djuret stönade och vred sig i plågor. Långsamt haltade D framåt medan han fällde sin bössa och matade in de två patronerna han hållit i vänsterhanden och gjorde vapnet skjutklart på nytt, ställde sig på några meters håll, siktade på huvudet och tryckte av. Djuret reagerade våldsamt med vilt sparkande bakben men reste sig inte. D siktade igen, men ångrade sig efter några sekunder, började halta tillbaks, stack två fingrar i munnen och visslade gällt. Fyra svarta män kom springande ut från tåget med yxa och såg. De måste ha varit beredda och redan tagit fram verktygen. De sågade av noshörningens huvud och började sedan släpa det tillbaks mot en av godsfinkorna.

Lokföraren lät ångvisslan gå, färden kunde återupptas.

”De är lite knepiga att skjuta när de kommer rakt framifrån”, förklarade D när han satt sig igen uppe på observationsplattformen och spänt fast sig. ”Träffar man hornen blir de bara förbannade, samma om man skjuter i skuldran. Men klipper man ett knä går de ner, tunga som de är. Sen är det slut. Var var vi?”

Tåget stånkade igång på nytt.

”Vi talade om de där fem eller sextusen indierna som dog på järnvägsbygget”, vidtog Albie behärskat. Sverre hörde mycket väl att Albie måste anstränga sig för att fortsätta konversationen som om ingenting särskilt hade hänt, som om man bara i förbigående, som vanligt i Afrika, gjort sig av med lite ohyra.

”Ja? Och vad med indierna?” undrade D.

”Hur dog de?”

”Ja, ytterst sällan genom bestraffningar om det är det du tror. Det vanligaste var väl sömnsjuka och feber från tsetse, åtminstone i början innan man kom upp på lite höjd. Sen malaria, svartvattenfeber, undernäring, lite av varje. Hurså?”

”Skulle inte den inhemska befolkningen klarat jobbet bättre?”

”Jo, självklart. Men de ville ha för mycket betalt, var dessutom ovilliga. Indier blev mycket billigare, vi har ju så gott om indier. Men du har en poäng, vi borde ha satsat mer på afrikaner. Det sa jag också åt den där stroppiga kolonialkillen som var här, statssekreterare i Kolonialdepartementet, Winston, nånting.”

”Vad sade du åt honom?”

”Att vi måste få möjlighet att tvångsrekrytera arbetskraft här på platsen i stället för att skeppa in laddning efter laddning av indier som bara dör.”

”Och vad sade han då?”

”Att det inte var politiskt möjligt i nuläget. De satans belgarna hade ju rört upp så mycket bråk, ni vet, kommittéer mot det nya slaveriet och allt sånt. Storbritannien fick gubevars inte framstå som om vi inte kommit till Afrika för att avskaffa slaveriet. Så vi fick fortsätta att skeppa in indier i stället och visserligen dog de som flugor, men vi kunde hålla anständighetens fana högt. Ingen tvångsarbetskraft här i Afrika.”

”Jag förstår”, sade Albie. Och tystnade.

Sverre betraktade nya vita benhögar längs banvallen. Han hade inte lagt sig i diskussionen. Han var ju bara gäst, dessutom tvivelaktigt förlovad gäst och norrman fjärran från all aristokrati och kunde inte gärna tränga sig in mellan de två huvudmännen för hela detta feodala projekt som äktenskapet mellan en förhoppningsvis lycklig Pennie där borta i tåget och en förhoppningsvis lika lycklig Gal.

För säga vad man ville, Gal hade verkligen kämpat länge och hårt för att få sin Pennie.

Och snart var det över med allt trams. Och de var i Afrika. Det var oerhört.

Men djurmåleri hade han inget intresse av att försöka ge sig på. De afrikanska människorna var oändligt mycket mer intressanta.

Han och Albie skulle ha fortsatt sitt engagemang mot slaveriet inom the Congo Reform Association. Roger Casements rapport om belgarnas barbari i Kongo var fruktansvärd i all sin sakliga kyla och kampen för att tvinga UD att offentliggöra den hade varit helt rätt. Det var också helt rätt att de engagerat sig i något utanför konsten och Roger ”Tiger” Casement och Edmond ”Bulldog” Morels projekt föreföll som det största och moraliskt viktigaste man över huvud taget kunde tänka sig.

De träffade Casement första gången på ett slutet möte hos George Ives i Chaeronaordens lokaler. Hans berättelser om belgarnas vidrigheter i Kongo låg bortom den mänskliga fantasins gränser. Hela byar som utplånades som straff för att invånarna inte samlat ihop tillräckligt med gummisav. Kvinnor som hackades till döds med pangas. Deras barn som skrikande försvann ut i djungeln där antingen vilda djur eller kannibaler skulle ta dem. Soldaterna som samlade in avhuggna händer i stora flätade korgar för att bevisa att de inte slösade med ammunition. Jägarkulturerna som utplånades därför att jägare var onyttiga i gummiskörden, med massvält som följd. Hela landsändar som avfolkades och förvandlades till öde vildmark, ett besinningslöst mördande och stympande som var på väg att förinta en nation femton gånger större än Belgien.

Det var en mardrömsberättelse. En hel kväll hade de suttit på det slutna mötet hos George Ives och lyssnat som förhäxade. Till det bidrog i ärlighetens namn att Casement var en vacker man, kraftfull men samtidigt milt humanistisk, dessutom med samma varma bruna blick som Albie.

Det var just det som var problemet, Casements skönhet och hans läggning kunde närsomhelst leda honom i fördärvet eftersom han var fullkomligt indiskret, för att inte säga vårdslös. Han kryssade mellan The Crown på Charing Cross Road, The Windsor Castle på the Strand, The Packenham and Swan på Knightsbridge, pissoarerna på Piccadilly och Oxford Circus och köpte sjömän, militärer och prostituerade, noterade penisstorlekar och utlägg i sin dagbok och gick därmed omkring med bevisen ständigt på sig. Hela kampanjen mot det belgiska slaveriet och mordet på en hel nation kunde gå om intet varje natt han gick ut. En rättegång mot honom hade blivit en ofantlig skandal eftersom han var både UD-tjänsteman och hjälte i liberalernas ögon. De konservativa skulle inte ha missat den chansen och allt som hörde samman med Casements rapportering från Kongo hade misstänkliggjorts.

Det var George Ives som lyckades tala förstånd med honom och fick honom att i fortsättningen söka mer respektabla manliga kontakter, exempelvis inom Chaeronaorden, där inga polissnokar någonsin skulle visa sig.

Det var en fin period för Albie och Sverre. Så länge de delade sin tid mellan de bohemiska vännerna i Bloomsbury och de politiska idealisterna inom Chaeronaorden kändes det som om de var mer fullödiga människor. Ingenting kunde vara mer moraliskt riktigt än att bidra till kampen mot slaveri och massmord, eller för den delen till det som var huvudmålet för George Ives politiska kamp, att avkriminalisera hellenistisk kärlek, som var Ives omskrivning för det moderna, kliniska ordet.

Albies otrohetsaffär med Casement förstörde allting. Såren inom Sverre var inte läkta. Förmodligen inte inom Albie heller. Efter en tids förtvivlade försök till försoning hade de gett upp ämnet. Men ingen av dem hade därefter lust att återvända till kretsen runt George Ives och Chaeronaorden.

* * *

Kekopey Ranch, Pennies nya hem vid stranden av Lake Elementaita, låg paradisiskt vackert, omgiven av kullar med låg vegetation och med en snöklädd vulkan långt i fjärran. Sjön hade en starkt overklig blågrön färg som enligt Sverre skulle vara oerhört svår att återge på ett övertygande sätt, den färgen skulle se omöjlig ut i en tavla. Och än mer overklig blev verkligheten när stora böljande rosa moln svepte fram över vattenytan. Det var flamingor av både den större och den mindre arten, hundratusentals fåglar, kanske en halv miljon. De två färgsensationerna hörde samman, fåglarna livnärde sig på de blågröna alger som skapade sjöns märkliga lyster.

Gal berättade att det fanns över fyrahundra fågelarter i regionen och att det skulle krävas en livstid av studier för att lära sig skilja arterna åt. På kullarna runt ranchen betade zebror och gnuer, elandantiloper och gaseller i tusental, vyerna runt gården var som en fantasi av Edens lustgård.

Själva bostadshuset påminde om Muthaiga Country Club i Nairobi, men här var väggarna sammanfogade av murade stenblock, taket av flätad vass bars upp av ett högt regelverk av trä-ställningar, möblemanget inne i huset såg återigen ut som på klubben i Nairobi och kunde ha kommit direkt från London.

På D:s förslag intog man välkomst- och bröllopsmiddagen i afrikansk fritidsmundering, blanka stövlar, ridbyxor och khakiskjorta öppen i halsen för männen, samma för kvinnorna sånär som på vita bomullsblusar i stället för khaki.

Det kändes helt rätt, inte ens Albie hade några invändningar eftersom en frackmiddag inte skulle ha skapat samma afrikanska stämning. De åt elandfilé till huvudrätt, enastående gott enligt alla debutanter runt bordet, och drack en ovanligt god bordeaux, som rest lika långt som gästerna för detta speciella tillfälle.

Det var det första Gal öppnade med i sitt långa välkomsttal, hur ett hem i Afrika var både nära och fjärran, innan han oblygt, roligt och på gränsen till frivolitet berättade om sin och Penelopes långa hemliga kamp för att få äkta varandra, där ett återkommande moment i historien varit smygande i korridorerna på Hotel Negresco, ständigt med hjärtat i halsgropen inför risken att bli tagna på bar gärning av antingen lady Elizabeth eller, förmodligen än värre, lady Sophy, men hur man ändå med list och tur klarat sig hela vägen fram till den förverkligade drömmen, ett gemensamt hem i Afrika.

Han fick glada applåder och skratt, också från Pennies mor som för skams skull, överdrivet så att alla skulle förstå skämtet, hade spelat chockerad över att ha blivit förd bakom ljuset på Hotel Negresco i det nu så fjärran Nice.

Efter middagen gjorde man som vanligt, här fanns ingen afrikansk avvikelse, herrarna gick för sig till salongen längst bort i den långsträckta enplansbyggnaden ”för att dricka portvin” som D ironiserade med pipig röst och en parodiskt feminin handrörelse som ganska klart antydde att sådan dryck inte var avsedd för härdade gentlemän i Afrika. Damerna gick till sin salong där det fanns ett piano som de flesta av dem helt säkert kunde hantera.

”Är personalen från trakten?” frågade Albie oskyldigt när en servitör med vita handskar blandade och hällde upp hans första gin & tonic.

”Nej, för Guds skull!” skrattade D. ”Det här är massajland och massajerna kan man inte tämja, alla som arbetar i hushållet är kikuyu nerifrån landet. Missförstå mig inte!” fortsatte han ivrigt eftersom han inte gärna kunde ha undgått alla höjda ögonbryn vid ordet *tämja*. ”Massajerna är mina vänner, jag talar deras språk, jag högaktar dem, de är Afrikas enda värdiga folk. Men de är boskapsskötare och krigare, bara det. Man skulle aldrig kunna dressera dem till kökstjänster eller till att servera, de uppfattar sig som våra jämlikar.”

”Men är de verkligen det?” utbrast Arthur. Han såg närmast indignerad ut vid tanken.

D svarade inte på en stund, han såg ut att fundera över svaret medan de två servitörerna avslutade den första drinkrundan.

”Jo, här i Afrika är de våra jämlikar”, sade han till slut. ”Inte på herrklubb i London, men här i Afrika. Alla andra afrikanska folk är uppblandade med varandra i en enda röra, nedsjunkna i århundraden av mörker, kan bara sakta resa sig ur sitt elände med vår hjälp, det är den engelska rasen som kommer att få Afrika på fötter. Därför tillhör Afrika oss. Men också massajerna."

Rummet exploderade i en ström av frågor från både Arthur och Albie. Mest ville de tydligen ha exempel på massajernas speciella företräden, särskilt en del saker som de hört skvaller om men som verkade osannolika.

Sverre, som efter ankomsten till Afrika känt sig som ett femte hjul under vagnen, reste sig och gick ut på den stenlagda altanen, betraktade den enorma stjärnhimlen en stund och tänkte att han bara var en besökare här och att funderingar om den engelska rasens överhöghet i Afrika låg alldeles för långt från hans tankevärld för att han skulle ha något att säga under det allt ivrigare samtalet där inne. Den norska rasen hade definitivt ingen överhöghet i Afrika.

Natten var nästan tyst. I skymningen hade det varit en kakofoni av ljud, mest fåglar föreställde han sig. Nu bara enstaka ljud i fjärran, de flesta rätt gälla, han kunde inte tolka något av dem. En stund hördes bara klirrandet av isbitar i hans drink. Fantastiskt att man hade isbitar här i paradiset så långt från världen.

Var Afrika ungefär tre gånger så stort som Europa? Antagligen något sådant, kanske ännu större, det berodde på vad man räknade som Europa. Det enda som angick honom som utomstående i Afrika var frågan om det nya slaveriet, den kunde han lägga sig i som medmänniska, till och med som norrman.

Längre bort i huset hördes plötsligt pianomusik och sopransång, damerna skötte sitt. Det lät som *Die Forelle* av Schubert, måste alltså vara antingen Pennie eller Margie som sjöng. Vännerna i Bloomsbury skulle ha omåttligt roligt vid tanken på

Margie, i kolonial utstyrsel med ridbyxor och allt, stående vid ett piano i Kenya sjungande Schubert. Hon var som en kameleont, kunde anpassa sig till vilket underlag som helst. Kunde, om inte annat så av artighet som just nu, återgå till rollen som lady Margrete på visit i Brittiska Östafrika. Och när hon kom hem kunde hon klä om, tända en cigarrett, hälla upp en whisky och berätta detaljerat om de mest hårresande intima detaljer i ett påstått misslyckande från hennes senaste älskare och vid historiens klimax, om det så gällde för tidig sädesavgång eller olycklig slakhet i känsligt ögonblick, kasta sig skrikande av skratt bakåt i kuddarna uppe hos Vanessa och Virginia och inhösta glada appläder. Och nu stod hon där borta, ja det var hon, alltså Pennie som ackompanjerade, och sjöng *Die Forelle.*

Ute i den svarta natten, kanske långt bort, kanske inte, hörde han ett dovt mäktigt ljud, det var obeskrivligt, han hade aldrig hört något liknande och kunde bara fantisera om trolska väsen från folksagor. Var det klagande eller hotfullt? Snarare det senare. Kunde det vara en elefant? Nej, han hade redan hört en elefant, det var ett gällt trumpetande som gick upp i diskanten. Det här var som en bastuba i jämförelse, en bastuba på de lägsta tonerna, ändå kraftfullt. Ljudet måste komma från ett djur med stor volym. Elandtjurarna såg stora ut, men varför skulle de gå omkring på natten och tala om var de var?

Och nu kom ett liknande, nej samma ljud från ett helt annat håll. Det fanns två Bergakungar där ute. Nyfikenheten drev honom att gå in och, kanske lämpligt förstod han när han såg de andra, avbryta en diskussion som tydligen gått lite snett, ursäkta sig och be D komma ut och berätta vad det var han hörde.

D reste sig så snabbt att det verkade som om han gärna ville komma bort från samtalet och gick med Sverre ut på altanen och stängde dörren efter sig.

Typiskt nog hördes ingenting på en stund, bara tystnaden och ett avlägset ljud som lät som ett utdraget oooouup.

”Hyena”, konstaterade D, ”var det det du menade?”

”Nej, det är mycket mer dovt, kraftfullt, rentav skrämmande i jämförelse.”

”Jag tror jag förstår”, sade D och såg plötsligt bekymrad ut.

”Där”, viskade Sverre när det rätta ljudet återkom. D höll genast upp handen mot honom för att han inte skulle säga något mer. De lyssnade intensivt ut mot mörkret. Så kom plötsligt samma ljud från ett helt annat håll, precis som Sverre hade hört det.

”Helvete!” utbrast D och slog knytnäven i träräcket framför dem. ”Två bröder som är på väg att etablera sig här. Satans jävlars helvete, förlåt franskan.”

”Bröder?” undrade Sverre fåraktigt.

”Ja, de är mycket lika på rösten och intonationen. Lejon. Inte unga lejon, dessvärre. De leder en hel flock in på vårt område, de siktar på Gals kor.”

”Men här finns ju tusentals bytesdjur?”

”Visst, men inga lika dumma som kor. Är du road av lejonjakt?”

”Det har jag aldrig varit med om, jag är snarare fiskare än jägare.”

”Jag förstår. Nå, det blir i alla fall lejonjakt i morgon. Och i övermorgon och i värsta fall veckan ut.”

D tog ett djupt andetag och gick med långa steg in i herrsalongen och avbröt aftonen med det korthuggna meddelandet att man måste upp före gryningen.

De red ut medan det fortfarande var mörkt. D först, sedan Gal, därefter Albie och Arthur, som båda hade fått låna en dubbelstudsare som de hade med sig i avlånga sadelhölster intill vänstra låret. Sverre red sist, utan vapen eftersom han aldrig någonsin skjutit. Albie och Arthur hade heller aldrig skjutit på storvilt, men de var självklart uppfostrade som fasanskyttar och D påstod att det här var samma sak, dubbelbössa som dubbelbössa. Rekylen var visserligen lite hårdare med kulvapen men det skulle de varken lägga märke till eller tänka på efteråt om de fick tillfälle att skjuta. De skulle bara föreställa sig målet som en förbannat stor fasan.

Bredvid de fyra männen till häst sprang fyra massajer med spjut, sköld och klädda i likadana roströda mantlar. Märkligt nog var alla de vita jägarna klädda på samma sätt som under middagen föregående kväll, plus en bredbrättad hatt och en fårskinnsjacka för morgonkylans skull.

De red i en vid cirkel runt det område där Gal höll sin boskap, som bestod mest av kor. Efter bara någon timme när den röda solen krupit över horisonten fann de spår och följde dem med massajerna springande outtröttligt i samma jämna lunk före de beridna jägarna. Då och då stannade de och lyssnade.

Till slut höll D upp handen till tecken på halt. De stannade och satt av, ledde bort hästarna till ett träd och parkerade dem.

D samlade alla omkring sig vid trädet och delade ut sina instruktioner omväxlande på engelska och massaj.

”Vi har tur”, viskade han. ”De har slagit en ko eller två,

ligger trehundra yards bort och kalasar. Vi gör som hyenorna, går långsamt rakt mot dem, fast på led så att vi ser ut som en man. Vinden är mot oss, solen i ryggen, om vi väntar fem, tio minuter ligger den rakt i ögonen på våra boskapstjuvar. Vad som gäller är enkelt, skjut i första hand mot de två bröderna, i andra hand mot de största hondjuren. Är allt uppfattat?"

Alla männen utom Sverre nickade ivrigt.

"Vill du stanna här eller gå med oss och se?" frågade D.

"Är det farligt?" undrade Sverre.

"Ja, men du får två massajer bredvid dig."

"Okej, jag vill gärna se det här."

"Bra, då tar vi itu med fanskapen!"

Ingenting mer sades. De väntade en stund medan de då och då sneglade mot den stigande solen. Sedan gjorde D ett tecken och alla föll in på led och började gå rakt mot ljuden av lejon som åt, grymtade och då och då röt till åt varandra. Sikten var klar, skuggan framför den annalkande kolonnen var femton yards lång eller mer. Gräset var saftigt och ljudlöst av morgondaggen. Sverre som gick sist med en spjutbeväpnad massaj före sig och en efter sig försökte göra som alla andra, försiktigt sätta ner fötterna i takt med den man som gick framför.

De kom in på mindre än femtio yards innan D plötsligt gav en kort order. Alla de beväpnade männen tog ett steg åt sidan, varannan åt höger, varannan åt vänster, och höjde sina dubbelstudsare.

Lejonen hade hastigt avbrutit sin grymtande, gurglande, morrande fest på en söndersliten ko och såg förvånat upp. De föreföll inte oroade, snarare indignerade av att någon kom och störde och att denne någon inte var hyenor utan någonting mycket värre.

Människans fotsteg är förvånansvärt lika hyenans, förklarade D senare.

”Fri eldgivning!” beordrade D och fyra skott small av i snabb följd och högen av lejon med nedblodade ansikten där framme exploderade i kaos, vrål och höga språng, några flydde, två kom anfallande rakt emot jägarna. Fyra nya skott, alla mot de anfallande djuren som båda föll sparkande och vrålande till marken. Sverre fick först nu idén att hålla för öronen, jägarna laddade snabbt om och sköt nya skott mot de flyende, laddade om igen och stod avvaktande, eftersom D på nytt höll upp sin hand till stopptecken.

Ett av de stora svartmanade hanlejonen reste sig på frambenen och försökte med släpande bakkropp ta sig från platsen. D och Gal sköt nästan samtidigt mot honom och han föll med ett vrål, vred sig och kastade sig några gånger fram och åter på marken men blev snart stilla.

D höll än en gång upp sin hand och alla stod orörliga och betraktade scenen.

Framför dem låg fyra lejon. De två som anfallit var orörliga och synbarligen döda. Bortanför dem vid kokadavret låg den största lejonhanen död men intill honom en lejoninna som visade tydliga livstecken. Även om hon låg stilla så höjdes hennes kropp upp och ner av häftig andhämtning.

De avancerade sakta i halvcirkel med dubbelbössorna sträckta framför sig. När de var inne på mindre än tio yards avstånd pekade D leende på lejoninnan som nu rörde sig och stönade och sedan på Albie, som slickade svetten av överläppen när han höjde sin dubbelstudsare och sedan tvekade.

”Var ska jag sikta?” viskade han.

”Huvudet”, viskade D tillbaka.

Albie sköt och lejoninnan tog ett språng åt sidan, sträckte ut hela sin kropp i en lång darrande och vibrerande rörelse, oerhört vacker, medan Albie höjde sitt gevär och tog sikte på nytt. D stoppade honom genom att försiktigt lägga sin hand på gevärspipan och trycka ner den mot marken.

”Mer än så här kan du inte döda henne, tänk på att ammunitionen är dyr”, sade han och gick fram mot den döda lejoninnan, drog med fingrarna över det blodiga sönderspängda huvudet, återvände till Albie och blodade honom i pannan som om han varit en liten gentlemannagosse på sin första rävjakt.

”Välkommen till Afrika på riktigt, Bwana Simba”, sade han roat.

Sedan vände han sig mot de fyra massajerna som stod lutade mot sina spjut och förde en kort konversation på deras språk medan de då och då pekade och nickade bekräftande. Vad de än talade om tycktes de vara överens.

”Allright”, sade han sedan vänd mot de vita. ”Vi har två skadade lejon som är bra påskjutna, ett ligger i gräset drygt hundra yards upp, det andra uppe på höjden bland buskarna med de vita blommorna. Arthur, Albie och Sverre, ni går tillbaks till hästarna och väntar där, det här är inget för nybörjare och jag litar inte på att de satans hyenorna gör jobbet åt oss.”

De gjorde som de blev tillsagda.

D och Gal och de fyra massajerna spred ut sig på linje och började långsamt gå i den riktning där de skulle träffa på det första sårade lejonet. D och Gal bar sina dubbelstudsare över ena axeln med ett grepp om pipan. Det såg förmodligen mer nonchalant ut än det var.

När de entledigade jägarna kom tillbaks till de bundna och oroliga hästarna kunde de fortfarande se de andra som spritt sig i en halvcirkel och nu mycket långsamt började smyga sig fram. Plötsligt hände något och två skott brann av i snabb följd, men ingen av männen där uppe gjorde minsta ansats att springa. De stod stilla en stund och såg på något som låg på marken och fortsatte snart i riktning mot ett buskage med vita blommor uppe på höjden där det skulle finnas ytterligare ett lejon.

Den här gången blev förloppet mer tumultartat men tre nya skott brann av och snart var jägarna på väg tillbaks mot de tre väntande gästerna. D och Gal bar åter sina dubbelstudsare över axeln, de skämtade och skrattade.

Vid middagen berättades jakthistorien i åtskilliga varianter. Sverre hade sällan sett Albie så upphetsad. D var närmast lyckligt nöjd med vad man uträttat, dessutom på första försöket. Det var verkligen lyckosamt, man hade fått sex lejon, kanske sårat ytterligare någon som hyenorna kunde ta, blivit av med halva flocken på en gång, däribland de två bröderna och åtminstone en av de ledande lejoninnorna.

Det betydde att faran var över, de överlevande lejonen skulle ströva långt bort för att förena sig med en ny gammal hane, eller två något yngre bröder, det skulle ta ett par år innan de var i stridsdugligt skick. Och om det fanns ungar hos någon barnvaktande lejoninna i trakten så skulle hyenorna ta hand om den saken. Eller den nya ledarhanen. Det var verkligen en lyckad jakt, värd att supa sig rejält full, menade D. Sedan utbringade han en skål för debutanten Albie.

* * *

Afrika förförde dem båda lika omärkligt som obönhörligt. Från början hade det bara varit meningen att Albie och Sverre skulle stanna någon månad extra efter att de andra rest hem till England. Men Albie hade förhäxats av jakten, Sverre av massajerna, och deras nye värd D tillhandahöll gladeligen båda delarna.

När det efter två veckors bröllopsfirande var dags att lämna Kekopey Ranch och låta de nygifta äntligen ägna sig åt varandra i stället för att sköta värdskap åt en flock storätande och stordrickande "kusiner" gick oxkärrorna åt olika håll. Lady Elizabeth, Margie, Arthur och Alberta for upp mot järnvägen, Margie med två packlårar fyllda med jacketter, frackar och liknande som Sverre och Albie knappast skulle ha något behov av. De hade ynkat sig lite över hennes extra besvär med fyrdubbelt bagage, men det hade hon bara skrattat bort med det självklara påpekandet att hon ju själv aldrig behövde bära någonting. I Afrika var det som i England, det fanns alltid folk som tog hand om sådant.

Den andra oxkärran med D, lady Florence Anne, Albie och Sverre rundade sjön till D:s ranch Soysambu. Albie och Sverre hade väntat sig att finna det stället minst lika välbyggt och pyntat som Gals.

Men skillnaden var avsevärd. D:s bostadshus, liksom uthus och förråd, var byggda som afrikanska hyddor. Väggarna bestod av spjälverk av grenar och kvistar som fylldes igen med lera och koskit och torkade i solen, få av rummen inomhus hade trägolv. Det enda som var sig likt var det engelska möblemanget som här hos D i hans afrikanska hyddor verkade lika främmande som det hade varit naturligt hos Gal och på klubben i Nairobi. D skyllde på att han ännu inte haft tid att ordna med mer ståndsmässigt boende eftersom hans tid gick åt till ständigt nya försök med får och kor, eller strutsar, eller veteodling. Ändå var han en ytterst tålmodig och generös värd, det var aldrig tal om att gästerna skulle ha fått tillräckligt av Afrika och kanske borde resa hem.

D:s gästfrihet berodde till dels på hans godmodiga natur. Men till dels också på att han helt enkelt var pank, något han inte sagt ett ljud om under umgänget på andra sidan sjön hos svåger Gal. Men redan första kvällen på Soysambu när de nya gästerna var ensamma med D och lady Florence Anne sade han precis som det var.

Det kunde bara sluta på ett sätt. Albie lånade honom omedelbart 1 000 pund och lovade att investera ytterligare så fort han fått ett bättre grepp om problemen. I ett enda slag var D:s ekonomiska problem skjutna långt in i framtiden. Albie hänvisade till att han själv, låt vara både ovilligt och ofrivilligt, faktiskt var ranchägare i det större formatet. Bland annat hade han haft besvär med svartrost just på sina veteskördar och skaffat sig en god bild av hur det problemet skulle pareras med en viss typ av nytt och härdigare utsäde och besprutning. Det fungerade bevisligen i Wiltshire och borde vara värt åtminstone ett försök här i Afrika.

Och redan efter några dagar på Soysambu var Albie beredd att investera i två traktorer. För även om den manuella arbetskraften var billig så skulle såväl effektiviteten som tidsvinsten motivera investeringen. Problemet var snarare bränsletransporterna från Mombasa. Men allt detta gick att räkna på.

Albie gjorde en rad skriftliga beställningar och därmed var saken tills vidare avklarad för månader framåt på grund av all tid som skulle gå åt för transporterna hemifrån och upp från Mombasa.

Och desto mer tid blev det över under den långa väntetiden som kunde användas till jakt. Högst på Albies önskelista stod ett riktigt stort lejon och en leopard.

Sverre begrep sig inte riktigt på Albies oväntade passion för att döda djur. Den första lejonjakten på Kekopey hade varit självklart fascinerande att se, men den var bara ett naturligt element i det afrikanska jordbruket och boskapsdriften, ungefär som när samerna i Nordnorge jagade vargar och järvar. Vid några enstaka tillfällen satt han tillsammans med Albie i skymningen och passade på en leopard som börjat gå hårt åt getbesättningen. Men han tappade lätt tålamodet, fick svårt att både sitta absolut stilla och vara tyst. Och när han var med hände aldrig någonting, så han ursäktade sig med att han tydligen förde otur med sig. Albie ansträngde sig inte särskilt mycket för att tjata om hans fortsatta sällskap. Och första kvällen han satt ensam på passet sköt han också leoparden, blev barnsligt överlycklig och söp sig full efter middagen.

Sverre hade i gengäld massajerna som sin passion och dem intresserade sig Albie lika lite för som Sverre för att sitta timme efter timme och stirra på ett leopardbete. Men de hade lätt att förlika sig med sina olikheter och Sverre kunde lika helhjärtat ansluta sig till att fira någon ny jaktframgång som Albie kunde hänföras av den helt nya typen av målningar som höll på att växa fram.

Massajerna hade tre åldrar, de var först pojkar, sedan blev de krigare och till sist vördade äldre. Sverre hade börjat med vad som låg närmast till hands, med de två krigare, Leboo och Kapalei, som var anställda för att vakta boskapen hos D. Att vakta boskap var just en krigaruppgift eftersom det gällde försvar mot både rovdjur och boskapstjuvar.

De var båda skulpturalt ståtliga män, men trots D:s övertalningsförsök ovilliga att låta sig avbildas. De menade att det var detsamma att äga någons bild som att äga hans ande. Och det argumentet kunde det faktiskt ligga någonting i, varken Sverre eller D kom på något bra motargument och där fastnade man någon tid medan Sverre fick ägna sig åt landskapsmålning, vilket var en ny och oväntad utmaning. Det afrikanska landskapet hade så klara avgränsade färger, de mörkgröna kullarna, den blågröna sjön, de rosa molnen av flamingor, att bilderna lätt gav ett kitschigt intryck om de blev alltför naturtrogna. Problemet var, som han insett redan vid ankomsten, att kunna göra verkligheten något overkligare för att den skulle se sann ut.

Efter någon tid fick han ändå en bra idé om det där med att stjäla någons ande. För om nu den som satt modell fick ta med sig tavlan av sig själv? Så kunde man i efterhand göra om porträttet med hjälp av skisser och minnet. Och om modellerna inte visste att det var så det gick till så var väl ingen skada skedd? Inte ens deras ende och allsmäktige gud Engai skulle ju få veta något.

De lyckades förhandla sig till medgivande från de två anställda, Leboo och Kapalei, och så var det hela igång. För när de tog bilderna med sig hem till byn väckte de både uppståndelse och avund. Snart hade Sverre en lång kö av villiga massajmodeller.

Krigarna var långa och slanka med väl utvecklad muskulatur, men utan ett uns fett. De ville helst posera rakt upp och ner, stående med spjut i handen och en sköld framför sig. Och även om den posen kunde verka enahanda gick den att variera hundrafalt. På en kulle mot horisonten, framför en boskapshjord, med den blågröna sjön i bakgrunden och vinden fladdrande i den brunröda manteln, i silhuett mot savannen och den blodröda solnedgången.

Allteftersom vann han massajernas förtroende. Först tog Leboo med sig sina två fruar Nalutuesha och Tanei utstyrda till fest, eller snarare uppklädda till porträttering som vilken som helst engelsk kvinna. De poserade på ömse sidor om mannen med solljuset snett framifrån så att deras rakade skallar fick glans och deras runda skivformade halssmycken av glaspärlor fick mer färg. Det ena gav det andra och snart kunde han på egen hand bege sig till byn och få alltmer ovanliga motiv, till och med högst privata eftersom massajerna tycktes sakna all vanlig mänsklig blygsel. Som när Kapalei krävde att få bli avbildad när han besteg en av sina fruar.

Det gick så långt att Sverre till slut fick följa med för att se, och kanske rentav försöka avbilda, initiationsriten när pojkar skulle bli män. Men då krävde D att komma med som livvakt.

En massajpojke blev nämligen man genom att tillsammans med andra pojkar söka upp, omringa och döda ett lejon med spjut.

Första svårigheten var att över huvud taget finna lejon i trakten av Soysambu och den angränsande massajbyn, där alltför många spjut och D:s dubbelbössa höll lejonen på respektfullt avstånd. Medan spårare sändes ut åt alla håll för att söka efter lejon isolerades de blivande männen i byn inne i en egen *boma* där äldre män målade dem till strid enligt byns traditioner.

När bud kom att en liten flock lejon höll till en halv dagsmarsch bort inleddes den första rituella dansen där pojkarna turades om att spela lejon medan kamraterna omringade dem och då och då gjorde utfall med spjuten. Dansritualerna pågick under en hel dag fram till en fest på färskt blod uppblandat med komjölk. Man stekte också getkött över en öppen eld.

I soluppgången ställde sig de tretton, fjorton pojkarna på ett led, tog upp en monoton rytmisk sång och började springa i jämn lunkande takt. D och Sverre följde efter till häst. Pojkarna sprang barfota och nakna sånär som på ett höftskynke och utan sina roströda mantlar. D förklarade att lejon i massajland flydde när de såg massajernas mantlar, antagligen efter tusen års dåliga erfarenheter.

Den lunkande språngmarschen och sången fortsatte oförtrutet timme efter timme, också när solen stigit och hettan började bli svår. Det var den varmaste tiden på året, i november strax före de korta regnen.

D berättade i stora drag vad som skulle ske, om allt gick som planerat. Riten gick ut på att försöka isolera ett lejon och omringa det, kom man väl dit så var det värsta jobbet avklarat. På frågan om ingen då riskerade att dö svarade inte D utan höjde bara ironiskt på ögonbrynen. Sedan förklarade han att det ädlaste var att bli dödad på så vis, den som hade sådan tur blev väl omhändertagen av guden Engai och stor heder tillkom hans familj. Det näst ädlaste var att bli riven av lejonet innan det dödades, så att man för resten av livet bar synbarliga bevis på hur väl man skött sig när man upptogs i krigarkretsen.

Varje massaj förväntades för övrigt kunna döda ett lejon. Spjuten hade långa knivbladsliknande och rakbladsvassa spetsar. Kom ett lejon rakt framifrån var det bara att stödja spjutet ordentligt mot marken, hålla tungan rätt i mun och sikta väl så att lejonet spetsade sig självt. Lätt som en plätt.

Det sista hade D sagt med en sorts allvarlig likgiltighet som övertygade Sverre om att han verkligen menat lätt som en plätt. Efter en kort maskhållning brast det för D och han skrattade våldsamt.

”För helvete Sverri! Ingenting som har med lejon att göra är lätt, det är därför jag haltar som en krympling. Och med jakt är det så att allt som kan gå fel förr eller senare gör det. Gäller till och med massajer.”

Pojkarna som skulle bli män sprang ytterligare någon timme, sammanlagt över fyra timmar utan minsta paus och nu under dygnets hetaste period, innan de fann lejonflocken som latade sig och sov i solen uppe på en liten kulle med god översikt.

D och Sverre satt av och ledde undan sina hästar en bit, band dem vid en buske och gjorde sig klara, D med sin dubbelstudsare och Sverre med Margies gamla kamera som han lånat just för att ha till hands i sådana situationer där skissblocket inte skulle duga mycket till. Det här var fullt klart en sådan situation.

Allt gick mycket fort, var över på mindre än två minuter och förloppet blev nästan exakt som D hade förutspått.

När det största lejonet, han som anfallit, väl var omringat förvandlades scenen till en dammig och skrikande villervalla som slutade med ett utdraget ursinnigt vrål från det döende lejonet som på slutet genomborrades av spjut från alla håll.

”Kom!” sade D. ”Det är över, bara att räkna förlusterna.”

En pojke var ohjälpligt död med halsen söndersliten och enorma rivsår, en var illa däran, tre eller fyra visade stolt upp sina blödande sår för varandra.

”Vi gör så här”, sade D när han tyckte att Sverre fotograferat tillräckligt. ”Om den där killen som blöder från huvud och buken går att rädda tar jag hem honom på hästen. Det är ingen skam för en massaj att bli räddad av en vän efter gott uppförande i krig, de tar oftast hand om sina sårade. Du rider hem tillsammans med de andra, de tar det lugnare på hemvägen, de har en död kamrat att släpa på. Och lejon behöver du som du förstår inte oroa dig för.”

D förband den sårade före detta pojken, nu krigarmassajen, bedömde att han skulle överleva om han bara fick vård före kvällen, satte upp honom i sadeln framför sig och red iväg efter att ha sagt något till de överlyckliga massajkrigarna som de bara nickade glatt åt.

De skar av lejonets svans och tog ut hjärtat som en sorts trofé. En kort dans runt den massakrerade lejonkroppen och sedan började en långdans hemåt. Sångerna var nu helt andra och mer varierade än när de lunkade ut på morgonen. De turades om att bära den döde, surrad med flätade barkremsor, mellan två stänger.

Sverre red bakom de unga männen, först nu något plågad av ridsmärtor. Det flacka landskapet med enstaka akacior, det sneda eftermiddagsljuset, blodspår i gräset framför honom som då och då fick hästen att skygga, blod som förstås kunde komma lika väl från det utskurna lejonhjärtat som från de sårade krigarna. Afrika, tänkte han. Jag är overkligt nog verkligen i Afrika.

De kom inte hem till byn förrän i solnedgångens sista ljus, men D hade ju anlänt för länge sedan med sin sårade man så alla visste redan vad som skett. Eldar brann överallt och dansen hade redan börjat. De unga männens ankomst hälsades med ljusa kvillrande kvinnostämmor. Sverre gissade att den som just blivit man under hjältemodiga omständigheter nog skulle bli föremål för åtskilliga kvinnliga omsorger denna natt. Åtminstone hade D antytt något om den saken.

* * *

När de korta regnen började fanns ingenting som var möjligt att göra utomhus. På Soysambu kurade man inomhus medan det öste ner där ute. D:s hår hade nu vuxit ner till axlarna och en kväll tog hans hustru resolut en sax och halverade det. D protesterade bara lite, symboliskt motstånd skämtade han.

Det var alltså snart december. De hade varit i Afrika sedan juni, men tiden hade stannat, eller hade upphört att spela någon roll. Albie hade fått sin noshörning, två gånger om, men väntat länge innan han sett någon med horn över 40 tum. Sverre började få ont om duk, hade redan målat över en del tavlor han gjort i början. De hade ännu inte tröttnat på viltkött. Brasan sprakade. Whiskyförrådet var långtifrån tömt.

”Kommer massajerna någonsin att bli civiliserade?” undrade Sverre, mest för att hitta ett nytt samtalsämne.

”Nej, för helskotta, det hoppas jag verkligen inte”, skrattade D. Till och med Florence Anne verkade tycka att det var en lustig fråga.

”Eller rättare sagt”, fortsatte D mer eftertänksamt. ”De är

redan civiliserade, afrikansk civilisation. De andra blandfolken tror jag vi kan uppfostra till jordbruksarbetare, hembiträden, kockar, barnsköterskor, servitörer, trädgårdsmästare och liknande enkla sysslor. Men inte massajerna. Till slut kommer det bara att finnas två civiliserade sätt att leva i Afrika, deras och vårt."

"Men kommer alla de här lägre stående stammarna att finna sig i vår uppfostran utan att krångla?" undrade Albie oskyldigt.

Men det var ingen oskyldig fråga, visade det sig. Den följande timmen berättade D ingående om just det problemet, hur somliga bantufolk inte förstått vilken välsignelse som kom med den engelska civilisationen. Ibland blev det uppror, de stal och mördade, fast mest varandra. Och då måste man skicka ut straffexpeditioner och det var ganska trista tillställningar. Häromåret var det en nandistam som fått för sig att stjäla engelsk boskap. King's African Rifles sändes ut och stal 11 000 kor från nandis, merparten av deras tillgångar. Samma sak när kikuyu och emba fått liknande idéer för några år sen. Deras boskap konfiskerades, 1 500 av upprorsmännen sköts, de flesta faktiskt under strid. Men det kostade tre döda och 33 sårade på den engelska sidan. Fast hellre det, döda dem i krig. Värre var det häromåret när en kapten med ett lustigt tyskt namn fastän han otvivelaktigt var en gentleman, Menerthagen eller något i den stilen, hanterade en nandirevolt. Han bjöd in till förhandlingar, skakade hand med upprorsledaren Maitalel, höll fast handen, drog sin revolver och sköt honom med vänster hand. Maitalels delegation på två dussin män som väntade utanför tältet ställdes samtidigt upp framför en kulspruta och mejades ner. Det lustiga var att den där Menertshagen fick en Distinguished

Service Order, nästan Victoriakorset alltså, för sin hjältemodiga insats.

Sådant var inte bra för moralen. Uppror skulle slås ner snabbt och hårt, men i öppen strid. De fick gärna komma stormande med sina spjut över ett öppet fält med kulsprutor väntande på andra sidan. Då dog de som män och så långt var det frid och fröjd. Samtidigt fick de lära sig läxan, att inte göra uppror mot den civiliserade övermakten. Ordningen måste alltid återställas, kvickt och beslutsamt.

Framför allt fick man inte skämma ut sig som de där satans belgarna, slakta ner ett helt land för snikna gummibaroners skull, sniken gummikung rättare sagt. Sådant gav det koloniala projektet dåligt rykte. Möjligen skulle det räcka med att göra av med några hundra tusen bantus här i Brittiska Östafrika innan allt kunde löpa sin gilla gång, men i slutänden skulle alla tjäna på det. England var i Afrika för evigt, möjligen mer till afrikanernas båtnad än till vår egen.

Här på Soysambu rådde ändå det framtida idealtillståndet. Civilisationen hade slagit rot och det var i massajland. Inga nandis, exempelvis, skulle komma på den befängda idén att anfalla massajland. Soysambu var Afrikas framtid, massajer och engelsmän som levde sida vid sida så att båda raserna kunde njuta frukterna av detta underbara land.

VII

En totalt obegåvad konstnär på en femårings nivå

ENGLAND

1910–1912

MARGIE OCH VANESSA hade rensat upp i beståndet av älskare och genomfört en drastisk rockad. Det var rationellt och förenklade umgänget, men att det skulle få konsthistorisk betydelse hade man knappast kunnat föreställa sig.

Margie hade övertagit Vanessas man Clive Bell på heltid, efter ett kort mellanspel med Duncan. Men Duncan var allas älskling och föredrog egentligen män, Clive var på det sättet mindre komplicerad.

I gengäld hade Vanessa fått överta Roger Fry, Margie hade inte haft några invändningar mot att släppa ifrån sig honom. Särskilt inte som han försökt göra både henne och Vanessa svartsjuka genom att slå sina lovar kring lillasyster Virginia, som fortfarande satt och skrev och skrev och ville bli författare. Så nu var tillvaron ordnad, lite fyrkantig kanske, men i alla fall mindre krånglig.

Albie och Sverre hade lyssnat roat men knappast chockerade till Margies delvis röriga berättelse. De hade ingen anledning att ens höja på ögonbrynen, det var så här det gick till i Bloomsbury och det visste alla.

”Du har varit ett flitigt litet bi medan vi hängde kvar i Afrika”, konstaterade Albie. ”Men hur kom Roger Fry in i bilden?”

”Vanessa och Clive träffade honom på ett tåg från Oxford och de började tala konst. Han är ju både konstnär och konstvetare”, svarade Margie.

”Jag förstår”, sade Albie. ”Så i och med att ni började tala konst så var utvecklingen ödesbunden, så nu har Vanessa fått en konstvetare och du en frankofil konstkritiker på halsen. Fortsättning följer, antar jag. Eller ska vi önska lycka till?”

”Det kan du gott kosta på dig, du är ju själv anhängare av ordnade förhållanden, åtminstone numera.”

Hennes sista tillägg sårade förstås både Albie och Sverre, det syntes alltför väl. De hade tydligen fortfarande problem med den där gamla historien. Albie tog sig ur förlägenheten genom att resa sig för att gå ner i köket och hämta mer rhenvin. Margie såg urskuldande på Sverre.

”Där gick jag kanske lite för långt”, sade hon.

”Ja, det gjorde du kanske”, medgav Sverre. ”Men vi är ju hemma i det totalt uppriktiga Bloomsbury.”

”Så ni har alltså inte rett ut det där?”

”Du menar historien med Casement? Både ja och nej. Vi talar inte mer om saken, men den ligger som en glaciär mellan oss, särskilt på nätterna om du förstår vad jag menar. Det kanske mest är mitt fel, jag är ju inte riktigt som ni andra när det gäller älskare hit och dit, jag skulle aldrig kunna vara otrogen.”

”Äh, det kan alla! Rätt tillfälle bara, men det behöver ju inte betyda något särskilt.”

”För mig betyder det mycket”, svarade Sverre lågt och såg bort. Han plågades av samtalsämnet och det syntes.

Margie släppte tråden och då blev det tyst mellan dem. När Albie kom upp med vinet och serverade var det fortfarande ingen som sade något.

”Då skålar vi för vårt muntra återförenande”, sade Albie och höjde sitt glas. ”Någon som har ett glatt samtalsämne på gång?”

”Ja, jag”, sade Margie och sken upp.

Det gällde en konstutställning. Grafton Galleries hade fått annullera en utställning i oktober, där fanns alltså en lucka. Clive och Roger, alltså Roger Fry, hade planer på att resa till Paris och samla in tavlor till en utställning, de hade redan en preliminär uppgörelse med galleriet och hade engagerat en litteraturkille som hette Desmond för att hålla ihop det organisatoriska. Enda problemet var att de inte kunde resa över till Paris förrän de fått ihop lite mer pengar.

Hon gjorde en menande konstpaus.

”Jag drar öronen åt mig”, sade Albie. ”Era välorganiserade älskare ska åka till Paris och köpa konst. Och du har förstås lovat Vanessa att klämma ur din högt älskade bror hans surt förvärvade sekiner?”

”Vilken slutledningsförmåga!” skrattade Margie.

”Alltså, om jag nu har fattat det här rätt. Vanessas man, din nuvarande älskare, ska tillsammans med Vanessas och din före detta älskare resa glada i hågen till Paris för att köpa konst. Och de har inga inbördes problem?”

”Naturligtvis inte, vad skulle det vara?”

”Förlåt, det var tydligen en dum fråga. Så det enda lilla problemet när det gäller konstköpet är pengar?”

”Ja, kassan är inte tillräckligt fylld än.”

”Nehe. Och hur mycket saknas?”

”Ett par, tretusen pund skulle sitta fint.”

Albie suckade och skakade på huvudet. De båda andra visste mycket väl hur intensivt han avskydde att tala om pengar, särskilt bland vännerna i Bloomsbury. Ändå kunde han nu inte hålla sig från ett litet moraliserande föredrag om Manninghams ekonomi, så olikt alla andra i vänkretsen, så olikt honom själv också. Men det bara rann ur honom.

De senaste fem åren hade Manningham House gått med vinst, investeringarna i modern teknik och omläggningen från extensiv fårskötsel till intensivt jordbruk hade betalat sig. Just i år skulle överskottet bli skralt, men det hade att göra med bröllopskostnaderna och Afrikavistelsen, och föralldel med en del investeringar i D:s verksamhet på Soysambu. Hursomhelst hade han nu brutit en hundraårig familjetradition att spendera mer än man tjänade. Och…

Han kom av sig. Margies och Sverres oförställda förvåning över hans utläggning kylde ner all lust att fortsätta talet om ekonomi.

”Allright”, suckade han. ”Men på ett villkor.”

”Det är utpressning”, fnös Margie. ”Tänk på att du inte skänker bort några pengar, efter utställningen kommer tavlorna att säljas, du får tillbaka varenda penny.”

”Det beror väl ändå på. Vilka konstnärer handlar det om?”

”De som kom efter impressionisterna från och med Manet, Gauguin, van Gogh, Cézanne och såna där.”

”Men de är ju helt okända, jag menar här i England. Vem kommer att köpa sånt?”

”Okända än så länge, ja. Men snåla inte nu och tänk efter.

Det värsta du riskerar är att få lite modern konst på halsen. Säg nåt, Sverri! Håll med mig!"

"Ja, det är i alla fall en utställning som jag gärna skulle vilja se", svarade Sverre försiktigt.

"Allright, allright, allright", stönade Albie. "Jag hostar upp. Men jag har fortfarande mitt villkor."

"Och jag måste då fråga igen. Vilket villkor?"

"Att du kommer ner till mammas 55-årsdag."

"Du vet hur trött jag är på sånt där."

"Jag med, men mamma är mamma och jag måste faktiskt berömma dig för hur bra du spelade fin flicka i Afrika. En liten middag till är väl inget att krångla om?"

"I Afrika sade du att det skulle bli slut på tramset."

"Visst, men nu gäller det bara en födelsedagsmiddag. Det är det minsta du kan ställa upp med om jag räddar den där konstutställningen."

"Du har förstås rätt, käre bror, jag kommer för Manets, Gauguins, Cézannes och Seurats skull."

"Vem är Seurat?" undrade Albie och Sverre samtidigt.

* * *

Det blev en måttfull tillställning på Manningham utan att på något sätt vara överdrivet modest. Hela familjen samlades, utom Pennie och Gal som brevledes ursäktat sig med att de hade för mycket att stå i på gården så här års efter de långa regnen. Sverre och Margie hade letat fram sina förlovningsringar från den afrikanska resan och spelade om inte nyförälskade så åtminstone förlovade.

Mellan välkomstdrinken och middagen hade gästerna förevisats det nya ultramoderna köket som drevs med elektricitet och där det fanns rinnande varmvatten som hettades upp i en stor kopparcistern. Det hörde inte precis till vanligheterna på landet att gästerna bjöds in i köket, men här var omständigheterna lite speciella eftersom det var ett så ovanligt kök. Männen tycktes spontant uppskatta moderniteterna, kvinnorna var mer misstänksamma och förhörde kökspersonalen för att få sina föreställningar om modernitetens avigsidor bekräftade. Blev inte maten sämre, tog den inte smak av elektriciteten eller torkade den inte lättare ut med sådan hård värme i stället för kolugnarnas mjukare värme?

De tillfrågade nekade blygt med nedslagna blickar. Någon dristade sig rentav att påpeka att arbetet blivit lättare och gick fortare. Just det argumentet väckte ingen som helst förståelse, däremot var även de mest skeptiska gästerna beredda att acceptera fördelarna med mathissen. I stället för att alla serveringsfat skulle bäras upp två trappor för hand så skickades nu faten upp via en hiss som gick till ett nyinrett serveringsrum utanför matsalen. Det man tjänat in på det arrangemanget var inte bara till servitörernas båtnad, att i trängsel och brådska springa upp och ner i trapporna med tunga silverfat innebar, som alla var väl medvetna om, risk för en och annan incident. Det var också en fördel för själva maten, att den kom snabbare från kök till matbord.

En och annan gentleman mumlade att det här kunde vara idéer att ta efter. Deras fruar såg mer fundersamma ut.

Middagen kännetecknades av god smak utan överdrifter, fem rätter med sjötunga Walewska och fyllda vildandsbröst som huvudnummer och James hade svarat för ett utomordentligt vinval, han skötte numera vinkällaren självständigt och beställde de komplement han tyckte behövdes från Berry, Brothers & Rudd i London.

Middagen förlöpte utan några som helst olämpliga samtalsämnen, inte ens lady Elizabeths lätt senile far, som av nödvändighet måste bjudas till just den här sortens tillställningar, skämde ut sig med någon av de många pinsamheter han hade på sin repertoar, som att han trots stora insatser i samhället inte förärats mer än en OBE, eller att han inte hade adlats trots betydande donationer till The Imperial War Museum.

Det var ingen tvekan om att farmor Sophy hade bestämt bordsplaceringen och gett James noggranna instruktioner. Svärdotterns far "mr" Worthington hade hon följaktligen placerat intill sig själv, för att om möjligt hålla honom i ett järngrepp, åtminstone under själva middagen.

En konsekvens av den bordsplaceringen, eftersom hon och jubilaren lady Elizabeth satt på ömse sidor om värden Albie, blev att näst äldsta dottern Margie åkte ner fem, sex placeringar vid bordet och därmed också hennes fästman Sverre. Så att pojkarna kom långt bort från varandra och inte kunde hitta på något opassande. Det var farmor Sophys lätt genomskådade tanke.

Men för Margies och Sverres del passade det utmärkt. Båda hade sluppit få en idiot till bordet och de kunde roa sig med att spela teater, Margie var som vanligt lysande i rollen som lady Margrete, även om Sverre ibland rodnade en aning när hon drev parodin något litet steg för långt, genom att till exempel plötsligt vända sig till sin bordsgranne, hedersöversten vid Wiltshires regemente, och fråga hur det kunnat komma sig att halvmånen låg ner i Afrika. Överstens hummande förklaringar borde ha skrivits ner i all sin tvärsäkra komik, men Margie höll utan svårighet masken och uttryckte sin stora beundran för all denna kunskap.

När Sverre viskade till henne att hon borde ha blivit skådespelare grep hon bara det guldbrämade kristallglaset med det manninghamska ingraverade vapnet, nickade omärkligt åt honom att göra detsamma så att det såg ut som om han skålade med henne, lutade sig något framåt med ett änglalikt leende och viskade att den här jävla rollen hade hon för helvete kunnat utantill redan som 13-åring.

Just när de ställde ner glasen smekte hon honom snabbt och oanständigt. Och med en min som om hon talade om vädret eller rävjakt frågade hon hur hans och Albies rent fysiska kärleksliv egentligen stod till.

Han förmådde bara svara med en förmaning, att man för helvete inte befann sig i Bloomsbury. Hon viskade tillbaks att det gjorde man visst, bara man skötte minspelet som om man befann sig bland idioter på Manningham. Och så smekte hon honom under bordet med foten.

Margies lek med den sociala faran – lady Sophy skulle ha tuppat av om hon sett, hört eller ens anat – var upphetsande, överraskande upphetsande. Men den nedfrusna åtrå hon väckte hos honom riktade sig inte mot henne utan mot Albie utom hörhåll femton fot bort.

Det var ändå som om Albie hört dem. Mitt i samtalet med modern såg han upp mot Sverre, drog sig hastigt i näsan och log, dröjde bara någon enda sekund vid det hemliga tecknet utan att avbryta sin konversation.

Det gick en stöt genom Sverre och eftersom han inte var en född gentleman kunde han inte dölja sin reaktion för Margie, hon hade sett, hon såg allt vid ett middagsbord.

”Det var alltså rätt kyligt i Afrika?” frågade hon oberört just när James fyllde på hennes rödvinsglas och sedan flyttade sig ett steg åt vänster för att servera Sverre.

”Ja”, sade han. ”Det skulle man inte kunna tro, men så var det. Särskilt på morgnar och kvällar.”

”Alltså när man vanligtvis är som kåtast?” undrade Margie när James försvunnit utom hörhåll från den skenbart meteorologiska diskussionen.

”Vi hade sovrum på ömse sidor om lord Delameres”, suckade Sverre. ”Och han är ju en man som skulle vakna av en leopards smygande. Dessutom var han infernaliskt hatfull, ständigt påfrestande skämt i ämnet, alltså när det gällde *sodomiter.*”

”Och det var också rätt avkylande, antar jag.”

”I högsta grad. Ursäkta mig ett ögonblick.”

Sverre sökte ny ögonkontakt med Albie där borta, rörde sin kniv mot det fyllda andbröstet som för att skära, men låtsades fumla och riktade kniven snabbt mot Albie innan han skar ett stycke kött och fick ett varmt leende tillbaks från Albie.

Margie hade självklart observerat leken.

”Du ska inte tro att jag inte såg”, fnittrade hon som om saken gällt något oförargligt som fina damer kan fnittra åt. ”Jag har sett de där hyssen förut, när vi alla bodde här nere. Men jag har aldrig förstått vad tecknen betyder. Man skulle kunna gissa att dra sig i näsan symboliserar…?”

”Synnerligen oanständiga gärningar mellan män, i strafflagens mening”, svarade Sverre glatt som om de skämtat om vädret.

”Jag förstår. Och då betyder kniven, nej huh! Det kan en fin lantlig flicka inte ens tänka på.”

Sverre tyckte att leken började gå för långt, bytte demonstrativt samtalsämne och bad i stället Margie berätta om den där konstnären Georges Seurat som varken han själv eller Albie hört talas om. Och resten av middagen talade de om konst. Visserligen med lite högre röster, men ändå med samma känsla av att omgivningen i stort sett skulle vara lika fördömande nu som om man hört vad de talat om tidigare. Konst, det vill säga modern konst, var ett ytterst olämpligt samtalsämne på middag bland bättre folk, nästan i klass med att tala pengar eller politik. Såvida det inte gällde porträtt i uniform eller siden.

I herrummet efter middagen då gentlemännen klätt sig i rökrock, tänt sina pipor, cigarrer eller cigarretter och James serverade drinkarna smög sig Sverre fram till baren för att förse sig själv, så som husets invånare kunde göra utan att därmed genera någon. Det var förstås en inbjudan och Albie kom genast över till honom, serverade sig en whisky med lite vatten, såg Sverre leende i ögonen och sade att det var länge sedan och att han längtade så att han höll på att bli tokig. Bara det, men alldeles distinkt och otvetydigt.

”Jag med, vi måste komma över det här”, var det enda Sverre kunde komma sig för att svara.

”Jag har en idé”, sade Albie. ”Du går före mig, det tar tid att tappa upp det grekiska badet, vi kan inte rusa iväg hand i hand.”

Och så gick han tillbaks till sina gäster, drinken i ena handen, cigarretten i den andra, som om han just nu inte tänkte på någonting annat än att vara sina gäster till lags, skratta åt deras historier och hålla med om alla deras konservativa uppfattningar som att kolgruvestrejken borde slås ner med militär, kvinnosaken började gå för långt och Tyskland måste veta sin plats i världen.

Det regnade när Sverre gick tillbaks mot Ingenjörsvillan med ansiktet vänt rakt uppåt som för att skölja sig ren från allt det som fläckat ner deras tid i Afrika, de vita linnekostymerna såväl som inombords. Hans puls var hög, han andades häftigt och ville sjunga högt, som i början när han gått hem genom Dresdens morgontomma gator och sjungit av lycka efter att bara ha suttit en natt och talat med Albie om livet och konsten.

Någon hade varit nere i källaren och ställt om termostaten till varmvattenberedaren, det fanns alltså gott om varmvatten. Det måste ha varit Albie.

Sverre var inte särskilt berusad, men dansade uppför trapporna och sjöng på skämt Die Forelle, åtminstone de första verserna som han kom ihåg, som ett skrålande triumferande hån mot den olyckliga perioden mellan dem då de haft sovrum på varsin sida en charmerande, på många sätt beundransvärd man med den lilla egenheten att han hatade män som älskade män mer än till och med de värsta och lägst stående bantublandraserna.

Snart, tänkte han. Jag drömmer inte, snart är det kanske över. Han gjorde sig ändå ingen större brådska. Det tog fyrtio minuter att fylla den lilla blå bassängen. När han skruvat på vattnet gick han till sitt rum, klädde av sig och hängde den regnfuktiga fracken pedantiskt noga över herrbetjänten, borstade av den och letade efter fläckar, lade tillbaks skjortknappar och manschettknappar på rätt plats i valnötsschatullet, slängde manschetter, skjortkrage, skjorta och underkläder i tvättkorgen, drog på sig en morgonrock och gick ut i badet. Än så länge var det bara fem tum djupt, han steg ner på den lilla inbyggda trappan och kontrollerade temperaturen. Albie blev fort frusen, vattnet måste vara så varmt som möjligt för att inte svalna innan han kom. Men just nu var det så hett att han kvickt måste dra tillbaka handen när han prövade. Det verkade bra. Om temperaturen stod sig under hela upptappningen skulle det dröja mer än en timme innan det blev för kallt för Albie.

När Sverre själv lämnade festen hade personalen redan hjälpt två av de äldre gentlemännen att komma iväg, en av dem den vilt orerande mr Worthington, som börjat bli lite ofin i kanten och mer än antytt att hans ölproduktion hållit huset Manningham ståndsmässigt sedan lång tid tillbaka. Han måste ha syftat på den hemgift som lady Elizabeth fick med sig. Såvitt Sverre förstod var den typen av yttranden något av det mest chockerande man kunde tänka sig, trots att alla visste exakt hur det låg till, eller kanske snarare just därför. En gång för länge sedan hade en miss Worthington upphöjts till lady Elizabeth och sådant var varken ovanligt eller gratis.

Han gick runt på övervåningen i sin morgonrock och försökte koncentrera sig på triviala funderingar av just den sorten för att inte skrika av otålighet.

Albie kunde inte gå förrän de andra gentlemännen dragit sig tillbaka. Men det brukade gå fort mot slutet när avtroppandet väl börjat eftersom ingen ville vara den som satt kvar sist, drack för mycket och höll värdfolket uppe.

Nej, det gick inte längre att kuva sin längtan genom att tänka på struntsaker. Han försökte läsa en bok om modern skeppsbyggnadsteknik, men gav upp efter att ha läst om den första meningen tre gånger utan att ha förstått ett ord. Han gick ut i badet och kontrollerade vattennivå och temperatur, det som rann ur kranarna hade redan börjat bli svalare, men badet var mer än halvfullt. Han kastade av sig badrocken, gick nedför trappan och lät sig falla med utbredda armar rakt ner i vattnet och kände nästan smärta av hettan.

Han måste gå upp en stund för att svalka sig och öppnade ett av de stora blyinfattade konstglasfönstren och lät regnkylan slå in över kroppen. Där borta lyste hela Manningham House som en gigantisk födelsedagstårta. Men på tredje våningen där gästrummen låg på rad var det släckt i alla fönster utom två. Det verkade lovande, bara två rum där gäster ännu inte gått till sängs. Och om det bara var två kvar bland gästerna i herrummet kunde Albie rentav skylla på ett eller annat, be James traktera herrarna efter önskemål och dra sig tillbaka.

Nu var han åter inne på sina desperata försök att tänka på annat, men det var som om det inte gick att komma undan längre. Det var lika bra att ge upp, att ge sig hän åt fantasin, att tänka på hur han höll sina armar runt Albies spänstiga, eleganta och vältränade kropp.

Han kastade på nytt av sig badrocken och gick ner i bassängen. Nu var den nästan full, men varmvattnet var på upphällningen, det som kom ur kranarna var bara ljummet. Han skruvade av vattnet och lade sig på rygg med utslagna armar, blundade och längtade, utan att krumbukta med distraherande sidospår i hjärnan.

När han slog upp ögonen stod Albie ovanför honom intill bassängkanten. Han hade inte hört ytterdörren slå igen, Albie måste ha kommit innan han vred av vattnet.

Albie log men sade ingenting, tog sitt cigarrettetui ur innerfickan och kastade det ifrån sig på golvet och gick sedan lugnt självklart nedför badtrappan fullt påklädd och vadade med vatten upp till halva skjortbröstet fram till Sverre, slog armarna om honom, höll honom hårt intill sig och tog hans huvud mellan sina händer ett kort svindlande ögonblick innan de kysstes vilt och passionerat för första gången på över ett år. Och så tumlade de omfamnade runt i vattnet, runt runt, en lek de lekt förut fastän aldrig med frack och lackskor.

Deras skratt kom som en befrielse och de skrattade utan att kunna sluta när de med gemensamma ansträngningar fick av Albie det ena plagget efter det andra som de plaskande svingade över bassängkanten tills han äntligen var naken.

De älskade och lekte länge, långt efter att det egentligen blivit för kallt i vattnet för Albie, men det tycktes han inte märka.

När kylan till slut obönhörligen tvingade upp dem ur vattnet och huttrande ner i samma säng sov de snart tätt omslingrade. Också det var mycket länge sedan.

På morgonen var de nästan blyga för varandra, som om det hade varit första gången på nytt.

När de åt frukost nere i den egna matsalen, fullt söndagsklädda i promenadkläder för personalens skull, försökte de först tala om vädret eller annat likgiltigt innan Sverre tog mod till sig och sade någonting om just den underliga funderingen att det kändes som efter första gången. Albie blev genast allvarlig.

”Det var det också”, sade han dröjande. ”Första gången i vårt andra liv. Kommer du ihåg när vi stod på den där bron uppe på Hardangervidda för några år sen?”

”Ja, mycket väl, utsikten var vidunderlig.”

”Jojo, det var den förstås. Men du sade de mycket stora orden. Tills döden skiljer oss åt. Jag blev så tagen just då att jag inte kom mig för att säga något och lika så gott var det. Jag menar just då. Med tanke på ett och annat som hände sen, det som vi aldrig mer ska behöva tala om. Det svär jag på, Sverri. Så nu lever vi vårt nya andra liv tills döden skiljer oss åt. Okej?”

Sverre var på väg att resa sig för att omfamna Albie men måste blixtsnabbt avbryta sig, slita upp en servett och torka någonting ur ena ögonvrån, eftersom ett av köksbiträdena just kom in med mer bacon och stekta korvar.

När de gick ut i den svala mulna morgonen kände de sig renade och nyförälskade och båda lika övertygade om att de verkligen börjat på nytt. Livet tillsammans var inte längre så osäkert, som det varit både före och efter den långa parentesen i Afrika. Nu kunde de bekymmersfritt planera både den nära framtiden och den längre bort.

Också på Manningham kunde nu livet vara som förr, möjligen mer mekaniserat eftersom de tog en biltur i stället för att rida runt ägorna. De turades om att köra och försjönk en stund i resonemang om motorer och körteknik. Albie hade från början haft för avsikt att införskaffa tyska automobiler, eftersom de självklart borde vara mycket bättre än de engelska. Men det nya engelska företaget Rolls Royce hade ett specialerbjudande till just herrgårdsfolk som det hade varit dumt att avstå från, de två silverfärgade fordonen med röda stoppade lädersäten i gainsboroughstil hade inte kostat så mycket mer än några bättre landåer.

I fartvinden mot det öppna förarsätet kändes det dubbelt lättare och friskare att andas. Ingenting var längre omöjligt eller ens svårt att tala om. Albie hade inte kunnat klämma fram med att han egentligen måste tillbringa åtminstone någon månad nere på godset för att gå igenom ekonomiska och praktiska nyordningar. Sverre hade dragit sig på samma sätt för att säga att han helst ville tillbringa de närmaste månaderna i ateljén i Bloomsbury för att färdigställa och komplettera eller rentav göra om en del av tavlorna i Afrikasviten. Nu kom de genast och lätt överens. Sverre skulle ta ner hela materialet till ateljén i Ingenjörsvillan, så kunde de arbeta samtidigt med de höga konsterna och den låga verkligheten.

Med det senare avsåg Albie skötseln av godset. Och just när det gällde den saken behövde han någon att vara förtrolig med, någon att kunna visa sig osäker inför, någon att vrida och vända på svåra problem tillsammans med.

Förvånad invände Sverre att när det gällde agronomiska eller ekonomiska problem kunde väl knappast någon avdankad järnvägsingenjör och målarkludd vara till hjälp?

Jo, för de problem som fanns att diskutera var inte tekniska, utan mänskliga. Det rent tekniska var bara frågan om rationalitet, räknesticka och ekonomi. Det mänskliga var en helt annan sak. Och det kunde han omöjligt tala med sin mor om, än mindre med farmor Sophy och allra minst med förvaltare och förmän.

Som en sådan sak som det övertaliga antalet anställda. Arbetsstyrkan på Manningham, om man räknade både hushåll och underhålls- och jordbruksarbetare, var nu nere i under sjuttio personer. Det var åtminstone trettio för många, om man bara skulle göra en strikt ekonomisk beräkning. Det fanns alltså mer folk än arbete, en oundviklig följd av mekaniseringen.

Albies mor, för att inte tala om farmor, skulle inte ens förstå problemställningen. De skulle omedelbart och utan någon som helst tvekan avskeda så många som behövdes. De hade avskedat tjänstefolk i hela sina vuxna liv, ibland för att det verkligen behövdes, som i de sällsynta fall då någon snattat eller stulit. Ibland av grymma skäl, som när någon piga blivit med barn. Ibland av djupt orättvisa skäl, som när de rätt eller fel fick för sig att någon av husets gentlemän tenderade att bli för personlig med någon snärta i serveringspersonalen. För dem var det lika lätt att skicka iväg en gråtande piga som det var att snyta sig. Inte för att de var särskilt grymma eller känslokalla människor, för det var de inte. Men därför att de var präglade av en svunnen tid.

Förvaltare, bokhållare och liknande tjänstemän bland de anställda var det heller ingen mening att tala med om mänskliga frågor. De var fortfarande viktorianer i den meningen att för dem var en arbetare bara en produktionsfaktor som presterade ett visst pensum till en viss kostnad och så var det bara att räkna på kvoten.

Mor Elizabeth och farmor Sophy begrep däremot över huvud taget inte ett dyft om ekonomi. Pengar var en självklarhet för dem, ungefär som om det funnits en sedelpress i källaren. Ingen av dem hade haft den ringaste förståelse för att han sålde det palatsliknande huset i Mayfair, trots att det hade varit grundförutsättningen för att få hela verksamheten på fötter. Och när han tröstat dem med att de fick ha en stående svit på Hotel Coburg, onekligen Londons förnämsta etablissemang, hade de uppfattat det som en högst ståndsmässig extravagans. Utan att förstå att det var fem gånger billigare, inklusive champagnen och bjudmiddagar, än att hålla huset i Mayfair igång.

Kort sagt. Vad Albie behövde var en sorts moraliskt stöd, någon att resonera med om allt detta i humanistiska termer i stället för ekonomiska. Han ville inte avskeda en enda människa. Inte nyanställa heller förstås, så på lång sikt löste sig problemet.

De kunde med andra ord tillbringa sommaren med att måla, eller att lära om de gamla kuskarna till chaufförer och reparatörer, till middagarna skulle de resonera om moralproblemet med obehövliga anställda som ändå inte skulle skickas iväg. Och på nätterna skulle de älska som vanligt. Det var åtminstone Albies plan.

Sverre skämtade om att den enda perfekta lösningen vore en bolsjevikisk revolution. Albie invände torrt att i så fall var det slut med både borgerligt måleri och den hellenistiska kärlekens fröjder. De måste alltså finna en reformistisk-humanistisk lösning. Och ha en härlig sommar tillsammans.

* * *

Roger Fry och Clive Bell och deras kompanjon i utställningsprojektet Desmond McCarthy hade inte gjort illa ifrån sig under sin två månader långa köprunda i Paris. De hade skeppat hem 35 målningar av Gauguin, 22 van Gogh, 21 Cézanne, ett tiotal Manet och åtminstone ett par dussin målningar av något mindre storheter, som Georges Seurat.

Galleristerna på Grafton Galleries hade varit ömsom eld och lågor, ömsom lätt skräckslagna inför ett överdåd som skulle slå ner som en konstnärlig bomb i England.

Sverre och Margie som hjälpte till med att hänga utställningen arbetade som i ett lyckorus, båda övertygade om att de var med om att sätta samman den skönaste och bästa konstutställningen i världshistorien. De tidiga impressionisterna i Paris hade ju haft mycket mindre utställningar och under den klassiska perioden fanns över huvud taget inga publika konstutställningar eftersom konsten då inte var till för folket utan bara för överheten. Mest överrumplande hänförd blev Sverre av variationer i mörka blå färger som han påstod att han hade inom sig själv, rentav prövat före Afrika, som han nu återfann i en stjärnnatt över Rhône av van Gogh och i två målningar av Cézanne som hette Baderskorna och Chateau Noir, där Baderskorna var den mest fantasieggande, tio nakna kvinnor samlade en blå natt, grupperade som till dans, eller till ett hemlighetsfullt möte. Och från det dunkla och hemlighetsfulla kunde Cézanne röra sig till rena enkla fruktstilleben som åtminstone i förstone inte tycktes innehålla annat än de säkra färgkombinationerna som gjorde verkligheten overklig och verklig igen, det som Sverre ständigt kämpade med och som hos Cézanne såg så lätt ut.

Mest tagna blev Margie och Sverre av van Gogh för den oerhörda självsäkerheten i färgen och de breda långa penseldragen. Natten före vernissagen, de hade fått kompensera sin långsamhet med många extra arbetstimmar, gick de hem till ateljén på Gordon Square där Sverre visade hur van Gogh hade arbetat. Snabbt imiterade han en solros av mästaren, lade på lager efter lager av färg, arbetade lika mycket med palettkniven som med penslar, ibland till och med med fingrarna, så att en bild växte fram som såg ut som en ren förfalskning. Inför den alltmer häpna Margie medgav Sverre muttrande att det var hans eviga problem, han var en strålande förfalskare men aldrig lika fri, självständig och fylld av självförtroende som en Cézanne eller en van Gogh, som båda målade direkt med sina känslor utan att tänka en sekund på vad omvärlden skulle tycka, bedöma, eller för den delen betala. Men hursomhelst var den här tekniken någonting som han tyckte att Margie skulle ge sig på, breda snabba penseldrag, mer färg. Det skulle passa hennes inriktning på collage och abstraktioner bättre än om hon höll fast vid de korta försiktiga penseldragen. Hon borde också försöka sig på att arbeta med palettkniven.

Den ende av de inköpta mästarna som Sverre kände sig jämlik med var Gauguin, eftersom hans söderhavsmänniskor påminde så mycket om hans egna massajer. När Margie invände att det väl ändå var en avsevärd skillnad mellan massajerna och söderhavsmänniskorna surnade Sverre till och medgav att det förstås var självklart om man såg till motivens olika utseenden och rent kroppsliga egenskaper. Det var inte där likheten låg utan i sättet att lyckas göra det exotiska mänskligt. Det var en svår balansgång eftersom det krävde att man frigjorde sig från varje föreställning om att den annorlunda människan var annorlunda. Bättre än så kunde han inte förklara vad han menade, men där skulle alltså likheten mellan honom och Gauguin finnas.

Det kom mycket folk till vernissagen dagen därpå och publiken verkade klart entusiastisk, snart satt det röda lappar på mer än hälften av tavlorna, så utställningen var ekonomiskt i hamn. Det var heller inte så andäktigt tyst som det brukade vara på konstutställningar, utan ett konstant surr av diskussion och samtal, till och med glada skratt här och var.

Bland de många kända och okända åskådarna träffade Sverre och Albie, som stod tillsammans med de redan glatt avspända och inte längre nervösa arrangörerna Clive och Roger, en oväntad bekantskap från Muthaiga Country Club i Nairobi. Han kom till och med fram och presenterade sig på nytt för säkerhets skull, Denys Finch Hatton, och uttryckte särskilt sin beundran för Roger, vars konstföreläsningar han alltid hade uppskattat.

Det var ett förbluffande möte. I Nairobi hade Denys sagt att han visserligen investerat i en gård längre västerut från D:s ställe, förresten skulle han framföra sin hälsning från D, men att han hade för avsikt att enbart ägna sig åt professionell jakt.

När Albie ställde en fråga om jakten lystrade Clive Bell och berättade att han själv jagat en hel del i British Columbia, mest björn, älg och vitsvanshjort. Albie kunde naturligtvis inte hålla sig från att berätta att han nu skjutit alla de fem stora utom elefant, eftersom han hittills inte stött på någon med tillräckligt stora betar, alltså över 175 pund.

Sverre var förbluffad. Att konstkritikern och målaren Clive skulle vara intresserad av någonting så primitivt som jakt hade han aldrig kunnat föreställa sig. Eller att den demonstrativt klassiskt manlige Denys Finch Hatton skulle intressera sig för modern konst.

Det kunde naturligtvis bara sluta på ett sätt. Efter vernissagemiddagen gick de hem till Gordon Square med Denys och Clive och så blev det jakthistorier hela natten, den ena mer hjältemodig och dramatisk än den andra. Sverre hade inte mycket att säga i det samtalet utom en kort stund då Denys började tala om en roman i den nya psykologiska stilen av André Gide, *La porte étroite* som han nu läste på andra varvet och då upptäckte så mycket som han av någon anledning missat vid första läsningen.

Men så blev det jakt igen och mer whisky, för mycket whisky rentav. Det var tydligt att husets generösa förråd av rhenvin inte dög till jakthistorier. Sverre drog sig tillbaks med hänvisning till att han åtminstone blivit tillräckligt berusad för att kunna somna utan att oroa sig för vad tidningarna skulle skriva nästa dag. Och jakt var ändå inte riktigt hans kopp te. Albie menade att recensionerna inte kunde bli annat än succéartade, det hade liksom känts i luften under hela vernissagen. Och så började han berätta om sin första buffel.

Att säga att recensionerna målade upp ett totalt fiasko skulle vara att säga alldeles för lite. Ett ord som katastrof skulle också te sig alldeles för milt.

Det vänligaste omdömet formulerades av den inflytelserike kritikern Charles Ricketts som undrade "om man verkligen förväntas ta det här skräpet på allvar".

Cézanne beskrevs som "en totalt obegåvad konstnär som lätt skulle överträffas av vilken som helst kluddande femåring". Utställningen "Manet och postimpressionisterna" beskrevs omväxlande som ett utslag av ren sinnessjukdom och som ett hot mot den europeiska kulturen, ett rent sabotage mot såväl estetik som tanke. Det fanns ingen nedre gräns när recensenterna tävlade i nedgörande associationer till allsköns vedervärdigheter i tiden. Någon lyckades få utställningen landsförrädisk genom att koppla den till hotet mot England från det rovgiriga Tyskland, eller rentav som ett indirekt samarbete med de strejkande kolgruvearbetarna i Wales, som hotade England från ena hållet. Medan alltså denna perverst degenererade så kallade konst hotade England, den goda smaken och sederna, från andra hållet.

Aldrig någonsin, menade The Times, hade sådan smaklöshet, sådan total brist på känsla för såväl form som innehåll ställts ut i England, varför denna grodkonst å det snaraste borde förpassas dit där den hörde hemma, nämligen i det degenererade Frankrike.

Kulmen på kampanjen nåddes när Londonpressen ovanpå allt annat som sagts och skrivits om utställningsskandalen på Grafton Galleries lyckades förknippa Gauguin med den nu totalt urspårade och landsförrädiska kvinnosaken. Det var efter den fredag som kom att kallas Den Svarta Fredagen, som suffragetterna med olyckan Emmeline Pankhurst i spetsen lyckades ställa till det ännu värre.

Pankhurst ledde en demonstration med den hårda kärnan av sin rörelse, 300 ursinniga kvinnor, till parlamentet där de försökte bryta sig in och började kasta sten. Till en början gjorde poliskåren inte mycket mer än att hålla den inte alltför stora eller hotfulla demonstrationen i schack, men så kom order från den nye konservative inrikesministern Winston Churchill och då förvandlades demonstrationen till ett slagfält där kvinnorna fick kläderna sönderslitna av alltmer förtjusta poliser, släpades bort med grepp om sina nakna bröst, piskades med ridspön och misshandlades med batonger innan de buntades ihop med handfängsel och motades in i mobila hästdragna finkor och forslades bort.

Pressens ursinne riktades självklart mot Pankhurst och hennes huliganer, som på det mest oanständiga sätt tvingat den respektabla Londonpolisen att ta till ovanligt bryska metoder, med tanke på att huliganerna trots allt var kvinnor. All skuld för dessa osmakligheter måste givetvis falla på suffragetterna själva. Och så långt fanns kanske inte så mycket att invända, åtminstone inte ur konstnärlig synvinkel.

Men nu lyckades flera tidningar koppla samman suffragetthuliganerna med Manet, van Gogh och Cézanne. Logiken var inte lika stark som upprördheten. Resonemangen tycktes gå ut på att det fanns en underförstådd förbindelse mellan pervers konst och huliganism, ett totalt förakt för anständighet och kultur och att dessa fenomen var att betrakta som det stora hotet mot Europa, jämte den överhängande risken för en tysk invasion av England.

I Bloomsbury blev reaktionerna på denna kanonad av fördömanden högst disparata. Roger Fry var förkrossad, hans anseende som recensent och bedömare eller konstföreläsare var totalt raserat. Nu skulle han omöjligen få sin professur i Oxford.

Albie och Sverre var mest störda över den nu allt oftare återkommande beskrivningen av hur Tyskland hotade att invadera England. Tidningarna hade börjat publicera bilder där människoliknande monster i pickelhjälmar och gråa uniformsrockar över gigantiska magar, standardbilden av en tysk sedan någon tid tillbaka, med vidöppna gap och huggtänder hotade att sluka hela jorden.

Det var ett hot lika obegripligt som van Goghs eller Cézannes påstådda hot mot all god ordning i Europa. Det var en rent mardrömslik galenskap, galenskap därför att det inte fanns något tyskt hot mot England i sinnevärlden, mardrömslikt för att hela Londonpressen ständigt upprepade detta som en vedertagen självklarhet.

Margie, Vanessa och Virginia hade en mer trotsig attityd, åtminstone till en början innan den förbannade Emmeline Pankhurst lade sten på börda. Men som väckarklocka och provokation mot det stela och fantasilösa engelska konstklimatet hade utställningen fungerat strålande. Vad hade herrarna egentligen väntat sig? Beröm från The Times, där förståelsen för konst knappast nådde ens den femårings nivå där man påstått att Cézanne befann sig? Den våldsamma antagonismen var alltså att betrakta som en ren seger.

Männen lät sig inte övertygas av denna kvinnliga heroism. Någon muttrade dessutom att de kvinnliga vännerna inte precis gjort saken bättre när de infann sig på en fest i Chelsea klädda, eller oklädda rättare sagt, bara bröst och så vidare, för att hylla Gauguin. När då, självklart, somliga gäster svimmade och andra lämnade kalaset i vredesmod fick Londonpressen ännu en anledning att yla över hur de franska perversiteterna och konstsabotaget ännu en gång spred sitt gift över staden.

Grälet mellan vännerna hade tills vidare formerat sig i en kvinnlig och en manlig sida, vilket inte hörde till vanligheten. Lite mer försonliga och tröstande blev kvinnorna, trots sin principfasthet, när Telegraph i en stort uppslagen artikel förklarade Roger Fry sinnessjuk, och att detta kunde vara orsaken till att han låtit ställa ut alla dessa förfärliga dårhustavlor. Men att hans sinnessjukdom i sin tur kanske kunde förklaras med att hans hustru faktiskt var intagen på dårhus.

Dessvärre var det sant, hans hustru Helen hade faktiskt

tagits in på sinnessjukhus och visade enligt läkarna en ytterst dålig prognos.

Det som till slut fick kvinnorna i Bloomsbury att vända sitt raseri åt annat håll var den de kallade den galna stenkasterskan och mordbrännaren, Pankhurstskan. Det var en sak att bli förknippad med ”djur” och ”sinnessjukdom” och liknande omdömen i den konservativa pressen. Men att bli sammanlänkad med Pankhurst var den ultimata förolämpningen. Ingen hade skadat frågan om kvinnors rösträtt så mycket som den förfärliga kvinnan. Som Virginia påpekade hade man bara för fem år sedan varit över en halv miljon människor i Hyde Park för att demonstrera för kvinnlig rösträtt. Och hur många hade Pankhurstskan med sig när hon gick till attack mot poliserna utanför parlamentet? 300. Det sade allt. Hon var nog den enda kvinnan i England som faktiskt hade förmåga att stoppa införandet av kvinnlig rösträtt. Alla kvinnorna i Bloomsbury hatade henne vid det här laget.

De röda lapparna på de tavlor som sålts den första dagen försvann. En efter en ursäktade sig de tilltänkta köparna med att de begått ett beklagligt misstag. Och även om det inte hörde till god ton, lika lite som att inte stå vid sitt bud på auktion, skulle inte vilda hästar längre kunna förmå dem att bli innehavare till någon billig van Gogh, Cézanne eller kanske värst av allt någon Gauguin.

Albie anmärkte torrt att han tydligen fått en del osäljbar konst på halsen. Det ödet delade han förstås med hela kretsen av vänner i Bloomsbury, som alla efter förmåga bidragit till penninginsamlingen. Runt om i kvarteren skulle det bli gott om osäljbara tavlor på väggarna.

Sverre var den ende i kamratkretsen som invände med hetta. Han sade att det för det första var frågan om ett flertal fullkomligt underbara verk, särskilt bidragen från den han känt till minst, van Gogh. Och att för en så billig penning få underbar konst på väggen var väl inget att gnälla över!

Och för det andra. Det hade publicerats 50 nedgörande artiklar i Londonpressen, det var sant. Men det var också sant att det under kort tid hade kommit 50 000 besökare till utställningen. Och det sade mer, det förklarade att tusen gånger så många människor som recensenterna hade förstått vad de sett, men att de inte, eftersom de var engelsmän, vågade tro på vad de sett med egna ögon när överheten började tala om perversitet och det tyska hotet. Själv skulle han alltid älska sina van Goghmålningar som han nu tack vare den förstockade Londonpressen fått i sin ägo. Det var tavlor som han aldrig någonsin skulle skiljas ifrån, jo möjligen när döden skiljer oss åt, skämtade han till sist och kramade om den som förlorat mest pengar på den misslyckade konstaffären, Albie.

"Allright", sade Albie. "Låt oss hålla styv engelsk överläpp, vi kunde ha drabbats av ett värre öde än en massa van Gogh på väggarna."

* * *

Katastrofen hade närmast bibliska proportioner. Och om det inte varit för begravningen av lady Sophy på Manninghams privata kyrkogård så skulle Albie, Sverre och Margie ha varit med ombord. De hade fått ställa in i sista stund för att kunna anpassa begravningen till Pennies och Gals återfärd till Mombasa. Nu hade lord Dorset och hans hustry Evelyn, glada och tacksamma för erbjudandet, fått överta den svit Albie hyrt ombord.

Lady Dorset tillhörde de överlevande, som Margie skulle ha gjort, för efter vad man kunde förstå är det kutym att rädda kvinnorna i första klass före alla andra. Men lord Dorset, gäst på många middagar på Manningham när Albies far stod för värdskapet, var borta. Som Albie och Sverre skulle ha varit.

Torsdagsdiskussionen i Bloomsbury blev ovanligt välbesökt, förutom de som alltid var där, som Virginia, Vanessa och Clive, kom Keynes tillsammans med Lytton Strachey, och deras filosofvän Bertrand, men den stora skillnaden den här gången var att man fastnade i ett enda samtalsämne hela kvällen.

Den första frågan var rent teknisk och riktades från alla håll mot vänkretsens enda högutbildade ingenjörer, Albie och Sverre.

Titanic skulle ju ha varit ett osänkbart fartyg?

Enklaste svaret vore kanske att verkligheten onekligen visat på motsatsen. Men närmare 2 000 människor hade dött, man visste ännu inte exakt, och den här kvällen inbjöd inte till de vanliga cynismerna och skämten. Albie och Sverre försökte i stället åstadkomma tekniska förklaringar med hjälp av Sverres skissblock som de ställt upp mitt i rummet på ett staffli lånat av Vanessa.

Teorin om osänkbarhet byggde på att fartyget var uppdelat i sektioner, skilda skott som kunde stängas ett och ett. Om ett enda sådant område vattenfylldes så vore det alltså inga problem, inte ens två eller tre eller rentav fyra.

Sverre ritade och förklarade.

Det hade alltså varit bättre om Titanic gått rakt på isberget. Skadorna skulle ha blivit omfattande, men man hade inte sjunkit. Vad som måste ha hänt var alltså att fartyget träffade isberget på snedden och rev upp ett avlångt hål som sträckte sig längs alldeles för många skott.

Alla betraktade dystert Sverres nya förklarande bild.

Efter en kort stunds tystnad undrade Virginia varför det bara funnits livbåtar för passagerarna i första och andra klass, varför den stora majoriteten ombord, tredjeklasspassagerarna, var dömda till döden.

Frågan tycktes riktad till Sverre och Albie som stod kvar vid skissblocket. Sverre tvekade, frågan uppfattade han som politisk och moralisk snarare än teknisk, och kom inte på något att säga. Albie vände till slut upp ett nytt blad, ritade snabbt en ungefärlig bild av Titanics långsida med de fyra skorstenarna och markerade ett antal livbåtar upphängda längs sidorna.

”Som ni ser tar de mycket plats”, sade han kallt konstaterande. ”Det skulle ha betytt tjugo, tjugofem ytterligare livbåtar för att alla, till och med tredjeklasspassagerarna, skulle ha kunnat räddas.”

Han visade snabbt skissande hur fartyget då skulle ha sett ut, livbåtar överallt. Inte så snyggt, var hans slutsats. Så då var det väl närmast en filosofisk fråga – här riktade han sig mot Bertrand – hur man skulle förklara majoritetens död bland passagerarna. Dog de med hänsyn till fartygets design?

Allas blickar riktades mot Bertrand.

”Det är ohyggligt, men dessvärre relevant, att ställa frågan så”, sade han efter en demonstrativt lång eftertanke, vilt sugande på sin pipa. ”Men design är inte viktigare än förstaklasspassagerares liv. Så det mer precisa svaret måste nog bli att de som måste dö var mindre värdefulla människoliv enligt fartygskonstruktörerna, rederiet, de brittiska myndigheter som godkänt arrangemanget och kort sagt hela vårt samhälle av idag. En tredjeklasspassagerares liv är inte mer värt än ett tyskt liv, eller ett boerliv, för att inte tala om massajers eller zuluers liv. Sådan är vår nuvarande världsordning."

Det blev nästan kväljande tyst i rummet och det dröjde innan samtalet kom igång på nytt. Stämningen gick inte att skämta sig ur, inte ens Lytton försökte.

Sverre gick och satte sig, vit i ansiktet. Han föreföll befinna sig i något chocktillstånd och serverade sig med darrande händer en stor whisky.

Det var bara Albie och Margie som förstod varför han uppträdde som om halva hans släkt hade befunnit sig ombord. Så illa var det inte, men illa nog.

Hela hans afrikanska utställning, som skulle ha visats i New York om tio dagar, var borta.

Det var den energiske Denys Finch Hatton som åstadkommit den lysande möjligheten. En av hans jaktkunder i Afrika var en stormrik konstsamlare, mecenat och delägare i ett av New Yorks mest mondäna gallerier. Och denne Jack van Deverer hade råkat vara i London, sett utställningen "Manet och postimpressionisterna", blivit mycket förtjust, köpt tavlor men inte fler än att han bekvämt kunde ha dem med i sin privata hytt på hemresan över Atlanten, stått vid sitt bud oavsett vad tidningarna sedan skrev och därefter råkat springa ihop med sin afrikanske jaktledare Denys utanför Grafton Galleries. Därefter gick det fort. Denys hade tagit sin Afrikafrälste kund med sig till Bloomsbury, presenterat Sverre och bett honom visa några prov ur den afrikanska sviten, som enligt Denys var det bästa som någonsin gjorts i den vägen. Och amerikanen höll med.

Att ställa ut på Grafton Galleries just då, efter det stora fiaskot med den franska utställningen, verkade knappast tillrådligt. Albie hade visserligen hyrt tid för den saken eftersom han tyckte det var dags för Sverre att stiga ut i offentligheten för att få sitt stora erkännande. Men efter det som hänt Gauguin verkade den möjligheten inte längre självklart lysande. Lösningen fanns alltså i New York.

När Albie, Sverre och Margie hade tvingats ställa in resan på grund av begravningen så verkade det i sammanhanget som ett litet problem att de femtio afrikanska målningarna, frukten av drygt två års hårt arbete för Sverre, rest i förväg på det osänkbara fartyget Titanic.

Sverre hade knappast talat om saken och både Albie och Margie förstod mycket väl varför. Farmor Sophys oväntade slaganfall och död hade räddat livet på dem alla tre. Annars hade de, åtminstone Albie och Sverre, gått under tillsammans med tavlorna. I det läget var det omöjligt för Sverre att beklaga sig.

Någon i rummet hade till slut dristat sig till åtminstone en antydan till skämt. Det var Keynes.

”Vi får åtminstone glädja oss över att det inte var ett tyskt isberg”, sade han och möttes av en del försiktiga leenden.

Det var inte svårt att förstå vad han syftade på. Den väldiga publicitetsvågen efter Titanics undergång hade till en början mest handlat om enastående engelskt hjältemod, om kaptenen som röt ”Varen brittiska!” för att lugna omgivningen i den stigande paniken, om den strikt engelskt disciplinerade orkestern som stått i orubblig givakt och spelat ”Närmare Gud till Dig” utan att röra sig förrän det stigande iskalla vattnet började tränga in i blåsinstrumenten, om gentlemän som mot slutet stått oberörda kvar vid relingen och vinkat farväl till sina räddade kvinnor medan de rökt en sista cigarrett, diskuterat årets cricketsäsong och beklagat att de nog skulle missa kapplöpningarna på Ascot den här gången och liknande historier som ingen överlevande, vid närmare eftertanke, kunde ha varit vittne till. Men som man sade i tidningsvärlden, då fanns ju heller ingen som kunde dementera.

Pressen och myndigheterna lyckades snart vända fiaskot – för ett sådant var det ju – till triumf för engelskt hjältemod. Inga människor på jorden kunde drunkna lika elegant i nollgradigt vatten som engelska gentlemän.

Och därifrån var, självklart i dessa tider, steget inte långt till den vanliga diskussionen om det hotfulla Tyskland som hade fräckheten att bygga ut sin flotta, om nödvändigheten för Britannia att stärka sitt grepp över världshaven, och om, kort sagt, det nödvändiga kriget mot Tyskland.

”Jag har räknat på det där om det fredsälskande England och det krigiska Tyskland”, sade Bertrand lågt, tände på nytt sin pipa och tog upp en minneslapp ur bröstfickan på sin kavaj. ”Om vi tar det från Waterloo och framåt, så har England befunnit sig i krig tio gånger, Ryssland sju, Frankrike lustigt nog bara fem gånger, Österrike fem och Preussen, sedermera Tyskland, tre gånger. Men då ingår det fransk-tyska kriget 1870 och då var det ju Frankrike som anföll.”

”Ja, det är den objektiva sanningen”, sade Keynes. ”Vi har

krigat mest och Tyskland minst, men säg det till träskallarna på ledaravdelningen på The Times och de kommer att skrika landsförrädare. Vad som är sant spelar ingen roll. Frågan är varför så många på Fleet Street och i Whitehall absolut vill ha krig med Tyskland. Ärligt talat förstår jag det inte. Dessutom verkar det inte helt riskfritt med tanke på nutidens tekniska utveckling, det är inte precis givet att vi ligger före Tyskland när det gäller teknik."

"Nä, men när det gäller kavalleri", muttrade Bertrand. "Inom försvaret tror de att det engelska kavalleriet kommer att fälla avgörandet inom ett par dagar. Vad tror ni teknikkillar om det?"

Frågan var tydligt riktad till Albie och Sverre.

"Det är en absurd föreställning", svarade Albie tveksamt. "Som tyska ingenjörer, ja, för det är vi ju som ni mycket väl vet, tror vi nog båda att den moderna tekniken gör krig omöjliga. Miljoner människor skulle dö, priset skulle bli alldeles för högt, på alla sidor. Krig är helt enkelt inte längre möjliga som konfliktlösning."

"Säg det till Kungliga rytteriet", sade Bertrand. "De har stora övningar just nu i Sussex, tränar beridet anfall med lansar. Vad innebär en sådan taktik, rent tekniskt?"

"Tja", sade Sverre. "Man behöver nog inte så stora tekniska kunskaper för att svara på det, bara lite fantasi. Kavalleriet tillhör 1800-talet, tappra strålande anfall i sporrsträck över vida fält fram mot fiendens tungfotade kanoner, ni vet alla hur de där målningarna ser ut. Idag skulle kulsprutorna göra att ingen enda ryttare kom fram. Ingen enda. Men just därför är krig otänkbara."

”Men ligger inte Frankrike så att säga i vägen för tyskarna om de ska invadera oss?” invände Virginia och ångrade sig för sent när hon såg männens något överseende blickar.

”Vi är numera i förbund med Frankrike, hur märkligt det än kan förefalla, mot Tyskland faktiskt”, påpekade Roger Fry faderligt. ”Och fransmännen vill alltid ha krig med Tyskland, de vill ha tillbaka Alsace-Lorraine som de spelade bort 1871. Det kan man på sätt och vis förstå, men inte varför England prompt ska hjälpa dem med den saken.”

Det hade varit en olustig stämning i samtalsklubben redan från början denna kväll. Man var inte *homo ludens*, den lekande människan, med samma självklarhet som förr. Torsdagsmötena handlade vanligtvis om vänskap, konst och olika former av sexualitet. Att tala om absurditeter som kulsprutor och det ärofyllda engelska kavalleriet kändes totalt fel och besvärande eftersom samtalet blev tungt och trögrörligt och dessutom delade upp vännerna i män och kvinnor på ett högst ovanligt sätt.

Titanics enorma tyngd låg över samtalet.

VIII

Våroffer

PARIS

1913

FÖRSTA BILDEN, ELLER om man skulle kalla det akten: En grupp nästan nakna ynglingar dansar runt en uråldrig kvinna som springer hukande som ett djur för att undkomma, eller förleda dem, man kan inte avgöra vilket. Hon representerar antagligen den död i naturen som förebådar vårens pånyttfödelse. Ynglingarna har henne omringad men vill inte döda henne, den lugna återhållna rytmen för tankarna till pulsslag, i så fall vårens hjärtslag.

Nu kommer de unga kvinnorna upp från floden, draperade i tyllarrangemang som får dem att se både klädda och nakna ut. De formar en ring som långsamt oskuldsfullt förenar sig med ynglingarnas, men där finns ingen upphetsning, ingen tydlig åtrå, musiken är *Tranquillo*.

De unga kvinnornas sinnlighet har ännu inte vaknat, de liknar träden eller växterna som gör sig beredda för befruktningens mysterium. De närmar sig ynglingarna, men drar sig plötsligt fort undan, som om de var blyga eller ännu inte beredda, det är lekfullt (*Molto allegro*).

En ny och häftigare rytm. Gruppen av unga män och kvinnor delar sig och börjar leka på ett alltmer aggressivt sätt så att leken övergår till kamp mellan man och kvinna, det måste vara en framställning av den begynnande erotiken som både lek och aggression.

Nu hör man en procession komma, först i fjärran, snart närmare. Det är den vise som kommer, den äldste medicinmannen eller druiden i stammen. Alla de unga drabbas av skräck och sjunker till marken.

Den vise välsignar jorden (*Lento*), ligger snart utsträckt med armar och ben åt fyra väderstreck och förenar sig med jorden.

Alla de unga kryper ihop till små bollar men börjar snart resa sig, långsamt slingrande i spiralrörelser som groddar eller skott som skjuter upp ur jorden. De är naturens nya uppstigande kraft, det är jorden som dansar (*Prestissimo*).

Andra bildens förspel (*Largo*) skildrar den hedniska natten i en dunkande rytmisk långsam sång som upprepas i variationer och övergår i en skugglik dans (*Andante con molto*) under vilken de unga kvinnorna sakta innesluter den utvalda som inte kommer att undkomma.

Ungefär här började publiken på Théâtre des Champs-Elysées rent ut sagt leva djävulen. Det hade varit oroligt innan, spridda visslingar och högljudda kommentarer, men nu blev det en stunds kakofoni eftersom en del av publiken ville stoppa föreställningen och andra ville få bråkmakarna att hålla käft. Efter en stund lade sig det värsta tumultet. Föreställningen fortsatte.

Den utvalda unga kvinnan, som ska offras, kommer att återskänka våren dess krafter, de andra kvinnorna dansar allt tätare omkring henne så att hon till slut blir helt stillastående (*Vivo*). Jorden är nu renad.

Förfädernas andar åkallas och kretsar i utkanterna av den begynnande högtidliga dansen (*Lento*). När den utvalda är nära att sjunka ner i skräck eller resignation tar sig förfädernas andar in genom kretsen av ungdomar, som rovgiriga odjur smyger de fram för att offret inte ska falla och förena sig med jorden. De griper henne och för henne med sig mot himlen, kretsloppet av krafter som återföds, för att dö och förenas med naturen, är nu fullbordat.

Och inne på teatern hade det vid det här laget utbrutit flera slagsmål, förolämpningar av grövsta slag och svordomar genomkorsade lokalen, några slutapplåder för artisterna var inte till att tänka på, de flydde i panik.

Polis hade tillkallats, några bråkstakar greps och buntades ihop, fortfarande rasande, och släpades iväg häftigt utskällda av dem de passerade.

”Skandal, antar jag”, anmärkte Albie roat när de försiktigt trängde sig ut mellan våldsamt upphetsade människor som tvivelsutan hatade varandra. De ville inte bli inblandade utan fort komma därifrån för att börja tala om vad de upplevt, båda var fyllda till brädden av en säregen konstupplevelse som nästan inte kunde jämföras med något annat.

Det var den 29 maj, på dagen ett år sedan de varit med om en liknande skandal just här i Paris, den gången med Ballet Russe på Théâtre du Châtelet, men då var det Vaslav Nijinskij som dansade huvudrollen, i dagens föreställning fanns ingen huvudroll men Nijinskij hade gjort koreografin.

Musiken för ett år sedan hade naturligtvis varit totalt annorlunda, *L'Après-Midi d'un faune* av Debussy, ljuva melankoliska och rent melodiska toner till skillnad från Stravinskijs råa, hårda och kontrastfyllda våldsamheter.

Det hade visserligen blivit skandal då också, men inte lika spontant som den här kvällen. Då berodde det inte på musiken utan på Nijinskijs dans, handlingen var i det närmaste totalt oskyldig om man jämförde med *Våroffer*.

En faun, Nijinskij själv, jagar lekfullt flera nymfer i olika turer, det är vackert, rörande och knappast erotiskt. Till slut erövrar faunen en slöja från en av nymferna, tar den till en klippa i ensamhet, smeker längtansfullt slöjan och allt är ljuvt och stilla. Tills han som avslutning utför några tydliga rörelser med underkroppen mot slöjan som inte kan missförstås.

Möjligen övertolkas. Det gjorde i alla fall Le Figaro som startade en kampanj mot föreställningen och lyckades mobilisera polis och åklagarmyndigheten med anklagelsen att Ballet Russe hade utfört kopulation på scenen. Med en slöja!

Frågan var hur skandalen skulle se ut den här gången och om Stravinskij i samma grad som Debussy kunde bli ett polisärende. Även den här gången måste man säga att det högst eventuella erotiska innehållet hade varit väl så symboliskt som kopulation med slöja, de unga männen och kvinnorna hade lekt och slagits som oerfarna ungdomar som inte bättre kunde uttrycka sin erotiska längtan. Men det kanske var lika illa eftersom det kunde kanalisera publikens tankebanor i olämplig, för att inte säga rent osedlig riktning. I London hade det inte varit så överraskande med den typen av konstkritik från tjockskallarna på Times och Telegraph. Men här i Paris! Det hade man inte kunnat vänta sig.

Théâtre des Champs-Elysées låg inte långt från Triumfbågen, när de kommit ett stycke bort från små grupper av publik som fortfarande grälade återkom känslan av att vara en sorts landsflyktiga engelsmän i konstens huvudstad, inte längre omgivna av fiender, även om den känslan hade börjat klinga av redan i början på året när den engelska opinionens hat fortfarande varit riktat mot Tyskland och allt tyskt. Nu ett halvår senare hade hatet i stället riktat sig mot irländarna, som börjat kräva självständighet. Det hade överskuggat allt annat och var för närvarande det största påstådda hotet mot sammanhållningen inom Imperiet.

1912 hade varit ett förfärligt år. Konstnärer, författare och poeter delades upp i två grupper, pacifister och krigsanhängare, och tidningarna skänkte gladeligen utrymme åt de senare. Värst av alla hade förstås Rudyard Kipling utmärkt sig.

För att vara en så charmerande författare av barn- och ungdomsböcker hade Kipling en förvånansvärt lång hatlista, tyskar, demokrati, skatter, fackföreningar, gruvarbetare, irländare och indiska nationalister och självklart pacifister, kvinnor och socialister. Förra året hade han kommit på ännu ett avgörande argument mot kvinnlig rösträtt, förutom det gamla vanliga om kvinnans hjärna och kvinnans natur. Eftersom kvinnorna tenderade, i överensstämmelse med sin primitiva natur, att vara fredsanhängare kunde man självklart inte ge dem rösträtt, resonerade han. Kvinnlig rösträtt innebar ju en risk för att England inte skulle få ge sig ut i det ”Stora Kriget” mot ”hunnerna”. Det var hans nya ord som han försökte banka in i det engelska språket. Tyskar kallade han för hunner och det mer än allt annat önskvärda kriget döpte han till det Stora Kriget.

Då, för precis ett år sedan, när Albie och Sverre kommit ut från den Ryska balettens föreställning av *L'Après-Midi d'un faune* var läget fruktansvärt dystert. Hela England tycktes ha ställt in sig på krig mot Tyskland. Nu i år tycktes den aktivismen som bortblåst när alla politiker och ledarskribenter i stället talade om Irland.

Vädret var dessutom mycket bättre i år på denna majdag, mild försommar, vindstilla och blommande fruktträd. De svarta orosmolnen från förra året var borta. Himlen var rosa och guld.

Och de var alldeles för sig själva och kom just från världspremiären på ett konstverk som skulle leva i alla tider framöver och alltså kunde tillvaron knappt vara bättre.

Albie menade att det inte kunde ha varit Stravinskijs musik som drivit somliga i kvällens publik till galenskap. Musiken var inte experimentell i den meningen att den i huvudsak varit atonal, eller uppblandad med icke-musikljud. Det var rena växlingar mellan dur och moll, ingenting konstigt och det mesta bottnade antagligen i rysk folkmusik, bara tempo och frasering hade i så fall ändrats. Och det där med att dansarna var barfota och exempelvis i offerscenen dunsade tungt med hälarna var ju bara kongenialt med den visuella berättelsen. Om dansarna piruetterat runt på klassiskt manér i tåspetsskor, ja då hade det verkligen blivit löjligt eller parodiskt och i så fall möjligen provocerande. De konsthatande konstälskarnas rädsla för nya formgrepp var fascinerande i sin svårbegriplighet. Vad var de rädda för? Eller hellre, vad var det som gjorde dem så förbannade att de till och med började slåss efter en balettföreställning?

Sverre kunde bara hålla med om att här någonstans dolde sig en högst gåtfull mänsklig defekt. Det var samma sak som med utställningen "Manet och postimpressionisterna" för några år sedan. Då visste raseriet, åtminstone hos de konservativa konstkritikerna, inga gränser. Kanske var problemets kärna, men det här var bara ett antagande, att man var så strikt uppdelade i konstnärer och konstbedömare. De senare fungerade som smakdomare och dömde i tidningarna och formade på så vis den erkänt goda smaken. Den tidningsläsande medelklassen fogade sig i detta som allt annat som kom från överheten. Följaktligen var allt sådant som de inte kände igen, som alltså ännu inte godkänts av Times, dålig konst. Som van Gogh, eller på senare tid Matisse.

Nej, det gick egentligen inte att reda ut, det kanske bara var obegripligt. Eller i värsta fall något engelskt, eftersom det till och med kunde vara landsförrädiskt att ställa ut målningar av Cézanne. Eftersom man därmed, av alla argument, gick Tysklands ärenden. Kort sagt var åtminstone den engelska konstbedömande överheten galen. Möjligen borde man göra mer aktivt motstånd.

Där blev Albie misstänksam eftersom han tyckte det lät som om Sverre menade att konsten skulle engagera sig direkt i politiken. Där vek han sig aldrig, det var den bastion han sist skulle överge.

Sverre försökte argumentera, även om han redan anade Albies invändningar. Under de senaste förfärliga åren, när hela den engelska överheten hamrade på krigstrummorna, hade inrikesdepartementet värvat både konstnärer och författare att direkt tjäna Imperiet. Som de som nu, ja inte längre nu när det hela blåst över, men till för något år sedan satt och ritade tyskar som apor och grisar. Nu satt de väl och gjorde irländare. Författarna var inte bättre, var och varannan nyskriven teaterpjäs handlade om faran med tyska spioner och den där John Buchan gav ut bok på bok om spioner, sammansvärjningar, hemliga radiosändare och hjältemodiga detektiver på Scotland Yard. Arthur Conan Doyle var lika korrumperad han.

Mer politisk än så kunde konsten inte bli. Eller hur?

Alltså kunde det bli en uppgift för fredsvänliga konstnärer, om krigshetsen skulle återuppstå, att göra den rakt motsatta konsten.

Hurdå? undrade Albie misstänksamt. De stod på Place de l'Étoile och betraktade hänfört Triumfbågen, inte så mycket för att beundra arkitekturen, den var bara bombastisk, utan för frihetskänslan av att andas luften i Paris.

Sverre måste tänka efter.

”Om vi vänder på Kiplings propaganda”, började han resonera. ”Så kan vi tänka oss en bild där han själv, lätt igenkännlig hänger över axeln på en gris... en gris med konstnärsbasker, palett i vänsterklöven och pensel i den högra... de står vid ett staffli, grisen försöker avbilda en annan gris med pickelhuva... men det som vuxit fram på duken är en alldeles realistisk avporträttering av kaisern. Kipling är misslynt och säger något i stil med att kaisern ser alldeles för mänsklig ut och då svarar griskonstnären, som förresten har en Union Jack spänd över knorren för att inte se sedlighetssårande naken ut, 'Jamen Sir, det är ju det som är så skrämmande'.”

Albie skrattade inte.

Sverre sade utan hopp om medhåll att han skulle kunna göra

bilden bara för att visa hur det skulle se ut, fastän hans beskrivning borde ha gjort den saken alldeles klar.

Albies invändning var självklar. Bara för att fienden kunde prostituera konsten skulle man inte själv sjunka lika djupt.

De släppte samtalsämnet. Sverre bestämde sig för att nästa gång hitta en bättre idé och göra bilden innan han sade något mer i ämnet.

De tog en automobiltaxi upp till Café de Flore i Saint-Germain-des-Prés där de skulle träffa Roger Fry för en sen supé. Han var i stan för att som vanligt träffa konstnärer och om möjligt köpa ihop en ny utställning i London som Albie i så fall skulle finansiera. Roger hade inte gett upp hoppet om den engelska konstpubliken, vilket tydde på antingen en oerhörd uthållighet eller en lika oerhörd optimism, egentligen beundransvärt i båda fallen.

Café de Flore var inrett i jugendstil med typiska blomornament i blyinfattade konstglas mellan båsen med röda stoppade lädersoffor. Stämningen var hög, cigarrettdimman så tät att det nästan var svårt att hitta Roger längst in i lokalen, inbegripen i en vild diskussion. Hans franska var ju perfekt.

Extra stolar trollades fram och de nyanlända engelska gästerna pressade sig ner i sällskapet och försökte sätta sig in i diskussionen som var dubbelt så snabb som om den varit engelsk. Det tycktes handla om politik snarare än konst. De tyska och franska socialisterna skulle gå samman för att hindra överklassen att sända varandras arbetare i strupen på andra arbetare, stora fredsmöten förbereddes både i Paris och Berlin. För även om faran för krig tills vidare var blockerad kunde man aldrig vara säker och måste alltid vara på sin vakt. Den franska överheten ville ha krig, folket ville det inte. Samma tillstånd tycktes råda i både Berlin och Paris. Och utan uppslutning från folket kom generalerna ingen vart!

Ungefär sådant var innehållet i diskussionen så långt Albie och Sverre, som båda hade franska som sitt sämsta språk, förstod. I vanliga fall skulle åtminstone Albie ha blivit våldsamt avkyld av konversationen. Men stämningen var varm och optimistisk och samtalet fördes under så många skämtsamma utvikningar att de inte kunde undgå att ryckas med i någon sorts optimistisk euforisk föreställning om att det Stora Kriget, som så många engelsmän hoppades på, faktiskt var en alldeles för uppenbar idioti för att kunna bli verklighet utan folkets stöd.

Medan han lyssnade tog Sverre fram en blyertspenna med tjock mjuk spets och tecknade tre generalsparodier, en tysk, en fransk och en engelsk, som alla tre med revolvrar i hand beordrande pekade till anfall åt soldater som med armarna i kors tycktes totalt ointresserade. Intill gjorde han en bild där de tre generalerna sköt varandra och stöp, till respektive soldaters vilda applåder. En tredje bild, där pappersduken höll på att ta slut, föreställde de tre generalerna liggande döda över varandra med magarna i vädret, medan nöjda soldater gick hem.

Någon upptäckte bilderna, svepte undan glas och flaskor och drog fram pappersduken till allmän beskådan, jubel och applåder. Mer vin dukades omedelbart fram och sedan tog någon upp Internationalen, alla stämde in men det blev lite rörigt eftersom Albie och Sverre bara kunde den tyska texten.

Efter en stund hade larmet vid bordet närmat sig det outhärdliga, särskilt för den som inte var hemmastadd i den moderna franska konstnärsjargongen. När tre nya målare anslöt passade Roger Fry på att erbjuda sin egen, Albies och Sverres platser och ursäktade sig med något som ingen av dem uppfattade. Strax satt de för sig själva vid ett bord på akustiskt betryggande avstånd.

”Är det inte underbart att andas den fria friska Parisluften?” skämtade Roger när han just beställt in en flaska bourgogne.

De två andra höll skrattande med. Bokstavligen var luften inne på Café de Flore så tjock av tobaksrök att hela lokalen föreföll nedsänkt i tjockaste Londondimma. Men som respit från den hatfyllda atmosfären hemma framstod Paris som den renaste och friskaste kontrast.

Roger hade en idé han ville diskutera med dem båda, särskilt med Sverre. Helt nyligen hade han kommit över en lokal på Fitzroy Square som kunde lämpa sig för projektet. Tillsammans med Vanessa, Duncan Grant och Margie hade han där inlett ett helt nytt sätt att göra konst. De kallade stället för Omega Workshops och där skulle allmänheten för en billig penning, nåja åtminstone överkomlig, få köpa konst som samtidigt var användbar, bord, stolar, till och med keramik, allt dekorerat av moderna konstnärer. Men verken skulle inte signeras individuellt, utan bara med bokstaven Omega.

Vad det handlade om var den falska motsättningen mellan dekorativ brukskonst och modern högkvalitativ konst. Det gällde att komma runt konstexpertisens, den så kallade, förtryck av smak och förståelse och vända sig direkt till allmänheten. Låt säga att man diskuterade bordsskivor i fauvistisk stil, ungefär som om de målats av Henri, han var förresten på väg, skulle komma senare. Om folk förstod att dekorera sina hem med sådana föremål och såg dem dagligen omkring sig så skulle de också få en helt annan känsla och förståelse för den målade moderna konsten.

Det var idén, i all korthet. Roger Fry såg förväntansfull ut inför de andras reaktioner när han undrade om de hade några frågor.

”Duncan Grant?” undrade Sverre. ”Är han tillbaka i gänget?”

”Ja”, sade Roger och mulnade. ”Han och Vanessa lever numera ihop.”

”Så märkligt. Jag trodde du och Vanessa…?”

”Nej, det är över på det sättet. Men vi är förstås vänner som förut och alla tre lika involverade i Omega Workshops. Finns det möjligen något annat ni undrar över?”

Rogers syrlighet kunde inte undgå någon av dem. Sverre skämdes över sin klumpighet att ta upp diskussionen från helt fel håll, men han hade blivit förvånad och spontant nyfiken. Nu måste han reparera sin fadäs och började fundera över vilken inriktning av den moderna konsten som skulle fungera bäst för det här populäriserande, eller rentav demokratiska, projektet. Kubistisk stil kanske, åtminstone abstrakta mönster och collage, det skulle passa Vanessa och Margie bäst. Abstrakta färgkombinationer borde ha en mer slitstark skönhet i ett hem än direkt föreställande bilder. Vem ville ha ett porträtt av en massajkrigare målat över sitt köksbord? Förresten, kunde man inte göra textilmönster lika gärna som man dekorerade möbler?

Roger sken upp av att diskussionen lämnat frågan om vem som låg med vem och kommit in på huvudsaken, vem som kunde måla vad. Det där med textilmönster var förresten självklart, visst skulle man syssla med sådant.

Bakom ryggen på Roger, som nu gett sig in i en ny ivrig utläggning, upptäckte Sverre en elegant man i kostym, glasögon och helskägg som gått fram till konstnärsbordet och storskrattande höll upp hans snabbt hopritade skämtteckningar om generalerna som i brist på lydiga soldater måste skjuta sig själva. Mannen frågade något när han fortfarande skrattande lade ifrån sig den nedklottrade biten av bordsduken. Flera händer pekade på en gång bort mot Sverre och den svagt bekante främlingen satte genast kurs mot deras bord.

Han visade sig vara den Henri som Roger väntat på och såfort Roger presenterat sina engelska vänner och Henri satt sig ner och ursäktat sig för sin något högtidliga klädsel med slips, kavaj och väst, kom Roger igång med att på nytt berätta om sin idé med Omega Workshops. Snart fann han till sin besvikelse att vännen Henri inte visade någon entusiasm. Hans invändningar gick ut på att den konstnär som började ägna sig åt industriell framställning skulle tvingas anpassa sig och fastna i samma hjulspår och därefter bli sämre i stället för bättre. Möjligen skulle det där med keramik vara en bättre idé, Pablo hade funderat mycket åt det hållet att bruksföremål faktiskt samtidigt kunde vara konst.

Därefter behandlade han ämnet som avslutat och vände sig mot Sverre med en komplimang om den slagkraftiga satiren med generalerna och frågade vilka mästare i genren som låg honom närmast om hjärtat.

Sverre ursäktade sig generat att satirteckning inte var något han vanligen sysslade med, de där teckningarna hade varit som ett diskussionsinlägg bara, gjort av en norrman som dessvärre inte kunde hänga med i en snabb politisk diskussion på franska.

Roger kom till undsättning på ett sätt som gjorde Sverre än mer generad. Han förklarade för sin franske vän att Sverre tvivelsutan var en av de absolut bästa och mest mångsidiga konstnärer som man kunde finna i nutidens England.

Nej, så märkvärdig var han inte, invände Sverre. Han sökte sig mest fram, prövade nya stilar, letade efter sig själv.

”Kom upp till mig och leta, jag har ett helt gäng sökare på Boulevard des Invalides, i ett gammalt klosterkapell faktiskt. Folk har kommit och gått i flera år, vi inspirerar varandra och hjälper varandra. För några år sen hade jag två mycket begåvade skandinaver på besök. Ett ungt par, Isaac och Sigrid, och just nu har vi en Nils, känner ni dem?”

”Nej, jag har bott länge utomlands, jag känner ärligt talat inte en enda levande nordisk konstnär”, svarade Sverre och såg besvärat ner i bordet.

”Aha, jag förstår”, sade Henri. ”De där tre var hursomhelst svenskar. Men kom till min ’workshop’ och hoppa in i gänget. Bara en kort fråga, av ren nyfikenhet, vilka samtidsmålare sätter ni högst?”

”Det finns så många…”, slingrade sig Sverre.

”Jo, jag vet. Men säg tre!”

Det gick inte att komma undan.

”Tja, om jag ska säga bara tre… van Gogh, Cézanne och ni själv om ni är den jag tror.”

”Utmärkt. Och varför oss tre?”

”Därför att ni är något som jag själv inte redan är.”

”Ännu mer utmärkt. Välkommen till Boulevard des Invalides, närhelst det passar!”

* * *

De promenerade i utkanten av Bois de Boulogne i sina nya franska kostymer. De engelska vita linnekostymerna och panamahattarna hade de stuvat ner i bagaget på Grand Hôtel du Louvre. De höll sig till utkanten av den enorma skogsparken, ville inte gå för långt in nu när det skymde eftersom de hade hört att polisen brukade göra razzior efter sådana män som de själva.

Tystnaden i skogen var en välsignelse. Det hade varit en bullrig eftermiddag på Casino de Paris dit de gått för att se Arvid Sandbergs avskedsföreställning. Han var fortfarande världens starkaste man, åtminstone i Paris. Men han kunde inte längre slå sina egna världsrekord. Däremot lyfta en häst.

När de träffades för några snabba öl efter matinéföreställningen insisterade Arvid på att få betala igen en skuld på tio pund som både Albie och Sverre glömt bort. Men rätt skulle vara rätt menade han. Och nu när han bara hade en enda kvällsföreställning kvar i livet måste alla räkningar göras upp. Han hade köpt ett kafé i Stockholm och såg fram emot ett lugnare liv med fru och barn.

Skymningsljuset skiftade i den sjunkande solen, en sådan naturens egen tavla som överträffade alla konstnärer. På avstånd hörde de ett dragspel, de mötte enstaka kärlekspar, mest man och kvinna. De kände sig lugnt lyckliga nu när alla kriser var förbi, både för dem själva och världen. Ingenting fanns att oroa sig över bara för att Albie måste resa hem till Manningham och sköta affärer och lämna Sverre ensam i Paris på konstnärskollektivet hos Henri Matisse.

Att möta alla dessa olika stilar och temperament på en och

samma plats var en storartad upplevelse, hade Sverre berättat redan efter några dagar. Det var som en befrielse för hans självförtroende att inse att han kunde göra allt som de andra gjorde, inklusive mästaren själv. Tekniken hade han, det han behövde förkovra var bara förmågan att följa sina impulser, att inte tveka, att acceptera minsta infall och genast pröva det på duken.

Ändå skulle han fullfölja restaurationen, han kallade det så, av den sjunkna afrikanska utställningen. Den representerade ändå en viktig period i livet och den tycktes ropa på honom från havsdjupet.

När han var klar med den skulle han kasta sig ut i friheten. För Albies del bestod denna deras känsla av nyvunnet harmoniskt lugn först och främst av vissheten om att allt som varit taggigt och sårigt mellan dem nu hade läkt och att det aldrig mer skulle kunna uppstå samma uppslitande svartsjuka och plågat samvete. Det var en närmast drömlik upplevelse att kunna säga det i förvissningen att det var absolut sant.

För det andra hade Albie äntligen förlikat sig med sin roll i den mänskliga komedin. Han var och skulle förbli storföretagare i jordbruksbranschen, detta som han tills alldeles nyligen skämts för därför att det var så trivialt och materialistiskt. Men det överskott som Manningham numera producerade kunde användas till så mycket annat än att slösas bort på middagar, som i den långa historien bakåt. Han kunde finansiera utställningar, han kunde hjälpa unga konstnärer, och det enda som behövts för att förlika sig med den rollen i livet var att till sist genomskåda den romantiska 1800-talsföreställningen om fattiga och lidande konstnärer, författaren som svalt i sin vindskupa, den ensamme målaren som i förtvivlan skar av sig sitt öra.

Mecenatens roll var måhända föraktlig i socialisternas ögon, men i väntan på att de skapat en ny värld och en ny människa så var det en god sak att använda sitt överskott till att stödja konsten. Det var att berika världen. Och det var och skulle förbli Albies livsuppgift och ingenting att skämmas för.

Sverres uppgift var att göra världen vackrare och båda hade de nu en rak väg framför sig, där den inre friden härskade lika mycket som den yttre. De senaste årens hatfulla krigspropaganda hade försvunnit, till och med i London.

De hade haft rätt redan från den dagen deras övertygelse fötts, redan efter rektors tal på examensdagen i Dresden. 1900-talet var för tekniskt utvecklat för att krig längre skulle bli möjliga, 1900-talet var fredens och de sköna konsternas århundrade och det var deras privilegium att ha sitt livsuppdrag i den nya humanistiska världen.

IX

Mobben på St James's

LONDON

1916

ÖVERFALLET UTANFÖR St James's Theatre tvingade dem att lämna London för överskådlig tid, åtminstone så länge kriget varade.

Med lite efterklokhet kunde man kanske säga att det hade varit ett misstag att gå på fel sorts teater. Men det var inte alltid lätt att veta vad som var fel och vad som var rätt teater.

Utom förstås när det gällde de många nyskrivna och av myndigheterna rekommenderade teaterpjäserna med uppbyggligt innehåll, där kvällen kunde avslutas med att publiken sjöng "God Save the King".

Det vanligaste temat för sådan uppbyggelseteater var patriotism, eller bristen på patriotism, och den populäraste pjäsen av den sorten hette *Mannen som stannade hemma* och handlade om just detta, en man som märkligt nog tvekade att låta värva sig som frivillig soldat. Därmed utsatte han fru och barn för skammens bannstrålar och svårt lidande. Publiken förväntades omväxlande skratta åt, eller förfasa sig över, dessa otillräckliga män som vägrade att göra sin plikt mot England och den västerländska kulturen. Denna feghet förklarades vanligtvis på två sätt. Antingen var feglingen politiskt suspekt och bröt då på tyska, eller också var han sexuellt suspekt och uppvisade fjolliga handrörelser och vickande stjärtgång.

Det skulle aldrig ha fallit Albie och Sverre in att gå på sådan teater, inte ens i studiesyfte, inte ens så att Albie kunde få vatten på sin kvarn om vad som hände när konsten förgiftades av politik.

Klassisk teater gick fortfarande an, Shakespeare ansågs på intet sätt opatriotisk. Till och med fransk klassisk teater hade numera upphöjts till god smak. Därför hade det inte förefallit det minsta oförsiktigt att gå ner på St James's när de visade en gästföreställning från Paris med Molières *Den girige*. Före kriget hade det varit en helt annan och suspekt sak, numera hade frankofila böjelser blivit fullt anständiga, fransmän var inte längre löjliga grodätare, fransk konst inte längre pervers.

Albie och Sverre hade för säkerhets skull klätt ner sig för att smälta in i den medelklasspublik man kunde förvänta sig på fransktalande teater. De ville vara anonyma, inte hamna i någon dispyt. Det var en försiktighetsåtgärd som visade sig fungera olyckligt väl.

För när de skulle lämna teatern var den omringad av Pankhurstskans aktivister som nu övergått från att slåss för kvinnlig rösträtt till att förfölja och häckla män som ännu inte tagit värvning. De delade ut vita hönsfjädrar till alla män i passande ålder som fortfarande bar civila kläder.

De före detta suffragetterna var hårdföra kombattanter efter åratals strider med polisen på den tid man inte stod på samma sida, och de var ytterst påstridiga. Det gick inte att tränga sig igenom deras täta led utanför teatern utan att få vita fjädrar instuckna både här och där i kläderna.

Nu var ju inte Albie och Sverre på något sätt ensamma om detta förtret bland teaterbesökarna. Allt skulle ha gått väl om inte en av Pankhurstskorna hade känt igen dem och vrålande av hat gått till attack med sitt paraply och anklagat dem för att vara kända tyskvänner. Sverre tog tag i paraplyet, ryckte det ur handen på den rasande amasonen och slängde bort det ett stycke. Men det gjorde inte saken på något sätt bättre, ty nu störtade förstärkningar fram från alla håll med både paraplyer och handväskor fyllda med sten. Albie och Sverre fann sig snart omringade av rasande kvinnor som stack dem med paraplyer och dängde sina handväskor mot dem medan kvinnorna skrek anklagelser om tyskvänlighet och förräderi och uppmanade männen i omgivningen att komma till undsättning och inte tvinga kvinnorna att ensamma ta hand om landsförrädarna.

För den som inte sett upphovet till bråket såg det ut som om två män hade överfallit krigsaktivisterna och de män som nu kom störtande till kvinnornas försvar förvandlade snart det lilla pinsamma bråket till rå och systematisk misshandel.

Sverre låg över Albie och skyddade så gott han förmådde hans huvud och bål medan sparkar och slag haglade från alla håll.

Det kunde ha slutat illa. Men de poliser som inom några minuter kom till platsen fick snabbt slut på själva misshandeln och hjälpte Albie och Sverre på fötter. De var nerblodade och vimmelkantiga och deras kläder sönderrivna, runt dem och poliserna stod en hotfull folkmassa och skrek okvädingsord och anklagade polisen för att ta tyskvännernas parti. Pöbeln krävde att få fienden överlämnad för att göra processen kort, nyfikna strömmade till och hade ingen aning om vare sig bråkets uppkomst eller vad saken gällde, annat än tydligen tyskvänlighet, och anslöt sig därför till kören av förolämpningar.

Det är möjligt men långtifrån säkert att någon då faktiskt ropat ett eller annat om Manningham och hans tyske stjärtgosse. Säkert är i alla fall att ett polisbefäl förstått vem Albie var och rytande av indignation meddelat mobben att man gett sig på en lord. Bråket upphörde då som i ett trollslag och massan skingrade sig mumlande.

Med polisens hjälp kom Albie och Sverre hem till Gordon Square där läkare och sjuksystrar tvättade deras sår och plåstrade om dem. Ännu så långt i förloppet kunde det hela ha runnit ut i sanden som en visserligen obehaglig men i det långa loppet betydelselös incident av det slag som inträffade överallt och dagligen i London. Albie och Sverre var blåslagna och mindre presentabla, värre än så var det inte.

Men när Daily Mail nästa dag presenterade sin kraftigt dramatiserade version av händelsen förvandlades den till skandal.

Tidningens reporter visste berätta att varken lord Albert Fitzgerald eller hans ”käre vän” stödde Englands sak, att båda var kända tyskvänner som lämnat Cambridge för att hellre ta sina examina i Dresden, att folkmassans indignation varit högst förståelig, än mer då någon av åskådarna ropat att lord Albert Fitzgerald var sodomit och att hans tyske vän också var hans stjärtgosse.

Hur det rent sakligt sett förhöll sig i detta avseende, sodomit och stjärtgosse, kunde Daily Mails reporter ”inte ta ställning till”. Han kunde bara rent objektivt redogöra för själva händelseförloppet. Tidningen ”framförde absolut inga anklagelser om brottslighet från lord Albert Fitzgeralds sida”.

Det gjorde däremot en av de kvinnliga aktivisterna som intervjuades, låt vara inlindat men omöjligt att missförstå. Hon berättade stolt om rörelsens insatser med de vita fegfjädrarna som man delade ut och den särskilda vaksamhet som gällde beträffande män med onämnbara vanor, ”eftersom pacifister och landsförrädare var särskilt vanliga i sådana kretsar”.

Senare samma dag spreds anonyma flygblad i London, oklart om av kvinnoaktivisternas organisation WSPU eller andra krigsaktivister, där Albie och Sverre presenterades med en sorts förbrytarporträtt och deras adress på Gordon Square kompletterades med en noggrann vägbeskrivning.

På kvällen samma dag infann sig en mobb på Gordon Square, i huvudsak män i permissionsuniform, och började kasta sten mot huset. Polisen dröjde anmärkningsvärt länge innan man kom till platsen och skingrade upploppet till priset av tre misshandlade poliser och en skur av glåpord som handlade om att gå såväl sodomiters som landsförrädares ärenden. Efteråt fanns inte ett enda helt fönster på de nedersta våningarna i husets fasad ut mot torget.

Även denna incident skildrades utförligt i Daily Mail, nu för säkerhets skull med nya porträttbilder på Albie, som var sig tämligen lik, och på Sverre som mer såg ut som en standardparodi på tysk hämtad från tidningarnas ledarsidor. Det var bara pickelhuvan som saknades.

När de närmaste vännerna i Bloomsbury samlades hos Albie och Sverre i ateljén på översta våningen var de lika villrådiga som nedstämda. I vänkretsen fanns ingen enda krigsanhängare, det var trots allt ännu inte förbjudet att vara pacifist i England, åtminstone inte för kvinnor. För män var det kanske en annan sak nu när man skulle införa lagen om allmän värnplikt eftersom det inte tycktes finnas någon gräns för behovet av kanonmat i Belgien och Frankrike. Men hittills hade de alla kunnat gå ofredade på gatorna. Nu var den överhängande frågan hur det var med den saken för Albie och Sverre när Daily Mail hade presenterat dem för allmänheten som tyskvänner, landsförrädare och sexualförbrytare.

Situationen talade för sig själv. Det stod visserligen två uniformerade polismän utanför porten, men för hur länge visste man inte. Om mobben höll sig lugn för tillfället så var det ingen garanti mot vad som kunde hända när England förlorade nästa slag eller tyska ubåtar sänkte något ärofullt slagskepp eller liknande.

Margie och Vanessa hade själva blivit vittne till hur två ”tyska” familjer, det vill säga familjer med tyska efternamn, lynchades inte långt från Omega Workshops. Det var efter att skandalpressen en längre tid spritt ut varningar för ”den inre” tyska fienden som bland annat skulle förkroppsligas i tyska bagare som förgiftade brödet. Bagaryrket var ganska vanligt bland tyskättade Londonbor.

En folkmassa hade samlats utanför ”tyskarnas” bageri och undan för undan hetsat upp sig till frenesi anförda av kvinnliga agitatorer tills det kokade över och man stormade in i affären och slog sönder allt där inne, fortsatte in i de två familjernas bostäder, misshandlade kvinnor och barn, dödade männen och plundrade bostäderna på allt av värde som släpades ut på gatan, slogs sönder eller bars bort.

Polisen hade inte kommit till platsen förrän allt var över.

Ingen enda av plundrarna greps, än mindre mördarna. Tidningarna skrev inte en rad om saken.

Diskussionen bland vännerna hemma hos Albie och Sverre vinglade än hit än dit eftersom man hela tiden hamnade i nya sidospår, nya förfärliga berättelser som bara kunde förstärka den pessimism alla redan kände. Till slut växte ändå den allt överskuggande frågan fram om man med mindre än att riskera livet kunde stanna kvar i London så länge krigsgalenskapen härjade.

”Det beror lite på vem man är”, sade Bertrand som anslutit sist av alla och som vanligt suttit tyst och sugit på sin pipa en god stund innan han tänkt färdigt och sade något. ”Jag har mitt fredsarbete i Kamratföreningen mot värnplikt att sköta, så jag stannar. Det kan förstås te sig som en väl så provocerande eller upphetsande verksamhet i krigsaktivisternas ögon. Men jag kan, hur genant det än känns att nämna den saken, helt enkelt ta betäckning bakom min börd. Som en polisman åberopade när han hutade åt mobben efter att de sprängt ett fredsmöte, rusat in och slagit sönder lokalen, gjort paus för att sjunga, vråla snarare, ’Rule Britannia’, därefter fortsatt förstörelsen tills man ansåg det dags att ta itu med mig. Då ställde sig alltså denne polis i vägen, höll upp handen till stopptecken och skrek att man måste betänka att hans bror är en earl!”

Vännerna smålog matt. Ingen absurditet var längre otänkbar i krigets England.

”Rimligtvis borde du Albie åtnjuta samma beskydd, du är ju earl själv”, fortsatte Bertrand, om det nu var skämt eller om han faktiskt menade vad han sade.

”Jo, det kan väl hända”, läspade Albie mellan sina fläskläppar. ”Men jag är rädd att min högst eventuella fördel i det avseendet mer än väl kompenseras av att jag samtidigt är en tysktalande sexualförbrytare, ergo landsförrädare. Har möjligen rätt att hängas med silkesrep.”

Bertrand nickade tankfullt instämmande. Han grubblade en stund innan han fortsatte.

”Men som earl av Manningham är du väl också automatiskt adelsofficer vid regementet i Wiltshire?”

”Naturligtvis”, kved Albie till synes lika plågad av själva frågan som av svårigheten att tala rent. ”Kapten eller löjtnant, jag vet inte vilket, det lär ha med ens ålder att göra. Hurså?”

”Risken att du ska lynchas här i London i civila kläder får nog anses som tämligen påtaglig”, fortsatte Bertrand. ”Risken däremot att någon skulle så mycket som kröka ett hår på ditt huvud, eller för den delen Sverris, om du är klädd i uniform i Wiltshire får anses som obefintlig. Inte sant?”

Albie nickade uppgivet. Bertrand slog bara ut med handen till tecken på att därmed var problemet löst.

”Vad i helvete betyder adelsofficer?” frågade Vanessa bestört.

Albie som fått frågan såg inte ut som om han hade lust att svara.

”En liten modernitet från 1600-talet”, förklarade Bertrand glatt. ”Somliga av oss är automatiskt mer dugliga i krig än andra, liksom för övrigt alla jobb i statens tjänst. Albie liksom min storebror får därför börja sin militära karriär som kaptener när vi andra blir meniga bassar, klart som korvspad. Åtminstone på 1600-talet.”

Den dystra stämningen muntrades upp något, dels av själva

idiotin i sig, dels av Bertrands glada min när han klargjorde läget.

Både Albie och Sverre hyste en stark beundran för Bertrand som så öppet vågade gå emot hela det engelska etablissemanget och dessutom var fullt beredd att betala priset för det. När han i ett tal påpekat att det var en skandal att två tredjedelar av alla studenter i Oxford och Cambridge, som skulle förmodas vara alls icke idioter, hade låtit värva sig som frivillig kanonmat så förlorade han omedelbart sitt lektorat i Cambridge.

Han hade dömts till en månads fängelse för förolämpning av arméns heder och med den nya "Lagen om rikets försvar" fanns knappast någon gräns för inskränkningar i allt vad demokratiska rättigheter hette. Det var bara en tidsfråga innan Bertrand åkte in igen. Ändå tvekade han inte att fortsätta argumentera för fred. Det var att visa mycket större mod än att dö på slagfältet, däri var Albie och Sverre fullständigt eniga.

För bara två dagar sedan hade de, nervösa och utklädda till medelklass i enkla kläder och kubb, bevistat ett fredsmöte med mer än tusen delegater i kväkarnas största församlingshus i London. Det var Kamratföreningen mot värnplikt, Englands starkaste fredsorganisation, som höll kongress. Bertrand var kvällens huvudtalare.

Han höll ett lysande tal, som man kunde vänta. Hans argumentation var logisk, enkel och oemotsäglig. Han började med att påpeka att detta så kallade Stora Krig bara var stort till omfattningen och till antalet döda. Till innehållet var det meningslöst. England hade inga territoriella anspråk på Tyskland, och vice versa. Inga stora principer stod på spel, ingendera sidan hade något stort mänskligt mål för sina krigsinsatser. Och när engelsmän och fransmän hävdade att man krigade för att ”försvara demokratin” måste man utgå från att de knappast önskade att Frankrikes allierade Tsarryssland, eller de tvångsrekryterade indiska hjälptrupperna, hörde vad de sade.

Bertrand var inte bara en skarp logiker, han var också en karismatisk talare som trakterade publikens alla känslosträngar. Han framkallade både munterhet och förakt när han gisslade Charles Masterman, regeringens chef för Krigspropagandabyrån som lyckats köpa eller på annat sätt tubba författare som exempelvis James Barrie, John Galsworthy, Arthur Conan Doyle och HG Wells att ”tjäna sitt land och den engelsktalande rasen” genom att fabricera uppbyggliga lögnhistorier, ehuru det kanske var bättre än om de hållit sig till sina specialiteter, åtminstone för tyskarna. Ty, raljerade han, hur ohyggligt hade det inte varit att på slagfältet samtidigt släppa loss Peter Pan, familjen Forsyte, Sherlock Holmes och bläckfiskmonster från Mars?

Bataljonen av konstnärer som sålt sig till Krigspropagandabyrån var knappast bättre än de prostituerade författarna. Dessa konstnärer som tog betalt för att tillbringa hela sina arbetsdagar med zoologiska studier. Det vill säga variera temat med tyskar som antingen apor eller grisar.

Bertrand kunde också förmedla en sorts tröst genom att illustrera den gemensamma sorgen. Som sorgen att se sitt eget land explodera i rödglödgat hat. Som sorgen över att höra självaste biskopen av London tala om att döda, döda och åter döda alla tyskar, män, kvinnor och barn. Som sorgen över att den besinningslösa dårskapen kunde ta sig uttryck i hänförda förhoppningar på ett historiens största blodbad och att nittio procent av engelsmännen utan minsta dubier anslöt sig till sådant barbari.

Men allt var inte dårskap och allt var inte svart, fortsatte han. Nu var 1916 och mer än 200 000 engelsmän hade redan undertecknat petitionen som krävde en snabb förhandlingsfred. Och nu när den allmänna värnplikten infördes hade mer än 20 000 värnpliktsvägrare anmält sig. Att inget av detta framkom i pressen berodde bara på censur och missriktad journalistisk patriotism.

När Bertrand kom till slutet på sitt anförande presenterade han också slutsatser som varje demokratiskt sinnad engelsman borde kunna ansluta sig till. Han hatade förvisso den tyska militarismen, underströk han, lika mycket som han älskade den engelska friheten. Och måste han absolut välja en segrare så valde han England.

Men. Ju längre denna vansinniga slakt pågick, desto mer militariserades England efter tysk förebild. Och desto mer inskränktes demokratin, med det absurda argumentet att man för att rädda demokratin först måste avskaffa den. Och de miljoner döda som skulle bli följden av detta krig var en draksådd av ofantliga proportioner. De var i själva verket garantin för en förbittrad och hatisk eftervärld vars sår aldrig skulle läka. Och därmed säkerligen leda till nya och än mer förfärliga krig.

Där, vid avslutningen av Bertrands tal inför dessa tusentals fredsvänner, skulle det i vanliga fall ha blivit stormande applåder. Men ingen applåderade.

Förklaringen fanns i den gormande krigsmobben utanför kyrkorummet. De hotade att storma lokalen och de var beväpnade med påkar. Det var tveksamt om den underdimensionerade polisstyrkan som skulle garantera fredsvännernas mötesfrihet verkligen skulle klara av det om så mycket som en gnista tände mobbens raseri där ute.

Mötesledningen hade förutsett det problemet. Därför hade man från början bestämt att jubel och applåder inte var tillåtet. I stället för sina handflator fick mötesdeltagarna använda vita näsdukar. Om man viftade upp och ner med näsduken betydde det applåder. Fram och tillbaka i sidled betydde skratt, och cirkelrörelser föreställde jubel.

Under Bertrands hela tal ven en vind genom lokalen, den sjönk ibland till en bris, steg ibland till storm så att luftdraget kändes överallt, sjönk på nytt för att åter stiga. Det enda som hördes under Bertrands tal var hans röst, näsduksvinden och mobbens hatskrän utanför kyrkoväggarna.

Jubel och skratt från landsförrädarna, feglingarna och sodomiterna inne i kväkarnas samlingslokal skulle ha blivit just den gnista som tänt raseriet där ute.

Det var en av livets mest märkliga upplevelser, både för Sverre och Albie, att ha hört detta tal av Bertrand i luftdraget av vita näsdukar. Dessvärre var det också sista gången. I fortsättningen måste de avstå från att närvara på offentliga möten. Albies börd var inte längre något skydd. Sverre var en utlänning, visserligen norrman med uppehållstillstånd eftersom Norge var en neutral nation, underförstått på Englands sida. Men Sverre lät som en tysk när han talade, även om hans brytning med åren slipats ner så fanns den fortfarande kvar och kunde i värsta fall innebära ett dödligt hot. The Times hade skämtsamt uppmanat sina läsare att vidta vissa säkerhetsåtgärder mot utlänningar: ”Om någon kypare säger att han är schweizare, be att få se hans pass!”

Beslutet för Albies och Sverres del var ofrånkomligt. De måste så fort som möjligt lämna London. Till sin sorg kunde ingen av vännerna i Bloomsbury invända mot den slutsatsen. Roger Fry, Vanessa och Margie skulle stanna kvar för att sköta sitt förment opolitiska konstprojekt Omega Workshops, Roger var för gammal för att inkallas, kvinnor kunde inte tvångsenrolleras i det militära.

För en del andra vänner i gruppen var läget mer osäkert. Vanessas senaste, kanske rentav siste man i raden, Duncan Grant, var inte för gammal och i fysiskt god trim. Han riskerade att inkallas. Det gällde också hans älskare Bunny.

Det var Albie som fann lösningen på det problemet.

”Jag anställer er härmed omedelbart som lantarbetare på Manningham”, läspade han genom sin sönderssparkade mun. ”Manningham har en viktig funktion i totalförsvaret på grund av vår stora havreproduktion, pinsamt nog. Jaja, det var inte min idé, jag har kommenderats till havreproduktion och vi har brist på folk. Hursomhelst kan vi sända en tacksamhetens tanke till havren, den blir er fribiljett från armén.”

”Varför har vi kommenderats till havreodling?” undrade Margie. ”Vore det inte bättre med brödsäd?”

”Jodå”, mumlade Albie. ”Men det är för kavalleriets skull, dessa oövervinneliga som skulle bärga segern redan till jul för två år sen.”

Han avbröts av Bertrand som höll en kort utläggning om kavalleri och kulsprutor.

”Icke förty”, fortsatte Albie ansträngt, ”så tog mer än hälften av mina lantarbetare värvning i början av kriget. Ingen enda av dem har kommit tillbaka, de flesta är döda. Så det för armén nödvändiga lantbruket behöver folk. Och som havrearbetare kan ni alltså inte inkallas. Lönen är förstås lite mager, men ni får bo hos mig och Sverri i Ingenjörsvillan på Manningham, även om servicen har blivit lite långsam. Hälften av tjänstefolket i huset har nämligen också försvunnit i Belgien."

X

Lord Lieutenant

MANNINGHAM HOUSE

1917

MANNINGHAM VAR OCKUPERAT. Av den engelska armén. Underofficerare och officerare upp till kaptens grad höll till på första våningen, biblioteket och sällskapssalongerna hade förvandlats till sjuksalar där logementssängarna stod i täta rader. Lilla matsalen fungerade fortfarande som matsal, herrummet fortfarande som herrum och biljardrummet som biljardrum för de konvalescenter som var i stånd att röra sig. På andra våningen där de högre officerarna inkvarterats var trängseln betydligt mindre, eftersom risken att såras, och även dödas, minskade successivt med stigande militär grad.

En stor del av husets manliga personal hade frivilligt tagit värvning i början av kriget och ingen hade kommit tillbaka så både den manliga och den kvinnliga sjukvårdspersonalen hade gott om tjänstefolksrum att välja mellan uppe på vinden eller på bottenvåningen.

Samma tillstånd rådde förmodligen på de flesta slott och herrgårdar i England. Man visste inte så noga, eftersom detta var militära hemligheter som inte fick yppas. Det var svårt att förstå varför, men vad som helst kunde numera förvandlas till militära hemligheter.

Albies syster Alberta, hennes man Arthur och deras tre barn, hon hade äntligen fött en son, hade det på sätt och vis ännu besvärligare i sitt hus nere i Somerset. De var undanskuffade som till en liten stadslägenhet i köksregionen i sitt eget hus. Inte ens lady Elizabeth, som ändå var en dam i 60-årsåldern, hade beviljats mer än ett eget rum. Inte för att hon beklagade sig, det gjorde ingen, det hade varit oengelskt. Och säkert hade hon det mer trivsamt hos Alberta och barnbarnen än om hon stannat hemma och tvingats flytta över till Albie och Sverre i Ingenjörsvillan.

Manningham House hade förvandlats till en avspegling av kriget. Det var Sverres omdöme, det krävdes bara lite svart fantasi för att se helvetet skymta bland alla dessa sårade. Ungefär hälften av patienterna var över huvud taget inte talbara, antingen för att de inte kunde tala av rent kroppsliga orsaker, bortskjuten underkäke, krossat struphuvud, försvunna stämband. Eller också av mentala skäl som var svåra att förstå men lätta att iaktta. Någon satt hela dagen med huvudet gungande fram och tillbaka och stirrade in i en vägg, någon låg med vidöppna ögon på rygg i sin säng utan att röra sig, någon kunde sitta uppe i en fåtölj utan några synliga skador men ändå så apatisk att han inte kunde äta själv, någon mumlade ständigt böner om förlåtelse. Skrik och mardrömmar var det vanliga på nätterna.

Alla dessa män utgjorde en bild av kriget, en sann bild, en bild som var motsatsen till tre års ständiga segerbulletiner. I militära rapporter och i de militärens megafoner som före kriget kallats den fria pressen fanns bara segerrikt hjältemod, trots att till och med de officiella förlustsiffrorna entydigt talade om nederlag och död. Här på Manningham House fanns sanningen mitt bland de antika möblerna som klätts med antimakasser, bland oljemålningarna på väggarna som närmast skrek av ironi med sina motiv av oskadda officerare till häst eller vackra damer i enorma sidenkreationer.

Den bild av krigets fysiska och mentala lidande som samlades på liten yta i de groteskt luxuösa sjuksalarna hade en oemotståndlig dragningskraft på Sverre. Men det var inte så lätt att nästla sig in med vare sig skissblock eller staffli och palett. Överste Cunning som var chef över sjukvårdsenheten på både Manningham House och några herrgårdar i närheten var ytterst misstänksam mot konst.

Första gången han kommit på Sverre med att skissa på en översiktsbild över en av de större improviserade sjuksalarna uppträdde han som om han tagit en tysk spion på bar gärning och gav order om att konstnären skulle "slås i järn" och tills vidare order inhysas i vinkällaren.

Det följande uppträdet mellan Albie numera utklädd, som han själv sade, till kapten i Wiltshires Regemente, Tredje bataljonen, och överste Cunning saknade inte komiska poänger. Det började med en kort tuppfäktning i frågan om hur man tilltalade varandra. Överste Cunning knäppte Albie på näsan för att han inte använt tilltalet "sir". Och Albie knäppte tillbaka genom att påpeka att han själv borde tilltalas "ers nåd" och detta oavsett att kapten var en lägre grad än överste.

Bråket hade hursomhelst ändat i någon form av kompromiss. "Konstnärlig aktivitet inom området" kunde tillåtas i vissa fall, dock uteslutande med medgivande från de individer som avbildades. Men absolut inga översiktsbilder av många sårade på en gång, då sådana bilder knappast tjänade Englands sak.

Sverre måste muttrande medge att överstens sinne för konst, åtminstone när det gällde politiskt innehåll, kanske inte skulle underskattas. Även om det var osannolikt att sir översten någonsin hört talas om Goya.

Sverres nya strategi fick alltså bli att söka talbara patienter en och en och fråga om de ville bli avporträtterade, vilket de flesta vägrade. Skälet tycktes vara att man uppfattade en sårad soldat som en bild av nederlag, som motsatsen till en osårad hjälte på slagfältet med fast blick mot skyn och foten på död tysk.

Löjtnant Henry Carrington, tillförordnad kapten, före detta Cambridge, blev det första undantaget. Han hade förlorat vänster ben, var deprimerad men talbar, önskade rentav någon civilist att tala med. Att han dessutom varit inriktad på järnvägsteknologi innan han tog värvning gjorde kontakten lättare för Sverre, även om han först trodde att han begick ett onödigt dumt misstag när han försade sig genom att berätta att han själv faktiskt var diplomingenjör med just järnvägsteknik som huvudämne. För då kom ju oundvikligen frågan var han avlagt sin examen.

”I Dresden”, meddelade Sverre lakoniskt. ”I Dresden i sydöstra Tyskland år 1901.” Det hade ändå varit omöjligt att försöka ljuga sig ur situationen.

Först häpnade Henry Carrington, gapade mållöst några sekunder innan han brast i skratt.

”Herrens vägar äro outgrundliga”, sade han sen, oklart om han betonade saken religiöst eller ironiskt.

”Ja”, sade Sverre. ”Herrens vägar äro om inte annat förvirrande. Det där skedde som bekant på den tiden Tyskland var våra vänner.”

Löjtnanten nickade i samförstånd. Det blev början på en vänskap som varade den korta tid Henry Carrington vårdades på Manningham. Det var ju inget större fel på honom, utom att han förlorat ett ben. Han skulle hemförlovas så snart han lärt sig att hantera en protes.

Berätta om kriget kunde inte den tillförordnade kaptenen Carrington, påstod han. Språket räckte helt enkelt inte till och med det menade han inte att just det engelska språket vore otillräckligt. Han sade sig vara övertygad om att sanningen om detta helvete var lika omöjlig att uttrycka på franska, eller för den delen på tyska. Men sant och lätt att både iaktta och beskriva var att här satt han nu i en rullstol med kapat ben ute på landsorten i Wiltshire och tillhörde dem som haft tur. Det var nu drygt tre år sedan han tillsammans med hela ingenjörsklassen på Cambridge, efter ett hysteriskt fylleslag, gått och skrivit på värvningspappren i närmsta gathörn. De hade varit tolv man, som Jesu lärjungar. Såvitt han visste levde nu tre, inklusive han själv.

Det var givetvis förbjudet enligt allehanda reglementen, dessutom opatriotiskt och förmodligen tyskvänligt, att uttala minsta kritik mot kriget, förlåt det Stora Kriget, i rena verba. Allt sådant vore honom fullständigt främmande. Men siffror och fakta utan politiska omdömen var kanske en annan sak?

Sverre fick intrycket att Henry Carrington, tio år yngre än han själv men med några av den mänskliga historiens värsta erfarenheter på nära håll, helst av allt ville vråla ut det hat mot kriget som han tycktes bära med sig inombords.

Det var förstås intressant, men inte okomplicerat. Om överste Cunning kunde ge order om att slå en enkel konstnär i järn för skissförsök av misstänkt slag, så vore just klara verba om det som Henry Carrington bar inom sig förmodligen att betrakta som grovt brottsligt. Åtminstone om överste Cunning hörde. Inbjudan från den sårade officeren var ändå rätt klar. Vadhelst de skulle tala om som gällde kriget måste formuleras i oklara verba, de måste hitta ett kodspråk.

Sverre ursäktade sig, gick ner till Ingenjörsvillan, rotade en stund bland alla de politiska teckningar han samlat på sig tills han hittade vad han sökte och återvände till sin nyfunne samtalspartner.

”Den här bilden fascinerar mig oerhört”, sade han och slätade ut klippet från Illustrated London News. Den heroiska illustrationen, välgjord och fartfylld, var försedd med den talande rubriken ”Lansiärerna red rakt mot kanonerna”.

”Vad anser ni om den här bilden, jag menar på ett rent sakligt, absolut opolitiskt plan?” frågade Sverre. Henry Carrington visade med en sekundsnabb antydan till leende att han förstått kodspråket.

”På ett rent sakligt, historiskt plan förhåller det sig enligt följande”, började han med en uppenbart imiterad föreläsarstil som kunde ha hämtats från Cambridge likväl som Dresden, ”att händelsevis råkar jag inneha vissa expertkunskaper i ämnet, eftersom jag och mina kamrater råkade bli åsyna vittnen till den första, den största och garanterat sista kavalleriattacken.”

De hade ställts upp på led för att höra ett sanningens ord från dåvarande överbefälhavaren French. Generalen hade hållit ett uppbyggligt tal om kavalleriets avgörande insatser i allehanda krig. Och nu skulle återigen detta särdeles engelska sätt att strida sättas i operation. Fiendens försvarslinje skulle då omedelbart kollapsa och därefter skulle infanteriet sättas in för de efterföljande upprensningsaktionerna.

Det kändes overkligt att stå uppställd bland kamraterna, fullkomligt maktlös inför den galenskap som skulle komma, och se hur kavalleristerna på fullt allvar gjorde sig beredda att gå till anfall över ett gropigt, lerigt fält fyllt med taggtråd, mot fiendens kulsprutenästen på andra sidan. Tyskarna där borta måste också ha haft svårt att tro sina ögon.

Så sköts en lysgranat upp till tecken för anfall och fyrahundra kavallerister satte iväg på bred front, utan att tveka och faktiskt med fällda lansar.

Ingen enda man överlevde. En enda herrelös häst kom tillbaka, men den var illa skadad och måste skjutas. Det blev aldrig någon uppföljande upprensningsaktion för det väntande infanteriet. Generalen tycktes mycket förvånad över att hans överlägsna taktik synbarligen inte fungerat.

Därefter användes hästarna i armén bara som dragdjur. Någon attack med fällda lansar mot kanoner hade såvitt Henry Carrington visste, knappast ägt rum. Såvida inte…

Han tittade på nytt på klippet och konstaterade att det var från 1916, två år efter det första och enda försöket till kavallerichock mot fiendens kulsprutor, det som han själv råkat bli vittne till. Nej, något sådant anfall med fällda lansar mot tyska kanoner hade England klokt nog aldrig genomfört efter den första katastrofen.

Sverre berättade att godset Manningham i god tid före kriget hade beordrats av armén att odla havre i stor skala, just för att tillgodose nationella intressen av yttersta vikt, som det hette då. Nu visste vi alltså att planen redan från början varit att satsa på kavalleri som det mest offensiva vapnet mot tyskarna. Och där fanns något som Sverre absolut inte kunde förstå. Vilken civilist som helst hade kunnat räkna ut resultatet av kavallerianfall mot kulsprutor, eftersom dessa vapen använts av både engelsmän och tyskar i Afrika. Med stor framgång, tydligen. Och det hängde inte ihop, det var obegripligt. Fanns det något fullkomligt sakligt, opolitiskt och patriotiskt sätt att förklara denna misslyckade taktik?

”Ja, faktiskt”, meddelade Henry Carrington allvarligt. ”Vi i studentkompaniet från Cambridge var också mycket förvånade över vad vi sett. Så vi frågade vår överste. Och han förklarade, brinnande av harm, att kulsprutor förvisso var ett fruktansvärt vapen, men sådant som man bara satte in mot negrer och andra underlägsna raser. England hade inte väntat sig att tyskarna skulle uppträda så ogentlemannamässigt. Det blev något av en moralisk chock.”

Sverre blev villrådig av den brutala förklaringen och Henry Carrington såg honom stint och allvarligt i ögonen som för att meddela att detta förvisso varit det sakliga, känslobefriade och opolitiska svaret på frågan, men att han skulle haft mycket annat att säga vid annat tillfälle och på annan plats.

”Tja, frågan blir då närmast vad som händer med Manninghams havreproduktion nu när kavalleritaktiken blivit obsolet”, sade Sverre i ett försök att ta sig bort från ett ämne som låg farligt nära otillåten kritik.

”Levande dragdjur behöver mer havre än döda kavallerihästar”, svarade Carrington utan att röra en min.

Det senare kunde inte oberättigat uppfattas som ironi. Någon i närheten harklade sig ogillande, de avbröt samtalet och började i stället ägna sig åt att planera porträttbilden som Sverre skulle måla.

Det fanns små men starka stilmedel att laborera med. Henry Carrington var klädd i vita överdragskläder i tunn bomull, men hans uniformsjacka stack fram under det vita. Hans vänstra bandagerade benstump blödde fortfarande igenom. Vek man upp den vita sjukhusrocken något såg man ett silverkors, det var MC, en av de högsta utmärkelserna för tapperhet.

Bakgrunden var en sjuksal, där sårade på kryckor och rader av logementssängar skymtade.

Det var förutsättningarna. Av detta kunde man göra den heroiska varianten, krigshjälten att visa upp för barn och barnbarn. Man kunde också göra något rakt motsatt. Allt berodde på hur man betonade skador i ansiktet, och sedan minspelet. Det kunde man vänta med, nu var det bara att sätta igång med grunderna.

* * *

Sverre hade ännu inte efter snart ett år vant sig vid att se Albie komma hem i officersuniform. Det var så totalt motsägelsefullt. Albie själv tog det inte ett ögonblick på allvar. Tvärtom ironiserade han ständigt över sina krigsinsatser som i huvudsak bestod i att äta luncher, klappa barn på huvudet och besöka änkor. Och lika motsägelsefullt måste han dagligen övertyga omgivningen att hans insatser bottnade i patriotiskt nit.

Civilbefolkningen runt Manningham och i övriga Wiltshire

var nog övertygad av hans insats. Där kom deras ”Lord Lieutenant”, den 13:e earlen av Manningham, med samma självklarhet som under vilket som helst av de senaste århundradena.

Men officerarna på regementet hade dessvärre en annan inställning. Daily Mails redogörelser för lord Albert Fitzgerald och hans likaledes tyskvänlige stjärtgosse hade gjort ett outplånligt intryck. Albie hade till och med observerat hur officerarna i hans egen bataljon gjorde de vanligaste nedsättande gesterna bakom ryggen på honom, den feminint vikta handleden, den vickande stjärten.

Sant var fortfarande det Bertrand Russell hade sagt den kväll då de beslöt sig för att resa från London, fly från London rättare sagt. Ingen kunde kröka ett hår på Albies huvud så länge han bar uniform.

Men efter kriget?

De hade malt frågan fram och tillbaka, ständigt sorgsna, ständigt med nerverna på helspänn, särskilt plågade efter avrättningen av Casement.

England hade gjort upp räkningen med de irländska upprorsmännen från påsken förra året enligt god och sträng engelsk tradition. De arkebuserade femton man. En av dem måste bäras ut på bår till avrättningsplatsen och få båren surrad med rep runt pålen för att han skulle kunna skjutas.

Det var av flera skäl en annan sak med Roger Casement. På sätt och vis var han landsförrädare. Han hade försökt smuggla tyska vapen till den irländska frihetsrörelsen, det var sant. Men som irländsk frihetskämpe kunde han knappast samtidigt vara engelsk förrädare. Och han hade ändå gjort Imperiet stora tjänster, till och med blivit adlad. Han hade dessutom gjort mänskligheten stora tjänster eftersom det var hans rapportering från Kongo som fått slut på slakten av en hel nation. Han hade under en tid varit en nära vän till dem båda.

Albies affär med Roger hade varit deras stora sår. Det hade till slut läkt. Men inför hans kommande avrättning revs det upp igen.

Det var många intellektuella, inte bara sådana som George Bernard Shaw och Bertrand Russell, utan också mer oväntade namn bland de patriotiska författare som arbetade för Propagandabyrån, som Arthur Conan Doyle, som skrivit på petitionen om nåd för Casement.

Men inte Albie. Och det led han av, även om Sverre stöttade honom i det beslutet.

Myndigheterna hade under rättegången mot Casement låtit läcka ut hans olycksaliga dagböcker, där han pedantiskt noga redogjorde för utgifter, penisstorlekar, somliga penisars egenheter, favoriter bland sydeuropéer och ollonets olika smak beroende på nationalitet. Myndigheternas motiv för att offentliggöra dessa, för själva förräderianklagelsen totalt irrelevanta detaljer, var självklart. Man ville bygga upp så mycket hat mot Casement på andra grunder än politiska för att lättare kunna avrätta honom. Hans sexualitet gjorde honom automatiskt till landsförrädare.

Så om nu Albie hade skrivit på denna kollektiva nådeansökan, hade han då bara utlöst en ny våg av misstroende och gyckel om landsförrädiska sodomiter? Skulle hans namnteckning rentav göra mer skada än nytta?

Sverre stöttade honom hela vägen i de resonemangen. Han borde inte skriva på och det hade inte med frågan om mod eller feghet att göra utan bara om vanligt bondförnuft. Ingen av dem var ju någon Shaw eller Russell, men bondförnuft måste de väl ändå besitta?

Likväl hade historien gjort ont i dem båda. Nu var Casement borta och hans grav hade skändats med släckt kalk för att upplösa kroppen innan naturen hann göra det, en något gåtfull form av extra statlig hämnd.

Detta med Irlands misslyckade frigörelse hade de möjligen lämnat bakom sig. Kriget var den över allt annat dominerande plågan.

Och det kändes allt tyngre om kvällarna, nu när Duncan Grant och hans älskare Bunny hade flyttat till ett hus i Sussex som Vanessa fått tag på. Också hon hade till slut insett att luften i London inte längre gick att andas och fått en idé om att fredsvänner kunde organisera sina egna "för landet omistliga" jordbruk, där konstnärsvänner och andra intellektuella krigsmotståndare kunde dra sig undan värnplikten med hänvisning till jordbruksarbete.

Så Duncan och Bunny hade tackat för sig och rest till Vanessas Charleston för att lantarbeta under betydligt blygsammare förhållanden än på godset Manningham. Man fick bara hoppas att inga militära myndigheter fick för sig att inspektera trädgårdslanden på Charleston. De skulle sannolikt inte betraktas som omistliga för Englands krigsekonomi.

Hursomhelst var Duncan och Bunny glada laxar med en hart när obegriplig förmåga att hellre skämta om kriget än bekymra sig för egen del eller andras. När de rest blev Albies och Sverres kvällar dystrare.

Efter dagens slut försökte de mest distrahera sig med vin och grammofonmusik eftersom deras samtal annars tenderade att kväll efter kväll gå runt i samma cirklar.

För alls inte länge sen hade Albie haft bekymmer med en alldeles för stor arbetsstyrka som högst påtagligt reducerade godsets vinst, nu var mer än hälften av dem borta och vinsten hade ökat högst plågsamt, särskilt som de militära beställningarna genererade högre pris än vad den öppna marknaden hade förmått. Den ohyggliga sanningen var alltså att Albie tjänade stora pengar på kriget, med ökade havreleveranser och minskade personalkostnader.

Traktens mest fruktade man hade blivit brevbäraren. När han kom gående uppför den lilla kullerstensgatan mellan godsets arbetarlängor framkallade han panik och gråt såfort han stannade. Ingen av kvinnorna, mödrar, fruar eller systrar, ville ta emot hans brev, alla fruktade att han skulle stanna utanför just deras port.

Nu kom han inte längre. Det fanns inga fler dödsbud att överlämna, alla männen från Manningham som en gång samfällt och sjungande vandrat iväg mot värvningskontoren var döda. Eller saknade, vilket betydde samma sak utom att det aldrig skulle finnas en grav som de efterlevande kunde besöka.

Albie vevade upp grammofonen och började om för tredje gången med Mozarts klarinettkonsert, det fanns något desperat drag hos både honom och Sverre att välja sådan musik till kvällen som bara tycktes hylla skönheten och glädjen i livet, som om konsten kunde göra motstånd.

De satt stilla utan att säga ett ord under hela den svidande vackra andra satsen. När den tog slut och nålen raspade runt i innerspåret gick Albie upp och stängde av grammofonen och stoppade noga in skivan i sitt fack i bokhylleväggen. Han gick långsamt tillbaka, serverade dem båda mer vin och harklade sig när han satte sig i den kvidande läderfåtöljen. Han hade alltså något viktigt att tala om, något nytt. Då uppträdde han just så där.

Det han ville tala om verkade först allt annat än nytt. Den hatvåg som kriget skapat mot män som de själva gjorde att kärlek mellan män hade blivit liktydigt med manlig ynkedom och feghet, vilket i sin tur var liktydigt med landsförräderi. Hur än kriget slutade, med tysk seger eller oavgjort spelade ingen roll, skulle det hatet komma att förstärkas snarare än minska, eftersom miljoner människor skulle ha förlorat en far, en son, en bror, en kusin i kriget. Dessa människors förtvivlan skulle rikta sig mot män som av en eller annan anledning slingrat sig undan från militärtjänsten. Man skulle förstås hata fredsvänner och värnpliktsvägrare, men mest av alla de fega. Nu kunde mobben ostraffat lyncha människor med namn som lät tyska. Efter kriget skulle turen komma till de förment fega.

Bertrand hade haft alldeles rätt i att den här löjliga officersuniformen gjorde dem båda säkra så länge kriget varade. Både Albie själv och Sverre kunde betrakta Albies symboliska kaptenstjänst som deras livförsäkring.

Men efter kriget skulle följa en mardröm tiofalt värre än den hatvåg som svepte över London för tjugo år sedan, vid tiden för processen mot Oscar Wilde.

Så långt förutsättningarna för det Albie egentligen tänkte säga. Sverre som kände Albies sätt att lägga upp ett svårt resonemang lika väl som han kände olika konststilar insåg att man nu nalkades ett svårt beslut, ett vägskäl av något slag.

”Well käre Albie, vad i all världen kan vi göra åt detta?” frågade han försiktigt för att hjälpa Albie att komma till saken.

”Jag har just fått ett långt brev från Delamere i Nairobi”, sade Albie i stället för att svara på frågan. ”Och D beskriver vissa möjligheter”, fortsatte han besvärat och såg bort, ”nämligen att jag ansluter mig till King's African Rifles i Kenya. I praktiken är kriget redan vunnet, Dar es-Salaam har fallit, nästan hela Tyska Östafrika är erövrat, bara smärre rensningsaktioner återstår, motståndaren är reducerad till en handfull. Men våra styrkor lider brist på officerare.”

”Tänker du bli soldat på riktigt?”

Sverres totalt överraskade min gjorde Albie försagd. Han tycktes tappa den beslutsamhet han visat så långt i resonemanget. Om Sverre tvingats gissa vad det var för stor eller svår fråga Albie ville tala om hade han inte gissat rätt på tusen försök. Han kunde inte ha blivit mer förvånad om så Bertrand Russell själv eller Maynard hade deklarerat att de nu fattat sitt väl övervägda beslut att gå i krig.

”Förklara för mig hur du har tänkt?” frågade han tonlöst.

Albie tvekade, han måste ta sats på nytt.

Lord Delamere hade berättat att när den engelska segern i Tyska Sydvästafrika varit ett faktum så hade det delats ut tio Distinguished Service Order. Trots att bara elva tyskar hade stupat i detta miniatyrkrig, praktiskt taget varje officer som varit på platsen när den tyska garnisonen kapitulerade hade alltså belönats med Englands näst högsta utmärkelse i krig. Enligt D stod man nu inför en liknande situation i Östafrika. Det enda som förväntades av en nyanländ kapten var att rida bredvid infanterisoldater på marsch och se brittisk ut. Och därefter stå i stram givakt vid segerceremonin och sjunga med i God Save the King. Och sedan låta sig behängas med segermedaljerna och posera för pressen.

Ja, det var på sätt och vis en feg uträkning. Ja, man kunde ifrågasätta moralen i en sådan skenmanöver, för att tala militärspråk. Ja, det var en sorts falskspel att bara låtsas delta i kriget. Men samtidigt var det ett kraftfullt bevis för att hellenistiskt inriktade män inte var fega. Ett falskt bevis, visserligen. Men vad var inte falskt i detta krig?

Och i krig och kärlek var allt tillåtet, här gällde båda delarna. Och förr eller senare var kriget slut och då skulle räkningen göras upp med alla fega och alla förrädare. Kort sagt vore Albies korta sejour i King's African Rifles att se som deras livförsäkring efter kriget, på samma sätt som hans uniform var det just nu. Sverre var fortfarande omtumlad. Spontant var han varken för eller emot Albies plan men försökte pröva några praktiska invändningar.

Om man nu bara var en sorts dekorativ adelsofficer i Wiltshire, vad var det då som sade att man skulle kunna förflytta sig hursomhelst till ett stridande afrikanskt förband?

Lord Delameres kontakter. D kände varenda militär befattningshavare i Brittiska Östafrika, han kunde rekommendera Albie som en god ryttare och skytt med omfattande jakterfarenhet i Östafrika. Få officerare i Wiltshire skulle kunna åberopa sådana, visserligen överdrivna, meriter.

Och risken att bli dödad?

Inte större där än i automobiltrafiken i Salisbury. Kriget i Afrika var i praktiken över, de flesta brittiska soldaterna i Östafrika hade redan skeppats hem till olika frontavsnitt i Europa.

Och för övrigt var risken att bli dödad, lynchad tillsammans med Sverre, tio gånger större om Albie inte genomförde denna låtsasinsats. Den största risken i sammanhanget var att han inte skulle hinna fram till Mombasa innan det afrikanska kriget var slut och alla medaljer utdelade.

* * *

Porträttet på tillförordnade kaptenen Henry Carrington växte sakta fram. Stilvalet hade inte varit något problem, det var självklart klassiskt realistiskt, nästan fotografiskt, uppbyggt med korta, petiga penseldrag. Det fanns bara ett problem, ansiktsuttrycket.

En man i rullstol, mycket engelsk till utseendet med kraftfull mustasch, rödlätt ansiktshud och blont hår. Blod hade trängt igenom bandaget ytterst på hans benstump, extrem sjukhusmiljö med förgyllda salongsmöbler och gyllenlädertapeter i bakgrunden, Military Cross på uniformsjackan, alltså en krigshjälte.

Eller en förbittrad överlevare som riktar en anklagande blick mot eftervärlden?

Eller en man med så fruktansvärda upplevelser bakom sig att han aldrig skulle bli sitt gamla jag igen även bortsett från att han förlorat ett ben?

Valet var inte lätt och Sverre hade ännu inte kommit så långt i arbetet att det var någon större mening med att dra in Carrington själv i den diskussionen.

De småpratade i stället på sitt ironiska kodspråk där allt som Carrington sade var ursinnig kritik mot krigets oändliga variationer i vanvett och idioti men ändå måste låta som återkommande beröm mot den överlägset intelligenta engelska militära ledningen. Som när han med bara aningen överdrivet schvung berömde ett uttalande i dagens Times av The First Sealord angående ubåtskrig: ”Självfallet har England inga ubåtar, det skulle Hans Majestäts Flotta aldrig nedlåta sig till. Ubåtar är oengelskt eftersom vi slåss på ytan som gentlemän, nu som i alla tider. Ubåtsbesättningar borde vid tillfångatagandet behandlas som pirater och hängas på fläcken.”

Carringtons högljudda beröm över denna klokskap väckte allmänt gillande i rummet. Här och där hummades och nickades instämmande. Det var obegripligt att ingen genomskådade ironin.

Lika gärna som Carrington på detta sätt underförstått gisslade krigsidiotin, lika ovillig var han att tala om sina personliga erfarenheter. Sverre blev därför allt nyfiknare ju mer de var tillsammans. Till slut fick han ändå veta något när han ställde en direkt fråga om hur och var Carrington förlorat sitt ben.

”Passchendaele”, svarade han som om han spottade ut det egendomliga ortsnamnet. ”Inte lika berömt som somliga andra slagfält, jag antar att du inte ens hört talas om platsen, även om den är oerhört värdefull för oss britter.”

”Nej”, medgav Sverre. ”Låter som Belgien förstås, men hurså värdefull?”

”Därför att vi till dags dato har förlorat över en kvarts miljon man just där. Åtminstone var det den aktuella siffran när jag fick benet avslitet och skickades hem. En strålande seger med andra ord.”

Sverre förstod inte ironin men det var bara att spela med.

”Förlåt, hur kan det vara en strålande seger om en kvarts miljon av våra egna stupat och striden fortfarande pågår?” frågade han som han antog att Carrington förväntade sig.

”Ja, det är inte så lätt för er civilister att begripa, det inser jag”, vidtog Carrington med arméfolkets typiskt nedlåtande betoning på ordet civilister. ”Men vi har en ny briljant överbefälhavare i Belgien, general Haig. Han ersatte alltså den möjligen något mindre briljante French, han som ville applicera sina kavallerierfarenheter från andra boerkriget och blev skickad på enklare uppgifter till Irland. Hursomhelst. Haig har infört en ytterst sofistikerad matematisk metod att mäta våra framgångar. Det förklarade han redan första dagen han förde högsta befäl och förlorade 34 000 man. Enligt denna säregna form av beräkning påstod han då snabbt att tyskarna också hade förlorat 34 000 man och sådana förluster tålde de inte i längden. Alltså hade vi redan vid tidpunkten för min hemförlovning tillfogat tyskarna ett förödande nederlag genom att själva förlora en kvarts miljon man. Det säger sig självt, inte sant.”

”Naturligtvis, jag bara inte tänkte så långt”, medgav Sverre och bestämde sig för att när det var dags för Carringtons blick i tavlan så skulle det knappast bli frågan om den självbelåtne krigshjälten som gladeligen offrat sitt ena ben och nästan alla sina studiekamrater för England, Imperiet och Demokratin.

[illegible] mod [illegible] [illegible]

[illegible] fall [illegible]

[illegible] gan [illegible] brede [illegible]

[illegible] den [illegible]

[illegible] efter [illegible] manens [illegible]

[illegible] ock han [illegible]

[illegible] penn [illegible]

[illegible] n hade [illegible]

[illegible] ort [illegible] sa att [illegible]

XI

Från blått till svart

CHARLESTON

1918

DET SISTA ÅRET på Manningham kallade han halvt på skämt för sin blå period. Det syftade inte bara på hans melankoli och ständiga oro för Albie i den långa ensamheten utan också helt konkret på att han målade nästan uteslutande med tre nyanser av blått blandat med svart och vitt. Bäst tyckte han själv att han lyckades med en nattlig bild av Manningham House där slottets övre del knappt anades i det blåsvarta mörkret men tycktes ruva hotfullt över andra våningens starkt upplysta fönsterrad i kontrasterande gult och rött som skapade en känsla av eld snarare än ljus, som om huset brann och var på väg mot undergången. Som världen, som Albie och i så fall han själv.

Till en början hade han arbetat med breda penseldrag och lager på lager av färg för att få fram tyngden i undergångsvisionen. När han efter någon tid fann det maneret för deprimerande, en alldeles för sorgsen skönhet, gick han åt rakt motsatt håll och började tunna ut färgen med terpentin, mer och mer så att han nästan hamnade i akvarellteknik, och därefter började han skrapa bort färgen med palettkniven så att dukens struktur trädde fram och gav intryck av nedvittrat och illa underhållet murbruk, en sorts stenens förruttnelse.

Han pendlade fram och tillbaka mellan dessa motsatta tekniska grepp utan att annat än i stundens ingivelse tycka att den ena metoden var bättre än den andra. Ibland tappade han fullständigt tron, på samma sätt som hans humör pendlade mellan hopp och svartsyn.

Han hade bara fått två fullständigt innehållslösa brev från Albie, mer avsedda som livstecken än som brev. Något annat hade inte varit möjligt, Albie hade förberett honom på att all post gick genom den militära censuren och att det säkert fanns en och annan som skulle finna det synnerligen militärt angeläget att granska formuleringar som kunde tyda på brottslig kärlek, eller helst bevisa den.

Det enda som var säkert när det gällde Albie var att de brittiska styrkorna ännu inte segrat i Östafrika. Det var omöjligt att avgöra varför, de sparsamma segerbulletinerna påminde oroväckande mycket om de senaste årens rapportering från Frankrike och Belgien, seger på seger och den ena offensiven mer lysande och heroisk än den andra men ändå inget avgörande.

Om han inte varit så djupt inne i sin blå period skulle ensamheten ha förtärt honom. Carrington hade rest hem, med ett porträtt under armen som till slut blivit något av en kompromiss där den enbente hjälten uttryckte ett obrutet trots i blicken som kunde tolkas lika mycket som riktat mot den tyske fienden, ”hunnerna”, som mot själva kriget. Nere i den långa konstutställningen i Ingenjörsvillan där väggen snart var full, hängde den bild av Carrington som var den sannaste, porträttet av en man som genomskådat krigets totala vansinne.

Någon ny partner hade Sverre inte lyckats mobilisera bland de andra konvalescenterna, trots att alla hade beundrat porträttet av Carrington. Sverre visste inte varför det blivit tvärstopp men det var oundvikligt att misstänka överste Cunning.

Bara någon vecka efter Albies avresa hade Cunning plötsligt kommit på att Sverre faktiskt var utländsk medborgare och att Manningham House lika faktiskt var att se som ett avspärrat militärt område dit utlänningar självklart inte ägde tillträde. Det gällde salongerna och sjuksalarna lika mycket som matsalen. Därför hade Sverre hänvisats till att inta sina måltider i köket tillsammans med personalen. Köket var tydligen inte att anse som militärt område.

Sverre lät sig inte provoceras till att försöka klaga och dessutom trivdes han bland kökspersonalen, särskilt de äldre kvinnorna som han lärt känna redan på den tiden han gjort bildserien om arbetslivet på Manningham i övergångsperioden till moderniteten. Och den dystra koncentrerade ensamheten under dagar och nätter passade perfekt för hans blåmåleri.

Men när överste Cunning kom ner till Ingenjörsvillan på inspektion i akt och mening att rekvirera undervåningen till nya sjuksalar så anade Sverre att Albie inte skulle komma hem i den nära framtiden, därför att krigsslutet inte var nära och att överste Cunning möjligen visste det. Och att det antagligen var en tidsfråga innan han själv skulle kastas ut.

Han skrev till Margie i London och bad om råd, utan större hopp om annat än det självklara förslaget att flytta tillbaks till huset på Gordon Square där hon själv bodde med en del husvilla konstnärsvänner. Men till London ville han inte, det var illa nog att vara utlänning med misstänkt brytning på

Manninghams muromgärdade militära område. I London innebar det livsfara.

Margie svarade inom tre dagar med ett brev som bubblade över av iver. Det fanns nämligen en strålande lösning på problemet med fången på Manningham. För Vanessa och Duncan hade fått stil på sitt hus i Sussex, Charleston, det som Virginia och Leonard fixat nästan samtidigt med sitt eget hus, Monk's House, som också låg i Sussex men som inte var lika rymligt. På Charleston kunde han få ett eget rum för hela sommaren och ännu längre om det skulle behövas, både Vanessa och Duncan var stormförtjusta vid tanken och förresten var hon själv och Clive på väg och snart skulle man ha sommarfest för så många som kunde komma av de gamla vännerna från Bloomsbury och dessutom skulle Maynard Keynes bo där resten av sommaren för att skriva en bok. Och han fick absolut inte snåla när det gällde att ta med målargrejor, alla hade ont om duk och det var tydligen det jävla krigets fel.

När han läste Margies gladlynt bubblande brev log han för första gången på länge. Han packade en extra resekoffert med konstnärsmaterial, på Albies inrådan hade han hamstrat i god tid strax efter krigsutbrottet. Överst lade han tavlan på Manningham House som han skulle ge Margie i present.

* * *

Charleston var möjligen något av ett dårhus, åtminstone sett ur ett normalt anständigt engelskt medelklassperspektiv, men i så fall ett högst behagfullt dårhus och dessutom vackert inbäddat i Sussex frodiga grönska. Det var också rymligt med plats för många dårar samtidigt, trädgården var vidsträckt och vildvuxen och att Duncan och Bunny hade lyckats åberopa ”lantarbete” för att, möjligen, rensa ogräs i trädgården och därmed undgått att inkallas, kunde bara förklaras med bristande militär byråkrati. Sverre menade att om en viss överste Cunning, som han haft den tvivelaktiga äran att bekanta sig med på Manningham, hade upptäckt detta skämt så skulle Duncan och Bunny i rappet sitta på nästa transport till Flandern. Möjligen kom man undan med bedrägeriet därför att Charleston låg så avsides, fyra miles från närmsta järnvägsstation.

Vanessa och Margie var först med att krama om honom när han kom, därefter Duncan och Bunny, stämningen var närmast omoraliskt uppsluppen som om kriget inte fanns, eller i vart fall inte angick intellektuella på landsbygden. Roger Fry hade just anlänt och när han fick se den blå tavlan som Sverre haft med till Margie tog han den närmast i beslag och drog sig undan för att studera den i avskildhet. Vanessa bad tjänstefolket ta hand om Sverres koffertar, knuffade ut honom och Margie och de andra i en berså och sprang själv in i huset för att hämta det sista vinet. Vädret var strålande, man befann sig i övergången mellan vår och sommar, azalea och rhododendron blommade.

Den röriga konversationen där alla talade i munnen på varandra om allt samtidigt tog först Sverre med överraskning, som om han i sin långa tysta avskildhet på Manningham hade vant sig av med Bloomsburyvännernas sätt att tala och diskutera. Två nakna barn jagade plötsligt varandra förbi bersån. Det var Julian och Quentin, Vanessas söner med Clive Bell. Men nu levde hon alltså tillsammans med Duncan och väntade hans barn, samtidigt som han levde tillsammans med Bunny Garnett. Så när det gällde kärleksrelationerna var allt som vanligt.

Mitt i munterheten kom Roger Fry tillbaks med Sverres blå Manningham i handen och ställde upp den på en trädgårdsstol så att alla kunde betrakta den. Han såg egendomligt behärskad ut, det glada samtalet lade sig plötsligt.

”Vad fan är det här!” frågade Roger överdramatiskt och slog ut armen i en vid gest mot tavlan.

Alla stirrade på Manningham House i natten med elden som skymtade i fönstren. Det blev tyst i avvaktan på vad Sverre skulle svara på anklagelsen, det lät åtminstone som en anklagelse.

”En av mitt livs bästa tavlor”, svarade Sverre sammanbitet.

Alla vände blickarna mot Roger som fortfarande såg bister ut, vilket i sig var obegripligt. Bloomsburyvännerna skällde aldrig ut varandras konst, inte ens när det var befogat, särskilt inte konstkritikern Roger.

”Ja, det skulle man kanske kunna säga”, sade han och sprack upp i ett försiktigt leende. ”Hur du gör det rent tekniskt har jag bara ett hum om, du måste visa mig. Men en sak är klar. Det här är ett mästerverk och nu behöver jag något att dricka!”

Efter den korta anspänningen exploderade nu sällskapet i nytt glädjefullt tjatter och tavlan började skickas runt för att alla skulle kunna studera tekniken på nära håll, sedan ställde man upp den igen och betraktade den på avstånd och Vanessa organiserade en skämtsam ceremoni där var och en i tur och ordning fick gå fram och buga sig högtidligt inför den alltmer generade Sverre.

I fjärran hördes åskmuller. Sverre tittade undrande upp mot den alldeles klara blå himlen. Margie såg hans förvåning.

”Oroa dig inte, det är bara artilleriet i Frankrike”, sade hon. ”Såna här vindstilla dagar hörs det hit till Sussex. Fan vet om det är tyskt eller om det är vårt men är det inte det ena så är det det andra.”

Och så var festen igång på nytt.

* * *

Charleston var en sorts tillämpad konst. Väggar, dörrspeglar, till och med tak och badkar runt om i hela huset var dekorerade antingen av Vanessa och Duncan själva eller av gäster med högst skiftande förmågor. Det var en kaotisk blandning av stilar och motiv och det fanns ingen gräns för infallen. En ölflaska förvandlades till konst om man målade den röd- och vitrandig och hängde upp den i taket, en gammal fågelbur blev till och med symbolistisk konst om man målade den i guldfärg och ställde den i ett fönster med den lilla grinden öppen – någon hade rymt till friheten ur sin gyllene bur – ingången till köket förvandlades till ett romerskt tempel genom antydda pelare och kapitäl. Sverre fann den ohämmade lekfullheten stökig men också charmfull, det var mer än en antydan om vad de höll på med på Omega Workshop, där folket skulle lära sig att leka med modernismen, vara *homo ludens*, den lekande människan som man talat så mycket om förr, innan kriget kom.

Vanessa hade bett Sverre att han skulle göra en replik av sin Manninghambild på dörrspegeln till sitt gästrum på andra våningen, men han hade kinkat om att det i så fall måste bli med en helt annan teknik, så tjocka färglager skulle inte torka på något år, folk skulle kleta ner sig. Men han lovade att hitta på något annat i stället såfort han fick en idé som passade.

Vilket inte var så lätt att avgöra eftersom allt och intet skulle passa in i detta sammelsurium.

Den spontanistiska dårskapen tilltalade honom, vart han än gick i huset fanns något att le åt. Svårare hade han för Vanessas och Duncans tavlor.

Han skulle aldrig ens antyda vad han egentligen ansåg om deras måleri, särskilt inte som Roger upphöjt honom till vänkretsens målargeni på samma sätt som de alltid av någon anledning betraktat Virginia som författare, år ut och år in hade de talat om hennes genialitet fastän hon inte förrän på senare år fått sin första bok utgiven. Hennes pretentioner och förvissning om sin egen storhet hade alltid gjort honom generad.

Och samma var det med Vanessa och Duncan. De var helt enkelt usla målare och det tycktes hopplöst och omöjligt att förändra ens med aldrig så mycket övning. Och förresten föraktade de teknik lika mycket som övning. Allt skulle ”komma inifrån”.

Inte oväntat hade de hängt varsitt porträtt pinsamt framträdande i huset.

Vanessas bild av systern Virginia var häpnadsväckande. Motivet tycktes föreställa en ung man med röd mustasch i stället för överläpp som satt i en röd öronlappsfåtölj och stickade något rött, självfallet. Gestalten hade fyra fingrar på vänster hand och en gigantisk rektangulär näsa som möjligen påminde om en kattnos.

Duncans porträtt av Vanessa var ännu värre. Den gestalt

som skulle föreställa Vanessa halvlåg i en röd – självfallet – soffa klädd i säckig sommarklänning och såg ut som en mycket förbannad, alternativt berusad, säl som var liten i ändarna och tjockast på mitten. Vilt stirrande blick, fyra fingrar på varje hand, halmhatt och böcker i bakgrunden.

Som så många andra imiterade de Matisse i den barnsliga föreställningen att inte heller Matisse kunde måla en hand eller näsa. Så om man bara sökte sig till hans färgskalor och ekonomiserade bilderna till fyra klara färger så var man en Matisse.

Det var svåruthärdligt både att se målningarna och den aningslösa pretentionen och outhärdligt att aldrig kunna protestera eller åtminstone säga vad de borde göra i stället, hålla sig till abstraktioner och collage och rikta leklynnet mot färgen hellre än att bygga bilder som inte höll. Margie arbetade ju så, hon anpassade sin konst till sin förmåga och det måste vara en mycket större glädje och tillfredsställelse i det än att som Duncan och Vanessa spela konstnärsteater både för sig själva och omgivningen.

Lite annorlunda var det med Roger Fry. Han var möjligen Englands mest insiktsfulle konstkritiker, hade en oerhört säker blick, behärskade hela konsthistorien, men han inbillade sig inget om sin egen konst. Han målade ständigt, här på Charleston varje dag, men bara för själva glädjen. Det var på sätt och vis en avundsvärd och antagligen behaglig situation, att kunna måla utan vånda, utan att ständigt kastas mellan korta glimtar av storhetsvansinne och långa stunder av förtvivlan över sin otillräcklighet.

Sammantaget var huset Charleston ändå som både livet och konsten självt, en högst osannolik blandning av skönt och fult, sublimt och plumpt, intelligens och ren dumhet och den blandningen skapade också komik. Det var omöjligt att inte bli på gott humör på Charleston redan för kontrasternas skull. Och det mest fantastiska i all denna röra var att man på de mest oväntade platser plötsligt stod framför en tavla av van Gogh, Cézanne eller Gauguin, vrakdelar från de två postimpressionistiska utställningarna i London som gjort ett så enastående fiasko strax före kriget. Vanessa och Duncan hade som alla andra fått dra sitt strå till stacken genom att efter förmåga betala för de oönskade konstverken. I Ingenjörsvillan på Manningham hängde också ett tjugotal sådana verk.

Vanessa anförtrodde sig åt Sverre om ett bekymmer som gudskelov inte hade någonting med konst att göra. Men snart skulle alla samlas för den stora sommarfesten och huset var nu helt tömt på vin, inte en droppe fanns kvar. Och ingenstans utom möjligen på någon svart marknad i London kunde man köpa vin. Öl och whisky gick att rekvirera i mer än tillräckliga mängder från närmsta by och närmsta pub, men inte vin. Och de flesta vännerna skulle glädjas om man hade något annat än whisky och öl att bjuda på, medelklass som alla var utom Margie.

Sverre kunde först inte förstå varför Vanessa kom med detta problem till just honom. Men Margie hade skvallrat.

Bland de många papper som Albie skrivit under före sin avresa till Mombasa fanns två av särskild betydelse i vinsammanhang. Det ena var att han utnämnt gamle James till en sista tjänstgöring, på livstid, nämligen som ”Högste Patron och Förrättningsman över den Manninghamska Vinkällaren”, en titel som lät lika absurd men ända klargörande som många av Englands regeringsfunktioner. Därtill fanns en undertecknad försäkran från Albie, eller i det här sammanhanget mer demonstrativt tydligt, från den 13:e earlen av Manningham, att Högvälborne Sverre Lauritzen hade obegränsad tillgång till sagda vinkällare.

Sverre hade berättat det som en rolig historia för Margie, nämligen den incident som inträffat när överste Cunning fått för sig att han skulle ”rekvirera” vinkällaren på Manningham. James hade då, något böjd med vitnade ögonbryn och en lätt darrande hand som inte längre skulle kunna servera vin, i utomordentligt sirliga former ”informerat” herr översten om att bortsett från att man kunde ifrågasätta på vilket sätt Englands krigsansträngningar stärktes av ett tillskott på cirka 10 000 flaskor vin, så kunde alkohol, enligt gällande militära föreskrifter, inte ”rekvireras”. Samt att den ende, förutom han själv, som hade tillgång till detta förråd var mr Lauritzen. Allt fanns i otvetydiga dokument undertecknade av hans nåd.

Överste Cunning hade fått hålla till godo med de ändå rätt hyggliga leveranserna av kronans rom. Konvalescenter ansågs därvidlag ha ungefär samma behov som sjömännen i Hans Majestäts Flotta, och de var sedan århundraden utomordentligt rundligt beräknade.

Men nu var alltså frågan om sommarfest på Charleston med eller utan vin.

Sverre tvekade inför uppgiften att ensam och dessutom ”utlänning” bege sig in på överste Cunnings militära område för att åberopa sin rätt. Det skulle i så fall vara om Margie, i det här sammanhanget lady Margrete, följde med som beskydd. Henne kunde översten inte gärna slå i järn.

Det var en briljant idé, tyckte både Vanessa och Margie. Det tog visserligen tid att få fram en bil och bränsle för transporten men till slut tuffade Sverre, Margie och hennes Clive iväg till Manningham.

Det var högsommar och skulle ha varit en lugn resa på smala landsortsvägar om de inte överallt måste kasta sig åt sidan eller rentav köra av vägen för att släppa fram alla amerikanska militärtransporter på väg österut, mot deras färdriktning.

Sverre körde, de andra två hade inte en aning om hur automobiler fungerade och Margie trodde dessutom att körsysslan bara var till för tjänstefolk. Sverre ursäktade sig dels med att han var ingenjör, dels med att han nog trodde att man i framtiden skulle ha så många automobiler i världen att tjänstefolket inte skulle räcka till. Alla hästtransporter skulle snart ha ersatts av mekaniserade fordon, påstod han. Varken Margie eller Clive trodde honom.

När de passerat Salisbury och närmade sig Manningham tog Margie på det där förbaskat obesvärade självklara sättet upp ett samtalsämne som vore fullkomligt omöjligt utanför deras Bloomsburykrets. Hon var bekymrad över Sverres lite ynkligt sorgliga ensamhetsattityd. Borde hon inte för någon tid som tröst ta honom till sig som älskare?

Konversationen fördes skrikande i fartvinden och de var alla tre iförda skinnhuvor och bilgoggles så att alla ansiktsuttryck doldes. Till och med Sverre såg ut som om det rests vilken som helst fråga.

”Du vet att jag inte vill vara otrogen mot Albie!” ropade han.

”Det räknas inte med kvinnor, dessutom är ju Margie bara hans syster!” ropade Clive tillbaks.

Just då kom en ny amerikansk militärkonvoj mot dem och

avbröt konversationen. När de fortsatte färden efter att amerikanerna passerat tog Sverre inte upp ämnet på nytt och de andra två lät sig nöja med det.

Det stod numera militära vaktposter utanför grindarna till Manningham House och frågade efter ”passersedel” och liknande. Margie hanterade situationen utan minsta svårighet genom att återgå till sin gamla paradroll som lady Margrete.

När de väl lokaliserat James var det bara att köra fram bilen till källarintaget och efter att James förhört sig om i vilka sammanhang vinet skulle konsumeras och av hur många gäster, det vill säga något dussin bohemer och pacifister som skulle supa skallen av sig, även om den avsikten uttrycktes mer underförstått elegant, så rekvirerades militär personal för att under James överinseende lasta bilen full med tillräcklig mängd som skulle täcka allehanda behov, som James så artigt uttryckte saken.

* * *

Som Bloomsburian var John Maynard Keynes den mest osannolike av dem alla, åtminstone enligt Sverre. Maynard, som de för det mesta kallade honom, hade perfekta förutsättningar för en karriär i staten, Eton, Cambridge, nationalekonomiska studier och statskunskap. Men vissa egenheter skiljde honom högst väsentligt från mer typiska män i ämbetsmannakarriären. Han var en passionerad konstälskare, specialiserad på 1300-talspoesi i lika hög grad som modern fransk litteratur och konst. Allt det han älskade i livet var sådant han aldrig kunde tala med ämbetsmannakolleger om men alltid med vännerna i Bloomsbury. Att han föredrog män framför kvinnor i kärlekslivet hade före kriget knappast varit något hinder i karriären, men nu hade en sådan preferens blivit en black om foten. Också det gjorde att han passade mycket bättre in i Bloomsbury än i staten.

Med Maynards ankomst till Charleston, strax före Vanessas och Clives stora sommarfest, kom också allvaret tillbaka, det man vanligtvis inte låtsades om, inte talade om, eller med en modern tankegång från Freud helt enkelt trängde undan till sitt undermedvetna.

Det var som om Maynard vältde undan detta tunga brunnslock och alla de andra bländat kisade upp mot ljuset. För när *han* sade att kriget redan var vunnet, att det på sin höjd bara var något halvår kvar, så var det en helt annan sak än om det stod i Times eller Telegraph, som liksom alla andra tidningar hävdat just detta ända sedan 1914. Men nu var det en annan sak, nu var det alltså sant.

Maynard hade ingått i Lloyd Georges delegation till den stora fredskonferensen i Versailles, där de blivande segermakterna drog upp riktlinjerna för den kommande fredens villkor. Han hade snart sagt upp sig i en blandning av uppgivenhet och vredesmod och nu skulle han stanna på Charleston och skriva en bok om varför freden skulle bli en katastrof.

Det var en utmanande formulering, inte ens de av politik vanligtvis demonstrativt ointresserade Bloomsburianerna kunde undgå att börja ställa frågor och därmed trasslas in i det obekväma samtalsämnet.

Hur kunde han vara så säker på en snar seger? Vad var skillnaden nu mot tidigare när alla sådana proklamationer bevisligen varit lögn, undrade Clive.

Ekonomi, svarade Maynard tvärt. Krig var inte, som i den populära engelska föreställningen, en fråga om mandom, mod och morske män, tapperhet, okuvlig engelsk anda och allt det andra i floskelsamlingen. Krig var i första hand en fråga om ekonomiska resurser. I ett års tid, sedan de formellt gått med i kriget, hade amerikanerna skeppat krigsmateriel och soldater över Atlanten. Och när de nu efter långa förberedelser satte in dessa väldiga resurser i kriget så tippade balansen över. Han hämtade överraskande en bild från boxningssporten.

Om ni tänker er två fullständigt uttröttade men jämbördiga boxare i fyrtiofjärde ronden eller något liknande, illustrerade han. De står lutade mot varandra, båda oförmögna att slå ut den andre. Och så kommer plötsligt, mot alla anständiga regler förstås, en tredje fullt utvilad boxare in och börjar slå på bara en av de andra två. Detta är vad som händer just nu, sedan några månader tillbaks. Världens rikaste land öser in materiel, proviant, bränsle och en miljon dåliga, snabbutbildade soldater i Frankrike och Belgien och de har råd att dubblera eller rentav trippla den insatsen utan att andra effekter uppstår i deras egen ekonomi än ren stimulans.

Ingen av vännerna i bersån hade något att säga emot. Varken Maynards lugna självklara sätt att resonera eller hans logik inbjöd till motsägelser. Dessutom var det ett samtalsämne med begränsad hållbarhet i en vänkrets där man hellre talade om färg, form, sexualitet och den ryska baletten än om det uttjatade kriget.

En efter en försvann de andra mumlande olika ursäkter tills bara Sverre satt kvar. Han kände sig djupt kluven, visste inte hur han innerst inne ville att kriget skulle sluta. Helst oavgjort, antagligen. Eller med en lagom stor tysk seger som inte drabbade England. Tyskland var hans andra hemland, i England hade han alla sina vänner.

Maynard satt kvar i bersån trots att alla utom Sverre gått. Sverre ville veta mer och det syntes på honom när han grubblade över i vilken ände han skulle börja.

”Varför lämnade du den engelska fredsdelegationen i Versailles?” frågade han till slut. ”Om man har en stark övertygelse, som du, i strid mot omgivningens, är det då inte bättre att stanna kvar och försöka övertyga än att ge upp?”

Maynard skakade på huvudet.

”Mitt inflytande var av noll och intet värde”, sade han. ”Jag var bara en liten tjänsteman åt Lloyd George och de stora elefanterna var galna. Värst av alla förstås fransmännen. Clemenceau föreslog på fullt allvar att segrarna skulle stycka upp Tyskland i lagom stora portionsbitar och utplåna landet för evigt. Den engelska sidan tyckte att Frankrike gott kunde nöja sig med Alsace-Lorraine och att man hellre skulle se till att Tyskland finansierade hela kriget med avbetalningar i femtio år framåt, en mycket bättre affär än ockupation och besvär med upprorsförsök. Under sådana förutsättningar ville jag inte vara med. Vad de håller på med där borta i Versailles är helt enkelt att vinna kriget men förlora freden.”

Sverre rynkade pannan och skakade uppgivet på huvudet. Han förstod inte och det var desto värre som Maynard, säkert hundra gånger klyftigare än han själv på detta område, formulerade sig som om allt han sade var självklarheter som ett barn kunde begripa.

”Snälla Maynard, jag förstår inte”, sade Sverre efter en lång paus där Maynard tålmodigt väntat ut honom. ”Hur menar du? Tänk på att jag liksom, antar jag, de flesta här är politisk idiot. Försök ändå förklara för mig, är du snäll. Exakt hur håller den segrande sidan på att förlora freden?”

”Well, den frågan är den avgörande”, svarade Maynard. ”Vi kommer att lägga plågor över Tyskland som varar decennium efter decennium och som kommer att bygga upp ett tyskt hat av både förståeliga och hiskliga proportioner. Och själva Tyskland är intakt, har Europas största tekniska och vetenskapliga resurser och i sinom tid kommer detta bara att kunna sluta på ett sätt, en fruktansvärd tysk revansch, ett krig i framtiden som, med tanke på den tekniska utvecklingen, kommer att bli än mer ohyggligt än det vi just nu håller på att avsluta.”

”Och det är det här din bok ska handla om?”

”Ja, jag är igång, har skrivit ett och ett halvt kapitel.”

”Vad ska boken heta?”

”Vet inte, arbetstiteln är helt enkelt *Fredens ekonomiska följder* eller något i den stilen.”

”Har man något att säga som är viktigt är det förstås rätt att säga det offentligt”, funderade Sverre. ”Som att man måste ställa ut om man har åstadkommit konst värd att visa, antar jag.”

”Faktiskt ingen dum jämförelse”, sade Maynard. ”Hade jag varit kvar i den engelska fredsdelegationen hade mina åsikter aldrig nått utanför konferenslokalerna, och så hade jag väl belagts med tystnadsplikt, så du har helt rätt. När ska du ställa ut själv, förresten? Roger säger att du kommer att slå igenom med dunder och brak och bli ett världsnamn över en natt.”

”Asch, sånt kan man aldrig veta något om”, invände Sverre generat. ”Men jag har kontrakt på två utställningar i New York som ska visas såfort kriget är över. En som vi kallar den afrikanska utställningen…”

”Den som sjönk med Titanic?”

”Jo, men jag har rekonstruerat den. Och en mer allmän utställning med rätt skiftande innehåll. Hursomhelst har Albie och jag kommit fram till att förutsättningarna är bättre i USA än här i England.”

”Därom kan man vara riskfritt övertygad”, småskrattade Maynard. ”Jag menar med tanke på hur det gick för de postimpressionistiska utställningarna före kriget, eftervärlden kommer att skratta ihjäl sig åt den engelska konstkritiken. Men hur är det med Albie?”

”Jag vet inte. Det är det som är det värsta. Jag vet ingenting och det var fem månader sedan jag hörde av honom.”

* * *

Dar es-Salaam 23 april 1918

Käre Sverri,

Förlåt att jag inte skrivit på länge, men det har inte funnits praktiska möjligheter. Vår jakt på de sista hårdfjällade hunnerna har varit måttligt framgångsrik, de har ju fördelen att hela tiden dra sig undan och lägga sig i bakhåll eftersom de är för fega för att möta oss i öppen strid.

Deras räddhågsna taktik ställer likväl till en hel del förtret för oss. Särskilt som två av deras krypskyttar tycks ha specialiserat sig på att skjuta hjälmen av våra officerare, vilket får ses som ett typiskt tyskt utslag av ogentlemannamässighet. Somliga av mina officerskamrater har rentav tagit av sig hjälmen för att inte ge utrymme åt denna smaklöshet, vilket dock inte skulle falla mig in. Du som känner mig förstår mycket väl varför.

Nu är det regnperiod och vi har dragit oss tillbaka till Dar för en tids vila och rekreation, under regnperioderna går det ändå inte att slåss. Emellertid är jag fullkomligt övertygad om att vi så snart regnen upphör kommer att göra processen kort med dessa krypskyttar. Arméledningen har satt upp en belöning på 50 pund för den som lyckas knäppa dem, så det skall nog gå bra.

Apropos regn kan jag väl säga att klimatet här i Tanganyika kan te sig något besvärligt jämfört med det vi är vana vid, lord Delameres trakter i Kenya. Enklast uttryckt är klimatförutsättningarna här i alla tänkbara avseenden fullständigt omvända i förhållande till det kenyanska höglandet. Dessutom försöker hunnerna hela tiden smita in i sådana områden där insekterna går ganska hårt åt våra hästar.

Jag kan naturligtvis inte ha någon tvärsäker uppfattning om vilken seger som kommer först, vår här nere i Afrika eller Englands och våra allierades på de europeiska slagfälten. Men eftersom segern i båda fallen är lika given så kan vi nu med förtröstan se fram emot min snara hemresa. Jag har befordrats till major och fått en del utmärkelser som jag kanske inte varit helt förtjänt av. Men det kommer vi snart att kunna glädjas över när jag kommer hem.

Mina varmaste hälsningar till Margie.

Vännen

Albie

PS. Är det inte snart dags för dig och Margie att gifta er? Också det får vi tala mer om när jag kommer hem.

Brevet var ett enda långt kodmeddelande, förmulerat för att lura den engelska militärcensuren. Det behövde man bara läsa några rader för att förstå. Texten var så fjärran från Albies personlighet och sätt att uttrycka sig som man över huvud taget kunde föreställa sig.

En sak hade han i alla fall lyckats med. Att få igenom sitt brev och lura censuren med våldsamt otillåtna utsagor som att han inte trodde på seger och tvivlade på att han skulle överleva. För det var vad som stod mellan raderna i slutet av brevet.

Sverre var ändå inte säker på att han på egen hand skulle kunna dechiffrera allt som Albie skrivit och det var bara en av vännerna i den stimmiga glada kretsen på Charleston som Sverre kunde tänka sig att be om hjälp med tolkningen och det var Maynard. Han besatt just den typ av politisk och analytisk intelligens som de flesta andra i huset fullständigt saknade. Dessutom var han väl förtrogen med vapen och militärt tänkande.

Maynard hade snabbt kommit in i ett högst disciplinerat arbetsschema. Han skrev på sin bok hela morgnarna. På eftermiddagarna lade han sig på knä över en liten mattstump och rensade sakta krypande framåt trädgårdsgångarna från allt ogräs. Med en liten sax. Han påstod att detta arbete var precis vad han behövde för att känna sig nyttig som gäst, samtidigt som han kunde koppla av från sitt skrivande.

Han var ändå inte det minsta nödbedd när Sverre frågade om de kunde gå igenom brevet tillsammans för att analysera det verkliga innehållet. De hämtade öl och drog sig undan till några trädgårdsbänkar som stod avsides och övervuxna av ogräs intill en liten näckrosdamm.

De kunde snabbt enas om brevets innehåll på flera punkter.

Jakten på de tyska styrkorna var helt utan framgång och ingenting tydde på att den brittiska sidan hade segern inom räckhåll.

Förhållandena var helvetiska, dels på grund av träsk, djungelvegetation och en avskyvärd temperatur, dels på grund av malariamygg och tsetseflugor som dödade de engelska hästarna.

Det tycktes vidare hopplöst att finna motmedel mot den tyska taktiken att dra sig undan, vänta in förföljarna, döda några engelska officerare med prickskytte och dra sig undan på nytt.

Jo, just döda dem. Det där Albie skrev om att ”hunnerna”, ett ord han aldrig skulle använda, bara som osmakligt skämt roade sig med att skjuta hjälmen av brittiska officerare var inte det minsta trovärdigt. Maynard påpekade att det vore tio gånger svårare att skjuta någon sorts snuddskott så att fiendens hjälm bara åkte av än att skjuta mitt i målet. De sköt naturligtvis för att döda, med förskräckande framgång.

I det sammanhanget fanns en kod som förbryllade Maynard. Varför i all världen skulle Albie inte vidta samma till synes kloka försiktighetsåtgärd som officerskollegerna, att helt enkelt ta av sig riktmärket vit hjälm när man närmade sig fienden? Sverre skulle ”mycket väl förstå varför”, så vad var det Sverre förstod?

Att det hade att göra med kravet på att visa fysiskt mod, förklarade Sverre dystert. Han rekapitulerade den diskussion han och Albie haft om varför Albie över huvud taget skulle tillbringa någon tid som stridande soldat, trots att tanken var så djupt frånstötande. Han berättade om hur de nästan lynchats av en krigsmobb utanför Saint James's Theatre och slutsatsen att alla män som älskade män skulle gå en fruktansvärd tid till mötes efter kriget eftersom de stämplats som fega och därmed landsförrädare. Huvudproblemet var alltså synonymbildningen feghet-homosexualitet-landsförräderi. Albies uppdrag var följaktligen att visa mod, vara en levande motbevisning.

Det verkade ändå som att det där med att visa mod genom att behålla hjälmen på var att ta en onödig risk, muttrade Maynard bekymrat. För om man inom King's African Rifles utfäst en belöning på 50 pund för den som oskadliggjorde någon av de två specialiserade prickskyttarna så måste man vara närmast desperat. 50 pund! Det var en oerhörd summa för en soldat, särskilt en svart soldat i King's African Rifles. Alltså hade den brittiska sidan tillfogats högst kännbara förluster i stupade officerare.

Det mest nedslående med Albies brev måste ändå vara att han inte trodde på vare sig seger eller ens att han själv skulle komma hem. I slutet av brevet upprepade han tre gånger något om att komma hem och den starka betoningen borde logiskt sett tolkas som motsatsen.

Och så var det den gåtfulla avslutningen. Varför skrev han att Sverre och Margie skulle gifta sig?

Ett skäl kunde förstås vara att han inför brevcensuren ville betona att varken han själv eller Sverre ägnade sig åt någon kriminell form av sexualitet. Det var den optimistiska tolkningen.

Det fanns dessvärre en förkrossande pessimistisk möjlighet att tolka förslaget om giftemål. Maynard tvekade att fullfölja sin tankegång men hade redan sagt för mycket och ursäktade sig med att han nog bara målade fan på väggen.

Men om Albie nu varken trodde på seger eller att han själv

skulle komma levande hem så var hela projektet med att under någon kort tid markera närvaro på något förment ofarligt frontavsnitt förfelat.

Alltså föreslog han en helt annan metod för att undgå att lynchas för förbjuden kärleks skull. Nämligen att som kamouflage gifta sig med en kvinna, inte nödvändigtvis Margie även om hon säkert skulle ställa upp.

Som Duncan, som var gift med Vanessa men ändå tillbringade nätterna med Bunny. Även Lytton Strachey levde med en ung kvinna nuförtiden och han var garanterat sexuellt inriktad enbart på män. Det var ändå en klok försiktighetsåtgärd att gifta sig med en kvinna nu när förföljelserna snart skulle komma igång, alltså såfort det blev fred. Maynard skulle mycket väl kunna tänka sig ett sådant arrangemang. Saken var i alla fall värd en diskussion bland vännerna. I Bloomsburykretsen var det säkert åtskilliga kvinnor som skulle ställa upp.

Sverre var inte det minsta intresserad av att fortsätta det diskussionsspåret eftersom han var förkrossad av Maynards antagligen fruktansvärt korrekta tolkning av Albies brev.

Albie trodde inte på seger i Afrika och han trodde inte ens på sin egen överlevnad. Det var outsägligt sorgligt.

Maynard tröstade honom med att Albie tydligen var omedveten om att han bara behövde hålla sig vid liv ytterligare en kort tid tills allt var över, även i Afrika. För när Tyskland kapitulerade inom någon månad eller två, så upphörde alla strider också på annat håll i världen. På konferensen i Versailles hade man redan delat ut de tyska kolonierna till varandra. England skulle få Tyska Östafrika och indirekt genom Sydafrika också Tyska Sydvästafrika. Belgien skulle få de västra delarna av

Tyska Östafrika, de territorier som kallades Burundi och Rwanda. Frankrike skulle lägga beslag på Kamerun och Togo.

För Albie och Sverre var det bara att hoppas på en så snabb seger som möjligt hemma i Europa. Till slut var kriget på liv och död också för dem.

* * *

Först hade de en liten tävling i avskyvärdhet med ett urval politiska teckningar från dagspressen som Sverre samlat på sig.

I semifinalen förlorade de motiv där tyska soldater spetsade barn på bajonetter. Det motivet var det i särklass vanligaste ända sedan 1914 och hade därmed börjat bli alltför banalt och förlorat i slagkraft, menade Lytton och fick de flesta med sig. Föreställningen att tyska soldater gick omkring med spädbarn uppträdda på sina bajonetter hade blivit en självklarhet och väckte därmed ingen upprördhet.

Till final gick två bilder, ett grismotiv och ett gorillamotiv, såtillvida lika representativa för propagandakonsten som bajonettbilderna. Men de var ändå skrämmande utöver det vanliga.

Grisbilden tycktes genast få majoriteten på sin sida. Nio feta grisar, alla i pickelhuva, två med monoklar för ena ögat, en med Järnkorset hängande i knorren, var på väg att kasta sig över en jungfrulik kvinna i vit klänning som låg död eller döende inne i stian. En av grisarna hade redan börjat slicka i sig hennes blod som flöt ut över golvet. De tre grisar som var närmast henne dräglade av matlust.

Vanessa, Clive, Lytton och Maynard blev genast överens om att detta måste vara utställningens guldmedalj. Tyskarna var inte bara svin i metaforiken – bilden hette ”Kastad till svinen” – utan också halvmänniskor och därmed kannibaler. Bilden skildrade momentet, kanske sekunderna, innan svinen/tyskarna med sina dräglande käftar skulle slita den vita jungfrun i stycken och börja glufsa i sig henne. Det var svårt att föreställa sig att fienden kunde skildras mer omänskligt än så, därför måste detta vara segrarbilden i avskyvärdhet.

Sverre och Roger Fry höll på den andra finalisten. Motivet var kanske inte så märkvärdigt, snarare rätt konventionellt. En svart gorilla i tysk hjälm och blonda mustascher, alltså kaiserns mustascher, bar en värnlös kvinna med blottad byst över vänsterarmen, man skulle nog se henne som Marianne, det våldtagna Frankrike. I högerhanden bar den tyska gorillan sitt enda vapen, en kraftig och blodig knölpåk märkt med ordet KULTUR på tyska.

Det var alltså den tyska kulturen som var det farligaste vapnet som nu riktades mot civilisationen. Goethe, Schiller, Heine, Beethoven, Bach och de tyska filosoferna utgjorde ett dödligt hot mot mänskligheten.

Roger Fry menade att just den sortens argumentation var själva kärnan i den kulturföraktande propaganda man haft att göra med sedan långt före kriget, kulturhatet hade rentav tjänat som en sorts förbekämpning av opinionen, för att tala militärspråk. Det var den här psykologin som exempelvis låg bakom presskampanjerna mot de postimpressionistiska utställningarna redan 1910 och 1912.

Virginia höll inte med. Hon menade att en sådan tolkning var alldeles för subtil. Den propagandadräng som gjort teckningen hade inte ägnat en tanke åt vare sig Beethoven eller

Goethe, om han ens hade hört talas om dem. Och att publiken skulle associera den kulturmärkta knölpåken till faran för kontinental dekadens var lika osannolikt, troligtvis menade bilden bara att i Tyskland fanns ingen annan kultur än knölpåkens. Alltså var apbilden lika uttjatat konventionell som varianterna på bajonettspetsade spädbarn. Medan människoätande feta tyska svin var oerhört mycket mer suggestiva.

Virginia vann diskussionen, Sverre städade undan bilderna och Vanessa hämtade mer bourgogne från Romanée-Conti, det märke som James särskilt rekommenderat för fest. Det hade snabbt blivit allas favorit och var redan på upphällningen.

Men, hur skulle man då å andra sidan försöka föreställa sig de tyska motsvarigheterna, undrade Clive. Det fanns ju ingen anledning att förmoda att den tyska sidan skulle avstå från att använda sig av propagandakonst i krigföringen. Problemet var att den här sortens övertalning med konstnärliga medel bara riktade sig mot hemmapubliken. Ingen tysk såg de engelska gris- och apteckningarna. Lika lite som man i England hade någon möjlighet att se de motsvarande tyska bilderna. Så vad kunde man föreställa sig, hur såg den tyska propagandan ut? Vilka djur var engelsmän, vad var värre än svin och apor? Råttor?

Frågan riktade sig närmast till Sverre, eftersom han var den i kamratkretsen som var bäst orienterad i tysk kultur och han svarade att han antagligen hade lika lite aning om den saken som alla andra. Spontant skulle han väl säga att man i Tyskland aldrig skulle komma på tanken att avbilda människor som råttor eller göra andra lika omänskliga bilder som de engelska tidningarna. Men det kanske bara var önsketänkande. Om kriget brutaliserade konsten så till den grad i England kunde man frukta en liknande utveckling i Tyskland, att kriget helt enkelt korrumperade och förråade alla människor.

Fast å andra sidan inte. För vad skulle han som tysk propagandatecknare ha koncentrerat sig på? Till en början några självklarheter. Liksom Tyskland hade en kaiser som var tacksam att karikera hade England en fet kung. Om engelsmännen framställde tyskar som apor och grisar... borde man som tysk hitta på något intelligentare. Som att göra parodier av de djur engelsmännen själva identifierade sig med, det engelska lejonet, den engelska bulldoggen.

Han sken upp, pekade på tinningen att han just fått en idé och försvann upp mot huset och var sedan borta i över en timme.

När han kom tillbaks hade han snabbtecknat varianter på skröpliga, tandlösa lejon med svansen mellan benen, vindögda utmärglade bulldoggar som morskt skällde mot fronten och i nästa moment ömkligt sparkades undan av tyska stövlar, en fet kung med glosögon som till hälften var en öltunna, eller samme kung som speglade sig och i spegeln såg ett rytande lejon.

Han belönades med en del förströdda skratt, men samtalet hade redan runnit iväg långt bort från allt som hade med politik att göra.

Lytton hade numera en ung kvinna i sällskap som hette Dora Carrington, men hon insisterade på att bara kallas Carrington. Hon hade hållit sig på avstånd från hela karikatyrdiskussionen och kanske närmast demonstrativt spelat fotboll med Vanessas och Clives pojkar, som sprang lika obesvärat nakna även när de spelade fotboll.

Nu kom hon blygt och satte sig intill Lytton, nästan som en hundvalp. Det såg ut som en mycket underlig relation, Lytton hade aldrig tidigare avvikit från sin fasta kurs när det gällde att enbart hålla sig till män, utom en gång i ungdomen när han i någon sorts dårpippianfall friat till Virginia och fått korgen. Och Carrington såg visserligen ut som en ung man, osminkad och med en sorts pojkfrisyr i page och klädd i arbetsbyxor, men kvinna var hon otvivelaktigt.

Hon väckte Sverres nyfikenhet, inte minst för sitt namn. Carrington verkade inte vara alltför vanligt och följaktligen hade han kanske porträtterat en av hennes släktingar borta på Manningham, den numera enbente kaptenen. Men hon höll sig alltid intill Lytton, så det verkade svårt att få igång ett samtal med henne.

Lika plötsligt som oväntat löste sig det problemet mitt i en utdragen formdiskussion där Virginia var inne på tanken att text skulle kunna kombineras med färg och form till en ny typ av multikonstroman. Sverre lyssnade bara med ett halvt öra och Lytton tycktes observera det, trasslade sig upp från sin djupt nedsjunkna ställning i en av de livfullt dekorerade korgstolarna, kom över till Sverre och satte sig på huk intill honom.

”Jag skulle vilja be dig om en tjänst, Sverri”, viskade han.

”Naturligtvis”, svarade Sverre förvånat. ”Vad gäller det?”

”En tavla, jag vill att du ska se på en tavla vi har med oss, som Carrington har gjort.”

”Jaha”, svarade Sverre fylld av onda aningar, ”och vad är tanken med det?”

Lytton verkade besvärad och osäker, något som knappast stämde med hans normalt överlägset och raljant skämtsamma beteende.

Carrington hade alltså målat ett porträtt av Lytton som han

själv tyckte mycket om. Men hans omdöme grumlades möjligen av rent personliga orsaker. Så om nu Sverre kunde... ja, alltså Roger Fry hade i förtroende sagt att Sverre som konstnär befann sig i en betydligt högre dimension än samtliga målande vänner... så, om Sverre kunde avge ett privat omdöme innan man eventuellt visade tavlan för de andra vännerna?

Carrington följde med Sverre upp på övervåningen till Lyttons och hennes rum. Han var djupt besvärad och anade det värsta, fyra fingrar, sälliknande kropp, näsa som en kattnos och liknande som de andra vännerna presterade. Och vad skulle han säga då? Lyttons förväntningar var säkert höga.

På vägen upp i huset kunde han åtminstone på ett fullt naturligt sätt hitta något att tala om med den blyga Carrington. Nej, den där officeren var hon inte släkt med och namnet Carrington fanns lite här och var. Det var normandiskt, ursprungsbyn i Normandie hette visst Carendon. Så var det ju här i livet med tillfälligheter.

Porträttet på Lytton var till Sverres stora lättnad mycket bra gjort. Det var utan tvekan Lytton som den typiske intellektuelle man han var, men utan spår av hans arrogans, elakhet och överlägsenhet. Han låg bakåtlutad i en soffa och läste en bok, djupt försjunken, intresserad utan att visa någon som helst hånfullhet. Hans känsliga händer med de långa fingrarna höll ömt i boken, man skulle kunna säga kärleksfullt. Det Matisseliknande i bilden gick att överse med, Lyttons röda skägg gick väl ihop med den röda bokpärmen och ett rött täcke och bilden var inte bara porträttlik så att man omedelbart såg vem den föreställde. Den var också ömsint, den visade en annan och mycket mer sympatisk Lytton.

”Allright, Carrington”, sade Sverre lika lättad som glad när han vände sig om mot den nervösa konstnären som väntade på sin recension. ”Låt mig säga det enkelt. Bortsett från ett självporträtt på nedervåningen av van Gogh så har vi här husets absolut bästa porträtt. Det här säger jag bara till dig och Lytton och du vet mycket väl varför. Men så är det, du har verkligen lyckats. Gratulerar!”

Hon slängde sig spontant om halsen på honom och kysste honom först på båda kinderna och sedan nästan erotiskt på munnen. Till och med bland Bloomsburyvänner var det ett högst ovanligt beteende bland nya bekanta.

När de kom tillbaks ner till vindrickarna i bersån, där samtalet fortfarande handlade om litterär form med Virginia som anförare, så upptäckte Sverre till sin förtjusning att Lytton såg nervös ut, reste sig och skyndade dem till mötes.

”Kom!” sade han och tog Sverre under armen. ”Vi går en sväng uppåt näckrosdammen så att ingen annan hör.”

Det gick fort och lätt att dämpa Lyttons nervositet genom att säga ungefär samma saker som han sagt till Carrington själv, nu med tillägget att Roger Fry inte på något vis kunde tänkas ha en avvikande uppfattning, om de ville ha en second opinion. Det var verkligen ett mycket bra porträtt, som de utan minsta nervositet kunde ta ner och visa för hela sällskapet.

Men det var också något mer, funderade Sverre. Det var en mer harmonisk och vänlig Lytton än den han lärt känna för mer än tio år sedan. Så vad var det som hade hänt med honom själv, vad var det Carrington hade kunnat visa för hemlighet?

”Det där var en lika intelligent som högst motiverad fråga”, medgav Lytton. ”Jag kommer ut med min första bok som jag kan vara stolt över nästa år, den är antagen, kontrakt skrivet, allt är klart. Och jag tror det kommer att gå bra, så nu är jag äntligen författare på riktigt och inte bara snackmästare i författeri. Det är en stor lättnad. Men som du sade till mig förut, det här säger jag bara till dig, du måste ha en fantastisk blick som kunde se allt det där i porträttet."

"Inte alls", sade Sverre. "Det var Carrington som hade blicken. Gratulerar förresten, vad ska boken heta?"

"Storslagna viktorianer."

"Va?"

"Jo, du hörde rätt."

"Jag antar att det är en titel med ironisk avsikt?"

Lyttons skratt var som ingen annans. Hest och pipande.

"Jo", medgav han. "Det är en ironisk titel."

* * *

Framåt hösten hade Sverre dragit sig alltmer undan. I huset Charleston hade han en krets av generösa, varma, konstnärliga vänner, de enda människor i England som betydde något för honom. De kom och gick under hela sommaren, ibland var man bara fem, sex personer, ibland uppåt ett dussin och när någon kom som inte varit där på länge, som Bertrand Russell som stannade en vecka i senare delen av augusti, så ställdes det genast till med ännu en fest.

Detta borde ha varit den behagligast tänkbara tillvaro, en liten grön ö av förnuft och kärlek i ett rött hav av hat. Men oron för Albie gnagde ett allt större hål inom honom. Han började tappa tråden i samtal, han började rentav tycka illa om denna fullständigt bekymmerslösa livsstil, när varje dag betydde liv eller död för Albie. Han var den ende av vännerna som hade en närstående ute i kriget.

Han låg vaken om nätterna, ensam med sin fantasi där Albie ömsom låg döende i malaria i ett afrikanskt träsk, ömsom steg in genom dörren med utslagna armar, som i uppvaknandet ur en mardröm. Han rekapitulerade deras liv tillsammans, alltifrån tiden av Sturm und Drang i Dresden, till de naiva drömmarna om att starta ett ingenjörsföretag tillsammans, till konsten som tog över hans liv och det ärvda ansvaret som tog över Albies liv så att de båda blev något helt annat än de föreställt sig från början. De hade förvandlat varandra. Albie hade gjort honom till konstnär för resten av livet. Han hade, fast det var svårare att förstå hur, gjort Albie till affärsman och konstmecenat.

Det var faktiskt inte sämre än om de blivit heltidsingenjörer båda två. Det var tvärtom mycket bättre och om det inte vore för kriget som närsomhelst kunde skilja dem åt för alltid, så hade de ett långt lyckligt liv framför sig.

Utan Albie hade han inget liv, utan Albie var åtminstone livet inte längre värt att leva, utan Albie var han förlorad. Utan Albie var allt för sent, det gick inte längre att ångra sig, inte göra det gjorda ogjort, inte börja om.

Det fanns ett val en gång för länge sedan. Det var i Antwerpen innan de skulle ta postbåten över till England. Om han ångrat sig just där och låtit plikten gå före känslorna hade han alltså sedan mer än tio år haft hundåren på Hardangervidda bakom sig. Då hade han och Lauritz drivit Bergens största ingenjörsfirma Lauritzen & Haugen, märkligt nog tack vare pengar som Oscar på något sätt fått ihop i Afrika, av alla platser.

Först nu slog det honom att Oscar förstås måste ha fångats av krigsfällan i Afrika, han hade inte hunnit hem från Dar es-Salaam som nu var en ockuperad stad. Så var fanns han nu? Internerad i ett engelskt krigsfångeläger? Eller hade han rentav tvångsenrollerats i de tyska skyddstrupperna i Tyska Östafrika? Och om han då inte hade stupat så stred Albie och Oscar just nu på olika sidor och Oscar var en utomordentlig skytt.

Nej, det tankespåret var för ohyggligt, för svart och dessutom orimligt. Men det var en plåga större än allt annat att det inte kommit något brev från Albie på flera månader efter den svart pessimistiska kodade text han levererat under sommaren.

Sverre drog sig mer och mer undan från vännerna. Han tog sig ner till Brighton och stannade där två, tre dagar i sträck för att arbeta med en nattbild med det blå havet, vit dimma, vitt månsken i havet, den mörka rundade svarta kusten med små glimmande röda och gula ljuspunkter. Hela perspektivet gick att få in om man befann sig längst ut på Brighton Pier vid midnatt, sedan stängdes piren och alla kördes därifrån för att omoralen mellan betalande man och kvinna eller än värre mellan man och man med eller utan betalning inte skulle få en chans att nyttja natten till sådana förlustelser som i lagens mening vore synnerligen omoraliskt beteende.

Det var först i november, när dimman och kylan började svepa in mot kusten och mörkret kom tidigare och var som djupast från klockan elva och framåt på kvällen som alla komponenter i den blå sagobilden av Brighton fanns på plats.

Just när förutsättningarna för bilden var som bäst, så att han rentav kunde tvinga sig att försjunka så mycket i att måla att det kunde gå timmar utan att han oroade sig för Albie, greps han av polis och finkades under rätt brutala former och fick tillbringa natten i en cell på Brighton Constabulary mitt i stan.

Han hade blivit angiven som tysk spion. Förhören med en kommissarie och två överkonstaplar inleddes klockan 08:00 nästa morgon.

Han var alltså tysk?

Nej, han var norrman och det var dessutom en avsevärd överdrift att påstå att han ens lät som en tysk.

Men han talade tyska, hade till och med en universitetsutbildning i Tyskland?

Ja, det var sant. Han var ingenjör, men hans examen var från 1901, en annan tid, en annan värld.

Aha! Han var ingenjör. Han förberedde alltså ett tyskt anfall, med ubåtar kanske? Han ritade ut tänkbara mål med matematisk precision?

Nej, han var konstnär. Hans avbildning av Brighton i nattljus var enbart en estetisk komposition, den skulle inte duga som anvisning till eventuella militära mål.

Hans beslagtagna tavla – den var sågott som färdig – togs in i förhörsrummet och ställdes upp mot en vägg. Tre mycket misstänksamma poliser studerade den allvarligt.

Han tycktes gilla blått i olika nyanser?

Jo, erkände han. Det var ett manér han lagt sig till med på senare år. Tyckte konstaplarna om tavlan?

Det hörde inte hit. Var bodde han i England, till Brighton kom han ju enligt rapporterna bara då och då. Så var hade han sin bas?

Han hade naturligtvis ingen "bas" och han var inte spion. Antingen bodde han hos vänner rakt nordöst från Brighton, rätt upp i Sussex. Men hans fasta bostad i England var egentligen Manningham House i Wiltshire.

Manningham House? Vad gjorde han där?

Där drev han en liten ingenjörsfirma tillsammans med sin kompanjon, den 13:e earlen av Manningham, lord Albert Fitzgerald.

Där tvärdog förhöret. Polismännen bad honom styrka sitt påstående, och ur innerfickan grävde han upp en liten bunt med olika fullmakter, som handlade om allt ifrån vinkällare till att disponera bilarna på Manningham House till att i god ordning serveras frukost i Ingenjörsvillan.

Polismännen som nu blivit både stelare och artigare i sin attityd meddelade att de måste kontrollera dokumenten och bad, förvånansvärt artigt med tanke på att Sverre nu trots allt skulle ledas iväg av fångvaktare, om tid för sagda göromål.

När han sent omsider den dagen släpptes ut från cellen fick han under många ursäkter tillbaks sin tavla, staffliet, skissblock och allt det andra. Man sade att saken var "utagerad".

En kyrkklocka började ringa när han strosade iväg mot sitt strandpensionat. Så föll ytterligare en in, och snart genljöd hela Brighton av klockklangen.

Först trodde han att det var någon form av alarm. Men när han såg de första lyckliga och skrikande människorna rusa ut på gatan förstod han.

Det tog honom nästan hela dagen att ta sig upp från Brighton till Charleston. I det allmänna lyckoruset över freden hade alla kommunikationer brutit samman.

När han promenerade in genom grindarna förstod han först inte vad som var fel. Det var tystnaden. I bersån stod fem, sex urdruckna champagneflaskor bland kullvälta glas och askkoppar på det överdrivet dekorerade trädgårdsbordet. De hade firat freden, men firade inte längre. Hade de rest upp till London?

Han ställde ner sin målarväska och staffliet och tog en tur runt trädgården. Vid näckrosdammen upptäckte han Margie på en av ogräs övervuxen trädgårdsstol. Hon måste ha kommit ner från London samma dag. Hon var strikt klädd i resetweed och satt stilla som en staty med händerna knäppta i knät. Något var fel i bilden, han kunde inte låta bli att tänka på kompositionen, hur Margie i sin strikta hållning speglades bland näckrosorna i dammen.

Sedan såg han att hon bar ett svart sorgband om ena armen.

Han saktade omedvetet ner på stegen, han ville inte veta. När hon upptäckte honom var han mindre än fem yards bort. Hon reste sig genast och sprang fram och slog armarna om honom med tårarna rinnande.

”Åh, älskade Sverri!” snyftade hon. ”Jag är så fruktansvärt, fruktansvärt ledsen. Det är Albie. Han var en av de allra sista som stupade i Afrika. Dog genast, kände aldrig någon smärta, skjuten genom huvudet.”

Världen stannade. Ingen av dem sade något. De stod kvar i en evighet, omfamnade och sakta gungande fram och tillbaka.

XII

Och barbarerna brände nästan allt

MANNINGHAM HOUSE

7 JANUARI 1919

MARGIE SATT TÄTT intill Sverre, de hade återtagit rollen som förlovade. Utan Margie hade Sverre inte förmått sig att resa tillbaks till Manningham, hade han påstått. Och alla vännerna trodde honom.

Det fanns trots all sorg vissa saker som måste göras, om inte annat för konstens skull och det i mer än ett avseende.

Nu satt de alltså tillsammans nere i köket i Ingenjörsvillan vid det modernt strikta köksbordet som förvandlats till sammanträdesbord. Mitt emot dem satt den 14:e earlen av Manninghams advokater mr Edward Clarke och sir Travers Humphfrey, båda klädda som enklare begravningsentreprenörer och med ungefär den uppsyn man kunnat förvänta från sådant folk. Lord Horace Fitzgerald själv hade inte behagat infinna sig, via advokaterna lät han hälsa att han hade tvingande affärsangelägenheter att sköta i Bristol. Det var tydligen därifrån han och hans släkt kom. Han hade förstås en hel del att stå i inför flytten till Manningham House.

”Om vi tar det enklaste först”, inledde den äldre av de två advokaterna, sir Travers Humphfrey, ”så har hans nåd inga som helst invändningar mot det legat som hans företrädare testamenterat till sin syster lady Margrete. Även om summan 5 000 pund kan te sig väl rundligt tilltagen. Men å andra sidan är ni ju ogift, miladi.”

Förolämpningen, för det var givetvis avsikten, sjönk som en sten till botten. Margie rörde inte en min. För henne betydde 5 000 pund inte mer än en twopence, men det betydde säkert en hel del för Omega Workshops, och kanske för Roger Frys outtröttliga ansträngningar att introducera fransk konst i England.

Varken Margie eller Sverre sade något. De väntade bara stilla in fortsättningen.

”Emellertid”, fortsatte samme advokat med en utdragen harkling och överdramatisk konstpaus, ”har hans nåd funnit det otillständigt med ett legat i samma storleksordning till mr Lauritzen, vars enda anknytning till familjen synes vara en diskutabel förlovning med lady Margrete. Att fördela ytterligare en sådan stor summa på en i det närmaste utomstående person finner hans nåd på gränsen, eller rentav över gränsen, till bodräkt. Den som ärver titeln ärver också godset med alla dess tillgångar, de kan därför inte testamenteras hursomhelst till utomstående.”

Advokaten tystnade och inväntade invändningar.

”Det handlar ändå om min brors yttersta vilja”, sade Margie högt och klart som om hon bara konverserade.

”Det kan man naturligtvis hävda, inte helt utan grund för övrigt”, vidtog den andre, förmodligen underordnade advokaten mr Edward Clarke. ”Saken är, det ska vi villigt erkänna, inte juridiskt okontroversiell. Därför erbjuder hans nåd 1 000 pund, vilket enligt min mening får sägas vara generöst. Så hur ställer ni er till det erbjudandet, mr Lauritzen?”

”Vad händer om mr Lauritzen säger nej och tar strid i domstol, han har ju ändå min brors yttersta vilja att åberopa?” frågade Margie eftersom Sverre föreföll oförmögen att säga något.

”Jag ska tillåta mig att svara fullständigt uppriktigt på den frågan, miladi”, svarade den äldre advokaten, lutade sig bakåt och knäppte belåtet händerna över buken. ”Då blir det tvistemål. Det tar åratal. Ärligt talat vet man inte vem som vinner. Bara en sak vet man, att det blir dyrt. Och därför vinner vanligtvis den som har råd att betala de dyraste advokaterna. Nå, mr Lauritzen, är ni beredd att anta hans nåds generösa förlikningsbud?”

”Ja, självklart”, svarade Sverre hest. Inte heller för honom hade dessa kontanter någon betydelse, liksom ingenting längre hade betydelse för honom.

”Jag måste säga att jag uppskattar att ni har sådan förståelse för det faktiska läget, mr Lauritzen”, svarade den äldre advokaten med en belåten suck. ”Ja, då återstår bara en del praktiska detaljer när vi kommit så långt. Ni lär ha ett konto i Bank of England, mr Lauritzen. Meddela oss bara bankdetaljerna så kommer 1 000 pund att sättas in där såfort ni undertecknat detta dokument.”

Han sköt över ett kontrakt på en och en halv sida. Sverre tog emot en bläckpenna och skrev genast under, utan att ens läsa texten.

”Då kommer vi till själva bostadsfrågan”, fortsatte den mindre viktige advokaten. ”Lady Elizabeth synes i praktiken ha flyttat till sin svärson, lord Arthur Somerset. I vad mån hon fortfarande har personliga tillgångar här på Manningham House, nipper, ärvda möbler, kläder eller vad det kan vara, så är hennes nåd givetvis i sin fulla rätt att närsomhelst, och på vilket sätt hennes nåd finner praktiskt, rekvirera sådana tillgångar. Och för er egen del lady Margrete, torde ni redan med ert legat om 5 000 pund säkerligen kunna säkra en bostad i London dit ni redan tycks ha flyttat. Är vi överens så långt? Hans nåd och hans familj vill gärna kunna disponera Manningham House så snart som möjligt. Överens?”

Margie och Sverre nickade stelt.

”Excellent!” utropade sir Travers Humphfrey. ”Då är ju allt klart och detta möte har således gått som på räls, vilket olyckligtvis inte alltid är fallet. Men vi är alltså klara med varandra och jag antar att herrskapet vill ha en transport till järnvägsstationen i Salisbury?”

”Vi är faktiskt inte riktigt klara, såvida ni inte har packat all konst i lämpligt emballage”, invände Margie tvärt.

”Konst? Emballage? Nu är jag rädd att jag inte riktigt förstår vad miladi syftar på?” hycklade den äldre advokaten.

”Det vet ni visst”, fräste Margie. ”Min bror donerade all konst som inköpts efter 1901 till min fästman. Inte sant? Hur ska vi få med oss den hem utan emballage?”

Advokaterna suckade djupt och teatraliskt och började rota i pappershögen framför sig innan de fann vad de sökte.

”Well, här har vi utdraget ur inventarieförteckningen”, började sir Travers Humphfrey, harklade sig och klämde fast en pincené över näsroten innan han började rabbla. ”Fem dussin bilder med manspornografi, tio tavlor av skandalös kvinnopornografi, fyra dussin negermotiv av särdeles osmaklig typ... ja, omdömena är varken mina eller lord Horace Fitzgeralds. Vi lät rekvirera ledande konstexpertis från London för att få kläm på vad vi hade att göra med. Nå, tillåt mig fortsätta. Ett knappt tjog fransk särdeles degenererad konst, eller i vart fall konst av fransk typ med namn som Gauginn, Ruiss, Vangogg, Manett och Monett, Degass och Sesanni..."

"Gauguin, Picasso, van Gogh, Manet, Monet, Degas och Cézanne", rättade Margie ilsket.

"Mycket möjligt att de här filurerna uttalar sina namn så, jag ber så mycket om ursäkt för min bristfälliga franska, miladi. Men om jag får fortsätta till den sista och mer komplicerade punkten. Här fanns också ett knappt dussin större målningar som avbildade arbetslivet på Manningham House. Där hade vår expertis från Times och Telegraphs konstredaktioner en helt annan uppfattning, man rentav lovordade dessa tavlor, varför hans nåds beslut att konfiskera även dessa har helt andra grunder än, ska vi säga estetiska och moraliska."

"Just de tavlorna är en annan sak, jag tycker de hör hemma på Manningham", medgav Sverre med låg röst.

"Förlåt men de där tio tavlorna med 'skandalös kvinnlig pornografi' föreställer ju mig själv, så då måste jag få fråga vari det skandalösa består?" frågade Margie behärskat kallt. Utan att darra det minsta på rösten.

Den äldre advokaten suckade djupt innan han svarade.

"Jag är rädd att ni själv redan formulerade svaret, miladi. Just det faktum att det otvivelaktigt är ni själv som är avbildad, och inte någon dansös eller representant för Londons lättare garde, om ni ursäktar jämförelsen, är det skandalösa. Det vore outhärdligt genant om sådana bilder kom på drift, så hans nåds konfiskation grundar sig snarast på omsorg om släktens goda namn och rykte.”

Sverre och Margie utbytte ett kort ögonkast, några veckor tidigare, i en annan värld, hade de brustit ut i gapskratt.

”Vi kommer självklart att bestrida den här ’konfiskationen’ i domstol och vi kommer inte att ge oss förrän vi har fått tillbaks konstsamlingen”, konstaterade Margie och gjorde sig beredd att resa sig för att gå. Sverre följde hennes exempel.

Men de två advokaterna satt blick stilla, gravallvarliga.

”Jag är rädd, miladi, att det inte låter sig göras att föra någon juridisk strid om dessa bevisligen undermåliga tavlor”, sade sir Travers Humphfrey lågt. Han tog ett djupt andetag innan han fortsatte.

”Lord Horace Fitzgerald förutsåg en dylik pinsam kontrovers som tvivelsutan skulle ha lett till skandal. Därför lät han bränna samtliga de tavlor vi nu berört.”

Margie och Sverre sjönk tillbaka ner i stolarna och stirrade klentroget på de två advokaterna som nu ansträngde sig till det yttersta för att bibehålla sina nollställda ansiktsuttryck.

Sverre reste sig plötsligt så snabbt att han välte stolen bakom sig och rusade ut i köket, Margie som genast insåg vad han tänkte göra följde snabbt efter.

När de steg ut genom köksdörren till den 40 yards långa konstsalongen med den höga vita långväggen fanns inte en enda tavla kvar. Här och var såg man skuggor i damm och färgskiftningar i väggen som berättade var tavlorna hängt.

Det fanns inget att säga, de bara stirrade på overkligheten.

Mitt för galleriet, några yards utanför fönstren, låg en vit askhög som fortfarande pyrde svagt, det var Sverre som upptäckte den först och började springa mot utgången som låg mitt emot verkstaden.

Snart stod de inför den tre fot höga hopkrattade askhögen. Runtom låg en del rester som skoningslöst berättade vad som hänt, ett litet hörn av en guldram, en träbit med förkolnad duk där stiften som fäst den i ramen lyste i klar kopparfärg, en liten bit duk med färgrester på som Sverre böjde sig ner och tog upp och visade för Margie. Det var en del av en signatur, ”anne” stod det.

”Har du din kamera med dig?” frågade Sverre. ”Du brukar inte gå någonstans utan kameran.”

Margie nickade tyst, tog fram sin kamera, fällde upp den och valde slutartid. Sverre poserade framför askhögen och höll upp fragmentet av Cézannes namnteckning.

När hon tagit några bilder lade han armen om henne och ledde henne sakta tillbaka till de väntande advokaterna. Plötsligt skrämde han Margie med att börja skratta, men han samlade sig snabbt.

De satte sig demonstrativt långsamt framför de två advokaterna vid köksbordet. På ett sätt var det ändå som om ingenting fanns att säga. Katastrofen var redan ett ofrånkomligt faktum.

”Förstår ni…”, började Sverre ansträngt efter en plågsamt lång tystnad, ”vad ni har medverkat till? Har ni ens någon aning om värdet på den konst som hans nåd har låtit bränna?”

”Nej, faktiskt inte”, medgav sir Travers Humphfrey. ”Men hans nåd förutsåg att hans något radikala metod att göra sig av med en särdeles pinsam konflikt mycket väl skulle kunna leda till krav på ekonomisk kompensation. Vilka värden är det ni antyder? Hans nåd har befullmäktigat oss att se med generositet på eventuella krav.”

Sverre brast på nytt ut i ett kort hysteriskt skratt, men samlade sig fort också den här gången.

”Vilka värden?” frågade han retoriskt. ”Om vi bortser från att ni har förstört mitt livsverk, det var kanske inte så mycket värt i pengar, så har ni eldat upp tavlor till ett värde som inom en nära framtid kommer att överstiga värdet på hela Manningham. Ändå är det inte i första hand pengar ni har eldat upp, ni har berövat mänskligheten en ovärderlig konstskatt, ni kan varken betala mig eller mänskligheten. Har ni något emot att jag tar med mig lite kläder från mitt gamla rum?”

Det hade man definitivt inte. Tvärtom blev advokaterna lätt upprymda och mycket tillmötesgående nu när de tydligen slapp undan en besvärlig ekonomisk förhandling.

På tåget upp mot Paddington sade de inte så mycket. Hela den ohyggliga verkligheten talade för sig själv.

Sverre hade bara en fråga under den första halvtimmen. Vem var den där Horace Fitzgerald som så ovetande tagit plats intill Herostratos i konsthistorien?

Naturligtvis en ”kusin”, meddelade Margie oengagerat. Hennes far hade ju inte haft några bröder, då hade det funnits arvtagare på närmare håll. Alltså fick man gå tillbaks till farfars generation och farfar hade haft en yngre bror, de blev tidigt ovänner och allt umgänge upphörde mellan dem. Lord Horace var alltså en sonson till farfars yngre bror.

Margie var fortfarande orolig för att Sverre skulle ta livet av sig. Han hade legat apatisk i sin säng på Charleston i fyra, fem dagar utan att vare sig äta eller dricka tills Roger Fry kom resande för att försöka få honom på fötter.

Alla hade varit lika oroliga för Sverre, men Roger hade ett argument i sin övertalande tröst som snart fick Sverre att ta sig samman. Det gällde att rädda konsten. Inte bara hans egen utan också den franska konst som tillsammans med Picasso och van Gogh skulle hänga på alla världens stora konstmuseer.

Och nu hade barbarerna eldat upp allting, Sverres två amerikanska utställningar var borta och Margie vågade knappt tänka på hur hon själv skulle ha känt sig och vad hon skulle ha tagit sig till i samma situation. Han verkade fullständigt apatisk, vit i ansiktet satt han helt stilla med händerna i knät och bara glodde stint ut genom fönstret. Hon måste åtminstone försöka få igång honom på något sätt.

”Sverri, du måste lova mig att inte göra något dumt”, prövade hon och kände sig genast klumpig och tafatt.

”Märkligt nog finns två små glädjeämnen”, svarade han överraskande när han sakta vände sig mot henne och såg henne i ögonen.

”Det ena”, fortsatte han, ”är förstås att hans nåd Horace, vår 14:e earl, inte hade vett att behålla konsten tills den kunde göra honom stormrik. Det andra är kanske mer en förhoppning, att hans hejdukar inte hunnit ta sig in i ateljén i Bloomsbury.”

”Vad har du kvar där?” frågade hon.

”Två skatter”, svarade han med en svag antydan till ett leende. ”Den ena är bilden på Albie som soldyrkaren på Hardangervidda, så som jag alltid vill minnas honom, så som han alltid kommer att vara kvar hos mig. Den andra skatten är två van Gogh som jag helt enkelt glömt kvar där. Minns du när jag skulle visa dig hans teknik? Ja, sen blev de kvar i en garderob."

"Ja, det minns jag mycket väl, två sydfranska landskap. Det är bäst vi skyndar oss dit så att du hinner stjäla dina egna tavlor."

"Den blå tavlan på Manningham", fortsatte han efter en stund. "Jag vill verkligen att du ska behålla den. Och den blå bilden av Brighton i sen höstnatt vill jag att Vanessa och Duncan ska ha på Charleston."

"Tänker du ta livet av dig?"

"Nej, jag vet inte varför, men nej."

"Du tänker resa?"

Han nickade bekräftande.

"Vart reser du?"

"Bort från England för alltid, det är huvudsaken. Förmodligen hem."

Deras samtal tystnade. De satt trångt i en andraklassvagn. Förstaklass hade varit fullsatt och de disponerade inte längre den Manninghamska privatvagnen.

När de närmade sig Paddington tog Sverre upp det brända fragmentet av Cézannes signatur och räckte över det till Margie.

"Här, ta det här", sade han. "Rama in det, använd det i ett collage, se det som min sista och avgörande bild av England."

XIII

En ny början

BERLIN

APRIL 1919

DET UPPSTOD EN paus där ingen kunde komma på något att säga. De stod mitt under Brandenburger Tor och log generat mot varandra.

Då närmade sig en man i kaptensuniform som måste ha deltagit i Afrikakårens segerparad. Han gick med bestämda steg rakt mot Lauritz, som stod som förstenad och bara stirrade. Ingeborg kunde inte tolka hans ansiktsuttryck.

De två männen föll omedelbart varandra om halsen, omfamnade varandra hårt medan den ene klappade den andre på ryggen. Ingen av dem sade något. När de särade på sig upptäckte de andra att båda grät och måste torka tårarna med baksidan av handen.

”Det här”, sade Lauritz med sprucken röst, ”är min bror Oscar, just hemkommen från Afrika. Får jag föreställa, Christa Freiherrin von…”

”Äsch!” sade Christa och räckte fram sin hand för en kyss. ”Vi har faktiskt träffats i vår gröna ungdom i Dresden.”

Ingeborg omfamnade Oscar och kysste honom på båda kinderna och presenterade barnen ett efter ett.

Hon kom svagt ihåg Oscar från tiden i Dresden. Men det hade varit en ung pojk. Det här var, av medaljerna att döma, en hjälte som dessutom såg ut som en hjälte. Han var bredaxlad, längre än Lauritz och betydligt smärtare om midjan, hans ansikte var fårat och ärrat, ögonen närmast sorgsna, en man som genomlevt svåra umbäranden. Hon sneglade mot Christa och kunde snabbt konstatera att hon hade samma intryck, eller gjort samma analys av situationen, för att tala Christas språk. Hon såg närmast överväldigad ut.

"Jaha", sade Oscar och slog ut med armarna, "allt jag äger och har är kläderna jag står i. Engelsmännen stal alla mina tillgångar i Afrika, så jag kan tyvärr inte ta restaurangnotan i kväll."

"Du har ingen anledning att oroa dig", sade Lauritz. "Du har en betydande guldreserv i Norske Banks valv i Bergen, du är delägare i tre ingenjörsfirmor, bland annat Heckler & Dornier här i Tyskland. Det blir nya broar, oroa dig inte för det, en värld ska byggas upp på nytt, ingenjörer behövs. Inom avdelningen Dornier funderar vi på att börja med flygplan."

"Det låter som en alldeles utmärkt idé", svarade Oscar påtagligt lättad. "Jag är säker på att flyget har en strålande framtid."

Där avstannade deras samtal eftersom de båda fann det något genant att börja tala affärer i damsällskap. Det nödvändigaste var i alla fall sagt och Oscars lättnad var högst påtaglig. Inom några sekunder hade han tagit steget från att möjligen vara helt utblottad till att ånyo vara förmögen.

I det ögonblicket borde samtalet ha svängt in på mer vardagliga ting, som den kalla våren eller vilken restaurang man skulle gå till. I stället tog Lauritz plötsligt Oscar lite åt sidan och inledde en snabb viskande konversation. Det föreföll mycket underligt. Oscar nickade eftertänksamt och sneglade mot barnen.

Så gick han plötsligt fram till Harald, lutade sig något ner så att hans stora svarta silverbrämade halskors dinglade i pojkens ögonhöjd.

”*Grosskreuz des Eisernen Kreuzes*!” utropade Harald, tydligen kolossalt imponerad och pekade på halskorset. ”Och *Eisernes Kreuz Erste Klasse*!” fortsatte han lika exalterad.

Herregud! tänkte Ingeborg. Var lär sig alla småpojkar de där sakerna.

”Helt riktigt, käre lille brorson”, sade Oscar. På tyska.

De hade bara talat tyska hittills, det var självklart med tanke på Christas närvaro. Men nu bytte Oscar plötsligt till norska när han tog Harald om de späda axlarna och frågade:

”Men en sån liten klipsk brorson kan väl också tala norska med onkel Oscar?”

”Självklart kan vi tala norska, onkel Oscar. Jag är inte bara tysk, jag är lika mycket norrman!”

Svarade han på utpräglad vestlandsdialekt, samma språk han blivit tilltalad på. Det språk han vägrat att ta i sin mun på två år.

De strosade i glatt samspråk nedför Unter den Linden. Bröderna Lauritzen gick först, Lauritz hade snabbt förklarat problemet med hur lille Harald traumatiserats i Bergen, svårt misshandlad som ”tyskunge” och därefter vägrat tala norska, men hur alltså Järnkorset, ironiskt nog, löst upp den knuten. Därefter kastade sig bröderna in i storslagna planer för det som en gång var barndomsdrömmen om ingenjörsfirman Lauritzen & Lauritzen. De gjorde sig ingen brådska, förr eller senare skulle de ändå hitta någon restaurang som trakterade mot betalning i utländsk valuta där de kunde få bord utan att trängas.

Helvetet var över, det fanns en ny värld att bygga upp och de föreställde sig hur Tyskland skulle resa sig som Fågel Fenix ur askan och hur de själva skulle få vara med om att skriva den storartade historien. Det skulle knappast bli någon dans på rosor, åtminstone inte till en början, men det skulle gå. Tyskland var ändå Tyskland.

De talade norska, ett språk som Oscar inte talat på arton år och som nu bjöd på vissa svårigheter när han då och då måste söka efter ord. Strax bakom dem gick Ingeborg, Christa och barnen. De talade tyska för Christas skull.

Plötsligt tvärstannade Oscar och tog Lauritz i armen. Bara några meter framför dem stod en välklädd man med fårat ansikte som just trängt sig förbi dem i rask takt, därefter vänt sig om och nu stirrade på dem med vidöppna ögon. Kvinnorna och barnen bakom dem hann ikapp, stannade och tystnade. Det var ett spöklikt ögonblick.

”Är ni de jag tror?” frågade den stirrande mannen, inte bara på norska utan på distinkt vestlandsdialekt.

”Ja”, sade Oscar. ”Jag är i alla fall bror din och sakligt sett är den här lite trinde killen bredvid mig också det.”

I nästa ögonblick kastade han sig fram och omfamnade Sverre. De stod så några tysta sekunder medan Ingeborg viskande i bakgrunden förklarade för Christa.

Sverre var den som först lösgjorde sig från omfamningen, vände sig om och tog ett tveksamt steg närmare Lauritz. Det var som elektricitet mellan dem och båda tycktes leta efter något att säga. Lauritz var den som först fann ord.

”Vad i all fridens namn gör du i Berlin… käre bror?” frågade han.

Han hade tvekat inför tillägget käre bror, men sagt det.

”Jag har lämnat England, reste till Berlin för att jag kan tala språket och absolut inte skulle riskera att träffa på dig… käre bror”, svarade Sverre mer som av fullkomlig uppriktighet än som försök att vara lustig.

”Jag såg paraden med vår afrikanska Schutztruppe”, fortsatte han. ”Blev nyfiken, upptäckte sedan er vid Brandenburger Tor, gick ifatt er och blev säker först när jag hörde mitt eget barndomsspråk.”

Lauritz skakade bara på huvudet. Det gick inte att avgöra vad han tyckte eller tänkte. De andra avvaktade nervöst. Ingeborg viskade något till Christa.

”En sak vill jag säga först av allt”, sade Lauritz äntligen. ”Ditt porträtt av mor är det vackraste jag vet, det hänger över öppna spisen i mitt hem i Bergen. Jag ser en stund på tavlan varje kväll och det märkliga är att då tänker jag mer på dig än på mor. Och nu har Gud fört oss tre bröder samman. Oscar träffade jag för tjugo minuter sen. Och nu du.”

Därmed var allt sagt på det sätt man alltid talat i barndomshemmet på Osterøy.

De var försonade.

LÄS MER

Extramaterial om boken och författaren

LÄS MER

Berättelsen bakom den famösa konstutställningen

Kill your darlings, heter det. Uttrycket är en varning eller förmaning som riktar sig särskilt mot författare och betyder att man får passa sig så att man inte blir överförtjust i en eller annan detalj eller bihistoria så att den får alldeles för stort utrymme och stör hela berättelsen. Det är en klok regel, men ofta svår att följa.

I den här romanen har jag en särskild darling, som jag inte dödade men höll mycket kort, trots att jag egentligen anser att det är ett händelseförlopp som rentav kunde räcka till för en hel roman, självklart då en helt annan roman än *Dandy*.

Det handlar om konstutställningen på Grafton Galleries i London 1912 – sidan 278 och framåt –, ”Manet och postimpressionisterna”. Historien är alltså sann.

Roger Fry, Clive Bell och Desmond McCarthy for alltså i verkligheten – de är verkliga, historiska personer och inte bara mina romangestalter – över till Paris och lyckades på kort tid köpa ihop en konstsamling av ett slag som måste sakna motstycke både förr och senare. Bara en sån sak som att kunna få ihop ett femtiotal tavlor av Gauguin och van Gogh! Och att ha råd med det...

Jag har svårt att tro att konstkritiken någonsin skämt ut sig så grundligt som när en enig press i London fördömde och hånade denna utställning. Om Cézanne skrev alltså The Times att han var ”en totalt obegåvad konstnär som lätt skulle överträffas av vilken som helst kluddande femåring”.

Och inte nog med det. Den eniga kritikerkåren drabbades av rent vansinne, på annat sätt kan man inte med historiens facit beskriva saken. Ty man nöjde sig inte med att hävda att Manet, van Gogh, Gauguin och de andra konstnärerna som fanns representerade på utställningen var dåliga konstnärer. Man arbetade upp ett rent politiskt raseri som vi inte ens i senare tider, när konsten blivit uttalat politisk och ibland avsedd att provocera, sett motstycke till.

Det var rentav landsförrädiskt att ställa ut sådan konst ty på något icke helt kristallklart sätt kunde målningar av särskilt Gauguin sabotera den patriotiska glöden hos engelsmännen inför det kommande och nödvändiga kriget mot Tyskland. Det var också en satanisk konspiration som låg bakom denna utställning eftersom fransk konst av detta slag var pervers, och därför kunde fungera som ett hemligt psykologiskt vapen för att underminera den engelska moralen. Till slut länkades utställningen också samman med den i konservativa kretsar så avskydda suffragettrörelsen med Emmeline Pankhurst i spetsen.

Det enda alternativ Londons konstkritiker fann till möjligheten att ”Manet och postimpressionismen” kommit till som en landsförrädisk krigshandling var att den kanske snarare var ett utslag av ren och skär galenskap. Vilket en Londontidning bevisade med den skandalösa nyheten att hustrun till Roger Fry, en av initiativtagarna till utställningen, faktiskt satt inspärrad på sinnessjukhus. Alltså måste även Roger Fry vara galen, vilket skulle bevisas.

I eftervärlden blir förstås denna berättelse nästan omöjlig att tro på. Om jag försöker gissa på dagsvärdet av enbart de 22 målningar som van Gogh bidrog med till utställningen så bör vi hamna någonstans över 15 miljarder svenska kronor.

Läsaren kan säkert föreställa sig med vilken förtjusning jag avslutar den här episoden när jag låter romangestalten Lord Albie torrt konstatera att ”Allright, låt oss hålla styv engelsk överläpp, vi kunde ha drabbats av ett värre öde än en massa van Gogh på väggarna”.

Lord Albie är liksom Sverre och Margie de tre fiktiva personerna i Bloomsburygruppen. Men alla andra som är med i romanen fanns på riktigt. Och det är sant att medlemmarna i gruppen, efter att alla de utställda tavlorna visat sig omöjliga att sälja, fick dela upp konsten mellan sig. Och under de följande decennierna när denna konst började stiga till höga ekonomiska värden sålde gruppmedlemmarna undan för undan tavla efter tavla, säkert övertygade om att försynen hjälpt dem till ett rejält klipp. Vilket dock bör ha varit ett ganska bagatellartat klipp jämfört med möjligheten att vänta ytterligare något decennium med att sälja. Hursomhelst har alla dessa hundratalet tavlor försvunnit från London ut till konstmuseer i hela världen.

För att återgå till fiktionen. Jag lät ju Sverre få med sig två dukar av van Gogh när han lämnade England för att genom olika tillfälligheter förenas med sina två bröder i Berlin.

Jag har inte bestämt vad jag ska göra av den historien, men här finns onekligen en viss potential. Sverre är själv konstnär och en genuin konstälskare. Det är inte troligt att han skulle göra sig av med sina två van Gogh i första taget, särskilt inte under de följande decennierna när familjens ekonomi är mycket solid. Här finns alltså en tidsinställd ekonomisk bomb. När Sverre är en gammal man vid mitten av 1950-talet har han alltså kvar sina två van Gogh och nu har värdet rusat upp i hundramiljonersklassen.

Den här detaljen kan nog bli mycket användbar. Men jag har som sagt inte bestämt hur. Och det är ingen brådska, jag kommer inte till mitten av 50-talet förrän om ytterligare tre böcker.

Om jag någon gång fantiserat om hur jag som tidsresenär hade kommit till Grafton Galleries i London 1912? Jodå, det har jag. Erkännes lätt rodnande.

Jan Guillou

Pressröster om *Dandy*

”Ju mer jag läser av Jan Guillous *Dandy*, den andra delen av hans romansvit Det stora århundradet, desto mer övertygad blir jag om att detta är ett episkt storverk, som imponerar med sin vingbredd och sina gedigna kunskaper på många fält. Det är både suveränt underhållande och tänkvärt, för läsaren en mycket njutbar kombination.”
Mats Gellerfelt, Aftonbladet

”Ämnet är djärvt, och utsiktspunkten jättesmart. … Jag tycker att Jan Guillous lätt kontrafaktiska idéprojekt där han ruckar på Englands entydiga hjälteroll i historien är både intressant och läsvärt.”
Ulrika Knutson, Kulturnytt

”När Guillou skriver om utsatthet gör han det med den äran, han är oerhört bra på att beskriva hur hatet slår blint och fördomsfullt. Där är berättelsen oerhört verklighetstrogen och spänstig.”
Magnus Dahlerus, Upsala Nya Tidning

”Någonting säger mig att Jan Guillou hade förbaskat roligt när han, förmodligen omgiven av ett berg av researchmaterial, satt framför skrivmaskinen. … Det är underhållande att läsa *Dandy*.”
Fredrik Quist, Östgöta Correspondenten

”Precis som *Brobyggarna* är Jan Guillous *Dandy* en riktig äventyrsroman med fint beskrivna miljöer. Njuter du av engelska tv-serier som Downton Abbey kommer du verkligen att gilla den här boken!”
Gunilla Sandell, Allers

”Med hjälp av karaktärer som lever i samkönade förhållanden, kämpar för jämlikhet och som slåss mot orättvisor beskrivs politik och första världskriget ur en annorlunda vinkel. Och med bra resultat.”
Katharina Dalmalm, Tidningen

”Någon sa att den här boken egentligen bara har ett fel: att den tar slut. Och jag är benägen att hålla med. Det är med spänning jag väntar på nästa del och önskar att det inte ska behöva ta ett helt år tills dess. … Jag gillar karaktärerna och miljöerna får mig att svepas bort på ett Downton Abbey-luddigt moln. Ett extra plus för det snygga omslaget.”
Bokmalen

”Elegant plockar Gulliou in den tidens personer och debattämnen i handlingen. … Jan Guillou är en god berättare. Han är påläst och kunnig. Han visar sig även behärska ett ämne som konst och han återger tidsandan.”
Kjell-Ove Cederqvist, Dagbladet

”… faktum är att Guillou inte bara förser Sverre med kött och blod. Han lyckas också med hjälp av Sverres blick retroaktivt göra de båda andra bröderna samma tjänst. Guillou kan verkligen berätta en historia… *Dandy* är den bästa roman Jan Guillou skrivit hittills.”
Fredrik Edin, Arbetaren

”En mästare är han också på att låta underdogs ta triumfatorisk revansch, mot alla odds, och platta till förtryckare. Det är ofta den stora underhållningen i Jan Guillous romaner.”
Bodil Juggas, Arbetarbladet

”Guillous starka sida är researchen. Han visar samband, kommenterar kolonialismen och den brittiska överklassens människosyn,

ger läsaren annorlunda perspektiv... Han är lättläst och en god historieberättare."
Bella Stenberg, Göteborgs-Posten

"Guillou håller alltid högsta klass på sitt skrivande. Men här har han lyckats gå vidare ännu ett steg. Och det är en ren läsarnjutning."
Ingegerd Backlund, Vestmanlands Läns Tidning

"... en vacker skildring av kärlek mellan två män parallellt med intressanta diskussioner kring den moderna konsten som höll på att slå igenom på kontinenten men inte ännu i England."
Ingeborg Gayer, Borgåbladet & Östra Nyland

"Jan Guillou visar i *Dandy* prov på många olika förmågor. En är att övertygande, intressant och bildande levandegöra både konsthistoria och konstnärliga grepp. ... Stort vävs ihop med smått. Glädje vävs ihop med sorg. Fiktiv skönlitteratur vävs ihop med verklighet."
Jimmy Vulovic, Ystads Allehanda

"Det är en otäck men insiktsfull skildring av hur krig och nationalism föder hat och hets. ... efter läsningen längtar jag till tredje delen."
Lars Böhlin, Folkbladet

"Jan Guillou tecknar Europas historia, här främst ur ett engelskt överklassperspektiv, genom huvudpersonernas vardagsliv. Hans porträtt av Sverre är mångfacetterat och intressant. Samvetskvalen för att ha svikit sina bröder bär han med sig genom hela berättelsen, som är både bildande och underhållande."
Jan Nordenberg, Arvika Nyheter

Piratförlagets författare i pocket

Appelqvist, Kristina: Minns mig som en ängel
Appelqvist, Kristina: Flickan framför muren
Berghagen, Lasse: Flakmopedisten
Boström, Mattias: Från Holmes till Sherlock
Carlsson, Christoffer: Fallet Vincent Franke
Carlsson, Christoffer: Den enögda kaninen
Carlsson, Christoffer: Den osynlige mannen från Salem
Carlsson, Christoffer: Den fallande detektiven
Carlsson, Christoffer: Mästare, väktare, lögnare, vän
Dabrowski, Stina Lundberg: Stinas möten
Ebervall, Lena & Per E Samuelson: Ers Majestäts olycklige Kurt
Ebervall, Lena & Per E Samuelson: Mördaren i folkhemmet
Ebervall, Lena & Per E Samuelson: Bombmannens testamente
Fant, Mikael: Grundläggande genetik – en roman om blåögdhet och halva sanningar
Fant, Mikael: Vattnet i mars
Giolito, Malin Persson: Dubbla slag
Giolito, Malin Persson: Bara ett barn
Giolito, Malin Persson: Bortom varje rimligt tvivel
Guillou, Jan: Det stora avslöjandet
Guillou, Jan: Ondskan
Guillou, Jan: Coq Rouge
Guillou, Jan: Den demokratiske terroristen
Guillou, Jan: I nationens intresse
Guillou, Jan: Fiendens fiende
Guillou, Jan: Den hedervärde mördaren
Guillou, Jan: Vendetta
Guillou, Jan: Ingen mans land
Guillou, Jan: Den enda segern
Guillou, Jan: I Hennes Majestäts tjänst
Guillou, Jan: En medborgare höjd över varje misstanke
Guillou, Jan: Vägen till Jerusalem
Guillou, Jan: Tempelriddaren
Guillou, Jan: Riket vid vägens slut
Guillou, Jan: Arvet efter Arn
Guillou, Jan: Tjuvarnas marknad
Guillou, Jan: Kolumnisten
Guillou, Jan: Madame Terror
Guillou, Jan: Men inte om det gäller din dotter
Guillou, Jan: Ordets makt och vanmakt – mitt skrivande liv
Guillou, Jan: Brobyggarna
Guillou, Jan: Dandy
Guillou, Jan: Mellan rött och svart
Guillou, Jan: Att inte vilja se
Haag, Martina: Hemma hos Martina
Haag, Martina: Underbar och älskad av alla (och på jobbet går det också jättebra)
Haag, Martina: Martina-koden
Haag, Martina: I en annan del av Bromma
Haag, Martina: Fånge i Hundpalatset
Haag, Martina: Glada hälsningar från Missångerträsk
Haag, Martina: Heja, heja!
Hamberg, Emma: Baddaren
Hamberg, Emma: Rosengädda nästa!
Hamberg, Emma: Larma, släcka, rädda i Rosengädda
Herrström, Christina: Leontines längtan
Herrström, Christina: Den hungriga prinsessan
Holm, Gretelise: Ö-morden
Holm, Gretelise: Ministermordet
Holt, Anne: 1222 över havet
Holt, Anne: Frukta inte
Holt, Anne: Död i skugga
Holt, Anne & Even Holt: Flimmer
Janouch, Katerina: Anhörig
Janouch, Katerina: Dotter önskas

Janouch, Katerina: Sommarbarn
Janouch, Katerina: Bedragen
Janouch, Katerina: Systerskap
Janouch, Katerina: Hittebarnet
Janouch, Katerina: Tigerkvinnan
Janouch, Katerina: Modershjärtat
Janouch, Katerina: Nattsländan
Janouch, Katerina: Blodssystrar
Jonasson, Jonas: Hundraåringen som klev ut genom fönstret och försvann
Jonasson, Jonas: Analfabeten som kunde räkna
Kadefors, Sara: Fågelbovägen 32
Kadefors, Sara: Borta bäst
Kadefors, Sara: Kast med liten kniv
Kadefors, Sara: Hon som älskade honom
Larsson, Anna Laestadius: Barnbruden
Larsson, Anna Laestadius: Pottungen
Larsson, Morgan: Radhusdisco
Larsson, Morgan: Det opålitliga hjärtat
Levengood, Mark & Unni Lindell: Gamla tanter lägger inte ägg och Gud som haver barnen kär har du någon ull
Lindell, Unni: Orkestergraven
Lindell, Unni: Honungsfällan
Lindell, Unni: Mörkermannen
Lindell, Unni: Sockerdöden
Lindell, Unni: Djävulskyssen
Lindell, Unni: Brudkistan
Lindqvist, Elin: Facklan – en roman om Leon Larsson
Lövestam, Sara: Udda
Lövestam, Sara: I havet finns så många stora fiskar
Lövestam, Sara: Tillbaka till henne
Lövestam, Sara: Hjärta av jazz
Lövestam, Sara: Sanning med modifikation
Marklund, Liza: Gömda
Marklund, Liza: Sprängaren
Marklund, Liza: Studio sex
Marklund, Liza: Paradiset
Marklund, Liza: Den röda vargen
Marklund, Liza: Asyl
Marklund, Liza: Nobels testamente
Marklund, Liza: Livstid
Marklund, Liza: En plats i solen
Marklund, Liza: Nya röster sjunger samma sånger
Marklund, Liza: Du gamla, du fria
Marklund, Liza: Lyckliga gatan
Marklund, Liza & James Patterson: Postcard Killers
Marklund, Liza & Lotta Snickare: Det finns en särskild plats i helvetet för kvinnor som inte hjälper varandra
Mattsson, Britt-Marie: Vi tolererar inga förlorare – klanen Kennedy
Mattsson, Britt-Marie: När kriget kom till Lyckhem
Nesbø, Jo: Fladdermusmannen
Nesbø, Jo: Kackerlackorna
Nesbø, Jo: Rödhake
Nesbø, Jo: Smärtans hus
Nesbø, Jo: Djävulsstjärnan
Nesbø, Jo: Frälsaren
Nesbø, Jo: Snömannen
Nesbø, Jo: Pansarhjärta
Nesbø, Jo: Huvudjägarna
Nesbø, Jo: Gengångare
Nesbø, Jo: Polis
Nesbø, Jo: Sonen
Nesbø, Jo: Blod på snö
Niemi, Mikael: Fallvatten
Ohlsson, Kristina: Askungar
Ohlsson, Kristina: Tusenskönor
Ohlsson, Kristina: Änglavakter
Ohlsson, Kristina: Paradisoffer
Ohlsson, Kristina: Davidsstjärnor
Ohlsson, Kristina: Den bekymrade byråkraten
Ohlsson, Kristina: Lotus blues
Patterson, James & Michael Ledwidge: Dubbelspel
Pirzadeh, Zinat: Fjäril i koppel
Roslund & Hellström: Odjuret
Roslund & Hellström: Box 21
Roslund & Hellström: Edward Finnigans upprättelse
Roslund & Hellström: Flickan under gatan
Roslund & Hellström: Tre sekunder

Roslund & Hellström: Två soldater
Roslund & Thunberg: Björndansen
Saijonmaa, Arja: En ung naken kvinna
Schulman, Alex: Att vara med henne är som att springa uppför en sommaräng utan att bli det minsta trött
Sjöwall Wahlöö: Roseanna
Sjöwall Wahlöö: Mannen som gick upp i rök
Sjöwall Wahlöö: Mannen på balkongen
Sjöwall Wahlöö: Den skrattande polisen
Sjöwall Wahlöö: Brandbilen som försvann
Sjöwall Wahlöö: Polis, polis, potatismos!
Sjöwall Wahlöö: Den vedervärdige mannen från Säffle
Sjöwall Wahlöö: Det slutna rummet
Sjöwall Wahlöö: Polismördaren
Sjöwall Wahlöö: Terroristerna
Skugge, Linda: 40 – constant reader
Skugge, Linda & Sigrid Tollgård: 1989 – leva eller överleva
Syvertsen, Jan-Sverre: Sekten
Truc, Olivier: Fyrtio dagar utan skugga
Tursten, Helene: En man med litet ansikte
Tursten, Helene: Det lömska nätet
Tursten, Helene: Den som vakar i mörkret
Tursten, Helene: I skydd av skuggorna
af Ugglas, Caroline & UKON: Hjälp, vem är jag?
Vingård, Björn: Drömfabriken
Wahlöö, Per: Hövdingen
Wahlöö, Per: Det växer inga rosor på Odenplan
Wahlöö, Per: Stålsprånget
Wahlöö, Per: Lastbilen
Wahlöö, Per: Uppdraget
Wahlöö, Per: Generalerna
Wahlöö, Per: Vinden och regnet
Wattin, Danny: Stockholmssägner
Wattin, Danny: Vi ses i öknen
Wattin, Danny: Ursäkta, men din själ dog nyss
Wattin, Danny: Herr Isakowitz skatt
Wollin, Malin: Malin från Skaftnäs
Östergren, Petra: Berättelsen om Esmara